漫长的革命

中国学术原创的未来

朱国华 著

上海文艺出版社

勇者不惧
——序朱国华《漫长的革命：中国学术原创的未来》

张　辉

那天深夜国华把这本《漫长的革命：中国学术原创的未来》（下简称《漫长的革命》）电子版发给我，第一时间我就联想到他另外几本书的书名。或许这已是他的"朱氏风格"吧，明明是一本严肃的学术论文集，标题却是《乌合的思想》；明明是对学生们语重心长的"布道"，结集成书，却命名为《天花乱坠》。这当然是他的朱式调侃或反讽，但我想，也更是他的自谦与"狡猾"。或者说，乃是他自己的"社会学诗学"，不仅与布迪厄相关、不仅与《权力的文化逻辑》相关，更与他多年来形成的对于学术、对于世界的基本看法相关。不惮于探求真理，但从不试图占有真理，因而对任何貌似完美的宣称保持反思乃至批判的权利，也对任何试图在一夜之间完成的"革命"保持警惕甚或抗拒。

悖论式的书名，事实上已直截了当地同时表明了他的耐心和决心。

2023年，国华有一篇点击率极高的讲演：《仁者不忧》，我也曾是对之再四阅读的拥趸。这次细读《漫长的革命》一书，我则更多地体会到的是"勇者不惧"这一对中国学术思想界而言尤其稀缺而可贵的精神。

读毕《漫长的革命》，我读出了国华对中国学术——不仅是他自己所在的文艺学学科——之现状和历史的强烈不满。内心有这种不满的人，当然不在少数，但敢于说出这种不满的人却是凤毛麟角。因而，最让我感佩的是，我这位"狡猾"的兄弟，毫不隐瞒地说出了他所能看到的"真相"。如果他是那个看见"皇帝新衣"的孩子，也许我们还不需要感叹，毕竟孩子是天真而幼稚的。但国华，他已年届耳顺，已足够"成熟"、足够"老道"、足够"established"，却依然无畏地发出了自己的声音。

事实上，他的一系列反思，不仅指向了当下的一些体制性弊端，而且集中指向了更深层的精神秩序，也即他所说的中国文化"认识型（épistémè）"的不足。这无疑是会引发巨大争论并令许多人不快的问题，在泛民族主义越来越成为时尚的语境中，尤其如此。

但国华对这样做的"副作用"似乎不以为意。在文集的第三篇文章《本土化文论体系何以可能》中，我格外注意到的是下面这段话："如果我们认为，人文学科成绩不行，其原因是应试教育出现的题海大战摧毁了想象力与知识好奇心，是因为理工科思维的殖民，将量化考核标准（科研成果发表刊物的级别、影响因子、H指数、发文的数量、获奖的级别、项目经费的总量等等）推行到文科领域里来，是因为社会所允许的思考的自由度还不足以满足这个学科的需求，是因为许多学者因循守旧不思进取，等等，这些分析可能都各有其道理，但是我想，最重要的症结还可能是我们民族文化的认识型与源于古希腊的西方文化的认识型存在着根本性的差异，而这一差异至今还在相当程度上决定着我们的思想与行动。"

对于一个比较文学的老学生来说,我一开始几乎是"职业性地"只能接受他的前半部分判断。因为我和国华一样身处"卷之又卷"的当代中国学术体制之中,对之可以说是冷暖自知。但对于后面颇具二元对立色彩的说法,则不敢马上苟同。至少在我看来,简单认为中国文化"先天不足",而我们所遇到的最根本问题要由老祖宗来负责,不仅是推卸自己这代人的责任,而且实际上是在为那些严重影响学术思想健康发展的非学术的、乃至反学术的干扰提供借口。不是一种鲁迅意义上的"帮凶",也是一种"帮闲"。

但随着阅读的深入,我却也开始反思自己的情绪性反应和思想惯性。这甚至是我反复阅读《漫长的革命》时所获得的最大收获。

也不知是从什么时候开始,我们和"五·四"那一代人相比,甚至和我们这一代人青春年少时相比,变得过于脆弱、敏感起来,尤其是听不进批评的声音。不仅是来自外部世界的声音,甚至自己人的批评声音也听不进去。似乎只有始终不变地说好才是真正的"爱国"。否则,就会恼怒,就会咒骂,就会上纲上线。

而国华的"勇"正体现在这种没有畏惧的自我批判之中。《漫长的革命》,尤其是作为全书"文眼"的同题论文,不仅提示我们要善于认识中国文化充实而有光辉的优越之处并将之发扬光大,而且要努力在与外来文化的对比中看到中国文化的不足甚至危殆之处。这也是自王国维、鲁迅、陈寅恪……以来,那些最了解也可以说真正热爱中国文化的先贤,所留给我们的最伟大启示。很显然，国华是在有意识地接续这个了不起的传统。

细心的读者一定注意到了，国华在书中刻意"反复引用"的一段陈寅恪的话。这段话由于间接出自《吴宓日记（1917—1925）》，其实并不如陈寅恪的其他论述那样广为人知，但却显然引起了国华的格外重视："中国之哲学、美术，远不如希腊，不特科学为逊泰西也……而救国经世，尤必以精神之学问（谓形而上之学）为根基。而吾国留学生不知研究，且鄙弃之，不自伤其愚陋，皆由偏重实用积习未改之故。此后若中国之实业发达，生计优裕，财源浚辟，则中国人经商营业之长技，可得其用；而中国人，当可为世界之富商。然若冀中国人以学问、美术等之造诣胜人，则决难必也。"

毋庸置疑，这里说中国人具有"偏重实用"的"认识型"，事实上并不是在盲目地否定中国人与中国文化，而恰恰是对中国知识人的提醒乃至激励，是我们更好地看清自己的前提，也是中国人文学术真正对世界有所贡献不可或缺的前提。

正是在这个意义上，国华在文中对王国维、朱光潜等民国大师也并非没有"苛评"。因为，"从根本意义上来说"，受"认识型"和思维惯性的限制，"他们对西学并没有真正遵循澄怀观道、虚己以听的原则，或者说阿多诺所倡导的'客体性优先'的基本立场，相反，他们无论是否在意识层面有所觉察，客观上他们在更大程度上依然采取了'六经注我'的接受态度，起作用的仍然是传统文化本位的文化主体性取向。"

也正因为此，国华举例指出，朱光潜的《诗论》"就整体格局气象而言……依然偏安于中国诗学之一隅，不能……参预当代世界学术之潮流";而晚年王国维不再萦心于西学,甚至在向宣统帝上的奏章《论政学疏》里,对西学进行了"极为严厉然而明显浅薄的指控",所谓"西说之害,根于心术者一也",从而完全背离了他在《论近年之学术界》一文中所提出的,学术之争需要超越"中外之见""彼此之见""只有是非真伪之别耳"的早年主张。

更可贵的是,《漫长的革命》不仅提醒我们充分看到中西思想交通中的曲折,而且还希望我们有容乃大地承认,中国特有的"知识型"所可能远远超出"纯学术"领域的复杂意涵,以及它对未来中国的深刻影响。如国华在一个精微的比喻中所说:"我们当然可以采用各种烹饪技术来炮制薇草,例如烤薇菜、薇汤、薇羹、薇酱、清炖薇、原汤焖薇芽、生晒嫩薇叶,但是,薇草究竟是薇草,我们毕竟不能指望单是依靠它,能做出一桌的满汉全席来。"(参见《从课程、教研室到学科:文艺学的中国生产》),更何况早在《京师大学堂章程》中,我们就已经读到这样允执其中的文字:"夫中学,体也,西学,用也。二者相需,缺一不可,体用不备,安能成才。"

"采薇采薇,薇亦柔止","采薇采薇,薇亦刚止"。我想,如果我没有理解错的话,怎样"刚柔相济"、怎样既超越又融通中西之见,正是国华这本"附带着"讨论文艺学学科史、《伤逝》与个人主义、以及"模特儿事件"等等问题的论集,其最中心关切之所在。

剩下的问题是,这个如此严肃郑重地讨论学术"革命"——而且是"漫长的革命"——的老兄弟,是怎么与他戏称的作为"流寇"的,那个具有"游戏态度和娱乐精神"的

"自己"和平相处的呢？（参看访谈《文学研究该如何作业》）他的"乌合的思想"，他的"天花乱坠"的表达，究竟遮蔽了什么？又由于这种遮蔽彰显了什么？

我不敢给出最后的答案。给出答案，也必然会遭到这位《兄弟在美国的日子》的作者反唇相讥。

就此打住，就此祝这位几十年来亦庄亦谐的好伙伴六十岁生日快乐。如往常一样，甚至不用握手和拥抱。

2024年9—10月草于京西学思堂灯下，再改于撒马尔罕之行前夜

目 录

上编 文艺学反思

反本质主义文艺学教材的可能性 / 003
漫长的革命:西学的中国化与中国学术原创的未来 / 019
本土化文论体系何以可能 / 039
渐行渐远?论文学理论与文学实践的离合 / 048
从课程、教研室到学科:文艺学的中国生产 / 065

中编 事件研究与思想实验

两种审美现代性:以郁达夫与王尔德的两个文学事件为例 / 105
身体表征的现代中国发明:以刘海粟"模特儿事件"为核心 / 157
另类的思想实验:重读《伤逝》/ 185

下编　访谈

艺术生产与中国语境 / 217
学术趣味与理论的"介入"/ 233
文学与文学研究的未来 / 252
文学研究该如何作业 / 298

后记 / 328

上编 文艺学反思

反本质主义文艺学教材的可能性

一

在汉语语境里，用以指称课本的正规名词是"教科书"或者"教材"。饶有趣味的是，现如今当我们谈到大学使用的课本的时候，我们越来越多地使用"教材"而非"教科书"的说法。这两个名词其实存在着绝非无关宏旨的语义差异。一个观察其意涵差异的视角是看它们在被用来打比方的时候，各自侧重什么意义。如果我们提到诸如"教材式的书"，一般来说贬义比较明显一点，差不多是说这一类书比较枯燥乏味、机械刻板、陈词滥调，让人敬而远之。但"教科书式的"的用法，虽然可能共享"教材"的这些含义，但另一些时候则不免具有明显的积极含义。当我们言及"教科书式的进球""教科书式的爱情""教科书式的电影""教科书式的恐怖袭击"之类的时候，"教科书式的"差不多可以置换为"典范的""经典的""正确的""完美的"之类的形容词。"教科书"所具备的规范的、标准的、普遍性的含义，在我们涉及政治议题的时候，尤其明显。我们会指出"日本历史教科书美化侵略史"，或者批评"台湾教科书去中国化"，在这种情况下，"教科书"一词无论如何是不可以置换为"教材"的。也许我们可以由此总结说，与"教材"暗含着某种操作性的或技术性的意义不同，"教科书"一词的用法，可能与某种合法定义、权威话语，进而言之与某种权力关系相关。但当我们在教学活动中，采用"教材"而非"教科书"的说法的时候，实际上我们可能在无意识地力图祛除这一权力关系的纠缠。正如培根所指出，并得到福柯论证的那样，知识可能就是权力，但我们却希望向人们凸显出我们课本的知识含义，而非毫不掩饰的权力维度。

确实，与过去相比，今天我们对于教材的认识，已经发生了很大的变化。回顾上个世纪，至少就中国语言文学学科而言，有限的一些教科书向成千上万的大学生们传布同质的知识信息。我们了解比如王力、叶以群、游国恩、唐弢或钱理群这些著名学者，主要是通过《古代汉语》《文学的基本原理》《中国文学史》《中国现代文学史》或《中国现代文学三十年》。我们其实对这些教授们教材之外的学术建树，未必耳熟能详。换言之，教材的编纂让这些主编们获得了巨大的学术资本。在过去，参与编写教科书，不仅仅意味着参与生产具有确定性的知识的支配性定义，意味着参与甚或引领当下乃至未来学术主流，它更意味着再生产教科书所隐含的符号权力。这种符号权力，作为一种具有毋庸置疑合法性的话语权力，往往还不是布迪厄意义上的委婉化的政治权力，它其实就是政治权力在大学教育领域直率的表达。能够说明这一点的，是二十世纪六十年代初启动的两部影响深远的文艺学统编教材，也就是叶以群主编的《文学的基本原理》和蔡仪主编的《文学概论》，它们均是在身为当时主管意识形态的官员周扬的直接指导下完成的。不难想象，在教材中对于阶级性、党性、社会主义文学和思想斗争等政治观念的强调，贯彻了教材的始终，虽然周扬本人倒是主张"不要把文学概论写成对党的政策的解释"。[①] 因此，可以理解的是，那时候诸多抱有学术雄心的学人们，其所发宏愿是主持或参与编写一部完备的教材，希冀得以青史留名。当然作为一个前提，学者们必须具备一种卓越的修辞能力，即把自己的学术话语最大限度地转换成某种程度的政治话语的能力。

但是，新时期以来，这条通往学界巅峰的终南捷径已经是荆棘塞途。我个人认为，这是整个社会重新自觉拥抱现代性所造成的必然后果。在中国当代社会全方位转型过程中，社会分化程度的加深，思想解放运动的蓬勃发展，都是同时发生，并互为因果的事情。高等教育几乎呈指数的大规模扩张增长，教育体制改革的不断深化，导致大学场域持续寻求和确认自己的自主性。在此种情势下，学术权力的获得，要突现出学术的本位立场，也就要体现出对于学术场域游戏规则的尊重。这样，官方意味强烈的统编教材，作为课本，已经丧失了过去一统天下的历史性地位。在新型课本中，政治正确性仍然很重要，但学科意识日益突出。实际上，对教材编撰方式的知识学意义上的反思，反映出高校教师们追求学术自主性强烈的自觉意识。就此而言，1986年12月在海南岛海口市召开的全国高校第一届文艺学研讨会，对于新世纪高校文艺理论的教学与教材该如何进行改革的讨论，其空前活跃的自由争鸣，不妨视为这一历史逻辑具有强烈象征意味的症候。不仅如此，大学的大众化，与整个社会的市场化差不多正好是同步发生的，这就为大学教

[①] 转引自程正民等：《中国现代文学理论知识体系的建构：文学理论教材与教学的历史沿革》，北京：北京大学出版社，2005年版，第207页。关于周扬对文艺学统编教材建设的具体情况，参见该书第200—216页。

材的蓬勃发展提供了一个极佳的社会条件。现在，编写教材已经不再被广泛理解为一项学术的伟业，大学教师们编撰各类教材已经变得稀松平常，事实上，在种种现实利益的驱动和商业竞争的压力之下，教材谋求个性化、多样化已经变成了势所必至、理有固然的事情。尽管大学教材市场的壁垒并未完全打破，并非所有大学教师们对教材的指定都取决于教材所显示出来的学术水平，但无论如何，在教材中贯彻学术上的区隔策略不仅与市场的逻辑并行不悖，而且还会有利于大学师生们的多元化选择。这显然是令人额手称庆的，因为原则上说来，教材走向个性化、多元化，这可能在某个侧面反映了背后由权力体制所担保的垄断性学术权力的式微，而独白的、封闭的话语系统一旦被众声喧哗所取代，建基于非同一性基础之上的，也就是在学术对话中展开的教材建设，是值得我们所期待的。这就是我们文章开始所提到的对于教材/教科书认识的巨大变化。

对这一变化的理解和认识，体现在新时期尤其是新世纪以来教材建设所取得的辉煌实绩，及其对于教材问题的反思上。具体说来，文学理论的教材取得的巨大进步，既显示在教材内容上，即对西方近世以来前沿学术成果的广泛吸纳；也显示在组织教材质料的叙事策略上。这方面做出种种自觉努力的学者，不乏其人，且各呈异彩。尤其值得重视的，是老一代文艺理论家童庆炳主编的《文学理论教程》，这部影响巨大的"面向21世纪课程"的国家重点教材，将文学活动的审美意识形态属性放在一个至关重要的位置，实质上是高扬文学的审美自主性。但对本文来说，我感兴趣的是一些新锐的中年学者立足于后现代语境，以反本质主义的姿态对文学理论教材进行了重新构设，并在理论上同时进行了充分的论证。对本质主义、形而上学、元叙事、同一性、符号暴力、逻各斯中心主义或概念帝国主义的抨击，反映了二十世纪以来知识界对于真理性的重新认识。因此，从这样的意义上来看，对文学理论教材的本质主义思想倾向的抨击，就具有了强烈的文化政治的含义。对文学理论的本质主义倾向进行最激进批判的，恰好是对文学与政治关系有着强烈敏感性的学者陶东风，这绝不是偶然的。作为反本质主义的代表性学者之一，陶东风运用了西方一些后现代理论家资源，他说："受本质主义思维方式的影响，学科体制化的文学理论知识生产与传授体系，特别是'文学理论'教科书，总是把文学视为一种具有'普遍规律'、'固定本质'的实体，它不是在特定的语境中提出并讨论文学理论的具体问题，而是先验地假定了'问题'及其'答案'，并相信只要掌握了正确、科学的方法，就可以把握这种'普遍规律'、'固有本质'，从而生产出普遍有效的文艺学'绝对真理'。在它看来，似乎文学是已经定型且不存在内部差异、矛盾与裂隙的实体，从中可以概括出所谓放之四海而皆准的'一般规律'或'本质特点'。这个意义上的'文学'与'文学理论'实际上只是一个虚构的神话，这个意义上的所谓'规律'实际上也只是人为地虚构的权力话语。"[①] 陶东风还继续指出，正是文化研究的兴起，才导致当代西方文学理论家对文学的所谓本质采取一种历

---

① 陶东风主编：《文学理论基本问题（第三版）》，北京：北京大学出版社，2007年版，第5页。

史的、非本质主义的开放态度。毫无疑问，在今天，规划反本质主义文艺学教材的建设，不仅仅具有重大的文化价值，而且还具有重要的社会意义。

二

然而，要使得一种文化政治成为一种可能的文化实践，而不仅仅只是政治姿态的表演，必须首先在学理上足够自洽：必须要解释，为何对文学的本质主义理解是不能接受的，而且还必须论证，可替代性方案是可能的。这种可能性不仅是指能够满足学理的内在要求，也就是不能出现明显的逻辑坏道，而且还要在教材的具体书写操作中落实反本质主义的理念。

幸运的是，对反本质主义文艺学理论张扬最力者，往往是进行文艺理论教材写作的实践者。这倒是为我们提供了一个验证、阐释他们理念的极佳机会。方克强在两篇引起广泛关注的论文中，对此进行了颇为值得肯定的研究。他以三部教材为例，指出了三种具有反本质主义倾向的文艺学教材回应后现代语境的不同路径。[①] 其一，南帆主编的于 2002 年在浙江文艺出版社推出的《文学理论（新读本）》，其修改版于 2008 年以《文学理论》的书名在北京大学出版社重新推出。方克强指出，这部教材的显著特色是在内容上取消了文学与文化的二元对立，将文学理论从文化理论的角度上予以把握，而在方法论

---

① 这两篇论文分别为：《后现代语境中的新世纪文学理论教材》，载《文艺理论研究》，2004 年，第 5 期；《文艺学：反本质主义之后》，载《华东师范大学学报》，2008 年，第 3 期。

上，它强调历史主义与关系主义，这种关系主义尤其强调文学与种种社会条件的关系，例如与意识形态、历史、宗教、民族、地域、道德、性别的关系。其二，王一川撰写的于2003年在四川人民出版社推出的《文学理论》，其修订版于2011年也在北京大学出版社再版。作为个体化写作，这部教材的显著特色是将文学理论转换为文学批评理论或文学批评方法，并以具有浓厚古代文论色彩的"感性修辞论"来统摄全书。该书用属性论取代本质论，强调文学批评的实践操作。其三，陶东风主编的于2004年在北京大学出版社推出的《文学理论基本问题》，这本书更为旗帜鲜明地反对本质主义文学观，它强调历史化和地方化。方克强用"整合主义"来命名该书的方法论特色，并对此方法寄予厚望："整合主义是非常有潜力和前途的理论方法，可能也是解决理论的有效性与有限性，甚至是处理建构与解构、现代与后现代矛盾的主要途径。整合就是归并和提升人类的文学经验与理论知识系统。而人类的文学经验与理论知识是永远开放与不断更新的，这就使它天然避开了客观本质、永恒真理、唯一答案的陷阱。同时它又不是虚无主义和无所作为的，它要在经验和理论实践的基础上建立相对普遍性与时效有用性的知识系统。"[1] 需要指出的是，方克强撰写这两篇论文，其主要意图似乎是在为撰写建构的后现代文学理论体系的可能性进行辩护，虽然在辩护的同时，也不乏对这三种教材成就得失的检讨；他的问题性所针对的似乎是那些对此可能性

---

[1] 方克强：《文艺学：反本质主义之后》，载《华东师范大学学报》，2008年，第3期，第6页。

持有怀疑甚至否定态度的一些学者,① 他的一个基本观点是：这三部教材表明，反本质主义的文艺学未必只是解构的、虚无主义的，它完全可能是建构的、建设性的。而能够说明这一点的，莫过于这三部教材均有自己的方法论特色，他分别称之为关系主义（南帆）、本土主义（王一川）和整合主义（陶东风）。

方克强的意见基本上是可以接受的。虽然我认为他在操作层次上，对这些反本质主义的文艺学教材作出了基本上是积极肯定的评价，但是，在规范层次上，他的批评性意见过于温和。当然，从某种意义上来看，反本质主义的教材不一定要有某种统一标准的写法——这可能一不小心又重新跌入本质主义的陷阱，但是，我们至少可以重新检讨一下，一种可能的反本质主义文艺学教材，原则上应该强调些什么，应该回避什么。更直白地说，我打算在肯定方克强的论述基础上，同时也在他止步的地方，重新出发，谈谈我认为这些教材犹有未树，也就是在我看来反本质主义还不够彻底的地方，并为未来可能的文艺学教材，提供一种可供参考的建议。

我对上述教材有两个方面的不满足。其一，一种反本质主义的文艺学教材，应该站在非同一性的立场上，强调互为主体性的对话效果，而摧毁绝对主体的幻相。在这一点上，这些编者们并非没有自觉意识。南帆认为："无论是从事文学研究还

---

① 例如支宇、杨春时的质疑文章。参见支宇：《"反本质主义"文艺学是否可能》，载《文艺理论研究》，2006 年，第 6 期；杨春时：《后现代主义与文学本质言说之可能》，载《文艺理论研究》，2007 年，第 1 期。

是阐述关系主义的主张,'我'——一个言说主体——从来就没有离开过关系网络的限制。这种浪漫的幻想早已打破:'我'拥有一个强大的心灵,是一个客观公正的观察员,具有超然而开阔的视野,这个言说主体可以避开各种关系的干扰而获得一个撬动真理的阿基米德支点。相反,言说主体只能存活于某种关系网络之中……言说主体存活的关系网络是整体社会关系的组成部分,这表明意识形态以及各种权力、利益必将强有力地介入主体的形成,影响'我'的思想倾向、知识兴趣甚至如何理解所谓的'客观性'。"① 与此类似,陶东风也相信,本质主义实际上与绝对主体相关:"在知识论上,本质主义设置了以现象/本质为核心的一系列二元对立,坚信绝对的真理,热衷于建构'大写的哲学'、'元叙事'或'宏伟叙事'以及'绝对的主体',认为这个'主体'只要掌握了普遍的认识方法,就可以获得超历史的、绝对正确的对'本质'的认识,创造出普遍有效的知识。"② 但具体观察他们所主编的文艺学教材,我很遗憾地发现,他们可能在很大程度上力图将反本质主义的精神实质灌注到所表征的内容上,然而在表征方式上,也就是在话语方式上,在各章节的结构安排上,并没有充分贯彻这一理念。必须指出,表征并不仅仅是一个外部形式的问题,它实际上关涉到所陈述的知识的有效性,事实上它构成了自己所言说的知识的一部分。本雅明在《德国悲悼剧的起源》中的第一句

---

① 南帆:《关系与结构》,长春:吉林出版集团有限责任公司,2009年版,第17—18页。
② 陶东风主编:《文学理论基本问题(第三版)》,北京:北京大学出版社,2007年版,第5页。

话就如是说:"哲学写作的特点在于它必须不断地面对表征问题。"① 后面他继续指出:"如果哲学要忠实于其自身的形式法则,亦即它是对于真理的表征,而非对于获致知识的引导,那么,形式的演练而非体系中的哲学预示,必须赋予应有的重要性。"② 本雅明这里强调的是,只有随笔体(essay)才能进行正当的哲学言说。与此情形类似,在反本质主义文艺学教材的书写中,叙事形式绝不是与叙述内容可以分离的外壳或外衣般的技术要求,它本身就意味着反本质主义的直观现实。

这里我首先关心的问题是:谁是叙述者?什么样的言说主体能够承担起这样的言说任务?绝对主体是否伪装成全知全能的叙述者在反本质主义的教材中借尸还魂?如果说,弃绝绝对主体是反本质主义的内在要求,那么,上述教材符合自己宣称所要达到的目的么?在我看来,它们与本质主义切割的界限还是不够彻底。就南帆所宣称的处在关系网络之中的言说主体而言,我们并没有特别看到在他所主编的文艺学教材中在学理上得到落实。全书的叙事方式并没有摆脱传统的本质主义风格的视点,事实上,它基本上采取了带有某种全知全能色彩的叙述语式,叙述者以一种非个人化的视角,也就是类似于上帝的视角来进行陈述,这实际上是把教材写作者的个人观点偷换为普遍性的观点,将个别主体悄悄置换为普遍主体,无论这是否编写者本意,但这确实容易给我们带来绝对真理的幻觉。至于

---

① Benjamin, W., *The Origin of German Tragic Drama*, London: New Left Books, 1990, p. 27.
② Ibid. p. 28.

《文学理论基本问题》，虽然侧重于文学观念的历史梳理与多元叙述，但是本质主义的残余，即上文提到的那种普遍主体仍然存在。每个章节的撰写者都放弃了自己的个性，忽视各章节的具体内容的独特性，遵从于统一的编写体例："我们要求每位编写者必须做到在介绍这些概念、讲述这些问题时贯穿历史化与地方化的方法，对一些重要的概念与问题做历史的解释，同时，这种历史的解说必须结合民族的维度，即分别介绍不同民族对于这些概念是怎么得到解释的。这样既可以消除历史的遗忘症，又可以凸现不同民族对于'文学'这个概念的不同理解。最后，介绍完毕以后，我们并不要求作者给出'什么是文学'的最终结论，把问题敞开，让学生自己去思考。"[①] 而王一川的文艺学教材，虽然利用本土资源难能可贵地进行了某种个人化论述，但撇开其专著性质稍强于教材性质不谈，关键的是，他的论述结构仍然没有呈现为一种内部的复调性张力，其实是他的个人声音使得他的这部教材不可能不显示为某种具有独白色彩的封闭结构，反过来也可以看到本质主义的惯性力量在他教材中的顽强存在。

第二，历史化是破除本质主义最具杀伤力的利剑。南帆在《文学理论（新读本）》中如是强调其重要性："历史主义与文学理论普遍性的相互交织制造了双重复杂的关系。第一，文学必须进入特定意识形态指定的位置，并且作为某种文化充分介入历史语境的建构；第二，文学必须在历史语境之中显出独特

[①] 陶东风主编：《文学理论基本问题（第三版）》，北京：北京大学出版社，2007年版，第24页。

的姿态，发出独特的声音——这是文学之所以存在的理由。两重关系的交叉循环既包含了文学话语与社会历史之间的彼此开放，也包含了文学话语与社会历史之间的角力。"① 南帆虽然后来在论文中把历史主义置换为关系主义，但是透过社会历史语境诸重关系来发掘文学理论诸概念的意义，这一点并没有太大变化。至于陶东风，在这一点上可能更为明确，他具体地以福柯的事件化方法和布迪厄的反思社会学方法为指导全书的基本原则，他相信，在此基础上，通过对一些文学理论概念流变史的爬梳，以及诸民族尤其是本民族对这些概念赋予的意义基础上，可以形成交叉共识。这些想法都极具新意、想象力和学术胆识。但从一个极高的标准来看，我认为历史化的原则并没有在他们主编的教材中得到理想状态的体现。陶东风对福柯的事件化的概念的理解我认为是准确的，他说："事件化要表明的是：任何理论都不是像想象的那样是必然的、无条件的、自明的与普遍的。"② 换言之，一些抽象的理论之所以产生，是伴随着一些偶然的、具体的事件在特定的社会历史语境中逐渐生成的。布迪厄对于文学自主性观念的阐释，倒是为福柯的事件化理论提供了一个很好的注脚。布迪厄在《艺术的法则》一书中，分析了十九世纪法国文学场域的生成和发展，他指出，关于文学自主性这样在今天被全世界文学从业人员奉为金科玉律的信念，作为一个历史的发明，乃是一系列偶然事件的结果，

---

① 南帆主编：《文学理论（新读本）》，杭州：浙江文艺出版社，2002年版，第3页。
② 陶东风主编：《文学理论基本问题（第三版）》，北京：北京大学出版社，2007年版，第21页。

这些事件与比如波德莱尔、乔治·桑、福楼拜、小仲马、蒲鲁东，以及许多今天已经湮灭无闻的文学家之间的符号斗争相关，也与当时的权力场相关。事件乃是绝对的偶然性，是对于既定存在的撕裂和破坏，借助于事件，以及对事件的理解，我们才能够看到某种新的理论的发明。从这样的角度来评估所谈及的教材，我们会看到，它们能够达到的历史化是被清洗了历史细节、抽干了经验材料的历史化，只剩下了风化的历史事实——这些历史事实当然是被既定情境和理论所解释过的历史事实，因而是去历史的历史化。这不难理解。因为以事件化为标准来重写文学理论教材，存在着难以想象的写作难度。能够进行操作层次的，无非是对于一些概念根据时间顺序进行的罗列，这种罗列如果存在着关系，并不是存在着事件化意义上的关系，而只是抽象意义上理论递进叠加的关系。要尽可能多地穷尽历史上重要的文学概念，只能被迫采取这样的叙事模式。陶东风把文学理论当成文学理论史，但是作为文学理论史而言，它与别的中西方文艺理论史在方法论上并无突破；同样，尽管南帆希望透过关系主义的视角来将文学客观化，但是他所讨论的这些关系仍然是抽象的僵化的关系，比如文学与宗教或者文学与性别的关系。这样，与历史化方法相对立，它们实际上仍然采取了去时间化的结构形式，也就是体系化的形式，它在内容上清除了他者，符合非矛盾律和同一性原则，外部形式上符合和谐、统一、整洁的古典美原则，也就是形而上学的美学原则。

当然，我并不否认这些思考本身重要的甚至可以说是历史性的价值，但问题是，与编者所希冀达到的学术理想相比，就历史化或关系主义方法而言，这些新世纪教材与传统的教材相比，其进步是程度上的，而不是本质上的。

三

做一个不事建构、专务批判的批评家，比起艰苦地进行教材建设的学者们，显然是容易的。就我个人看来，我这里提到的几部教材，代表了最近几十年来最好的学术水平。我为自己过于严苛且未必合理的批评满怀歉意。但在我头脑中挥之不去的忧思是：建基于反本质主义的文艺学教材是否可能？如果可能，那么，其另类选择可以是什么？我们该如何将一种应当指向建构性的反本质主义理念贯彻到教材的撰写过程之中呢？

我在想象着这样两种可能性：其一，如果侧重于知识点的传布，我们是否可以干脆学习西方一些文艺理论类教材的通行做法呢？这些教材，比如《布莱克威尔文学理论引论》（*The Blackwell Guide to Literary Theory*）、《文学初步》（*Beginning Theory*），它们干脆放弃了上帝一样的视角，让各家各派例如后殖民主义、马克思主义、精神分析学派、女性主义、后结构主义、俄苏形式主义，或直接就是阿多诺、本雅明、雅各布逊、萨伊德等人轮番上阵，各抒己见，这会形成多声部共鸣的复调效果，这当然会抵消元叙事所隐含的霸权。这样的编纂方法，将占据我们教材至少半壁江山的所谓文学的内部研究挤压成许多流派的一种。比如我们可以将中国的意境理论或严羽的理论列为其中一派或几派。与《文学理论基本问题》相比，这样的教材写作方式不会回避对任何一个理论问题得出具体的结论，原则上不应该会招致虚无主义的批评。当然其弊端也很明显，那就是概述者总是倾向于化约理论家的观点，特别是，不是强调这些观点是通过何种论证方式具体得到的，而是简单地提及其结论。而且，它也几乎无法采取事件化的叙事策略。

其二，利用精选的经典论文选读，或邀请有专长的专家写就的专题论文来替代文学理论教材。最近几年来，在英语世界的学术界，我倾向于认为，那些重要的文论选集比文学概论之类的东西影响大得多。论文集的叙述方式可能与我刚才提到的教材的叙事方法是不一样的。它一方面是个体化的视角，同时由于聚焦于某一问题上做出不同的回应，这样又构成了多声部的复调效果。这些论文构成了一种张力，他们彼此间的对立关系不可能不是反独白的，不可能不有助于我们读者进行批判性的思考。何况，这些精选的论文出自大家之手，它们本身可能就是事件化的产物，它们未经化约，是原件，我们可以更清楚地观察它们的论证路线。阅读这些文本本身就是一个很好的学习过程。但问题是，原著精读在教学过程中虽然作用巨大，然而撇开中国古代经典或当代专家的论文不谈，当代西方理论家热衷于采用晦涩的语言来论述，我们的翻译质量良莠不齐，直接阅读外文著作并不现实，这对本科生必然形成重大的挑战。而且，如何取舍文本也颇费思量。童庆炳主编的《文学理论新编》和汪正龙主编的《文学理论研究导引》，均将一些经典文本与自己的阐发结合起来，形成对话关系。这是非常值得肯定的。但选文往往具有一定的随意性，甚至显得陈旧，而概述部分则与传统教材很难区隔开来。

构思一些其实并不新鲜的教材的另类编纂方法，也许并非难事。要付诸实施，并在教学实践中得到检验，才具有现实意义。尤其是，如何使得文学理论课的教师能够理解并掌握反本质主义的意义、方法、思路，并在教学活动中加以具体运用，如何使得刚刚告别高中应试教育的大学生适应这样具有较大学习跨度的文本阅读，如何使得今天的教育体制逐渐接受新型的教材，并据此修改传统的教学检查和考试方式——闭卷考试必然与本质主义的逻辑相一致，等等，这些相互联系缠绕的问题，决定着任何反本质主义教材的实际价值。事实上，如果确保反本质主义的教材得以健康存活，那差不多意味着作为它的条件的上述诸多因素的结构性全面转型。只是改变教材，而不改变体制的运作方式，不改变这个支配着教材的生产和接受的系统，那么，教材的任何改革，都不能不沦为一纸空文。但醉翁之意不在酒，对这样的前景，我只打算点到为止，因为这不是本文为自己设定的主要任务。这里我只想借此指出，反本质主义文艺学教材，必将是未来的大趋势，而如何打破传统的既定写法，如何脱胎换骨，也许就像反本质主义本身的逻辑一样，并不能定于一尊，而是有多元选择的空间的。

2011 年

漫长的革命：
西学的中国化与中国学术原创的未来

从我开始认真从事西方当代美学与文论研究以来，常常会遭遇到诸多师友这样的诘问：你花费如此多的时间和精力，投入到异域的理论学习之中，意欲何为？这样或隐或显的质疑甚或挑战其实还常以各类话语形式呈现出来，例如诸如此类的疑问：从晚清到今天，我们学习西方也为时不短了，我们一直这样学下去，何时是个尽头？成天唯西方马首是瞻，我们还能指望中国学术原创的未来吗？中国人难道失去了文化自信力了么？与其拾人牙慧，不如另起炉灶！中国的问题，西方理论能解决么？隔靴搔痒罢了！我们研究西方的理论，显然达不到西方人的研究水平，等我们好不容易弄懂一点康德、黑格尔，他们早在大谈现象学或结构主义了，等我们稍微搞明白一点这些新学，他们的思想又早进入后现代了，这是一场令人绝望的龟兔赛跑，我们似乎永远追不上。既如此，还不如研究我们本土的理论，诸如此类。事实上，我曾经在一些场合做出了多少零碎的答复，[①] 但无疑，对具有普遍性和根本性的学术疑虑，采取相对随意草率的回应，不足以解决问题，也并不是对学界共同体展现尊重的一种方式。可是，要较为系统地讨论如此宏大的问题，我们又该从何说起呢？

[①] 参见拙著：《权力的文化逻辑》，上海：上海三联书店，2004年版，第201—203页。另请见拙文：《彼山之玉与此山之石》，载《中文自学指导》，2004年，第4期。

陈寅恪对中国学术未来的宏观预判有过这样一段名言："窃疑中国自今日以后，即使能忠实输入北美或东欧之思想，其结局当亦等于玄奘唯识之学，在吾国思想史上，既不能居最高之地位，且亦终归于歇绝者。其真能于思想上自成系统，有所创获者，必须一方面吸收输入外来之学说，一方面不忘本来民族之地位。此二种相反而适相成之态度，乃道教之真精神，新儒家之旧途径，而二千年吾民族与他民族思想接触史之所昭示者也。"[1] 尽管我并不完全认同这样的远见卓识，但是其中一项基本预设我是非常赞同的：即西学的中国化乃是中国学术原创未来的基本前提。但显然，如果西学达不到相当程度的忠实输入，则无法构成对本土文化有效的智性资源，也就是说对它的中国化无从谈起。自晚清海通以来，如果以魏源《海国图志》倡导"师夷长技以制夷"为起点，我们引入西学迄今已经有一百七十余年的历史。然而我们对西学——在本文中尤其指人文学科——的学习和研究实际上并没有取得骄人的成绩，之所以如此，在我看来是因为在此过程中遇到了多重因素的拒阻。因而对这些拒阻因素加以客观化理解是必要的，从中国民族文化无意识、当代西方人文学科的政治转向以及前辈大师接受西学的历史经验这三个维度对这些拒阻因素进行批判性分析，构成了本文的基本叙事任务。最后，我将结合网络技术与全球化时代的契机，对未来中国学术原创的可能性进行谨慎而乐观地瞻望，并吁求知识界继续奉行鲁迅所提倡的"拿来主义"。

---

[1] 陈寅恪：《冯友兰〈中国哲学史〉下册审查报告》，载陈寅恪：《金明馆丛稿二编》，北京：生活·读书·新知三联书店，2001年版，第284—285页。

一、东洋的反抗与民族文化无意识

中国对西方人文学科欲迎还拒、爱恨交加的矛盾心态，为时之久，在世界历史上都可能堪称一大奇观。在某种意义上，一个多世纪前张之洞定下"中学为体，西学为用"的应对战略，对许多中国知识分子而言依然具有文化实践的有效性。新文化运动中我们所热切欢迎的德先生（民主）和赛先生（科学），后者已经大获全胜：我们不仅不再将科学技术目之为役心损德的奇技淫巧或异端邪术，而且我们甚至不再意识到它原本是西学的一部分，我们已经将它自然化为我们自己的文化、教育的有机组成部分。然而西方人文学科却始终没有获得此一待遇。这一指涉人类社会的知识系统，与价值、传统、经验、历史和社会形态等相关，作为某种借以奠基民族认同的核心精神内容，在对它的取舍上我们始终逡巡迟疑，心存疑虑。改革开放以来，情况虽然大有好转，但对西学的抵触情绪并未销声匿迹。这既表现在"全盘西化"的口号在主流话语中始终沦为一种激进、边缘、甚至简单浅薄的呐喊，也表现在学界对"食洋不化""西学教条主义"的排击上。

我们不妨把这样的情势视为一种与西方刻意保持距离的民族无意识。日本学者竹内好也许会将这样的集体文化无意识具体化为"东洋的反抗"，他是通过熟读鲁迅才敏锐地体悟出这样的倾向的。竹内好如是说："奴才拒绝自己成为奴才，同时拒绝解放的幻想，自觉到自己身为奴才的事实却无法改变它，这是从'人生最痛苦的'梦中醒来之后的状态。即无路可走而必须前行，或者说正因为无路可走才必须前行这样一种状态。他拒绝自己成为自己，同时也拒绝成为自己以外的任何东西。这就是鲁迅所具有的、而且使鲁迅得以成立的、'绝望'的意味。绝望，在行进于无路之路的抵抗中显现，抵抗，作为绝望的行动化而显现。把它作为状态来看就是绝望，作为运动来看就是抵抗。"[1] 竹内好指出，这样的态度与日本文化的性质是迥然有异的。日本人在近代化过程中，对欧洲产生了劣等意识，其反应是竭力追赶。这反而体现了其内在的奴才意识："它认定自己只有变成欧洲、更漂亮地变成欧洲才是摆脱劣等意识的出路。就是说，试图通过变成奴才的主人而脱离奴才状态。所有解放的幻想都是在这个运动的方向上产生的。于是，使得今天的解放运动本身浸透了奴性，以至于这个运动无法完全摆脱奴才性格。"[2]

竹内好将主张不读中国古书、实行拿来主义的文化激进主义者鲁迅视为"东洋的反抗"的杰出代表，乍看起来颇为吊诡，但其实，鲁迅逝世后被披上"民族魂"的旗帜，则说明了他的双重拒绝立场赢得了国人的广泛理解和尊重。学习西方，并不是要让我们自己变成黄皮肤的西方人，而是建构自身民族文化的一种途径。我们假如能够接受有价值的西方文化成就，我们不仅不会丧失文化创造的民族自信力，反而还由于得到良好的精神营养得以更为茁壮地成长。关于这一点，并不是我想

---

[1] 竹内好：《近代的超克》，孙歌编，北京：生活·读书·新知三联书店，2005年版，第206页。
[2] 竹内好：《近代的超克》，孙歌编，北京：生活·读书·新知三联书店，2005年版，第207—208页。

要讨论的重点。我想要指出的是，无论是鲁迅的绝望的反抗，还是国人对西学的踌躇难决，虽然采取的具体策略或许不尽相同，但其背后的精神实质是我们都拒绝成为欧美人。在我看来，竹内好所发现的所谓"东洋的抵抗"，其根本性质是政治学的，而不是知识论的。从另一个层次上来说，与鲁迅相反，对我们大多数国人来说，对西学的抵触情绪，来源于丧失民族赖以实现自我确认的文化身份。这样的政治焦虑在"夷夏之大防"的观念中最为凸显。明清之际的顾炎武曾经写道："有亡国，有亡天下。亡国与亡天下奚辨？曰：易姓改号谓之亡国。仁义充塞，而至于率兽食人，人将相食，谓之亡天下。"[1] 改朝换代的亡国仅仅事关一家一姓的衰荣，与此迥然有异，文化的沦亡则是全局性的、不可逆的溃败和劫难。以往夷狄进入华夏，他们要想得到的是国家政权，而在文化上终而至于被华夏所同化，神州大地并不会改变颜色；如今，比历代夷狄都更强大的西人对获取政权没有太大兴趣，其威胁恰恰来自于他们的强大文化。此李鸿章之所谓"数千年未有之变局"。确实，我们的困境是：假如我们奋力学习西学，尤其是与价值观难脱干系的人文学科，那么我们就有可能变成另一种我们陌生的、丧失我们民族特性的、列祖列宗必不乐见的新人类；假如我们因循守旧，拒绝西化，那么我们又可能无法摆脱降为劣等民族的悲惨命运。这样两难推论，也就是民族国家的政治焦虑。

---

[1] 顾炎武：《日知录》，黄汝成集释，秦克诚点校，长沙：岳麓书社，1994年版，第471页。

二、作为求真意志的"知"与作为述行性的"知"

问题的复杂性还在于,西学之被质疑,也与我们民族的认识型(épistémè)的性质相关。与西方民族强调求真意志不同,那奠基了我们民族感知、经验、信念的笃识(doxa)即深层心智秩序,[①] 乃是实践智慧、伦理态度这样的基本向度。[②] 西方的知识系统致力于寻求事物表象背后的本质存在,但中国思想者则关心的是构建社会内部的和谐关系。用韦伯稍带贬义的话来说,对中国人来说,知识仅仅意味着"通过经典的研读所获得有关传统和古典规范的知识",获得这些知识本身不是目的,其意义只是由此才能够获得对合理行为的指引。[③] 中国思想史上曾经出现过诸多学术论争,但这些论争很少离事而言理,很少脱离开效用关系之外,以某种客观的视角进行抽象分析。无论是尊德性还是道问学,是重视义理还是强调考据。因为道问学不过是尊德性的功夫,而重考据无非是为了理解经义。我们对知识的判分,也是把德性之知的价值放在高于见闻之知之上,认为不假闻见的德性之知是具有普遍性的,老子之所谓"不出户,知天下;不窥牖,见天道",其实与其说是一种知

[①] 对"笃识"一词的解释,请参见拙译:《海德格尔的政治存在论》,上海:学林出版社,2009年版,第61页注2。
[②] 关于对中西方认识型的讨论,请见拙文:《认识与智识:跨语境视阈下的艺术终结论》,第六、七部分,载拙著:《乌合的思想》,上海:上海文艺出版社,2012年版,第144—149页。
[③] 马克斯·韦伯:《儒教与道教》,洪天富译,南京:江苏人民出版社,1993年版,第195页。

识，倒不如说内心澄明的境界。至于诉诸眼耳鼻舌身意的闻见之知则是局部的、外部的，拥有很多闻见之知的人充其量不过是博物多能、见多识广的那类人而已。

事实上，"知"这个中文词与西方类似的词"知识"（knowledge）并不具有完全对等的含义。郝大维、安乐哲在其合著的《通过孔子而思》中，对董仲舒《春秋繁露》一段话的分析指出："首先，通常译为'to know'的'知'，与通常译为'wise'或'wisdom'的'智'，是可以通用的。该传统中没有事实/价值或者理论/实践这样将知识与智慧分离的模式。其次（要强调的一点），'知'有预知或推测由预知者本人参与的一系列连续发生的状况结果的倾向。古代文献中'知'的一个普遍定义就是基于已知情况预测未来的能力。"[1] 两位作者认为，致知实际上意味着去实现，"知"的范畴具有述行性的含义，它是阐明和限定这个世界的过程，而非静止、被动地认识一个既定的实在，进而言之，致知实际上意味着去影响存在的一个过程。

从这样的观点来看，西学东渐，显然也意味着西学被中国特有的认识型所过滤、甚至重新形塑的一个过程。对此过程加以详尽描述分析，并非本文为自己所设定的任务。但我们至少可以注意这样的现象：即在现实生活中，具有显著有效性的科学技术很快就征服了国人，但是人文学科中，具有纯粹知识论倾向的那些理论系统并未获得足够重视，而强调社会实践的马克思主义，则一跃而成为我们的官方哲学。实际上，今天的马

---

[1] 郝大维等：《通过孔子而思》，何金俐译，北京：北京大学出版社，2005年版，第55页。

克思主义哲学之于当代中国,在一定程度上发挥着当初儒学之于古代社会的那种功能:即它从根本上来说,并不将知识的确定性放在首位,并不在乎那些需要繁琐论证的冬烘学究问题。它关注的是行动,是人的培育生成;只不过以前强调的是内圣外王之道,而今天则是要求树立共产主义理想。尽管自从新文化运动以来,我们的主流倾向似乎是奉行"拿来主义",是虚心地做西哲的学生,但西学赖以发生发展的引擎即"爱智"或"求真意志"或"为知识而知识"的冲动,我们并未打算照单全收。我们依然感兴趣的是与中国的社会实践发生互动的、能够经世致用的、最好挪用后能立竿见影的那一种理论。对事实性的独特发现并不能引燃我们的激情,理论自身并无独立存在的价值,除非它可以作为工具之用。我们庄禅传统固然赞美"无用之用",但与功用无关的认识上的好奇心并不在其列。西学种种分析的、演绎的复杂思想系统,在中土并无丰厚肥沃的接受土壤。

实际上,此种情形在历史上并非首次出现。根据释印顺的看法,印度佛教传入中国本有两种倾向:即其一重知识、理论、逻辑、条理的客观倾向,北朝盛行的毗昙、摄大乘论、十地论、唯识论即为显例;其二为重经验、重行果、重视佛教的适应性与实效性、重视感发力量和艺术效果的主观倾向,禅宗为其代表。但中国佛学的发展结果,是知识论倾向的佛学宗派中道衰落。以名僧玄奘为例,宋明以来,他所阐扬的瑜伽唯识已经没落到无人知晓的地步,世人只能通过《西游记》才对他有所认识。印顺指出:"中国佛教的衰落,不仅是空疏简陋,懒于思维,而且是高谈玄理,漠视事实(宋代以来,中国佛教界,就没有像样的高僧传,直到现在);轻视知识,厌恶论理(因明在中国,早已被人遗忘),陷于笼统混沌的境界。"[1]中国佛学界不愿认认真真地进行分析、考辨、批判和研究,其实与中国人重实践、轻理论的集体无意识或笃识相关。这种认识型在以前阻止了中国佛学知识论方向的发展,在今天,它并没有受到太大的冲击,依然阻止着我们对西学的如其所是的接受。

三、知识政治化与政治知识化

马克思的这段名言是大家熟知的:"哲学家们只是用不同的方式解释世界,而问题在于改变世界。"这段论述在西方哲学史上之所以具有重要的甚至革命的意义,是因为它强调了从实践的、效用的尤其是政治的维度来审视哲学。但在中国,这段话不过是常识的形式化,因为中国传统的学术归根到底历来都是从这一角度来进行思考的。

但我们这里需要特别指出的是,二十世纪下半叶以来,西方人文学科发生了一场方兴未艾、影响深远的政治转向。米勒认为:"事实上,自1979年以来,文学研究的重心有了一个重大转移,由文学'内在的'修辞学研究转向了'外在的'关系研究,并且开始研究文学在心理学、历史或社会学语境中的位

---

[1] 释印顺:《印顺全集》,第八卷,《无净之辩》,北京:中华书局,2009年版,第152页。

置。"① 但实际上，按照伊格尔顿的看法，早在 1965—1980 年间，欧洲已经产生了意义深远的诸多文化理论，它们与政治运动紧密相连："新的文化观念，在民权运动、学生运动、民族解放阵线、反战、反核运动、妇女运动的兴起以及文化解放的鼎盛时期就深深地扎下了根。这真是一个消费社会蓬勃发展、传媒、大众文化、亚文化、青年崇拜作为社会力量出现，必须认真对待的时代，而且还是一个社会各等级制度、传统的道德观念正受到嘲讽攻击的时代。"② 当然，这些充满着政治批判性的文化理论横渡大西洋，传到新大陆并生根发芽有一个时间上的滞后。从"批评的年代"转向"理论的年代"，从新批评到结构主义、解构主义理论，由拉康、德里达、福柯等等法国理论家的美国追随者们所引发的各种指向解放的社会思潮汹涌而来，一浪高过一浪：女性主义、殖民主义、后殖民主义、新历史主义、文化研究等等。激进的人文学科的学者们不再像他们的先辈一样，将自己的任务局限于寻求文学内部的结构规则，相反，他们认为新批评作为培养阅读能力的理论工具，不过是对源自于"死去的欧洲白种男人"（dead white European males）的所谓经典的霸权地位的不断再确认和再生产，也同时隐藏着对统治阶级之统治地位的合法化和自然化，因为一般说来，统治阶级比被统治阶级有更多的机会拥有对这些经典的解码能力。新一代的人文学者们不再画地为牢，不再甘心在文学的狭

---

① 希利斯·米勒：《重申结构主义》，郭英剑等译，北京：中国社会科学出版社，1996 年版，第 216 页。
② 特里·伊格尔顿：《理论之后》，商正译，北京：商务印书馆，2009 年版，第 26 页。

小疆域内作茧自缚。在对象上，他们不再将自己的兴趣集中在文学话语的形式上，而是指向所有的文本即所谓社会文本，从而将文学的特权予以废除或祛魅；在方法上，他们将人文学科与社会科学归并为所谓人的科学，这样，一种不再有定语的单独被称之为"理论"（意即非政治理论、法学理论、文学理论、美学理论、史学理论、人类学理论）的学科，横跨诸多学科，统辖了一切。克里格如是说："我得说，难以置信的是，由于在今天的文学与人文学科之中，理论——它区别于历史，如果不是对立于历史的话——不仅仅变成了一个体制，而且还变成了一个潜在的支配性体制，因而，它将不可避免地重新塑形所有学科，尤其是塑形我们认为是人文学科自身的那些东西的性质，只不过付出的代价或其特殊目的本来就是（如同我们知道的那样）：将文学本身扫地出门。"[1]他们不再关心文学价值，而是关心文学或文化生产或赋值的社会过程。他们现在的事业叫做文化政治，但文化其表政治其里，他们其实关心的乃是政治。显然，只有具有相对可通约性的政治才能够实现跨学科的整合，才能够将所有人文社会科学拉到同一个价值平面上予以审视。本雅明在描述艺术的社会功能时曾经铿锵有力地写道："艺术的根基不再是礼仪，而是另一种实践：政治。"[2] 同样，广义上的批判理论的获胜似乎表明，对西方智识共同体的主流而言，人文学科的根基也不再是认识，而

---

[1] Krieger, M., *The Institution of Theory*, Baltimore and London: The Hohns Hopkins University Press, 1994, p.3.
[2] 瓦尔特·本雅明：《经验与贫乏》，王炳钧等译，天津：百花文艺出版社，1999年版，第268页。

是政治。

西方人文学科的政治转向跟中国固有的政治文化传统当然有重叠之处——附带说一句，如此倾向也有助于中国学术走向世界舞台——然而我想要指出的是，两者的政治关怀就其理论的结构形态而言，依然存在着依稀可辨的分野：即从某种意义上来说，中国是政治的知识化，从先秦诸子到宋明理学甚至到今天，无不如此。知识不过是为某种政治理念进行正当化辩护的工具，它并无特别值得重视的独立价值，因此可能也只是在中国，也才会有所谓思想与学术的二元区分，才会有所谓"思想家淡出，学问家凸显"之类的说法，因为前者更强调价值，后者更强调事实，而这两者的区隔极为明显；西方的所谓文化政治，则为知识的政治化：其区分于传统学术研究不过在于，知识之为事实的描述依旧具有首要的重要性，只不过理论家们现在殚精竭虑地盘算的是，这些事实如何碰巧论证了他们所倾向于揭示的价值关联性，换言之，也就是这些经验事实在何种意义上为他们的社会批判奠定了学理基础。

指出这一区隔，其意义在于防范我们学人容易产生的一种误识，即容易以自己的政治知识化的想象去化约西人知识政治化的视角，从而取消了知识本身的独立品格，丧失了对客观性与确定性的追求热忱，废除了逻辑论证的必要环节，最后仅仅将事实的罗列与价值立场简单地撮合在一起，使得知识重新沦为工具，回到传统旧学的窠臼之中。

四、回归传统：民国大师们绕道后的必然选择

青年陈寅恪曾经预言，中国人注重实用的态度或可靠实业或经商得以致富，但是纯粹的学术研究或文学艺术，则与西人相比不会有太大胜算："中国之哲学、美术，远不如希腊，不特科学为逊泰西也。但中国古人，素擅长政治及实践伦理学，与罗马人最相似。其言道德，惟重实用，不究虚理，其长处短处均在此。长处，即修齐治平之旨。短处，即实事之利害得失，观察过明，而乏精深远大之思。故昔则士子群习八股，以得功名富贵；而学德之士，终属极少数。今则凡留学生，皆学工程、实业，其希慕富贵、不肯用力学问之意则一。而不知实业以科学为根本。不揣其本，而治其末，充其极，只成下等之工匠。境遇学理，略有变迁，则其技不复能用，所谓最实用者，乃适成为最不实用。至若天理人事之学，精深博奥者，亘万古，横九垓，而不变。凡时凡地，均可用之。而救国经世，尤必以精神之学问（谓形而上之学）为根基。而吾国留学生不知研究，且鄙弃之，不自伤其愚陋，皆由偏重实用积习未改之故。此后若中国之实业发达，生计优裕，财源浚辟，则中国人经商营业之长技，可得其用；而中国人，当可为世界之富商。然若冀中国人以学问、美术等之造诣胜人，则决难必也。"[①] 今天距离陈寅恪预言时的 1919 年也已有一个世纪了，中国虽然

---

① 此为吴宓所记载之陈寅恪的言论。见吴宓：《吴宓日记（1917—1925）》，北京：生活·读书·新知三联书店，1998 年版，第 103 页。

并未成为世界首富，但是2013年胡润研究院世界富豪榜上，十亿美元以上的中国人已经跃居亚军席位了。不幸的是，我们的人文社会科学领域并未获得类似的光荣。看起来一切皆如陈寅恪所预料。当代中国固然有许多优秀的学者，但并没有公认的学术大师，谈起学术研究，我们今天每每言必称民国，推尊王国维、朱光潜、陈寅恪等等大师，但其实，民国的学术成就果然达到了世界一流水平了么？

对民国学术的怀旧情绪，很可能更多地是出于对那个时代学术环境的浪漫化想象。民国学术获得的总体成就究竟如何呢？不妨继续征引陈寅恪对他自己那个时代学术状况的评价："吾国大学之职责，在求本国学术之独立，此今日之公论也。若将此意以观全国学术现状，则……西洋文学哲学艺术历史等，苟输入传达，不失其真，即为难能可贵，遑问其有所创获。社会科学则本国政治社会财政经济之情况，非乞灵于外人之所谓调查统计，几无以为研求讨论之资。教育学则与政治相通，子夏曰：'仕而优则学，学而优则仕。'今日中国多数教育学者庶几近之。至于本国史学文学思想艺术史等，疑若可以几于独立者，察其实际，亦复不然。近年中国古代及近代史料发现虽多，而具有统系与不涉傅会之整理，犹待今后之努力。"[1] 可以说，在他看来，中国的学术水平乏善可陈，远未摆脱蹒跚学步的幼稚状态。不用说学术独立无从谈起，即使是原汁原味地输入西方的文化产品，也已经并非易事了。

---

[1] 陈寅恪：《吾国学术之现状及清华之职责》，载陈寅恪：《金明馆丛稿二编》，北京：生活·读书·新知三联书店，2001年版，第361页。

实际情况也正是如此。我们所推尊的民国大师们，与欧美的人文学科的文化伟人相比，总体上来说，其学术影响范围还局限于国内，并没有哪怕一位高踞于国际学术界的金字塔之上，获得广泛的深度认可。而且，尽管这些大师们几乎无一不强调指出，吸收外来之学术与保守本土文化两者同为创造未来民族文化之根本，但令人遗憾的是，虽然他们的中学底子相当出色，但在吸收外来文化方面，他们总体上来看，很难说完成得非常出色。以王国维、朱光潜为例，他们分别对叔本华、克罗齐的接受，都对构成其理论核心的认识论、本体论的论述未能给予足够重视，他们的理论演练实际上绕过了与我们文化深层结构迥然有异的那些知识构型，并在寻找相似性法则的引导之下，以本土经验摄取了能够与传统架构相融通的西学要素。从根本意义上来说，他们对西学并没有真正遵循澄怀观道、虚己以听的原则，或者说阿多诺所倡导的"客体性优先"的基本立场，相反，他们无论是否在意识层面有所觉察，客观上他们在更大程度上依然采取了"六经注我"的接受态度，起作用的仍然是传统文化本位的文化主体性取向。这就可以理解他们为什么后来在一定程度上重新转向了传统，朱光潜基本上将自己的研究范围限制在美学领域，而自己最看重的著作《诗论》，实际上乃是用西方美学来重新理解中国古典诗歌，虽然其中不乏真知灼见，在方法论上也不是简单地对西方美学进行格义连类，但毋庸置疑，就整体格局气象而言，他依然偏安于中国诗学之一隅，不能做到如陈寅恪所言，参预当代世界学术之潮流；另一方面，王国维甚至走得更远，他早年极口称道西学，指摘中国古书"大率繁散而无纪，残缺而不完，虽有真理，不易寻绎，以视西洋哲学之系统灿然，步伐严整者，其形式上之孰优孰劣，固自不可掩也"。^① 然而晚年王国维不再萦心于西学，甚至在向宣统帝上的奏章《论政学疏》里，对西学进行了极为严厉然而明显浅薄的指控："原西说之所以风靡一世者，以其国家之富强也。然自欧战以后，欧洲诸强国情见势绌，道德堕落，本业衰微，货币低降，物价腾涌，工资之争斗日烈，危险之思想日多……臣尝求其故，盖有二焉。西人以权利为天赋，以富强为国是，以竞争为当然，以进取为能事，是故挟其奇技淫巧，以肆其豪强兼并，更无知止知足之心，浸成不夺不餍之势。于是国与国相争，上与下相争，贫与富相争，凡昔之所以致富强者，今适为其自毙之具。此皆由贪之一字误之也。此西说之害，根于心术者一也。"^②

时至今日，中国的学术研究虽然较之一个世纪之前，已经有不少值得肯定的进步，但是总体状况并不令人满意。保守本土文化成绩很差不说，西学方面尽管在若干有限领域（例如现象学或维特根斯坦研究）获得切实的进展，但就全局而言情况并不好到哪里去。西方任何一位大师可能都得到了译介，但是权威研究者屈指可数，在国际相关领域里也很少看到中国人的身影。实际上，不少西学研究者竟然很少征引或参考西文文

---

① 王国维：《哲学辨惑》，载傅杰编校：《王国维论学集》，北京：中国社会科学出版社，1997年版，第218页。
② 王国维：《论政学疏》，转引自罗振玉《王忠悫公别传》，载傅杰编校：《王国维论学集》，北京：中国社会科学出版社，1997年版，第416—417页。按关于对王国维之接受叔本华、朱光潜之接受克罗齐的研究，可参见王攸欣：《选择、接受与疏离——王国维接受叔本华、朱光潜接受克罗齐美学比较研究》，北京：生活·读书·新知三联书店，1999年版。

献，不得不依赖中文译著，可惜我们对西方经典著作的翻译，其不信不达（更不必说雅了），其水平普遍之低，令人难以置信。而且，西学与中学之间横亘着一条看不见的壁垒，彼此之间难以对话、沟通。许多西学研究者划地自限，将自己的研究对象视为一个孤立的、漂浮的、不接地气、自娱自乐的学科，并不积极推进它的本土化过程，也就是意识不到运用其方法来解决中国语境的问题，并以此寻求研究的突破；另一方面，本土文化的研究者们往往满足于就事论事，缺乏真正的问题意识和理论视角，侧重于材料的堆砌，以考据发现为能事，无心于通过绵密的论证在事实数据与意义阐释之间建立联系，每每将本是学术研究中最低层次的材料准备工作——例如版本、系年之类考证——视为学术研究的目的。今天，我们中国学术界获得盛誉的往往是某种规模宏大的通史的纂写，全集的整理修订，或对某种新材料的独特发现以及对旧材料的颠覆性重新考证。在许多传统学科，例如中国古典文学研究领域，对一些走极端的学者而言，对海外汉学相关研究的轻慢鄙视乃是自抬学术身价的一个机会。从根本上来说，西学获得压倒性胜利只是表面现象，中国的学术研究的根柢还是在乾嘉学派的余风流韵笼罩之下。

五、漫长的革命

真正的学术原创有赖于对伟大传统的批判性继承。在如今中学、西学都不振的情势下，无法从中汲取充足学术养分的学人谋求学术原创，其结果要么是只能获得相当有限的、也就是无法达到较大普遍性的原创性，要么就是自弹自唱、自产自销，无法获得跨文化语境普遍认同的伪原创性。众所周知，唐诗的繁荣有赖于整个大唐帝国对诗歌的集体性持久热忱和写作实践。同样的道理，中国学术是否能够向世界奉献较具独创性的人文成果，能否向人类贡献若干真正的学术大师，取决于中国知识界的整体学术水准能否大幅提升。没有丰富、广阔、肥沃的学术土壤，没有健康、有活力的学术生态，奢谈学术原创不过是自欺欺人，而学术大师们也不会如璀璨群星那样骤然布满中国的学术夜空。在这里，开弓没有回头箭，历史的演进不允许我们回到乾嘉旧学的老路上去。因而，西学依然是决定性的因素，它构成了确保我们的未来能够走向正确学术道路的前提条件。即便是中学，即便是传统，也需依靠走在我们前头的西学来激活它与当代语境的回应性，来灌注生命力。我们也完全不必担心，对西学的大力引进，最后会丧失华夏民族文化的主体地位。很简单，作为一个拥有辽阔疆域、亿万人民和悠久历史的国家，中国绝不可能轻易被任何一种文化帝国主义所同化，相反，中国佛教史倒是可以说明，一种异质文化之于中国的意义，不过是在它与中国的互动过程中适者生存，一方面它补充了中国本土所匮乏的某些新的文化质素，另一方面，它也为适应中国而获得了它的新身份。

改革开放四十年来，中国经济的飞速发展令世人头晕目眩，国人从上到下，也期待着与经济奇迹相称的文化奇迹在神州大地同时绽现。学术原创的焦虑体现在诸如构建文化软实力的口号、斥资鼓励翻译输出、学者们大呼中国文化失语、高校和科研机构关注国内学者在国际知名刊物刊发论文数以及被引用率等等情状中。这当然是可以理解的，并不可以简单地斥之为民族文化虚荣心。但是一个古老文化谋求脱胎换骨、凤凰涅槃，其成长发育并无速成的道理，它是一场漫长的革命。它依赖于知识阶层的观念渐变，依赖于教育体制的深度改革，或者毋宁更彻底地说，依赖于整个国民文化心理结构的转型，因为一国之学术文化无非是一国国民的智慧结晶。它需要时间川流让一种异质文化浸润流淌到一个古老民族的心田，并激活华夏民族已经沉睡的文化想象力和创造力。佛教从公元纪元前后传入中国，到慧能的时候，才产生了伟大的完全中国化的佛教即禅宗，可以说中国人用六七百年才在某种意义上彻底消化了佛教文化。而西学东渐至今，方才一个半世纪有余，而且我们今天所学习的内容，其广度和深度都远远超越了单一宗教文化。我们必须对西学怀抱更耐心、更虚心的学习态度。绝对不能以"学术大跃进"的方式来想象对异质文化的吸收。幸运的是，过去，我们去西天取经，需要跋山涉水，克服千难万险，才能求得真经。如今，我们全人类都生活在同一个地球村中，空间的距离既由于飞机的发明而缩短，更由于互联网使得"天涯若比邻"成为可能。更重要的是，全球化时代的到来，使得世界各国的政治、经济、文化、教育的一体化程度越来越高，彼此之间越来越相互依存。这里特别值得强调的是，中国的经济增长催生了留学潮，2007年以来，留学人数开始呈现井喷式增长，仅2013年一年，留学总人数突破四十五万人。庞大的留学规模为中国学子更全面、更深刻、更及时地接受西学提供了可能性。从某种意义上来说，西方的大学并不在中国之外。

　　因而回到本文开头的那个问题即：在一场学术龟兔赛跑的

过程中，我们该何去何从？我的回答就比较容易了：我们的第一要著，是必须首先摆脱各种抱残守缺的心态，超越各种民族虚荣心和文化自卑（包括以自大形式表现出的自卑），诚实地批判性反思我们人文学科的不足。对于西学，我们应该继续聆听八十年前鲁迅斩钉截铁的呼喊："运用脑髓，放出眼光，自己来拿！"在未来漫长的岁月中，龟兔也许角色易位，也许并肩奔跑，也许在比赛的进程之中，奔跑的意义已经得到实现，孰先孰后已经变得不再重要。有必要重复王国维精彩的论断："宇宙人生之问题，人人之所不得解也。其有能解释此问题之一部分者，无论其出于本国，或出于外国，其偿我知识上之要求，而慰我怀疑之苦痛者，则一也。同此宇宙，同此人生，而其观宇宙人生也，则各不同。以其不同之故，而遂生彼此之见，此大不然者也。学术之所争，只有是非真伪之别耳。"[①]

2014 年

[①] 王国维：《论近年之学术界》，载傅杰编校：《王国维论学集》，北京：中国社会科学出版社，1997 年版，第 215 页。

本土化文论体系何以可能

说来颇为汗颜，改革开放四十年来，本人忝为其中一分子的文艺理论界总体上来看成绩平平。简单粗暴地说，文艺理论学者可以分为三种类型：其一，是研究古代文论的学者，给人们的印象是仿佛置身古代说着古代的事，与当代文化生活并不相干；其二，是研究西方文论的学者，给人们的印象是仿佛置身外国说着外国的事，与中国文学实践毫无关系，如果发生了一些什么关系，那总是显得生吞活剥、生搬硬套，总是会发生"强制阐释"的事情；其三，是仍然坚持原创的一些学者，但是这些可敬的学者，其构建理论系统，不必说西方学人，就是在本土，得到普遍认可的程度也颇为有限。所以，尽管我们已经有些学者从事着当代中国文艺理论史的研究，陈述着我们对文艺理论贡献的自我理解，不可否认我们的确在一些领域里面也有所推进，但基本上从大的方面来说，还是停留在自娱自乐阶段，也就是说，其影响范围没有超出汉语学界。

要是不怕别人责备我妄自菲薄，我还想指出，其实我们文艺理论从业人员在整个文学研究的鄙视链中可能位居下端。我个人感受到的学术鄙视链大概是这样的：古代文学研究者认为自己研究的才是正经学问，毕竟研究的对象是漫长的历史长河冲击后所保留的硕果，实际上西方一流大学的文学系传统上也还是研究他们自己的古典文学；何况能读懂古代文献不易，文字、音韵、训诂、历法、版本以及典章制度之类都是拦路虎。他们显然会鄙视现当代的学者没有学术门槛，无需深厚学养，历史短暂，与今天社会现实距离太近。但是现当代文学研究者们其实自有其骄傲的文化资本。他们的写作灵动鲜活，跟现当代作家既相互对立又相互依赖，实际上他们的文本也更像文学文本，即便他们能够挪用或者自制理论话语，也绝对没有沉闷冬烘的村学究气质，相反，这些话语能够成为展示他们批评才华的道具。他们最接地气，因此具有社会上广泛的知名度，以及文学研究领域中最大的影响力。每年中文学科的研究生报考人数中，现当代文学专业的考生都是遥遥领先，而在代表中国文学领域最高成就之一的鲁迅文学奖中，文学理论评论这一个奖项中，文学理论其实不过是批评的附庸，基本上充当可有可无的花瓶角色，历届获奖者大部分都不是出自大学的文艺学教研室。清人姚鼐有个著名的说法，做学问做得好的，应该是寻求义理、考据与辞章之间三者的统一。[1] 假定古典文学在功能地位上有点接近考据，现当代文学接近辞章，那么文艺理论原本是更接近义理的，而本来义理才是最重要的。段玉裁说："义理者，文章考核之源也；孰乎义理，而后能考核、能文章。"[2] 可是，文艺理论学者大谈的义理对其他学者而言不过是凌空蹈虚，要么像蜘蛛吐丝一样，不过是闭门造车，要么就是跟着西方鹦鹉学舌，对火热的文学实践隔山打牛，而不能与当下中国语境发生对话关系，到头来不过是如同苏轼讽刺扬雄的

---

[1] 姚鼐：《述庵文抄序》，载郭绍虞主编：《中国历代文论选》，第三册，上海：上海古籍出版社，1996年版，第499页。
[2] 段玉裁：《戴东原集序》，载郭绍虞主编：《中国历代文论选》，第三册，上海：上海古籍出版社，1996年版，第504页。

那样,"好为艰深之辞,以文浅显之说"。① 义理如果给人感觉是无理,那么它就不如考据踏实,也不如辞章华彩,占着高位之名而无其实,在文学研究领域里尸位素餐,那就只好叨陪文学研究鄙视链的末座了。不妨再换一种比附。中国的文化生活中有一个全世界独一无二的关于思想与学术的区分。② 就中国文学研究领域而言,如果说,承袭着乾嘉学派余风流韵的古典文学研究者似乎占着学术一头,那么,现当代文学专家们就好像占着思想一头。③ 文艺理论学者两头落空,既隔绝于源远流长的中国学术传统,看上去也缺乏思想的原创性,它的存在是否具有重要意义,似乎值得反思。

文艺学的学科危机绝不是最近的事。大约十五年前,一位现当代前辈学者告诉我说,其实欧美的文学系并不存在文艺理论教研室这一类的建制。这意思换成陈晓明教授的用语,差不多就是说,我们这一行当的幸存,其意义不过是在替前苏联文学院系的制度模式守寡,④ 这个学科本身的存在必要性是可疑的。⑤ 文艺学缺乏自己专属的、稳定的地盘,常常沦落到要为自己的生存而辩护的地步。若干年前,不少学者提出文艺学学

---

① 苏轼:《答谢民师书》,载郭绍虞主编:《中国历代文论选》,第二册,上海:上海古籍出版社,1996年版,第307页。
② 参阅倪梁康:《学术与思想:是否对立以及如何对立?》,载倪梁康:《会意集》,北京:东方出版社,2001年版,第35—41页。
③ 但是,这不等于说,我们的现当代文学研究者们的思想水平达到了相当的深度。不怕得罪人地说,我认为总体上,该领域的思想水平总体上并没有大大超出西方的启蒙思想所达到的深度。
④ "守寡"一说,我挪用自陈晓明教授某次开会发言,我以为他说得十分形象而幽默。
⑤ 我后来才了解到,其实西方大学也并没有他们的经典文学教研室,更不必说现代文学教研室了,另一方面,文学理论却又构成了他们的基础课程。

科反思，并且提倡文化研究以开拓文艺学的新边疆，这实际上从一个侧面反映了文艺学作为一门学科所面临的窘境。

但是，文学研究如果缺乏理论基础，势必只是满足于经验描述状态，也就是满足于就事论事，顶多是日常经验的形式化，达不到普遍性和思辨的深度，也无法使得真正的原创性获得可见性与确定性。但是需要说明的是，理论可能是文学研究中最有难度的领域。一个国家或者一个文化共同体，如果缺乏缤纷璀璨的理论阳光的烛照映射，如果缺乏追求普遍性、系统性、客观性与逻辑合理性的理性知识的滋养培育，它的整体人文学科就无法登堂入室，进而得以预参世界学术潮流。就此而言，文学理论的表现，其实是整个人文学科总实力的缩影。理论构成了人文学科领域中任何专门系统研究的学术前提和知识基础，它处在知识金字塔尖的位置。翻开西方流行的文学理论教材，例如《诺顿理论与批评文集》（*The Norton Anthology of Theory and Criticism*），或者《布莱克威尔文学理论导论》（*The Blackwell Guide to Literary Theory*），介绍的文学理论重要人物绝大部分是西方一流的哲学家、心理学家、社会理论家、语言学家甚至人类学家，一些其主要身份是文学理论家的学者，其理论的发明大体上也是对一些重要人文社会科学理论挪用的结果。

在某种意义上，我们今天之所谓人文学科，其问题意识、方法论基础、推论过程，甚至其功能与意义，很大程度上并不是中国传统学术的接续，而更多的是对西方人文学科的横向移植。在自然科学或工程技术领域里面，我们全方位落后于西方，这已经是不争的事实，但不管怎么说，中国的理工科正在逐渐拉近跟西方的距离，这也可以得到许多数据的证实。我们没有充分意识到的，是我们人文学科的严重落后。① 整整一百年前，青年陈寅恪对中国的人文学科、美术和工商业的未来发展曾经有一个高瞻远瞩的预判。他的预判在我看来不幸而言中，因而值得我反复引用："中国之哲学、美术，远不如希腊，不特科学为逊泰西也……而救国经世，尤必以精神之学问（谓形而上之学）为根基。而吾国留学生不知研究，且鄙弃之，不自伤其愚陋，皆由偏重实用积习未改之故。此后若中国之实业发达，生计优裕，财源浚辟，则中国人经商营业之长技，可得其用；而中国人，当可为世界之富商。然若冀中国人以学问、美术等之造诣胜人，则决难必也。"② 确实，如今福布斯排行榜上已经不乏中国人的身影，中国实际上已经跃居世界第二大经济体位置，已经拥有完备而先进的工业体系，成为当之无愧的世界工厂。但是，夸大一点说，今天中国在经济方面与西方国家存在着多么巨大的贸易顺差，在人文学科方面就存在着多么巨大的贸易逆差。今人陈嘉映指出："中国士大夫传统始终缺乏真正的理论兴趣。这个传统一直延续到现在。这一百多年来，我们开始学习西方以来，各行各业都有能人，在技术性的领域里学习成绩尤其好，但理论创新方面却很弱，在物理学、数学、生物学领域是这样。按说，在历史理论、社会理论、人类学理论、政治理论等领域，基于中国漫长而丰富的历史、基

---

① 关于这个方面，我在一篇小文中有所分析。请见拙文：《文化政治之外的政治：重思法兰克福学派中国之旅》，载《兰州大学学报》，2018 年，第 1 期。
② 此为吴宓所记载之陈寅恪的言论。见吴宓：《吴宓日记（1917—1925）》，北京：生活·读书·新知三联书店，1998 年版，第 103 页。

于中国人的特殊生活方式和特殊经验，我们应当能有所贡献，但实际上，在这些领域中，中国人在理论建设方面一无作为……直到今天，中国人讲到理论，其范式还是阴阳五行那种类型，大而化之、闳大不经的一类。"①

对此事实的无视，其实容易推助我们学风的浮夸自大。要提升我们中国人文学科水平，要期待中国人文学科的原创性贡献，我们不能遵循计划经济的思维模式，不能以大跃进的方式来策划或者经营学术，不该认真考虑采取何种方式可以弯道超车的技术线路，甚至也不是考虑如何强化中华学术外译的庞大计划（尽管我并不否认这一计划的积极意义），所有这些方案要么是违背学术本身的规律，要么只能起辅助作用。如果我们能运用清明的理性加以思考，就必须诚实地承认，我们不该设置一个不言而喻的前提假设：即只要我们主观上更努力，我们的人文学科的大师们就会纷纷横空出世。换句话说，我们假定自己已经具备了能够生产真正具有原创性人文学科成果的客观条件。相反，我们其实应该反思的是成就人文学科辉煌成果的可能性条件是什么，或者限制我们取得学术进步的障碍在哪里。我们固然应该对未来有美好的期待，但是在思考应然之前，我们也许应该先考虑实然的情况，并对我们面临的不利条件作出有效的诊断。

回到前文，我们可以发现，当代中国文艺理论原创性的不足，其原因不是当代文艺学学人比起其他领域的学人来说智商不够或者努力不够，它实际上反映的是整个人文学科的结构性

---

① 陈嘉映：《科学　哲学　常识》，北京：东方出版社，2007年版，第51页。

问题，而这样的问题，不仅仅是最近几十年来才涌现出来的事情，而是在一个多世纪前，就已经为先贤所察觉。所以，如果我们认为，人文学科成绩不行，其原因是应试教育出现的题海大战摧毁了想象力与知识好奇心，是因为理工科思维的殖民，将量化考核标准（科研成果发表刊物的级别、影响因子、H指数、发文的数量、获奖的级别、项目经费的总量等等）推行到文科领域里来，是因为社会所允许的思考的自由度还不足以满足这个学科的需求，是因为许多学者因循守旧不思进取，等等，这些分析可能都各有其道理，但是我想，最重要的症结还可能是我们民族文化的认识型与源于古希腊的西方文化的认识型存在着根本性的差异，① 而这一差异至今还在相当程度上决定着我们的思想与行动。早期希腊人拥有一种特别的精神向度，即对事物的认识兴趣，这种认识是摆脱了实践需要的某种纯粹的认识，而对于理论的创造兴趣则是知识好奇心的集中体现。这里面我们谈论的理论，它是系统性的，也就是说，它指向的是普遍性，它不仅能够解释该领域中的已然事实，而且能够预测该领域尚未发生的未然事实；它是去目的论的，也就是说，它是靠推论来完成自身的，而在研究之前，最后会导致何种结论是不确定的；它是价值中立的，也就是说，它只对事实的真伪负责，而不关心它是否满足人们的某种宗教的政治的或伦理的期待。古希腊人这样的性情倾向不仅仅表现在他们少数

---

① 关于这里提到的认识型（épistémè），我借用自福柯的概念。作为某个长时段所有话语和知识的结构原则或存在条件，它可以理解为某种深层的精神秩序。此段相关内容的论述请见拙文：《认识与智识：跨语境视阈下的艺术终结论》，载《乌合的思想》，上海：上海文艺出版社，2012年版，第129—151页。

几位自然哲学家身上，而且可能为整个社会所共享。举例来说，古希腊悲剧其实就完全不同于中国的类似作品，中国的戏剧总是弥漫着惩恶扬善、因果报应的道德气息，但是古希腊悲剧中的命运观，却类似于物理定律，[①] 而不同于中国悲剧中所预设的铁面无私的法官形象。根据陈嘉映的说法，我们中国人有着较强的理性态度，也就是讲求实际，讲求经验，这在根本上是反理论的。[②] 我们中国人追求的是智慧，而非真理。

如果不爱理论这样的习性植根于我们的文化基因之中，是否我们就注定永远追赶无望？我们既不可妄自尊大，也不必妄自菲薄。实际上，虽然古希腊就开始有爱智的传统，但是现代意义上的人文学科，可能源于文艺复兴时期。[③] 西方的人文学科发展至今，也有好几个世纪的历史了。中国被迫打开国门，立志"师夷长技以制夷"，至今也不过才一百几十年的历史。虽然如此，我们在学习技术方面已经取得了巨大的进步，甚至在某些领域还处在国际领先水平，这证明了中华民族的智商和创造力值得信赖；但是在包括人文学科在内的整个科学理论方面，我们跟西方还存在一定的距离。这说明了什么呢？这也许

[①] 怀特海曾经在讨论古希腊悲剧时指出："悲剧的本质并不是不幸，而是事物无情活动的严肃性。但这种命运的必然性，只有通过人生中事实的不幸遭遇才能说明。因为只有通过这种剧情才能说明逃避是无用的。这种无情的必然性充满了科学的思想。物理的定律就等于人生命运的律令。"怀特海：《科学与近代社会》，何钦译，北京：商务印书馆，1997年版，第11页。
[②] 陈嘉映：《科学 哲学 常识》，北京：东方出版社，2007年版，第44页。
[③] 历史学家雅克·巴尔赞提到人文主义对后世的影响时说："有谁能逃脱'研究'呢？又有谁敢不提出确切的引文和时间，不参考以前的作品，不引证出处，不开列参考书目，或者不使用脚注这个表示坦诚的标记呢？"见雅克·巴尔赞：《从黎明到衰落：西方文化生活五百年》，林华译，北京：世界知识出版社，2002年版，第47页。

说明了我们对作为技术基础的科学理论本身还没有强烈兴趣，我们的认识型还没有完成根本的转型，我们还是处在一个急功近利、急于求成的心智状态中。另一方面，我们应该对未来有谨慎乐观的理由：我们的改革开放的大门打开后就不准备关上。我们今天处在一个越来越国际化的环境中：喷气式飞机与互联网使得今天的世界变得更像一个货真价实的地球村，中国与西方之间的距离越来越紧密；中国赴海外的留学生人数越来越多，2017年已经突破六十万人，同年海外归国人员也已经达到四十八万人，在某种意义上，西方的大学并不在中国之外，事实上，有几所著名的西方大学就直接在中国设置校区。中国的文化正在进行一个缓慢的转型过程，它不同于西方，缺乏强烈的求真意志，但是，它也不同于它自己的过去，这样的一个转型并未达到一个稳定的成熟的状态，因此，对中国人文学科的未来，我们可以有一个美好的期待。但是，承认我们的差距，了解我们认识型的缺失，也许是走向未来可能的辉煌的第一步。

2018 年

渐行渐远？论文学理论与文学实践的离合

一

大约是在十几年前，我有幸参加一个文学理论"峰会"。晚宴的时候，一位文艺学大咖甲教授酒兴大发，情到深处，仰天长叹曰："文艺学不行了！"几年之后，另一位学者乙先生，他是著名文学批评家，也是文艺理论家，甚至还是个公认的优秀散文家，私下里跟我说："文学理论的会议怎么都在概念里转圈圈，不接地气，好像与文学作品没什么关系？"如果说学者甲表达了他对文艺学现状的悲观判断，那么，学者乙就在观察的同时给出了某种分析。两者联系在一起，我们似乎可以说，文学理论的黄金时代好像过去了，其中一个突出表现就是文艺理论已经在进行概念自我循环的自娱游戏，与文学实践并无内在关联了。

他们二位都是长我一辈的活跃了三十余年的文学研究弄潮儿。当他们质疑当下文学理论之日薄西山的时候，我想他们赖以参照的，恰是那个朝气蓬勃、群雄并起、风云际会的上世纪八十年代。在那个年代，文学批评与文学理论难分彼此，而最新锐的文学批评家其实往往就是当时的前卫文学理论家。[①] 从

[①] 实际上，到上世纪末为止，中国文艺理论学会的副会长们，一半以上的都是今天被划分为现当代文学研究领域的专家学者。

某种意义上来说，八十年代似乎是近四十年来文艺理论的黄金时代：文学创作的先锋实验、文学批评对先锋实验的认可，文学理论对文学批评的合法化论证，彼此之间，构成了一个共同超越传统、标新立异的文学话语的良性循环系统。可以用阿多诺的话来说：文学实践、文学批评与文学理论构成了相互摹仿的关系，也可以说，构成了相互渗透的关系。作家们具有相当的理论自觉，甚至赶在批评家对自己加以命名定义之前就打出各种主义旗号，批评家每每用比作家还绚丽、质感的语言诉说着对文学作品的感受，而批评化了的文学理论在谋求新奇话语的表达方面，丝毫不逊色于文学实践，它完全无意于自身的论证严谨与结构纵深，绝不采用后来令人气闷的晦涩概念。这可能是文学理论在中国历史上最为生龙活虎、也最为文学人整体所看重，因而也最容易为前辈文艺理论学者缅怀的时代，当然，也极可能是不可重演的时代。

细推起来，文学理论这样的所谓全盛时代，其赖以成为可能的基本条件是在历史转型期，在它身上同时汇聚了不同时代对它的期待、压力和要求。实际上，此时我们提到的文学理论是缺乏学科独立性的、与文学批评浑然一体的一种话语实践，正如《诗经》之诗，在远古其实与特定的音乐、舞蹈纠缠在一起难分难解、难以区隔一样，它比今天的文学理论内容要更为丰富，形式更为鲜活。与此同时，它也负载了过多的功能，这些功能可以粗略地列举为三个方面：第一，侧重于对文学作品的写作指导，它关涉的是实践；第二，侧重于对文学作品的价值评判、把脉，它关涉的是赋值；第三，侧重于对与文学相关的现象或事实的阐释，它关涉的是认识。

当然，这些功能的区分也许在许多年之后才有清晰的可见性。大体上来说，第一和第二个方面，其实都是传统上对"文学理论"——也就是对我们今天称之为文学作品进行较有系统的解析、评鉴、论说的那些文本——所扮演角色的要求。一方面，对文学技巧的讨论在古典时代具有悠久的历史，数不清的诗话、词话、曲话或文话都表现了古代文学人许多真知灼见，这些文学人本身往往就是诗人、词人、戏曲家或散文家，他们的相关书写常常就是他们的创作经验总结，其目标往往是确认什么样的诗文是好的诗文。刘勰的《文心雕龙》将大量的笔墨花费在文体论上，建构了大量文类的写作规范，而钟嵘的《诗品》则热心于确立诗人品级的排行榜。他们大概不会想到，他们作为古代文论家的名声在身后远远超过了他们作为诗人的名声。另一方面，"诗言志""神理设教""文以载道"这些表述中，"志""理""道"的具体内容都毋庸置疑首先是儒家信条，因而在各种文本中对它的重申和再确认不过是再生产官方话语，将它加以自然化和常识化的手段，它本身在过去并不引发任何争论或问题性。这两个方面，在新时期其实以某种升级了的方式得到了延续，文学批评家们往往操弄着时而热情、时而冷峻、时而华丽、时而尖刻的语言叙述着对某个文学文本的理解，他们看上去就是文学家的知音，因而能道出文学家的妙处，并能表达对其美中不足的某种遗憾。另一方面，批评家们的种种命名活动，例如"伤痕文学""反思文学""寻根文学""改革文学"之类，并不仅仅是、甚至也不主要是文学场上谋求文学资本的符号斗争策略，而实际上，它标示着对刚刚跨越的旧时代主流话语即政治实用主义的反叛，也就是对改革开放时代新启蒙要求的呼应。

当然，仅仅从中国传统文论与批评的传承角度来理解新时期的文学理解活动，是远远不够的。事实上，前苏联的官方意识形态文论体系，包括卢卡齐，但尤其是车尔尼雪夫斯基、别林斯基和杜勃罗留波夫为代表的现实主义文学理论和批评实践，不仅仅将上述两者无缝连接起来，而且它们本身变成了中国文学人既有所资取、同时又加以拒斥、一时难以绕过的巨大存在，它们是可以提供稳定和安全的文化家园，但同时也是需要摆脱的文化囚室。文学理论，以及作为文学理论之话语实践或落实形态的文学批评，它对文学活动承担着指导的责任。这样的指导，其实简单粗暴点理解，就是提供形式与内容的指导。更进一步说，这样的文学理论就是官方话语的某种体现。文学因为被理解为对现实的反应，因此具有了政治风向标的属性，而对此加以系统性把握的文学理论就获得了显著的特权位置。围绕着胡风和周扬的文艺论争之所以得到专业领域之外的人们的关注，显然并非偶然。所以，文学理论在过去并不是可有可无的屠龙之技，它至少在三个方面规范着文学：第一，它告诉我们，某一作品是成功还是失败，其客观意义是什么；第二，它告诫作家们该如何修改作品，该遵守什么写作原则；第三，它告诉我们，对传统的和当下的文学作品我们该做何种评估。[1] 文学批评，在某种意义上不过是将文学理论所确定的规范予以执行。因而，文学理论是授予文学作品以合法性的最终

---

[1] 参见拙著：《权力的文化逻辑：布迪厄的社会学诗学》，上海：上海人民出版社，1996年版，第234页。

根据,当然,文学理论家总是和体制的权威相伴而生的,这些体制权威包括但不限于中宣部、文化部、中国文联、中国作协、中国社科院文学所和两报一刊等等,在较小程度上可能也包括高校。这种情况很容易让人联想到作为文艺理论家和批评家的布瓦洛与法兰西学院的关系。

二

然而,这样一种规范性文学批评,以及将这种批评予以系统化的规范性文学理论——无论主要倾向是偏重于写作实践指导,还是美学意义赋值——作为一种社会历史维度的文学阐释方法,已经不再能够回应上个世纪八十年代标新立异蔚然成风的文学实践了。实际上,对无论是朦胧诗,还是先锋派小说,主流话语最初往往持无视或抨击的立场,即便文坛耆宿们有奖掖后进的愿心,往往也是胶柱鼓瑟、不得要领,因为错误的理路对新锐文学无法获得正确的理解。但是,新时期毕竟是一个思想解放的年代,新的文学现象既然废止了正统文论的阐释有效性,那么,重新认识文学的激情就可能会被激活,这种激活的可能性不仅仅源于新的文学实践的崛起,不仅仅得益于诸多个体自由思考的欲望被唤醒,得益于整个社会被一种建立新秩序——无论是体制的还是心灵的——的理想所左右,更重要的,它受惠于最高领导层的认可甚至鼓励。邓小平在《在中国文学艺术工作者第四次代表大会上的祝辞》中指出:"衙门作风必须抛弃,在文艺创作、文艺批评领域的行政命令必须废止。如果把这类东西看作是坚持党的领导,其结果,只能走向事情的反面。要坚持辩证唯物主义的思想路线，从三十年来文艺发展的历史中，分析正反两方面的经验，摆脱各种条条框框的束缚，根据我国历史新时期的特点，研究新情况，解决新问题。林彪、'四人帮'那一套荒谬做法，破坏了党对文艺工作的领导，扼杀了文艺的生机。文艺这种复杂的精神劳动，非常需要文艺家发挥个人的创造精神。写什么和怎样写，只能由文艺家在艺术实践中去探索和逐步求得解决。在这方面，不要横加干涉。"① 当鲜活的文学实践与机械的政治实用主义之间的共生纽带被割弃之后，规范性批评与官方体制之间的联系也随之断裂，文学批评或文学理论的可能性空间因而得以重新打开，它们不再服务于直接的政治意图，也不再是对创作的技术指导，也就是说，它现在获得了某种程度的自主性，它开始在不断模糊化的精神边界（例如，对现实主义反映论的边界突破被逐渐接受）和外部强制松绑的条件下开拓思辨的疆土，开始踏上文学阐释的想象力自由游戏的征程。

当然，前述传统文论也好，受前苏联文论影响的主流文论也好，我们不能说它们不存在认识的维度，也就是说，对诸多文学事实关系进行阐释或理解的维度。但是，这些维度在过去被文学理论的指导性功能所压倒：一种理论或者一种批评，如果既不能对某部作品在文学技巧的指点方面提供依据，又不能为文学作品的思想内容的判断提供伦理准则，那么它的存在有何意义呢？在我们文化传统里，对纯粹知识的发现，

---

① 邓小平：《在中国文学艺术工作者第四次代表大会上的祝辞》，载《文艺研究》，1979年，第4期，第6页。

或者说对真理的追求，总体上来说兴味索然，并不构成一个必不可少的实践需要。因而，在新时期之初，对文学的知识学探索是声名不彰、默默无闻的。但随着中国当代文化史的渐次展开，它竟然由附庸而蔚为大观。那么，这一切是何以可能的呢？

当文学批评卸除了技术指导和政治压力的负担，从而可以畅所欲言的时候，它最初所显示出来的语言表达快感，那种或讥诮、或优雅、或汪洋恣肆、或委婉幽深的评说风格，那种展现自身才华和性情的风采和魅力，在最初被大声喝彩之后，转而又会被贴上"印象主义批评"的标签。人们要求批评家不仅仅提供对某种文学作品的感受和观察，无论这看上去是否像是提供了另一版本的文学作品，[①] 而且要提供如此批评的客观理据，要求弃除主观性、偶然性以及就事论事的状态，要抓取给我们带来具有普遍性和稳定性收获的某种东西，这种东西被期待能够达到对文学事实的本质或者规律的认识。

批评家在应对这一质疑的时候，可能的选择方案大体上有这样几种：第一，向古代文论汲取资源。然而，尽管古代文论文献浩如烟海，也被许多学者加以钩沉稽古、探赜索隐，但是它们并不是新时期以来具有超越专业领域影响力的一个话语场，这不仅仅是因为在那些文本中，理论性的表达往往缠夹在

---

① 即便今天，批评家语言的灵动或机智，依然得到了在我看来过高的评价，这种情况特别让我联想起中国许多外语学院流行的奇怪标准：一个外语发音纯正但是学术水准平平的学者，要比一个外语发音平平但是学术水准优秀的学者，会得到更大程度的尊敬。

具体文学作品的评析之中,[①] 而且因为比起诗词曲赋或者章回小说,它们对当代文学实践的解释力就减弱了很多。第二,向五四以来所开创的新传统汲取资源,当然,这个传统本身非常丰富,但其主流很容易被理解为社会历史批评,而它就很难与我们上文提到的规范性批评区隔开来。换言之,它经常难以对新的文学事实进行如其所是的阐释,除非它的结构和系统获得全面的升级。第三,自出机杼,自铸伟词。新时期以来,不少批评家也建构了自身的理论体系,这些体系有的如今已经湮没不闻,但即便到今天,还有不少批评家/理论家几十年如一日,孜孜矻矻,坚持着对文学理论体系的独创。例如叶舒宪的"四重证据法"、吴炫的"否定主义美学",以及近几年来标举"别现代"的王建疆等,均为显例。这些学者对学术的献身热情和执着耕耘令人感动,事实上也程度不同地引发了不少反响。未来他们的研究成果是否以某种方式得到更具普遍性的认可,例如被后人编入文学理论教材或者某种文艺理论读本、选集之中,被作为中国的代表性成果获得跨文化、跨国族的广泛阅读,值得观察。最后但并非最不重要的是,"别求新声于异邦"的倾向变成了主流。实际上,最近四十年来,可以说,包括文艺理论在内的中国人文学科经历了一场漫长的但意义深远的符号革命。这一点值得特别的关注。

[①] 当然,今天被我们认定为古代文论范围的许多著作,毫无疑问具有大量的独立与文学事实的理论性论述。

三

当然,详细叙述这场所谓人文学科的革命不是本文的任务,不过,我们如果比较一下二十世纪七十年代末八十年代初与今天同一本主流刊物所刊登论文的形式差异,也许就足以说明问题了。与今天的论文相比,过去的论文,没有内容摘要,没有关键词,大部分也没有很长的篇幅,但最重要的是,几乎没有什么注释。作为八十年代初的大学生,我们当时的老师指导我们写论文的时候,他们只是强调必须显示我们个人的也是独创的观点,但并没有告诉我们,在探讨一个问题的时候,需要梳理这个问题的研究史,必须要了解这个问题已经有哪些人做过哪些研究,其优点与不足各是什么;没有提醒我们,必须无一字无来处,引述的观点必须标明其出处,我们的新观念必须要有材料的、逻辑的支撑;更没有指导我们,必须将自己的思考放在特定的方法论基础上,必须依赖具体的理论视域来建构我们的思考对象或问题域。所有这些,是今天我们研究生教育的常识。当然,研究生教育的大规模扩招其实有一个逐渐发展的过程。[1] 其实,这些观念最初发轫于文艺复兴时期。[2] 打开

---

[1] 研究生教育七十年代末全国仅有一万余人的招生规模,八十年代中期以来,达到了四万人,九十年代末达到了九万人,2009 年为四十一万五千人,最近几年则为七十余万。数据来源分别为:http://www.360doc.com/content/16/0224/11/15224945_536893677.shtml;以及:http://bj.offcn.com/html/2019/12/214401.html。

[2] 见雅克·巴尔赞:《从黎明到衰落:西方文化生活五百年》,林华译,北京:世界知识出版社,2002 年版,第 47 页。

西方文艺理论史，我们会发现西方学人对文艺理论的思考从来没有停止过，当我们对某个文学现象有所心得的时候，我们每每不无沮丧地发现，他们的思考每每比我们更缜密、更细致、更深入，也更系统。① 今天许多在九十年代成名的学者，多有编译、借鉴、依傍西方文艺理论家的起步阶段。顺带说一句，这些起步阶段偶尔会出现讹误，后来还被指认为所谓剽窃事件。其实，这样的操作往往是用我们今天的学术标准去苛求过去了。

但一旦在人文学科意义上陈述某一观点，由于它诉诸客观性和普遍性，就必须借助于推论、引用、举证才能进行，这在某种意义上会丧失批评家的主观性，因为论者必然屈服于繁复论证所谋求的逻辑严密性，这当然也同时会摧毁语言痛快淋漓的文学表达所产生的审美快感。这样，文学批评随之从涵纳了文学欣赏、文学批评与文学理论的某种文学研究统一体中分化出来，它与文学理论分道扬镳，各行其是。与此同时，文学批评自身也逐渐自我分化成两种倾向，一种是侧重于审美趣味的批评，我们姑且可以称之为"文学性批评"，批评者们更多地遵循着反思性判断，也就是从特殊性中寻找普遍性，在具体的文学经验中发现文学的某种真理，他们跟文联、作协，或文学刊物、媒体有较多的联系，跟文学实践的现场有更直接的互动；另一类是侧重于学理趣味的批评，我们姑且可以称之为"学院派批评"，批评者们更多地遵循着规定性判断，也就是从

---

① 这当然并不是新时期的学人才发现的事实。清末以来，这是包括王国维、陈寅恪等一代知识分子的集体性共识。

普遍性中界定特殊性,在某种理论的光芒下照亮文学的某种面相,他们往往就在高校、科研机构工作,对各种理论工具有着更深入的阅读和掌握。① 不消说得,有不少从作协、文联等部门转会到高校的批评家,虽然已经变身为知名教授,但是依然保留着原先文化习性的惯性。在两类批评家中,如果说前者之病往往在于从作品到作品,缺乏严谨的逻辑推论、哲学的突破或者普遍性意义的升华;那么后者之病往往在于过于热衷理论的炫耀式消费,而将文学作品化约为理论的注脚。

从世纪之交以来,批评家从作协转到高校较为常见,相反的情况则寥寥无几。大学的强势存在促进了文学批评、文学理论共同体性质的解体。文学阐释活动所依赖的体制发生了根本的变迁,大学现在替代上述各种官方体制,变成了主战场。无论是大学教授们,或是被教授们所培养的研究生们,常常会乐于屈从于理论的意志,从西学资源中抽取知识养分,试图以理论的新意来达到其阐释文学文本的新意。一方面,文学性批评无可奈何地衰落了,这种类似情况在西方其实早已发生,例如围绕在《党派批评》周围的那些所谓"纽约知识分子学派",随着特里林、欧文·豪与苏珊·桑塔格这一代文人黯然退出历史之后,我们再也找寻不到他们的精神后裔了;另一方面,学院派批评家所秉持的理论话语越来越专业化,并以使自己越来越文学化的方式,逃离了文学现场。也就是说,学院派批评家们愿意以非线性逻辑、譬喻性范畴和蒙太奇式概念联结,亦即

---

① 对此我曾经撰文有过较为详细的论述,请见拙文:《大众媒介时代的文学批评》,载拙著:《乌合的思想》,上海:上海文艺出版社,2012年版。

以某种感性化的理论话语（通常是后现代话语）来讲述对文学作品的理解，从而使得文学文本变成某种理论图式的一个例示。当然，我这里描述的是一种想象的极端状况，并非所有批评家都如此进行文本操作。

文学批评如此，文学理论则更加容易引向自指的、不及物的智力游戏，引向学院内部的文化产品的自产自销、自我循环。大体上说来，中国当代文学理论的生产，大部分与当代文学实践没有什么互动关系。至少我相对熟悉的，也是最经常被人提及的、从事的文学理论教学与研究的专家教授们，他们所进行的工作，与当代小说或者诗歌，几乎没有什么关系。这个事实不知道是否令人感到沮丧。实际上，文学理论甚至不必依赖文学文本，这不仅仅因为当文学理论获得自主性以后，它的繁荣昌盛已经使自己变得供大于求，面对文学文本它显得过剩了，而且也因为，通过各种新奇概念令人眼花缭乱的挪用，通过碎片化、奇崛化、玄学化、晦涩化等各种后/现代主义叙事技法的演练，文学理论以使自己变成某种文学的方式兼并了文学，因而，文学文本已经不再能满足它的阐释欲望了，实际上整个人类社会和实践都变成了文本。文化研究这种注重大众文化而无视精英文化、注重社会文本而忽视文学文本的学科，使得某种新型的、界限模糊的"理论"本身，[①] 取代了我们此前耳熟能详的文学理论。

但实际上，刨根究底地说，文学理论本身存在的同一性本

[①] 乔纳森·卡勒的《当代学术入门　文学理论》对此论之甚详。请见乔纳森·卡勒：《当代学术入门　文学理论》，第一章，沈阳：辽宁教育出版社，1998年版，第1—18页。

来就不是不言而喻的事实。如果我们问：当我们说文学理论走在回归自身的道路上的时候，"文学理论"是什么呢？各种编写的文学理论教材肯定会给我们塑造一种存在着某种有机统一体的文学理论的幻觉，但是文学理论作为一种人文学科，它可能有相对确定的范围（其实随着文化研究的兴起，这个确定性也变得不再确定了），但是，它并没有自己专属的方法论和学科奠基人。我们可以毫不含糊地指出，社会学的三大奠基人是韦伯、马克思和涂尔干，但是，对拥有更长学科历史的文学理论领域而言（比如，我们可以把时间最早追溯到《诗学》的作者亚里士多德），是哪几位大师奠定了文学理论的方法论基础，我们似乎很难达成一致的看法。二十世纪以来，虽然有几位形式主义者认为只有自己发现了理解文学的真谛，认为只能在文学内部尤其是在语言学领域才能得到对文学的通透的本质的认识，但是时至今日，无论是雅各布逊、韦勒克还是弗莱，都无法获得柏拉图、亚里士多德、康德与黑格尔在哲学界获得的那种地位认可。翻开一部较为流行的文学理论教材，比如2007年版的《布莱克威尔文学理论引论》（*The Blackwell Guide to Literary Theory*），所列举的二十世纪以来的几十位文论家，除了一些文学理论家，我们还可以看到许多其他不同身份的人的名字：哲学家例如阿尔都塞、阿多诺、德勒兹、德里达；社会理论家例如鲍德里亚、布迪厄、福柯、利奥塔；精神分析家例如拉康、瓜塔里、齐泽克；历史学家例如格林布拉特；文化研究倡导者例如威廉斯、霍尔，还有为社会运动（后殖民主义、女性主义、生态政治之类）进行辩护或论证的理论家如霍米·巴巴、朱迪斯·巴特勒、西苏、法侬、塞吉维克、肖瓦尔特等等，这些人的主要心思其实似乎并不在文学上，文学不过是碰巧可以拿来说事的趁手材料。甚至如今这份名单似乎也已经落伍了。尽管我这里说的是西方文论的一些状况，但实际上，这样的情况也以较为弱化和滞后的形式同样存在于中国。看一眼如今的我们文艺学博士论文选题，就可以知道中国文学理论研究的前沿是什么：哲学家依然还是大红大紫，例如巴迪欧、朗西埃、南希和阿甘本，至于后人类理论家、数字人文研究者，以及研究人工智能或其他技术对文化领域构成的挑战的学者——我这里只列举极小一部分，已经变成了文学理论的新时尚，虽然它们之于文学文本，犹如秦树之于楚天，已经渐行渐远。作为研究生导师，作为文艺理论专业杂志《文艺理论研究》的资深编辑，我经常困惑于提交到我手上的论文是否与文学有关系。

四

写到这里，可以暂停一下，将前面的思考稍作个回顾。本文的问题意识来自于两位文艺学界的博学鸿儒，他们认为文学理论曾经由于与文学实践脱离了联系，导致了它本身的衰落。我希望论证，新时期之所以给我们造成文艺学盛极一时的感觉，从社会条件上来说，是因为它处在历史转型期，即上承政治文化的余绪与惯性，并显示为某种规范性文学指导；下启改革开放历史时期对思想解放的要求，从而摆脱了实践的或政治的直接目的，转而追求自身学科的自主性，即探索对于文学的理论性认识。但文学理论其实并无统一的理论方法，它其实对其他人文学科、社会科学的诸多方法有着较强的依赖，而其主要植根于语言学的诸多形式主义方法虽风行一时，但其缺乏历史和社会视角的狭隘性日渐暴露，最后也丧失了对文学文本的新的感受力，并被贬为传统资源而丧失了其旺盛的生产性。后结构主义伙同文化政治对文学理论城堡的围攻和劫掠，使得文学理论已经百孔千疮，而文学终结之声不绝于耳，也使得文艺学行当的继承人们将前朝沉沙之文论折戟，自将磨洗，企图以转换战场的方式能鸟枪换炮咸鱼翻身，也就是说，将目光投注于所谓社会文本，或任何非文学的人类实践，可谓反认他乡为故乡；要么就固守在新的文论时尚内部，躲进小楼成一统，玩着行步顾影、自诧才华的独白游戏，使得理论变成一个缺乏所指的自我娱乐的能指本身的操演，甚至与社会也不再发生强有力的有机互动。此时，文学已经犹如断了线的风筝，不知栽落何处了。

无论在西方还是中国，并不是没有人呼吁审美价值的回归。但那使得文学理论与文学实践相背而行的结构性条件如果没有发生变化，对文论回归文学的强烈呼吁，到头来不过是文化怀旧感的一种浪漫姿态，无法做到挽狂澜于既倒。一个多世纪前，社会学家西美尔指出，现代文化的悲剧性冲突在于，生命要表达自身，必须借助于形式化，即文化。但是文化形式一旦被创造出来，就反过来成为生命冲动的制约力量："生命只有通过形式才能表现自身，并且实现其自由；然而，形式也必然会窒息生命，阻碍自由。"① 生命是永动不居的东西，因此它

---

① Simmel, G., *On Individuality and Social Forms*, Chicago and London, University of Chicago Press, 1972, p. 391.

必然反对任何企图将自己加以永恒化与自然化的某一特定文化，因而会推动新形式文化的诞生。这样的斗争过程构成了西美尔版本的对文化史动力结构的描述。如果同意这种不乏决定论的分析视角，我们似乎可以说，文学理论已然从过去的文学研究的混沌统一体中破茧而出，摆脱了其实用目的之后，它从获得成功之日起就开始走向失败。这种失败不仅仅在于它发现并不存在自我奠基的方法论基础，因而构成其学科基础的仅止于它的研究范围——对文学现象的任何普遍性的、系统性的、理论性的思考——这个范围界限并不清晰；也不仅仅在于专业化的训练使得它丧失了灵性；关键在于，它的自主化过程导致的就是它与其研究对象的脱节，就是它的内卷化，也就是说，陷入理论内部的逻辑之中，对文学事实不再发生兴趣，甚至，理论通过使自身变得文学化而吞噬了文学。从根本上来说，文学理论作为一种文化形式，最终脱离了文学活动这一活生生的实践性存在。当然，今天的文学已经不同于历史上的文学。实际上，再推进一步，我们可以说，文学作为某种生命的文化形式，也已经不再能满足生命能量表达自身的需要了。过去构成文学动力的那些质素，已经消解和扩散到电影、电视、大众文化、网络互动、电脑游戏、真人秀，甚至各类社会运动中去了，因而，文学理论作为一种人文学科，必然本身也会出现衰变。

如果文学理论与文学实践的脱钩程度越来越强烈，如果呼吁文学理论重返文学经验的美好期望很难得到切实有效的响应，也就是说，如果文学理论已经不可逆地走在一条与文学越来越远、不知其未来的道路上——我这里当然不是对当代中国文学理论界的全部话语实践的实证主义的描述，我指的是它的前沿，以及它所显示出来的未来方向；那么，它的存在还依然是不言而喻的么？如果它有理由继续存在，那么，它的根基在哪里？我们该如何考量它的功能？要回复这些问题，显然并不是三言两语可以打发的，它需要更严肃和更严谨的推论，但我在结束本文之际，还是想不无孟浪地提出一个主观期待：鉴于传统的文学已经在一定程度上发生了解体、弥漫或者内爆，我们为响应这样的情势，当然可以支持提出大文学的范畴，因而也随之考虑建设与大文学相对应的理论，这个面向未来的大文学理论，应该变成某种类似于人文学科总论那样的叙事类型，它当然依然关注传统意义上的文学，但不限于此，它将与历史、哲学等学科进行跨学科对话甚至融合，为各类学校教育人文素养的训练、为全社会对人文事实的自由思考提供理论基地和资源宝库。至于这样的推想是否是一种幻想，以及为了追求这样的幻想，我们还需要做什么，我就想留待有心人去继续思考了。

2020 年

从课程、教研室到学科：文艺学的中国生产

无论说起来有点耸人听闻还是实际上只是老调重弹，我还是想坚持讨论这样一种可能性：即中国的文艺学可能走到了一个瓶颈口。自清末以来至今，文艺学一路磕磕绊绊走来，也走了一个多世纪的历程，我们期待着它从瓶颈中以鲤鱼跳龙门的姿势一跃而出，开宗立派，开花结果，但坦白地说，我们还一时拿不出太多特别有说服力的品牌理论。当然，最近驾鹤西去的李泽厚的《美学四讲》第八章"形式层与原始积淀"早些时候入选《诺顿文学理论与批评选集》第三版，[1] 这当然让我们感到振奋，但我希望这是因为李泽厚的理论贡献特别重要，而不是因为该书的编辑们对政治正确的考量压倒了学理深度的认识。李泽厚无疑是当代中国的学术巨星，1980年代读中文系而有学术上自我期许的人，恐怕没有几个人不读李泽厚著作的；但是如果他不仅在八九十年代的中国学界，而且在无论欧美还是亚非拉的文科生中，也能成为一个响亮的名字，能得到更广泛的阅读，那将是更加值得额手称庆的事。从另一个角度来看，根据人类学家克虏伯的说法，尽管构成天才的生物学条件的那些因素可以假设在任何时代都均等存在，但实际上天才并不是按照每个年代来平均分布的。有些世代天才们湮灭无闻，

---

[1] Leitch, V. B., et al., editors. *The Norton Anthology of Theory and Criticism*. 3nd ed., New York: WW Norton & Company, 2018.

所谓"时无英雄,使竖子成名";[1] 但另一些世代天才们灿若群星,彼此争辉斗艳,蔚为一代之盛,其绝代风华令后人追思缅想。天才们总是成群而来,显而易见,这是因为超个人因素或文化环境产生了决定性的作用。[2] 我们也可以由此反推,在这个时代很难看到与李泽厚可以相提并论的诸多文学理论家或美学天才。就文艺学或美学在中国成为一门学科以来它的发展而言,与其说李泽厚是当代独孤求败的寂寞高手,不如说,他构成了当代中国文艺学的某种集体性隐喻,他标志着它可能达到的高度和深度。

话既然说到这里,似乎就有必要对中国文艺学赖以成为可能的语境条件进行分析和探讨了。但形塑文艺学的学科内外的因素不胜枚举,我们难免有"狮子咬天,无从下口"之叹。这里,彼得·比格尔分析现代主义与先锋派的方法,也就是从体制角度进行分析的中观视角还是具有启发意义的。我并不打算进入到教研室运作的具体实践内部进行微观分析,只是着眼于文艺学教研室出现前后的性质的变化和发展,着眼于其功能性效应,以它作为文艺学学科史这条河流的界标或观测聚焦点,对中国文艺学的过去、现在和发展可能性,进行一个批判性回溯与分析。这样的回溯与分析不妨分为三个阶段,即第一阶

---

[1] 房玄龄等撰:《晋书》卷四十九,《阮籍传》,北京:中华书局,1974年版,第1361页。
[2] 克罗伯举例子说,英格兰在1450—1550间,德国在1550—1650间,天才们寥若晨星,但是它们分别在1550—1650和1700—1800年间,文学家、音乐家、科学家、哲学家和政治家们风起云涌、层出不穷。相关论述,可见 Kroeber, A. L., *Configurations of Culture Growth*, Berkeley and Los Angeles, University of California Press, 1969, pp. 7-16.

段，是文艺学教研室尚未成立、文艺学学科尚未出现雏形的阶段。在这一阶段，我们分析的是文艺学课程，主要分析其课程的性质与构成。我们主要以教材为抓手，可以发现，早期文学概论的性质是文学地图的导游图，是一门基础知识入门教材。而其思想资源的构成，则主要存在着中国传统话语、欧美文学话语乃至于苏联式无产阶级话语的侧重点分野；第二阶段，文艺学教研室已然形成，但是它更多地是执行思政或教化功能的时期。在这一阶段，我们可以探究以政治因素为主导的多重运动或实践，如何塑造了文艺学学科的最初面貌，使得它成为中国高等教育领域的一个制度性发明；第三阶段，是文艺学学科已经由早先的小道附庸到如今蔚为大国的时期。在这一阶段，我们可以描述文艺学获得国家和社会的多重体制化认可的过程，并分析在此变化过程中所逐渐显示出来的危机。显然，自现代大学在清季兴起迄今的一百余年间，与文艺学相关的事实可谓车载斗量，不可胜数。因此我只取其荦荦大者，旨在帮助描摹本文所关注的主要方面，种种挂一漏万，自是难免。

一

根据笔者目力所及，从清末到新中国成立前，严格意义上的教研室这样的建制在高等教育系统中并不存在。自然，文艺学教研室也无从谈起。甚至，"文艺学"这一名称，在此阶段，也并不常见。① 在此条件下，作为一个体制的文艺学学科是不存在的。文艺学如果以某种方式存在，我们不妨把它理解为一门具有学术相对同一性的课，这门课承担着对文学进行一般性概述或分析的任务。但是何谓文学？应该对文学进行何种限度的特征勾勒或形而上沉思？对这些问题的回答，在各个历史阶段，有各种不同方面的侧重点。限于篇幅，本文无法对此进行知识考古学的详尽考察。但我们不妨从"文学研究法"这门课开始说起。"文学研究法"的名称出现在1902年京师大学堂（北京大学前身）的《大学堂章程》上。"文学研究法"作为主课，除了外语课之外，占据的课时数与"周秦至今文章名家"齐平，位居其他主课之冠。其他课程所作的规定或说明大体上寥寥数语，但对于"研究文学之要义"，则做出了繁复的具体交代。其内容细大不捐，分类庞杂混乱：一方面要求学习文字学，语法学（所谓文法）、音韵学和训诂学之类跟文学距离稍远的、今天划归为古汉语学科的一些专业知识；另一方面，又要求学习历朝历代的文体，还要求把握文学与外部世界各种名目繁多的关系（主要是功效的或伦理的关系）。② 此外，二十

---

① 从1911年到1949年间的出版物，目前能找到的文学理论著作，大多以"文学概论""文学论""文学常识""文学原理"和"文学理论"等名称加以命名，冠以"文艺学"之名的著述，难见踪影。参见张法：《文艺学·艺术学·美学：体系构架与关键语汇》，北京：人民出版社，2013年版，第18—19页。
② 章程对"文学研究法"的课程要求中，花了几乎一半篇幅强调了文学研究必须注重社会意义："一、文学与人事世道之关系，一、文学与国家之关系，一、文学与地理之关系，一、文学与世界考古之关系，一、文学与外交之关系，一、文学与学习新理新法制造新器之关系，一、文章名家必先通晓世事之关系，一、开国与末造之文有别（如隋胜陈、唐胜隋、北宋胜晚唐、元初胜宋末之类，宜多读盛世之文以正体格），一、有德与无德之文有别（忠厚正直者为有德，宜（转下页）

四门主课中，还有"历代文章流别""古人论文要言"这种可能与今日文艺学相关内容有重叠的课程。

就教学实践而言，曾经执教于北京大学的姚永朴于1914年出版的《文学研究法》可以作为一个范本，让我们了解到早期中国文学学科对该领域的一个有代表性的理解。本书发凡起例，效仿的是《文心雕龙》。除了结论部分，共四卷二十四目。卷一的六目为：起源、根本、范围、纲领、门类、功效，可视为于文学本质论和文学特征论；卷二的六目为：运会、派别、著述、告语、记载、诗歌，相当于文学发展论和文学体裁论；卷三的六目为：性情、状态、神理、气味、格律、声色，相当于文学作品论与文学批评论；卷四的六目为：刚柔、奇正、雅俗、繁简、疵瑕、工夫，相当于文学风格论。[1] 显然，它并没有完全按照《大学堂章程》的要求来讲授，当然那些复杂的要求也无法以一门课的幅度加以落实。但即便如此，姚著并不意在对我们今天理解的文学加以概述，甚至它所论述的对象即文学，都不能囊括整个中国古代文学。它其实就是一部讲解文章学的教材。本书虽然不能说没有现代学术意识的些微投影，但

（接上页）多读有德之文以养德性），一、有实与无实之别（经济有效者为有实，宜多读有实之文以增才识），一、有学之文与无学之文有别（根柢经史、博识多闻者为有学，宜多读有学之文以厚气力），一、文章险怪者、纤佻者、虚诞者、狂放者、驳杂者，皆有妨世运人心之故，一、文章习为空疏，以致人才不振之害，一、六朝南宋溺于好文之害，一、翻译外国书籍函转文字中文不478之害。集部日多，必归湮灭，研究文学者务当于有关于今日实用之文学加意考求。"北京大学校史研究室编：《北京大学史料（第一卷）》，北京：北京大学出版社，1993年版，第107页。

[1] 此处论述，相当部分内容采纳了许结的论点，见许结：《姚永朴与〈文学研究法〉》，载姚永朴著、许结讲评：《文学研究法》，南京：凤凰出版社，2009年版，第1—13页。

基本上是桐城派古文观的集中体现。其门人张玮在该书序言中颇为自信地说:"今或谓西文艺学可质言之,无取于文,一切品藻义法之谈,有相与厌弃而不屑道者,吾不知其于西文果有心得否耶?"[1] 作序者暗示,西方人并不了解言之无文行之不远的道理,而本书为领悟中国古文的奥妙渊深,提供了可靠的梁津。

但古文并不是文学的全部。中国古代文学,除了古文,还有诗词赋,还有在当时已经得到越来越多关注的小说戏曲。这些内容在《文学研究法》中基本上没有得到关注。我们知道,把这些文类理解为文学的领域,甚至是最重要的领域,恰是西方舶来的观念。北京大学中国文学门最初由古文家们所完全控制,[2] 而这些子曰诗云满腹经纶的学者,对渴慕西学、志在求新的新文化运动倡导者们而言,不过是代表着腐朽落后势力的"选学妖孽,桐城谬种"。伴随着蔡元培入主北大,陈独秀执掌文科大权,学术"政变"大获成功,课程体系也就旧貌换新颜了。1917年,北京大学的中国文学门科目计划中,作为必修课的"文学概论"赫然列在首位,取代了"文学研究法"。[3]

---

[1] 见前揭书,正文部分前的张玮所撰写之《原序》。
[2] 程正民与程凯父子写到:"中国第一个研究文学的现代学术机构——京师大学堂中国文学门在其建立的初期是由桐城派的文家把持的。吴汝伦曾出任总教习,教员中有林纾、陈衍、马其昶、姚永朴,再加上后来就任北大校长兼文科学长的严复和文科教务长姚永概,都是一些古文名家。"载程正民、程凯:《中国现代文学理论知识体系的建构:文学理论教材与教学的历史沿革》,北京:北京大学出版社,2005年版,第11页。
[3] "文学概论"的名称出现于1912年,其时北大的梵文学类、英文学类、法文学类、德文学类、俄文学类、意大利文学类、言语学类的课程目录中均首度出现了"文学概论"的科目。

文学研究法之所以重要，很有可能与桐城派在对义理、辞章和考据三分法中，把文学研究法放在了义理的位置有关，而义理显然具有统摄者的纲举目张作用。① 但是把文学研究法转换成文学概论，该如何看待后者的学科地位呢？饶有趣味的是，北京大学在1917年12月就各门课的课时数开会讨论过三次，每次公布的结论都不一样：第一次为二学时，第二次改为一学时，最后才确定为三学时。这样的举棋不定可能反映了当时主事者在引入一个全新的学科体系时徘徊于理想与现实之间的窘境。从理想的角度来说，能够主讲这门课的教师必须要学贯中西：一方面，他能够对文学拥有较为全面和系统的认识，不仅仅对各种文类有较为广泛的涉猎，还能横跨中西；另一方面，他还能够采用一整套全新的范畴和术语，对文学进行全新的理性把握。在日本，最初讲授文学概论课程的都是当时对西方相当熟稔渊博的一流学者，如坪内逍遥、冈仓由三郎和岛村抱月。② 但从当时中国现实的角度来说，很难找到符合这一标准的教授。1918年勉为其难找到能上课的老师是黄侃，但是课程名称变成了"中国文学概论"。显然，这在仍然沿用传统文学资源方面，跟姚永朴的文学研究法相比，其实是换汤不换药。1919年黄侃离开北大后，文学概论这一课程似乎就被搁置了，很可能迟至1923年，曾经留日的张定璜才在北大首开此课。③

---

① 前述章程对文学之功利价值的强调，不妨看成义理对伦理的极端重视。
② 此为一桥大学坂井洋史教授在跟我讨论时所表达的观点。
③ 程书写道："1918年9月14日《北京大学日刊增刊》刊载的中国文学门正式科目中第一次出现了文学概论的名称。然而，其中并未列出其他科目下都有的任课教员的姓名。几天后（9月26日）公布的文本科七年度第一学期课程表中文学概论的名称消失了。可见，虽然当时的新学人已感觉有必要开设文学概 （转下页）

目前能发现的最早讲授文学概论课程的是号称白璧德弟子的留美学生梅光迪。1920 年，他在南京高等师范学校的暑期学校首次开讲。① 2008 年，学者傅宏星在南通博物苑非常幸运地意外发现了这次系列讲座的油印讲义，系其听课学生杨寿增、欧梁所记录的文稿。尽管没有证据表明梅光迪获得过美国大学

（接上页）论这样的课程，但要找到一个合适的教员依然是件困难的事。直到 1920 年，文学概论才真正作为课程得以教授（二学时），据当年的《国立北京大学学科课程一览》记载，初次教授此课的是周作人。"见程正民、程凯：《中国现代文学理论知识体系的建构：文学理论教材与教学的历史沿革》，北京：北京大学出版社，2005 年版，第 6 页。按，请教过若干现代文学研究专家后我产生这样的看法：就正式出版的《北京大学史料》而言，文学概论授课者是张凤举即张定璜（他还兼过德文专业的文学概论课程），周作人承担的课程是欧洲文学史之类课程。查《周作人年谱》《知堂回忆录》，1920 年周作人在北京大学、北京女子高等师范学校开设课程若干种，并未提及他讲过文学概论，但是提及 1922 年在燕京大学讲文学通论之类的课程。胡经之指出，鲁迅将周作人介绍给了蔡元培，本来想请他开设文学概论，但是他知难而退，自己提出开设《欧洲文学史》等课程。相关材料，可见张菊香、张铁荣编：《周作人年谱》，天津：天津人民出版社，2000 年版，第 154—171 页；周作人著、止庵校订：《知堂回忆录》，下册，石家庄：河北教育出版社，2002 年版，第 468 页；胡经之：《杨晦的北大岁月（之一）》，载《传记文学》，2020 年，第 4 期，第 126 页。程书又认为："值得一提的是，鲁迅自 1920 年受聘北京大学后，除了以自订讲义讲授《中国小说史略》之外，还曾以厨川白村的《苦闷的象征》为教材讲授文学理论。"尽管两种鲁迅年谱支持这一说法，但这一判断的可靠性遭到了学者鲍国华有说服力的质疑。参见鲁迅博物馆、鲁迅研究室编：《鲁迅年谱》，第二卷，北京：人民文学出版社，1983 年版，第 33 页；复旦大学、上海师范大学、上海师院《鲁迅年谱》编写组：《鲁迅年谱》，上册，合肥：安徽人民出版社，1979 年版，第 171 页；王学珍、郭建荣主编：《北京大学史料》，第二卷中册，北京：北京大学出版社，2000 年版，第 1058—1138 页；鲍国华：《作为讲义的〈苦闷的象征〉》，载《新文学史料》，2019 年，第 4 期。

① 在此之前，梅光迪很可能已经在南开大学讲过文学概论相关内容，至于以何种方式讲授，暂时还无法稽考。但至少有部分内容，刊发在 1920 年 8 月 7—9 日的《时事新报》上，并收入于 1922 年广文书局出版的《当代名人新演讲集》中。此文亦收录在梅光迪著、眉睫编：《文学演讲录》，北京：海豚出版社，2011 年版，第 1—16 页。

的博士甚至硕士学位，但他毋庸置疑的西学修养与悟性，① 能让他在自己的讲稿中，将自己吸收理解的西方文论原理，与中国的文学经验加以无缝焊接。作为学衡派的中坚人物，作为全盘西化派胡适的对手，他竟然首次以个性化的方式较为系统地将西方的文学理论输入到中土，而且在讲义中反复攻击了新文化运动。他的讲稿在构架上尤其是在切入文学问题的视角上，很大程度上脱胎于温彻斯特的《文学批评之原理》，但已经有颇为重大的调整，不仅仅结构有所差异，而且在许多问题的具体看法上，以及在旁征博引许多中西的文学例证上，都有原著所没有独异之处，可以说初步完成了一次文学观念的现代转型。② 当然，这样的转型并非始于梅光迪。在1920年之前，就有不少人，例如黄人、周作人、罗家伦和朱希祖等人就以西方的提问方式对文学进行了思考，从而在一些诸如"文学的本质是什么"之类的具体问题挣脱了以"诗文评"为主要特征的传统文论的束缚。③ 梅光迪的重要性在于，他首次以体系性的方

---

① 杨扬教授通过海外史料的调研发现，梅光迪获得过美国西北大学理学学士学位，但并未获得过硕士和博士学位。他在哈佛大学的最终教职是助理教授，比副教授还低一等。当然，这不影响人们承认他拥有出众的才华和深厚的学养，例如赵元任向哈佛大学推荐的担任中国文化教职的第二人即为梅光迪（第一人选为陈寅恪）。参见杨扬：《海外新见梅光迪未刊史料》，载《华东师范大学学报》，2013年，第5期。
② 梅光迪的这篇讲义，载梅光迪著、眉睫编：《文学演讲录》，北京：海豚出版社，2011年版，第19—71页。已有多篇论文论及《文学概论讲义》，可参见陈俊启：《由〈文学概论讲义〉探寻梅光迪1920年代的文学思想》，载台湾《成大中文学报》，2017年，第56期，第141—178页；胡佳：《梅光迪〈文学概论讲义〉的发现及其意义》，载《中国图书评论》，2011年，第6期。
③ 见陈俊启：《由〈文学概论讲义〉探寻梅光迪1920年代的文学思想》，载台湾《成大中文学报》，2017年，第56期，第166—167页；张法：《文艺学·艺术学·美学：体系构架与关键语汇》，北京：人民出版社，2013年版，第57页。

式对文学进行了较广泛的理论沉思，虽然还不能完全摆脱对西人的依傍。梅光迪的《文学概论讲义》，意味着早期接受西方文学理论的一个重要极点。

以上以较多篇幅论述了两部教材，但其实，它们都并非民国大学文学概论课程的主流教材。就文学研究法所代表的学理路数而言，它逐渐从诸多大学文学概论的课程中撤出，并以古代文论这种更专门的研究畛域，构成了中文学科的选修课程。在新中国成立以后的中文学科中，它面目含糊，或者以中国文学批评史的学科身份成为文艺学教研室的一支力量，或者以学者们所擅长的研究领域例如古典诗论或小说理论，加入到古典文学教研室。我们知道，例如黄侃这样曾经教过《文学概论》的大家，留下了名著《文心雕龙札记》，郭绍虞在燕京大学教过《中国文学概论》，他后来成为中国文学批评史的巨匠，而程千帆的文学概论教材，始而名为《文学发凡》，继而易名为《文论要诠》，最后定名为《文论十笺》，完全成为古典文论读本了。[①] 至于梅光迪的《文学概论讲义》，甚至在当时都未及付梓印行，更谈不上有何重大影响。但是，在二三十年代，西方类的文学理论译著为数不少，这既包括祖述西洋学说的日本学者著作如太田善男的《文学概论》（伦达如编译于1921年，为最早文学理论类出版物，书中甚至保留了大量英文）、[②] 本间久雄的《新文学概论》（影响最大，1920—1930年间共出版十二次）；又包括后来直接从英语世界迻译过来的著作，如温彻斯

[①] 参见程正民、程凯：《中国现代文学理论知识体系的建构：文学理论教材与教学的历史沿革》，北京：北京大学出版社，2005年版，第24—26页。
[②] 伦达如在译者序里提到原作者为"大田善男"，但"大"系为"太"之误。

特的《文学批评之原理》(1923年初版)、亨特的《文学概论》(1935年初版)。① 这些著作显然让当时的学人能够在相当程度上一窥西方文学概论的原貌。

实际上，当时更多的教材，既不像姚永朴那样固守古法，也不完全踵武西哲。在吸取中西资源方面的主流做法，采取的是一个比较折中的状态。早在京师大学堂的章程里面，就有这样的指示："夫中学，体也，西学，用也。二者相需，缺一不可，体用不备，安能成才。且既不讲义理，绝无根底，则浮慕西学，必无心得，只增习气……今力矫流弊，标举两义：一曰中西并重，观其会通，无得偏废，二曰以西文为学堂之一门，不以西文为学堂之全体，以西文为西学发凡，不以西文为西学究竟。"② 这种中西融通的指导方针其实不仅仅体现了官方意志，而且显然也得到当时知识界集体认同，以至于即便大清亡国，文学概论教材的撰写者们也依然将这样的原则落实在自己的书写实践中。甚至，即便在翻译外国的文学理论著作的时候，往往也不一定忠实于原文，而根据中国对文学的既有理解有所损益。③ 尽管究竟应该是中体西用，还是西体中用，究竟

---

① 译著当然远远不止所例举的四种。对这些译著的介绍，可见傅莹：《中国现代文学理论发生史》，上海：上海文艺出版社，2008年版，第51—54页。
② 北京大学校史研究室编：《北京大学史料（第一卷）》，第82页。
③ 伦达如在译者序言中对此直言不讳："日本人对于我国的文学，未免有多少隔阂。这本书上编，沿袭原本的十之七八，下编沿袭原本的仅十之四五。非有心好奇矜奇，是由于不得已的。删改原书，参酌己意，以求适合于我国文学的界说。"见太田善男：《文学概论》，伦达如译，广州：广东高等师范学校贸易部，1921年版，第3页。关于译者们对温彻斯特著作的增删，可见马睿：《作为文化选择与立场表达的西学中译——温彻斯特〈文学评论之原理〉中译本解析》，载《中山大学学报》，2013年，第1期。

是以中释西，即把西方的学说容纳到中国固有文化的疆域范围内，或者是以西释中，即以西方的方法摄取中国文化的材料，在不同的文学概论教材中有不同侧重，但无疑，此一阶段的学者很少不具有会通中西的自觉要求。当然，这些具体的表现，已经得到研究者的深切关注。①

关于文论资源，还有一点需要提及的是左翼文论对文学概论书写所造成的巨大影响。二十年代末以来，部分由于一些归国的留日学生的推动，来源不一的左翼文论开始在中国逐渐得到越来越多的译介和倡导，当然地位越来越重要的是来自苏联的所谓"科学的文艺论"。程书如是说："从20年代末到30年

---

① 张法对中西文论的不同，进行了极为敏锐的分析和精到的把握，值得我大段引用："整个西方文论与中国文论最大的不同是，文学之情，不同与日常之情，而乃审美之情。同样，想象不是日常的神与物游，而乃超越日常世界的虚构，理智不是现实中的志与思，而是给审美情感以形式这一意义上的理智，形式则是审美情感得以呈现的艺术形式。但是这一西方理论在中国得到了不同的回应，老派学者，抓住了英语文论的情感论并将之等同于中国的情志之真，眼见了形式论并将之等同于中国的语言之美。马宗霍和姜亮夫的《文学概论》，都把西方名家的文学定义与中国古人关于'文'的定义结合起来，实际上是坚持着古代的文学定义。当然这样做的同时，对章太炎、姚永朴的文学定义有所修正，基本上把现代的文学观念结合情志之真和语言之美去重新梳理古代的各种文体。开辟着与后来治中国文学批评史的学人相同的道路。而新派学人则不但用英语文论否定了古人关于文的'肤浅理解'（其要点，从朱希祖的《文学论》到老舍的《文学概论讲义》都讲得极为透彻），而且在接受英语文论关于文学定义的同时，全盘接受了英语文论的体系结构。用小说、剧本、诗歌这样的虚构性作品以印证文学的四要素。当时产生的一系列文学概论著作，基本上完成了用西方文论取代古代文论的任务：潘梓年的《文学概论》（1925）、沈天葆的《文学概论》（1925）、田汉的《文学概论》（1927）、郁达夫的《文学概说》（1927）……"见张法：《文艺学·艺术学·美学：体系结构架与关键语汇》，北京：人民出版社，2013年版，第57页。对诸种文学概论教材依据中西倾向做出的分类研究，可参见：程正民、程凯：《中国现代文学理论知识体系的建构：文学理论教材与教学的历史沿革》，第一章，以及傅莹：《中国现代文学理论发生史》，第五章。

代初，经过集中而普遍地译介'唯物史观文学论'、无产阶级文学论以及批判五四时期文学观、促使既成作家转向，文坛风气发生了很大变化。对文学的理解受到新理论的全面冲击和影响，新的文学观念逐渐占据主流位置。这在文学论教材与读物的变化上可以明显看出来：30年代之前的文学论所依据的理论多偏向英美新人文主义脉络，而30年代之后的文学论许多即便不标榜自己是左翼色彩的'新兴文学论'，也多少受到'唯物史观文学论'的影响，承认唯物史观是研究文学的理论基础。由此，'科学的文艺论'在30年代获得了特定的含义，就是指应用唯物史观、唯物辩证法去理解文学、剖析文学现象。虽然这时仍不断有其他资源掺入，也有别种风格的文学论，但'科学的文艺论'无论在数量或质量上都占据了优势。"[1]

但是我们教材的丰富是一回事，至于其学术质量和教学实践则是另一回事。尽管京师大学堂起初把"文学研究法"放在特别重要的位置，但很难说，文学概论这门课程在清末和民国这整个时期，是能给大学中文系带来学术辉煌的那种课程。1913年，教育部发布各类学校课程标准，规定在从中学到大学，都要开设"文学要略"或者"文学概论"课程。[2] 一门课如果既可以在中学开，也可以在大学开，这就说明了它学术门槛不高。可以理解的是，在这段时间里，文学概论被普遍理解

---

[1] 程正民、程凯：《中国现代文学理论知识体系的建构：文学理论教材与教学的历史沿革》，北京：北京大学出版社，2005年版，第71页。关于俄苏文论的翻译，以及本土文论对俄苏文论资源的特别借鉴，亦可见傅莹：《中国现代文学理论发生史》，上海：上海文艺出版社，2008年版，第54—55、82—92页。
[2] 李昕揆：《中国现代文学理论学科的兴起》，北京：中国人民大学出版社，2023年版，第26页。

为对文学基础知识的介绍，有时就是对文学常识的普及。有的文学概论的教材，其书名就对此毫不掩饰：《文学常识》《文学论 ABC》《文学要略》《诗学常识》《文学入门》《诗学指南》《文学底基础知识》《文艺常识》《文学讲话》《文学的基础知识》《文学浅说》《文学初步》……①程氏父子在解释文学概论的讲授者何以较多为新文学作家时指出："二三十年代，在中学和边缘大学中教授文学概论的有很多是新文学作家。他们多以创作为主要工作，较少从事研究，在知识层面上不占有优势，很难进入被专家学者把持的大学文学教育系统，倒是借助其文名常被小规模的学校聘请教授文学概论这样的基础、普及课程。"②

当时的文学概论普遍清浅平易，门槛不高，并不借助于某种学科进行具有一定理论深度的探讨（这方面《苦闷的象征》是个例外），并没有吸纳当时已经兴起的许多理论例如俄国形式主义理论或英美新批评派理论，只是简单地做出经验性的总结和判断，而没有具有结构复杂性的学理论证，随便谁好像都可以泛泛而谈，谁都可以不经严格学术训练随时开讲，因而作为一种知识形式在当时遭到了知识界的轻视。虽然诸多边缘性大学、专科学校、大学预科、中师和中学普遍开设文学概论，但许多高校要么就不设置这门课程，要么时设时停，并不稳定。③ 在

---

① 见傅莹：《中国现代文学理论发生史》，上海：上海文艺出版社，2008 年版，第 173—179 页。
② 程正民、程凯：《中国现代文学理论知识体系的建构：文学理论教材与教学的历史沿革》，北京：北京大学出版社，2005 年版，第 50 页。
③ 参阅程正民、程凯：《中国现代文学理论知识体系的建构：文学理论教材与教学的历史沿革》，北京：北京大学出版社，2005 年版，第 7—8、57—58 页。关于一些名校开设此课的情况，可参见谢泳：《从"文学史"到"文艺学"——1949 年后文学教育重心的转移及影响》，载《文艺研究》，2007 年，第 9 期。

一定程度上，这门课在后来已经逐渐成为相当次要、缺乏学术资本的课程。教授文学概论的老师身份不一，也许是古代文学研究者，也许是外国文学专家，并没有形成一个以文学概论教学研究为己任的具有相对同一性的智识共同体。

二

张法认为，新中国成立前、新中国成立后至新时期之间以及新时期这三个历史时期的文学理论教材，其主流冠名分别为文学概论、文艺学和文学理论。[①] 新中国成立后，文学概论从游兵散勇的鸡肋状态，在官方话语的全力加持下，迅速建构为一个具有压倒性优势地位的文艺学学科。这里，文学理论的政治价值赋予文艺学以中文学科显学地位。这样的建构过程至少可以透过这样三个方面得到观察：其一，通过诸多涉及文艺观念的思想批判，尤其围绕着吕荧的文学概论课程实践的政治批判，帮助人们了解什么样的文学观念是不正确的；其二，通过聘请苏联专家毕达可夫讲授《文艺学引论》，以及举办类似的研究生班，帮助人们认识到什么样的文学观念是可行的；其三，通过文艺学教研室的建立，将文艺学加以专业化、实体化，也就是学科化。

中央人民政府教育部于1950年8月颁发了《大学教学大纲草案》。它对文艺学教学提出的要求是："应用新观点、新方

---

① 张法：《文艺学·艺术学·美学：体系构架与关键语汇》，北京：人民出版社，2013年版，第18—22页。

法，有系统地研究文艺上的基本问题，建立正确的批评，并进一步指明文艺学及文艺活动的方向和道路。"① 具体说来，就是要求用马克思列宁主义、毛泽东思想来重塑文艺学，并要求它从对文学事实的阐释，转为对文学实践的指导，即服务于现实政治。"文艺学"的名称，由此以官方体制的形式被确认下来。我们许多人会把对"文艺学"这一概念的认识，与俄苏联系在一起。②这当然是因为苏联文学理论对新中国成立之初的中国具有巨大影响力，也与毕达可夫《文艺学引论》的大规模接受相关；但实际上，"文艺学"的汉字之最初得名，可能还是来源于日本，③而日本则来自于德国。德文原本由"文学"（Literatur）与"科学"（Wissenschaft）两词合成（Literaturwissenschaft，意思

---

① 文件现存于教育部档案馆。转引自程正民、程凯：《中国现代文学理论知识体系的建构：文学理论教材与教学的历史沿革》，北京：北京大学出版社，2005年版，第89页。
② 朱立元、栗永清指出："《人民日报》曾介绍过'联共中央附设社会科学研究院'的专业设置，其中有'文艺学与艺术学'的提法，'文艺学'应指 литературоведение，这是笔者迄今所见两者形成对译的最早文献。"见朱立元、栗永清：《新中国60年文艺学演进轨迹》，载《文学评论》，2009年，第6期，第6页。
③ 但日本学者为何用"文艺（芸）学"这三个汉字，来翻译 Literaturwissenschaft 呢？对此众说纷纭，莫衷一是。兹举两种不同的解释。张法认为："日本人引进文学科学，是为反对当时文学理论界把文学作为文献来研究的'国文学'，突出和强调文学是一种艺术，要从艺术（即美学）的角度来研究文学，因此，把德国的文学科学译为文艺学，这个'艺'是为了让文学不是成为文献之学而是成为艺术之学。"见张法：《文艺学·艺术学·美学：体系构架与关键语汇》，北京：人民出版社，2013年版，第45页；而浜田正秀则说："文艺学（Literaturwissenschaft 或 science of literature），是一门科学地研究文学的学问，理应称之为'文学学'，但'文学'一词本身就含有'研究文学的学问'的意思，因而不便叫它为文学学。这种做法未免多少有点迂腐，但通常都赋予'文艺学'一词以'研究文学的学问'的含义。"浜田正秀：《文艺学概论》，陈秋峰等译，北京：中国戏剧出版社，1985年版，第1页。

是文学科学，或译"文学学""文学研究")。① 按照它的原意，作为文学研究，其实不仅仅是文艺学本身，中文学科的现当代文学、古代文学都可以归入到德语意义上的文艺学的范畴内。无论在俄苏还是英语世界，都会承认文学研究或文学科学包括文学理论、文学史和文学批评三个部门。但饶有趣味的是，文艺学的概念在日本和俄罗斯，最后都化约成了文学理论，而且在俄罗斯，今天许多学者开始弃用"文艺学"，而启用"诗学"一词；至于日本，对文艺学概念的使用，其实一直比较小众，到后来几乎逐渐消失。但文艺学从整个文学研究的意涵，压缩为对文学的理论研究这个更专门的涵义，无论这样的转变何以形成，值得考虑的是，当它具有脱离文学史和文学批评的超语境的面目时候，它就有可能为一种政治观念的落实提供了极大的便利。因为它拥有摆脱文学文本的依赖和约束的某种绝对自由，使得它更容易从外部随意进入到文学事实或文学实践中来，并为文学史或文学批评确立方向。

对通过浴血奋战而获得胜利的新政权而言，国家首先考虑得更多的不是文学是什么，而是文学应该是什么。文学应该是什么，其实毛泽东在延安文艺座谈会上的讲话已经说得非常清

---

① 俄文的文艺学一词为 литературоведение，其实直译应该为文学学（"литература"意为文学，"ведение"意为科学、学科）。波斯彼洛夫主编的《文艺学引论》中指出，语文学由两种语言科学所构成，其一为文艺学，即关于文学的科学，其二为语言学，即关于语言的科学。该书在一个脚注里承认，俄文的文艺学由德语名称 Literaturwissenschaft 而来。见波斯彼洛夫：《文艺学引论》，邱榆若等译，长沙：湖南文艺出版社，1987年版，第1页。关于德国的文艺学的历史发展与变化，可参考毛明超：《"一切科学的科学"：德语文艺学概念史》，载《文艺理论与批评》，2021年，第1期。

楚。这个讲话当然可以视为某种文艺理论，但又远远超越了文艺理论。一九四三年中央总学委发布的通知如是说："《解放日报》十月十九日发表的毛泽东同志在一九四二年五月延安文艺座谈会上的讲话，是中国共产党在思想建设理论建设的事业上最重要的文献之一，是毛泽东同志用通俗语言所写成的马列主义中国化的教科书。此文件决不是单纯的文艺理论问题，而是马列主义普遍真理的具体化，是每个共产党员对待任何事物应具有的阶级立场，与解决任何问题应具有的辩证唯物主义历史唯物主义思想的典型示范。"[1] 但这一讲话涉及到的是宏观的路线方针，并没有涉及具体的文学理论内容。如何围绕讲话精神正面阐述这些理论内容，并非易事，但可以通过对错误文学观念的批判来间接地加以揭示。而错误的文学观念，倒主要不是例如胡适或者梁实秋这些人的资产阶级文学观念，以及腐朽的封建文艺思想——这些当然在被批判的范围内，但毕竟这伙人要么都已经遁逃到境外，要么已经在洗心革面，甚至在灵魂深处闹革命，不可能继续公开发表反动言论；错误的文学观念反而集中体现在自以为已经能够成功地把毛泽东《在延安文艺座谈会上的讲话》贯彻到自己文艺学教学实践的那些人身上。所以，毫不奇怪的是，山东大学中文系系主任吕荧教授这位第一位将卢卡奇介绍给中国读者、推崇毛泽东文艺思想和马列文论的文艺学学者，[2] 不幸就成为了集体批判的牺牲品。这种批判

---

[1]《解放日报》，1943 年 10 月 22 日。可通过以下数据库进行查询：https://www.modernhistory.org.cn/#/。
[2] 参见谭好哲等：《山东大学马克思主义文论课程教学建设的探索和努力——山东大学谭好哲教授访谈》，载《华中学术》，2023 年，第 1 期。

主要采取了在《文艺报》上刊登读者来信的方式,也采取了类似现场批斗会的形式,它显然侧重点不是学术批判,甚至也不是思想批判,而就是政治批判。① 这样的批判应该与诸如批判《武训传》《红楼梦》研究和"胡风集团"等数次文艺思想批判运动,以及当时正在进行的高校内知识分子思想改造运动结合起来考察,② 实际上它针对的是所有知识分子尤其是学术权威。③ 通过不断动员学生和青年教师对这些著名教授的政治教育,让知识分子的心灵不间断地受到洗涤,这也就是所谓"洗澡"。但因为文艺学在一定程度上无需转换就能直接阐释和宣传毛泽东延安文艺座谈会讲话,或者反过来说也一样:因为毛泽东延安文艺座谈会讲话在某种意义上可以直接被视为文艺学完美的、更上乘的表现形式,因此文艺学获得了与其学科领域本身无关的巨大符号权力,获得了显学的位置,得到了异乎寻常的重视。

破旧之后必须立新。但什么样的文艺学教材能适应新社会的时代要求呢?因为苏联是社会主义国家阵营中的老大哥,它的成功经验值得学习。所以1954年春节后,教育部就请到了

---

① 对这段历史的叙述和分析,可见程正民、程凯:《中国现代文学理论知识体系的建构:文学理论教材与教学的历史沿革》,北京:北京大学出版社,2005年版,第89—113页。
② 可参见高建平主编:《当代中国文艺理论研究》,北京:中国社会科学出版社,2019年版,第63—90页。
③ 孟繁华写道:"1958年人民文学出版社出版了多卷《文学研究与批判专刊》,几乎全是北大中文系学生的批判文章。游国恩、林庚、王瑶、刘大杰、钟敬文、陆侃如等权威学者无一幸免。学术界的'兴无灭资'在那一时代达到了高潮。"见杜书瀛、钱竞主编,孟繁华著:《中国20世纪文艺学学术史》,第三部,北京:中国社会科学出版社,2007年版,第86页。

苏联文艺学专家毕达可夫到北大，为一个文艺理论进修班和研究生班进行了为期一年半的系统培训。这是在为教育部直属高校培养文艺理论师资力量。毕达可夫在苏联其实是个副教授，与此前其文学理论教材已经得到汉译的季摩菲耶夫相比，学术水准要稍逊一筹。他更强调文学的阶级性、人民性和党性，也就是更加重视文学的意识形态性质。但由于对他的讲学邀请，体现了国家意志，具有毋庸置疑的合法性，因此苏联的文艺学模式在一段时间里成为中国的唯一标准模式。这样集中培训的教学模式也一再重演，例如黄药眠早在1953年就开始在北京师范大学先后三次招收研究生和进修生，而人大文研班则在当时主管意识形态的中宣部副部长周扬的直接指示下从1959年连续三年招生，① 其目的都是在建立一支马克思主义文艺理论教研骨干。这些学员都千挑万选，必须保证根正苗红，且具有培养前景。②

在毕达可夫讲学前，北京大学、北京师范大学等高校纷纷成立文艺理论教研室。北京大学中文系主任杨晦甚至亲自兼任教研室主任。教研室这个制度设计可以在一定程度上追溯到革命根据地创办的学校，如鲁迅艺术学院、中国人民抗日军事政治大学等建立的具有类似功能的机构。鲁艺设有专门的研究

---

① 这两种研究生班培训内容不限于文艺学，也不仅限于培养文艺学研究生。
② 程正民、程凯写道："文研班的学员须由单位推荐并参加入学考试，经考试合格录取，第一期学员的入学资格要求还是相当高的，具体要求是：在大学中文系或文化艺术单位工作两年以上；中共党员，专业骨干；政治可靠，有培养前途。也就是说先得具备上述资格，才能由原单位推荐，再由招生单位初步审查同意，最后参加考试，考试合格则录取。"程正民、程凯：《中国现代文学理论知识体系的建构：文学理论教材与教学的历史沿革》，北京：北京大学出版社，2005年版，第160页。

部，后来改成研究室，从事教学研究工作。抗大除了设有政治部和校务部外，还专门设有训练部，它下面分设四科：政治教育科、军事教育科、编译科、技术科。其中抗大政治教育科、军事教育科更侧重实践，而鲁艺的研究部或研究室更侧重研究，但就教学科研的集体性管理与行政管理的合一而言，都有类似后来教研室之若干职能，不过学科分类未必那么清晰专业化，所以也不能视为完全意义上的教研室。① 新中国成立以后，教研室（组）制度的构想立即开始提出。在 1950 年 7 月中央人民政府政务院通过的《教育部关于实施高等学校课程改革的决定》中，有如下的文字："提高师资的质量和培养新的师资是实施课程改革的关键，因此全国高等学校的教师应努力加强自己的政治学习、业务学习及研究工作，应就各项主要课程，组织教学研究指导组，由教师实行互助，改进教学的内容与方法。"② 但教研室制度主要是新中国成立后从苏联引进的。③ 最早成立教研室的是中国人民大学。④ 成仿吾撰文专门论述了教研室，他说："苏联先进的教育科学创造了一套这样的组织，

---

① 分别参见董纯才：《中国革命根据地教育史》（第二卷），北京：教育科学出版社，1993 版，第 126 页；谷音、石振锋编：《鲁迅文艺学院历史文献》，《东北现代音乐史料》（第 2 辑），沈阳音乐学院《东北现代音乐史》编委会，1982 年印行，第 35 页。感谢南京师范大学刘齐副教授提供参考文献。
② 何东昌主编：《中华人民共和国重要教育文献：1949—1975》，海口：海南出版社，1998 年版，第 48 页。
③ 苏联在 1919 年的国家颁布的、列宁签署的《关于成立国家学术委员会的法令》中，就明确提出了设置大学教研室的具体要求。见瞿葆奎主编、杜殿坤等选编：《苏联教育改革》上册，北京：人民教育出版社，1993 年版，第 111—112 页。
④ 最早成立的是俄文教研室，它直接受到苏联教授的直接帮助和指导。见金凤：《采用苏联教育建设经验 人民大学创设教研室 三个月来俄文教学活显著成绩》，载《人民日报》，1950 年 5 月 16 日，第三版。

一个完整的机构，我们把它翻译为教研室。它把教师们按课程组织起来直接进行有关的教学与研究工作。"① 1953 年后，全国各高校开始全面推广建立教研室（组）。苏联高校的教研室除了学术管理外，当然也具有某些行政管理职能，但权威教授在教研室里一言九鼎，其道德文章所构成的人望亦即所谓符号资本（而非政治资本），具有不容置疑的领导力。② 作为讲座式的一个教学科研机构，它根据学科划分，有的规模很大（例如俄罗斯文学史教研室），内部甚至有学术委员会，有的规模很小（例如语法教研室），其实是比较松散的学术共同体。中国高校的教研室并没有照搬苏联，其实是按照中国共产党的基层工作条例，按照"支部建在连上"的思路进行建设的，它是集教学、科研、党务和行政管理于一身的高校最基层的机构。比之苏联，我们推进了一大步，变成更紧密的政治和学术并举的组织，类似于生产队。③ 中国高校的教研室一开始就明确强调

---

① 成仿吾：《中国人民大学的教研室工作》，载《人民教育》，1951 年 4 月号，第二卷第三期，第 11 页。
② 新时期以来，许多大学推行学科带头人制度。这与苏联的权威教授有类似之处，但我们这里更加强调学科带头人行政上的领导权——尽管他往往也有较高学术声誉；而苏联更强调权威教授的符号权力。我们的学科带头人是法定的学科领导，对学科的资源分配有最终的决定权，我们不得不服从其人的工作安排，但苏联教研室的同仁们自觉地听命于权威教授，是因为他们对权威教授的道德文章有发自内心的敬重。当然，在每个不同历史时期不同的高校教研室有完全不同的情状，这样的泛泛而论显然不那么精准，只能作为一个大致方向上的参照。
③ 王焕勋在一篇文章中列举了该教研室承担了如下功能，可以类推其他的教研室的运作情况：（1）确定本室会议日程及内容；（2）确定教材编写、翻译计划；（3）确定教员分工；（4）确定提高教员政治思想及业务理论水平的计划；（5）对外联系计划；（6）图书购买及编目索引等工作计划。见王焕勋：《中国人民大学教育学教研室是怎样进行工作的？》，载《人民教育》，1951 年 4 月号，第二卷第三期，第 13 页。

其集体主义倾向："在旧式的大学，通常每个教师根据他个人所担任课程的理解，甚至根据他个人的兴趣向学生们讲课。这曾经被认为是合理的。如果有人对一个大学教授提出关于讲课内容或方法的意见，他会认为是故意侮辱他，侵犯他的自由。他对于学生的学习是可以不负任何责任的。这种教学方法与态度，一方面对于教学内容的思想性与科学性无法保证，而对于反动派传播错误的、甚至反动的毒素，倒是非常便利；另一方面，又必然助长资产阶级与小资产阶级智识份子的散漫、个人主义与无政府主义。"①

文艺学教研室的成立和运作为集体编写教材创造好了条件，民国时期那种个性化教材逐渐消失了。根据中宣部副部长林默涵的观点，文学艺术上最根本的问题，"毛泽东同志都极其正确地、全面地、系统地、辩证地加以解决了"。② 那么，是不是将文艺学直接变成毛泽东文艺思想就行了呢？实际上有些大学曾经就这样做的。③ 当然毋庸置疑的是，这里面需要付出

---

① 成仿吾:《中国人民大学的教研室工作》，载《人民教育》，1951 年 4 月号，第二卷第三期，第 11 页。
② 林默涵:《更高地举起毛泽东文艺思想的旗帜》，载《林默涵文论集》，北京：当代中国出版社，2001 年版，第 288 页。
③ 一本研究著作如是说："1957 年的'反右'运动，已经使全国高校的文学理论教学和教材建设处于极端不正常的情况。在 1958 年的'大跃进'思潮的影响下，高等院校出现以'插红旗、拔白旗'为口号'教改'，同时掀起了一股学生编写教材的'教育革命'。结果产生了大量左倾浮夸的、空喊口号的文学理论教材，特别突出的是对毛泽东的《在延安文艺座谈会上的讲话》当作文学理论的主要的和基本的文本，对其主要内容加以简单化和概念化理解，并且声称这是'在现代中国革命文学的客观实际中得到证明的文学理论'……这些教材一味强调文学作为意识形态的一般属性，完全简单地照搬毛泽东《在延安文艺座谈会上的讲话》中的内容。比如山东大学中文系编《文艺学新论》，全书七章的标题分别为：一、'革命文艺在革命事业中的地位和作用'；二、'文艺要为什么人服务'；（转下页）

的代价是：适应于特定时代需要（例如战时）的文艺政策导向，有淹没一种学科知识维度的风险。那么，该如何处理文艺学的政治使命与它本身的学术要求之间的复杂关系？对杨晦这样较为单纯的学者来说，这个事情很简单，就是将这两者分开来，开两种各司其职的课，一门课讲"文学理论"，还有一门叫"文艺政策"，专门讲延安文艺座谈讲话。当然这在负责意识形态的高级官员周扬看来，是不合适的。① 毛泽东文艺思想必须要贯彻到文艺学中去（此为第一要则），当然与此同时，务必注意，不可轻忽文艺学内部的规律和特点（此为辩证之处）。更何况毛泽东本人也未必希望把延安讲话教条化。② 但是否能走好这样的平衡木呢？1961年，在周扬直接领导下，成立了南北两个文学理论教材编写组，以群主编的《文学的基本理论》在1963、1964年分上下两册作为第一部统编文艺学教材得以出版，而在北京的蔡仪所主编的《文学概论》，则拖延至1979年才出版。尽管这两部教材得到了广泛的好评，被认为重视文学自身规律的探讨，走出苏联模式，融入更多中国文学经

（接上页）三、'文艺应该如何为工农兵服务'；四、'文艺的革命的政治内容和尽可能完美的艺术不甘落后统一'；五、'革命现实主义和革命浪漫主义相结合的创作方法'；六、'马克思主义文艺批评的任务和标准'；七、'党的文艺政策'。"载童庆炳主编：《新时期高校文学理论教材编写调查报告》，沈阳：春风文艺出版社，2006年版，第9页。

① 参见胡经之：《杨晦的北大岁月（之一）》，载《传记文学》，2020年，第4期，第127页。

② 胡乔木说："座谈会讲话正式发表不久，毛主席跟我讲，郭沫若和茅盾发表意见了，郭说'凡事有经有权'。这话是毛主席直接跟我讲的，他对'有经有权'的说法很欣赏，觉得得到了知音。郭沫若的意思是说文艺本身'有经有权'，当然可以引申一下，说讲话本身也是有经常的道理和权宜之计的。"胡乔木：《胡乔木回忆毛泽东》，北京：人民出版社，2014年版，第60页。

验，例如增加了创作论与欣赏论，强化了中国古典文论资源，在知识的系统性、规范性乃至叙述的严谨性等方面达到了新的高度等等，但无疑在撮合政治话语与学术话语方面并非严丝合缝，意识形态优先的印记随处可见，这也使得它作为外部原则自我呈现的时候显得生硬僵化，而在进行学理论述的时候，囿于当时的历史条件，并没有对国际前沿人文社科成果加以吸收消化，知识面还显得狭窄陈旧。至于1966年"文化大革命"以后至改革开放前，文艺学在大部分情况下只有通过成为政治工具才能获得其存在的正当性，这就不必花费笔墨加以述评了。

三

伴随着"文革"的结束，中共中央十一届三中全会的召开，中国历史翻开了新的一页，文学理论也随着社会的转型，而进行了自身的学科转型。人们经常会援引邓小平在第四次文代会上的讲话内容，来把握新时期出现的党和国家对文学艺术的新认识："党对文艺工作的领导，不是发号施令，不是要求文学艺术从属于临时的、具体的、直接的政治任务，而是根据文学艺术的特征和发展规律，帮助文艺工作者获得条件来不断繁荣文学艺术事业，提高文学艺术水平，创作出无愧于我们伟大人民、伟大时代的优秀的文学艺术作品和表演艺术成果……衙门作风必须抛弃。在文艺创作、文艺批评领域的行政命令必须废止。如果把这类东西看作是坚持党的领导，其结果，只能走向事情的反面……文艺这种复杂的精神劳动，非常需要文艺家发挥个人的创造精神。写什么和怎样写,只能由文艺家在艺术实践中去探索和逐步求得解决。在这方面,不要横加干涉。"① 如果不再提倡以政治实用主义的态度来看待文艺事业,换句话说,如果文艺生产者(当然这个原则也适用于所有的文化生产者)的生产内容和生产方式从承担宣传和教化的政治使命中解放出来,这可以意味着党对于文艺自主性给予了一定的尊重。在战争或者阶级斗争这种例外状态,文学艺术当然必须成为国家机器的螺丝钉;但是在和平年代,文学艺术如果统统继续充当螺丝钉,就似乎反而矮化了它的价值。如果我们为文艺工作者们松绑,让他们自己的想象力和创造力引导着他们进行"复杂的精神劳动",那么他们必然会取得更大的成就,无疑会为社会主义精神财富添光加彩。

新时期又被称为改革开放时期。对内是改革,对外是开放。如果说邓小平的上述讲话指明了在文化上改革的方向,那么,文化上的开放,就首先意味着对西方各种思想资源的重新开放。在任何历史时期,很难找到任何一个时期像改革开放这四十年来那样,勤劳的中国人民以如此强烈的激情,那么持久的兴趣,以及难以置信的巨大规模,将域外几千年的文化产品共时性地译介到中国。这当然不可避免对文艺学产生了巨大影响。尤其是西方哲学、美学和文学理论大规模的翻译运动,深刻改变了中国文艺学者们思考问题的方式,当然也使得以前被视为当然的现象,成为文艺学的研究对象。文艺学教材的名称逐渐变成了"文学理论",这很可能是受到西方文学理论影响

---

① 邓小平:《邓小平文选》,第二卷,北京:人民出版社,1993年版,第213页。

之后的结果，因为若干本西方文艺学教材以"文学理论"命名，例如韦勒克、沃伦的《文学理论》，佛克马、易布斯的《二十世纪文学理论》，卡勒的《文学理论》和伊格尔顿的《二十世纪西方文学理论》。个性化的文学理论教材层出不穷，它们有的是独撰，有的虽然是集体撰写，但贯彻了主编的意志。这些新编教材尽管大多保留了对传统文论的尊重，但构成其主要特色的是，它们都无一例外地大量汲取了西方各种主义或者学术流派的新观念、新范畴，虽然这些术语在西方可能早已经是断烂朝报。毕竟中国已经跟西方中断学术交流长达三十年之久，而民国时期接受高等教育、具有较好外语水平的人本来也有限，其人力本来也不足以支持对域外文化进行广泛、全面和深入的翻译、阐释和研究。

但这个阶段中的文学理论教材已经不再是文艺学学科的关键了。在过去，谁主编教材，谁参加编写，这些人员的遴选，当然是政治觉悟和业务水平的认可。有资格参加统编教材，这一荣誉在过去意味着在文学研究领域难以匹敌的符号资本。但在人人可以编写教材的条件下，这一符号资本开始急剧缩水了，能证明自己学术水准的现在首先是专著。毕竟一般说来，教材不过是将已经成为学术共同体常识的认识转化成系统的可以普及的基础知识。而且，当文学理论在全部文化领域中的政治引领功能被淡化之后，文学理论课程本身也开始缩水了。在七十年代这门课通常要上整整一年，有的学校甚至要上三学期，此后日渐压缩。虽然它依然是基础课必修课，但在绝大多数高校里成了一周两三课时的一学期课程。不过，文艺学教研室已经造就的规模并不会随之减少，它的运作还是保持着惯性，只是多少改变了其方式。教研室承担的课程除了主干课文学理论，它至少还包括但不限于下列这些课程：美学、马列文论、文学批评史、西方文论史、西方文论名篇选读、文学批评方法、文化研究导论、《文心雕龙》导读等等。

然而，让文艺学学科化成为可能的最关键因素应该还不是这些课程的开设，而是学位制度的实施。早在1935年，民国政府就颁布了《学位授予法》和执行细则，明确规定授予学位分学士、硕士和博士三级。但由于政局不稳和战争频仍等因素，制度并没有得到完全的贯彻落实。根据1947年的统计数字，各种类别的文学类（含中国文学、外国文学、哲学、史学、语言学、社会学、音乐学及其他各学系）在读大学生总人数为18446人，但在校研究生仅为106人，① 显然，修读中国文学的文学硕士更是寥寥无几。② 至于博士学位授予事宜，则久议不决，最后只能束之高阁，民国期间并无人有所斩获。③ 新中国成立后前三十年，研究生教育的推进亦较为缓慢，从1949年到1965年间，文科（含文史哲）累计招收硕士研究生数为5473人；毕业数则为5133人。④ 博士生招生培养则从

---

① 国民政府教育部：《第二次中国教育年鉴》，上海：商务印书馆，1948年版，第1402页。
② 在1943年5月至1948年4月间，有43名毕业生获得文科硕士学位，他们主要是史学领域的研究生。而文学硕士学位获得授予者为：徐中玉、王庆菽、阴法鲁和赵君恰，区区四人而已。见国民政府教育部：《第二次中国教育年鉴》，上海：商务印书馆，1948年版，第874页。
③ 可参阅余子侠、王海凤：《南京国民政府时期三级学位制度形成考实》一文，载《高等教育研究》，2020年，第1期。
④ 《中国教育年鉴》编辑部编：《中国教育年鉴（1949—1981）》，北京：中国大百科全书出版社，1984年版，第964页。

未做过任何尝试。也曾经摹仿苏联试行过副博士学位制度，但是很快就胎死腹中。① 1966年"文化大革命"爆发后到1977年完全停止各类招生。直到1981年，国务院批准了《中华人民共和国学位条例暂行实施办法》，② 较为健全和系统的学位制度才开始正式得到推行。文艺学作为中文学科的二级学科一开始就出现在学位授予与人才培养的相关目录中，虽然在中文学科中，第一位获得文艺学博士学位的罗钢比第一位获得古代文学博士学位的莫砺锋还是晚了三年多。③ 四十年来，跟中国的经济增长一样，中国的研究生教育也实现了令人炫目的飞速发展。博士生招生人数，在1983年、1993年、2003年、2013年和2021年这五个年度分别为172人、6150人、48740人、70420人和125800人。④ 这里的中国语言文学类博士招生人数一时尚难以精准确定，但显然也是一个令人咋舌的巨大数字。⑤

---

① 李国钧、王炳照总主编，苏渭昌著：《中国教育制度通史》，第八卷，济南：山东教育出版社，2000年版，第426页。
② 见《国务院批转国务院学位委员会〈关于国务院学位委员会第一次（扩大）会议的报告〉的通知》，载何东昌主编：《中华人民共和国重要教育文献：1976—1990》，海口：海南出版社，1998年版，第1937页。
③ 莫砺锋在1984年11月份获得博士学位，为中文学科最早获得博士学位者；罗钢在1988年1月获得博士学位。
④ 数据来源分别见中国学位与研究生教育发展年度报告课题组、全国学位与研究生教育数据中心编：《中国学位与研究生教育发展年度报告2014》，北京：高等教育出版社，2015年版，第184—185页；以及"中国教育在线"之《2021年全国教育事业发展统计公报》，网上地址：https：//www.eol.cn/shuju/tongji/jysy/202209/t20220914_2245471.shtml。
⑤ 但可以做一些粗糙的推论。2013年文学类博士生招生人数为2415人，占博士招生总人数的比例为3.43％。就算从2009年到2020年这十一年，累计博士毕业生为657879人，按此比例，应该有22565位为文学博士，即便算文艺学博士占有十分之一，也应该有二千二百余人获得博士学位了。数据来源分别见中国学位与研究生教育发展年度报告课题组、全国学位与研究生教育数据中心编：（转下页）

硕士、博士生的培养主要是通过教研室的功能发挥而得以进行的；[①] 研究生招生的考试、课程的开设、学位论文的开题和答辩这些都主要是由教研室来组织的，因此，与此前教研室主要是承担开设文学理论和相关课程任务不同，它现在大大实体化了：本来它是向全系或者全校开设课程，也就是它的每一个成员其实是独立地向院系教学行政负责，教研室内部关系在一定程度上是可以松散也可以紧密的，教研室老师们的每个学生都是院系甚至全校范围的学生，也就是说教师跟学生的关系也几乎是抽象的关系。但现在，由于教研室所设定的导师组的作用（例如，共同参加面试或答辩），由于硕士、博士跟导师之间更加近距离的、个性化的关系，教研室不再是可有可无的存在，相反，它所组织的各项具体的、丰富的教学和学术活动充分证明了这个机构的存在理由。在许多大学，文艺学学科和文艺学教研室常常变成了一体两面（有时候教研室不存在了，文艺学学科直接取而代之），而各类大学对博士点和硕士点授权单位的各种艰苦和残酷的竞争性申请，以及教育部、省市自治区和校内各种不同级别的重点学科评选，使得文艺学的学科面目更为清晰而充实，使得它得以将自身建构为一个具有可见

（接上页）《中国学位与研究生教育发展年度报告2014》，第187页；以及"中国教育在线"之《2021年全国教育事业发展统计公报》，网上地址：https://www.eol.cn/shuju/tongji/jysy/202209/t20220914_2245471.shtml。

[①] 一些大学在上个世纪末以来是通过扮演教研室角色的相关学科来发挥功能的，这些学科有时称为研究所、中心等。为方便，文中统称教研室。需要指出，教研室制度在中国大学数十年的历史中发生了许多变化，所涉及的教学、科研、经费等许多方面，在跟院系和个人所发生的责任关系上在不同时代和不同院系都有可能差异很大。有些院系甚至就取消了教研室的建制，但实体化的学科则始终存在。

性的学术现实或者就是实体机构。

不仅如此，除了文艺学的研究生培养不断进行这一学科的再生产，还有其他具有稳定性的体制化实践对这一学科持续地加以再确认。不计其数的文学理论专业组织经常举办各种会议或学术活动。这些组织，包括国家级别的，例如中国文艺理论学会、中国中外文艺理论学会、中华美学学会；也有省级的，例如黑龙江省文艺理论学会、湖南省文艺理论学会、新疆维吾尔自治区文艺理论学会、湖北省文艺学学会、四川省文艺理论研究会，天津、上海、江苏、浙江、吉林、贵州、安徽和福建等省市都有美学学会；甚至还有市级的学术组织，例如遵义市、桂林市文艺理论家协会。有些学会则是根据更专业的分类标识来建构自身的，例如中国古代文学理论学会、全国马列文艺论著研究会、全国毛泽东文艺思想研究会、中国《文心雕龙》学会。一些其他学术组织也在自己名下设立文学理论类的二级组织，例如中国外国文学学会文学理论与比较诗学研究分会、中国比较文学学会认知诗学分会。

此外，文艺学学科还拥有许多杂志，被列入中国学界较为重视的CSSCI数据库中的文学理论专业杂志，至少就有：《文艺理论研究》《文艺理论与批评》《古代文学理论研究》《文学理论前沿》《文化与诗学》《符号与传媒》《外国美学》《中国美学研究》《马克思主义美学研究》《文化研究》《中外文化与文论》《美学与艺术评论》等等。绝大多数省市自治区编辑的各类人文社会科学综合杂志，以及绝大多数大学学报的人文社会科学版，都很欢迎文学理论的论文。在一些最重要的文学类刊物如《文学评论》《文艺研究》或《文艺争鸣》中，文学理论构成了最主要的常设栏目之一，并占据突出的篇幅。

文艺学教研室、学会、杂志，当然更重要的是学科目录中所指定的法定位置，在最近四十年的不断再生产和再确认的过程中，它也就越来越实体化了，它也会寻求在现代知识谱系中锚定自身，从而获得其存在正当性的自我确证。文艺学者们在这些学术实践中，也越来越开始确立自己学科的专业性，或者说学科的自主性。在确定论文选题的时候，我们会告诉学生，什么样的选题可能是哲学的选题，或者是现代文学专业的论题，与文艺学专业并不匹配。如果选题与文艺学学科距离遥远，学位论文送到盲审专家手中，可能会不获通过。但如前文所述，文艺学作为文学概论起初只是一门无足轻重的有关文学知识的入门课，后来因为宣传毛泽东《在延安文艺座谈会上的讲话》获得了一个特别有利的重要地位，从而据此在高校中文学科得到机会普遍建设文艺学教研室，而历史的惯性作用又使得它在学位制度的学科目录中，为自己找到了一个具有永久性的学术地标。换句话说，它成功地将它本来拥有但到了新时期正在急剧贬值的政治资本，及时转换成了文化资本。然而，诸多外部体制的功能性作用固然可以为文艺学的文化资本黄袍加身，但使文化资本得以可能的核心力量还是来自于它自身的学术含金量。民国时期的教授们认为它卑之无甚高论，是因为它当时扮演的主要角色是负责提供文学研究的基础知识和常识的入门性导论；新中国成立后三十年对它的政治期待远远超过了其知识维度结构纵深的要求；但吊诡的是，新时期以来，当文艺学摆脱了工具效用，成其为自身的时候，它反而容易陷入到茫然失措的漂浮状态。作为一种现代学问体系，在哪里可以找到它的历史连续性、它的脚手架呢？当它以对文学的理论认识作为自己的研究范围的时候，这其实几乎就在表示，它并不像比如唐诗或者维多利亚时代戏剧那样具有相关研究的历史，它其实并没有什么确定性的研究范围。①如此，它本来是一门课程的容量，何以能够成为一门泱泱学科呢？我们当然可以采用各种烹饪技术来炮制薇草，例如烤薇菜、薇汤、薇羹、薇酱、清炖薇、原汤焖薇芽、生晒嫩薇叶，但是，薇草究竟是薇草，我们毕竟不能指望单是依靠它，能做出一桌的满汉全席来。

文艺学是一门具有经验性质的学科，但我们的文艺学研究很难做到不与经验脱节。显然，古代文论资源已经博物馆化，难以回应当代社会，而现代文论长期深陷在政治实用主义的模具打造之下，缺乏学理深度，不能为当代文论积累知识财富。而当我们把目光投向西方的时候，我们发现，在西方学者取得成功的地方，我们可能很难复制他们生产新的理论系统的那种条件。可以依循惯例将西方文论的主要内容分为两个方面，一个方面是内部研究即形式研究，它往往借助于语言学和结构主义理论进行推论，从根本上来说早已过时，能发掘的东西是有限的。在英美新批评派、俄国形式主义者或结构主义们的大肆劫掠之后，似乎已无必要动员如此多的人力，对发无剩义的领域进行竭泽而渔且可能是徒劳无益地捕捞了。第二个方面，即所谓对文学的外部研究，这些研究不需要某种固定的方法论聚焦，它完全可以与任何学科自由嫁接。其中，西方文学理论的

---

① 更何况，就学术而言，任何真正有价值的研究只能是理论性的研究，也就是能达到普遍意义的研究，它本身就可以体现在各种具体经验内容的研究上，而不必一定要借助于理论思辨得以进行。

发明往往要么依赖于来自其他学科学人对文学的关切，他们是在本学科而决不是所谓文艺学的范围内来看取文学的。在出版于2006年的《五十位文学理论家》的书中，[①] 被承认为文学理论家的有哲学家，例如本雅明、伽达默尔、德勒兹、德里达、利奥塔、保罗·利科；有精神分析理论家，例如弗洛伊德、拉康、瓜塔里、齐泽克；有媒介理论家，如麦克卢汉、鲍德里亚；有语言学家，如雅各布逊；有社会理论家，如卢卡奇、福柯；有文化批评家，如利维斯、特里林；有民俗学家，如普罗普。当他们以外行的身份来谈文学的时候就摇身一变，登堂入室变成了文论的内行，这反过来似乎也可以说，对文学的理论发明并不需要对文学理论有专门的精深认识。另一方面，文学理论家们是通过对文学文本的阅读，并与一些具体的社会运动结合起来，在文化政治的精神引导下，获得了打开文本的新的视界，例如后殖民主义者霍米·巴巴、斯皮瓦克、萨义德，女性主义者西蒙·波伏娃、朱迪斯·巴特勒、西苏、桑德拉·吉尔伯特、苏珊·古巴尔、哈拉维、伊利格瑞、克里斯蒂娃、肖瓦尔特。我们在一本书中看到的所有这些群像，其实是各种不同路数理论的去历史化的、人为的共时化，正如一张报纸的各个版面缺乏内在联系一样。他们原初生产总是基于各个不同的语境：本雅明这些哲学家是在哲学阅读中受到启发，并将自己的思想运用于对文学的理解，弗洛伊德这些心理学家是在精神分析实践中认识到可以提供对文学的另类解读，无论是萨义德还是克里斯蒂娃，他们是在某一类文学文本的阅读中发现了能

[①] Richard, J. L., *Fifty Key Literary Theorists*, New York, NY: Routledge, 2006.

激发后殖民或者女性主义思考的契机，从而生产了自己的批评理论。简而言之，他们要么是在自己的学科传统中有所推进，要么在文本阅读中产生新的理论想象。但是，我们的文艺学一无所依，是为理论而理论的，它会离事而言理。它不依赖于某个学术传统，也不是聚焦于某一类文学作品进行症候式阅读。我们的文艺学缺乏跟自己研究对象的有机联系，只能以游击战的姿态到处攻城拔寨，打一枪换一个地方。我们直接去语境地研究各种理论。为了谋求新意，我们的文艺学被迫侵入到域外各种知识领域，因此它看上去最为活跃，它最快引进西方前沿学术成果，但是也会迅速地撤离——因为除了介绍之外也没有萨义德意义上的理论旅行即创造性变异；文艺学是中国人文社会科学领域的鲶鱼，在为自身学术尊严而努力的生存压力下，它马不停蹄地要为自己寻找有利地形，到处骑马圈地、拔旗易帜，永不停息地寻找更新潮的学术动向，给整个人文学科带来一派生机勃勃、繁荣丰盛的景象，如果不是幻象的话。公平点说，没有它的精神抖擞，中国的人文社会科学无疑多了一层单调、沉闷、寡淡和无趣，但从刻薄的角度来说，它服膺于时尚的逻辑，带来了诸多新奇炫酷的文化景观或者美丽的文化泡沫。由于它常常仅止于隔靴搔痒地译介西方最新文论，不能深耕厚植，难以留下具有经久性的贡献。

今天，在中国，文艺学作为一个学科，它的队伍体量宏大，人多势众。① 但也正因为它已然成为如此之庞然大物，它的

---

① 中国文艺学教学与科研人员究竟有多少？做出精确的统计比较困难。中国文艺理论学会根据参加教育部组织的第四轮学科评估的全国高校的中文学科做了一个初步统计（此统计作为课题的一部分，尚未最终完成）。全国共有102所（转下页）

某种先天不足才会更容易引人注目。文艺学当然意识到了自己作为一个独立学科存在的合法性危机，它作出的反应是不仅仅把中国或西方历代文论视为自己的研究对象，而且从哲学部门把美学抢到了文艺学教研室，并重新贴上"文艺美学"这样的学术标签，从而扩大自己的地盘。上个世纪九十年代，它开展了自己的学科反思。① 许多学者鼓吹要扩容升级，并将文化研究视为自己的新边疆。另一些学者则要求重新定义文学，也就是将社会世界加以文本化，使得文艺学在文学日渐衰朽的今天，能派上更为灵活的实际用途。但是，只要文艺学依然以这种遨游于云端之上的上帝视角来观察文学，作为一个不依附任何特定学科、拒绝与诸多文学实践进行互动的抽象的思辨结晶

（接上页）高校的中文学科获得评级。通过对所公布的这些高校中文学科的师资情况进行的调研，我们发现从 2010 年 1 月 1 日至 2019 年 12 月 31 日，这些高校共有在岗在编教师 807 名，其中，光是教授级别的教师就多达 449 人。需要说明的是，虽然绝大部分拥有博士点的高校都参评了（只有 1 所大学没参加），但是许多拥有硕士点的高校并没有参加，而除了北京、上海、江苏等少数几个教育发达省市，过半省份的大学并没有硕士点。例如江西省有 20 所大学办有中文学科，但仅有 5 所有硕士点，而最终在名单上的仅 2 所；安徽省有 27 所大学办有中文学科，但仅有 7 所有硕士点，而最终在名单上的仅 2 所；山西省有 10 所大学办有中文学科，但仅有 4 所有硕士点，而最终在名单上的仅 1 所；黑龙江省有 8 所大学办有中文学科，但仅有 4 所有硕士点，而最终在名单上的仅 2 所。所有这些没有列入名单的高校肯定拥有比上榜的高校多得多的文艺学教学与科研人员。我们还应该考虑民办高校，还应该考虑高校之外的其他文艺学从业人员，例如中国社科院文学研究所就有文艺理论教研室，全国许多社会科学院也有文学研究所，当然这些研究所也会有文艺理论研究者。通常，列入名单的高校师资队伍比较强大，但即便把他们的人数总和算成占据整个全国文艺学学者的三分之一，那么全国的文艺学学者肯定也远远超过两千人了。感谢陈丹博士以及肖明华、葛跃、凌建英和马汉广诸教授为我提供的数字。
① 可参见肖明华：《作为学科的文学理论：当代文艺学学科反思问题研究》，北京：北京师范大学出版社，2019 年版。

体，它就难以形成可以从中滋生未来原创性文学理论的活态基础，因而也难以回应对自身合法性的责难。

当然，对文艺学学科提出这个层面的反思，并不是试图要求撤销作为知识的文艺学的存在。我赞美理论。作为一种理论话语，而不仅仅是文学经验的常识化，文艺学对理解文学来说是至关重要的。没有这些理论视角的帮助，我们对文学的认识很可能会止步于肤浅的感性直观，而对其所蕴含的真理性内容无法加以客观化。对我们这个不特别热爱抽象思辨的民族来说，文艺学也提供了帮助我们提高理性认识能力的独特途径。虚荣一点说，我甚至不认为文艺学学科比较起中文学科其他领域来在学术贡献上表现更差。我当然不愿意、其实也没有能力成为中国文艺学人人得而诛之的罪人。我宁愿是那个花剌子模国报告好消息的信使，或者相反，我希望有人能够作出证明，我报送的就是假的坏消息。但是，在有方家成功推翻了我的推论之前，我还只能坚持保持这样的批判性反思立场。当然，文艺学是否需要、以及如果需要该如何重新设计，或者该如何换个步伐前进，这既牵涉到学科内部的知识性质，又与学术体制的物质条件紧密相连，兹事体大，远远超出了本文的问题意识和笔者的解决能力，期待博雅诸君异日有以教我。①

2023 年

---

① 在文献资料方面，本文一如既往得到刘彦顺教授的鼎力支持，博士候选人王楷文亦有贡献。特此致谢。在写作过程中，笔者在文学、教育学、史学等诸多知识领域请教了数十位专家学者，考虑到篇幅限制，兹不一一道谢。

中编 事件研究与思想实验

两种审美现代性：
以郁达夫与王尔德的两个文学事件为例

  提到唯美主义，落实到具体的文学实践，就中国而言，我们可能都会提到郁达夫，而对于西方，都不可能忽视王尔德巨大的符号意义。关于郁达夫，解志熙写道："郁达夫也许是创造社同仁中最具唯美色彩、最有颓废嫌疑的作家。事实上，郁达夫也确实对唯美-颓废主义情有独钟。他曾经率先向中国新文坛介绍了王尔德的唯美主义文学宣言——《杜莲格来》的序言，还最早向中国读者详细地描绘了英国'世纪末'文学的殿军——《黄面志》集团的群像；他的小说创作如《沉沦》一集中，对唯美-颓废派作家及其作品频频提及，多处援引，足以表明他对唯美-颓废主义的浓厚兴趣。郁达夫甚至有意向人们炫耀他的这种兴趣。因此，说郁达夫不仅是早期创造社作家中，而且是整个'五四'文坛上最偏嗜唯美-颓废主义的人，大概是不算过分的。"[①] 而王尔德，这位世界上被翻译得最多的英语作家之一，[②] 无疑是英国唯美主义运动的主将：在出版于1882年的《审美运动》一书中，王尔德独占一章，而罗塞蒂、

[①] 解志熙：《美的偏至：中国现代唯美-颓废主义文学思潮研究》，上海：上海文艺出版社，1997年版，第73页。
[②] 在英国与爱尔兰作家中，与他可以相提并论的，只有莎士比亚、狄更斯、柯南·道尔、史蒂文森。见 Evangelista, S., (ed.), *The Reception of Oscar Wilde in Europe*, London: Continuum, 2010, p. xxii.

莫里斯与史文朋三个人才共享一章。① 郁达夫受王尔德影响较深，② 他甚至翻译过王尔德的小说《道连·葛雷的画像》（以下简称《画像》），虽然最终未获出版，③ 但是发表了其著名的序言。就他的文学观而言，他曾经坦然指出自己跟唯美主义在原则立场上的一致："艺术所追求的是形式和精神上的美。我虽不同唯美主义者那么持论的偏激，但我却承认美的追求是艺术的核心。自然的美，人体的美，人格的美，情感的美，或是抽象的悲壮的美，雄大的美，及其一切美的情愫，便是艺术的主要成分。"④ 事实上，他的许多文学主张就是王尔德的一些言论的翻版，尽管对后者并非没有保留。⑤ 可以理解的是，他们之间的文学关系引起了不少学人的研究兴趣，这不光是因为他们的唯美主义实践在各自文化语境中具有难以匹敌的代表性，也因为他们的文学生产，乃至作为审美家或者颓废文人的容止举动在当时产生了巨大反响：尤其是王尔德的《画像》与郁达夫

---

① Livesey, R., *Aestheticism*, in, K. Powell, et al (eds.), *Oscar Wilde in Context*, Cambridge: Cambridge University Press, 2013, p.261.
② 可参看郑伯奇的相关评论，见郑伯奇：《忆创造社》，载饶鸿兢等编：《创造社资料》，北京：知识产权出版社，2010年版，第724—726页。
③ 参见郁达夫致胡适的信，载郁达夫：《郁达夫文集》，第五卷，广州：花城出版社，1982年版，第132页。
④ 郁达夫：《艺术与国家》，载郁达夫：《郁达夫文集》，第五卷，广州：花城出版社，1982年版，第152页。
⑤ 郁达夫对于王尔德文学观的接受，可参阅嘎利克：《郁达夫及其唯美主义批评》，载陈子善等编：《郁达夫研究资料》下集，广州：花城出版社，1985年版，尤见第708—710页。亦可参阅施军等：《郁达夫的唯美主义：从"自我表现"到"人生展示"》，载《学海》，2004年，第2期；吕林：《郁达夫与唯美主义》，载《广播电视大学学报》，2003年，第3期；吕林：《前期创造社文艺观的唯美主义趋向》，载《江苏社会科学》，2004年，第2期；卢玉：《郁达夫与王尔德》，载《渭南师范学院学报》，2008年，第3期。

的《沉沦》都以叛逆的形象攻击了他们置身其中的社会,因而可以说,引发了具有历史性的文学事件。

是的,我这里提到了"文学事件"这个词。当我开始使用这个概念的时候,这就意味着我引入了本文的问题意识。但是何谓事件?无论是欧洲语言还是汉语中,"事件"一词的主要义项均可归类为一般的事情与具有特殊重要性的事情两类。就本文而言,我们考虑的事件乃是后者,也就是说,涉及事物的变化,[1] 涉及对既有秩序的断裂,涉及对旧因果律的挣脱与新因果律的重建,[2] 涉及对于可能性的开启甚至创造。[3] 在本文中,文学事件被理解为文学领域中发生的事件,也就是我们可以从社会历史语境加以思考的、在文学生产和消费过程中出现的、将未知因素带入到语言创造的某种存在。换言之,我们这里关注的是文学社会学视域中的文学事件,而不是现象学-本体论视域中的文学事件。[4] 在我看来,所谓文学史,无非是一系列文学事件的群集与序列。在文学史这条浩瀚的星河中,我们可以看到无数璀璨的文学事件星座,在其中也许可以寻找到

---

[1] 一位传统的形而上学家伦巴第(L. B. Lombard)将事件定义为"对象中的变化",而变化,是指"某一对象成为其所不是"。Lombard, L. B., *Events: A Metaphysical Study*, London, Routledge & Kegan Pau, 1986, vii.

[2] 齐泽克说:"按照第一种界定事件的方法,我们可以将事件视作某种超出了原因的结果,而原因与结果之间的界限,便是事件所在的空间。"齐泽克:《事件》,王师译,上海:上海文艺出版社,2016年版,第4页。

[3] 巴迪欧说:"一个事件是将不可见甚至不可思的可能性加以阐明的某种东西。事件自身并非对于现实的创造,它是对可能性的创造,它开启了某种可能性。它向我们揭示被忽视的某种可能性的存在。"Badiou, A., *Philosophy and the Event*, Cambridge: Polity Press, 2013, p.9.

[4] 从现象学-本体论视角对文学事件的研究,可见 Rowner, I., *The Event: Literature and Theory*, Lincoln and London: University of Nebraska Press, 2015.

一座我们称之为审美现代性的文学事件星座,[①] 它由从光灿夺目到已经黯淡无光的许许多多文学事件的星宿所组成。这里,围绕着王尔德《画像》与郁达夫《沉沦》展开的文学事件依然是灿然可观的明星,因为唯美主义或颓废主义不过是审美现代性的某种极端体现。如果我们分别以王尔德与郁达夫为例,引入文学事件的视角来比较中国与西方的审美现代性,这就意味着,我们不仅仅是比较这两个文学文本,而且意味着比较这两个文学文本的生产机制与历史条件、它们在攻击社会的时候如何被社会所接受,这两位文学行动者作为其作品的责任人在其各自社会空间中所遭遇到的境遇,尤其是,两种不同的文学事件生成了某种具体的普遍性,亦即两种审美现代性:一方面,审美现代性在这两个文学事件中获得了具身化的形象;另一方面,各种具有结构同源性的文学事件汇聚起来,使得审美现代性得以绽放,得以建构为稳定的、不可逆的新的存在。

以事件视角来比较中西两种审美现代性,重点就不再是郁达夫如何接受、创造性误读王尔德的唯美主义文学观,也不是孤立地比较两个文本之间的差异,而是尽可能将这两个文学事件还原到当时的文化现场之中,理解两个文学事件的事件性,亦即对于日常生活不断绵延的循环结构的袭击,理解该结构的

[①] 关于审美现代性,就本文的操作意义而言,是指审美领域的现代性,或者说是现代性在审美领域的呈现。至于现代性,简单说来指规定了现代社会或现代人基本质素的某种结构性特征。请参见拙文:《审美现代性与中国语境》,载《天津社会科学》,2005年,第2期;《现代性视阈与批判理论》,载《黑龙江社会科学》,2007年,第4期。

惯性作用，尤其是所建构出来的或真实存在的旧秩序代理人进行的反扑。当然，回过头来，我们也可以思考文学事件客观意义的生成过程和可能性条件。我们将从一个比较性的疑问来启动我们的思考：为何《画像》的作者在现实中完成了小说所预演的身败名裂的自我画像，而《沉沦》的作者却并未沉沦，反而获得了文化界巨擘的鼎力支持？

一

尽管从时间顺序上，郁达夫及其《沉沦》要晚于王尔德，而且其事件性的强度也弱于后者，但是，从一种审美现代性可能的逻辑发展而言，郁达夫可能处在较为早期的阶段，而王尔德则标明了它的某种极限，或者说，确定了审美现代性的符号疆界。换言之，尽管郁达夫的审美现代性实践在时间上晚于王尔德，但是王尔德却在其逻辑上后于郁达夫。正是因为王尔德引发的审美现代性事件发展到一个相当完备的状态，也就是其参与展演的审美现代性的某种潜能已经耗尽，对它本身，当然也包括对郁达夫的《沉沦》导致的文学事件的理解，才有了充分的可能性。如果说，我们断言郁达夫《沉沦》的生产与消费尚未达到某种审美现代性可能的极致状态，这样的说法也许过于绝对（因为我们不能对审美现代性的概念加以本质主义的想象），但无疑，发生在其中的美学逻辑可能在早期西方浪漫主义以来的文学中并不陌生。因而，让我们还是从郁达夫开始说起,① 也就是说,以事态的逻辑顺序来进行陈述。

事无巨细地描述文学事件是实证主义者的拿手好戏,但对我们来说,重要的是把握住事件的核心要素,即要追问这样一个问题:《沉沦》出版之后,在当时的中国社会空间里,发生了何种风波?首先我们差不多可以确认的是,该书甫一问世,立即产生颇佳销路,不到一个月的时间里连印三版。② 顺理成章的是,它在话语场上迅速产生了相当的影响。比郁达夫小九岁的冯至后来回忆说:"作者大胆地写出一个久居异国的青年精神上和生理上的忧郁和苦闷,在文艺界激起强烈的反应,它为抱有同感的青年读者所欢迎,也受到一些卫道者的诟骂,一

---

① 这里面有一个问题:谈到审美现代性,为何本文从郁达夫而不是更早的艺术独立性提倡者例如王国维那里开始?简单来说,"为艺术而艺术"这一核心观念其具体针对性至少有两方面:从内部来讲,是形式高于功能,文学艺术的形式法则决定了艺术品的意义和价值;从外部上看,艺术必然超然于所有的政治、经济、伦理、宗教、效用等压力。如果将这个层次的艺术自主性诉求设定为审美现代性的根本性标尺,那么,我们可以透过中国语境来观察审美现代性的动力结构:与我们可能认为的相反,艺术具有自主性的首要条件其实并不是形式法则的决定性作用,倒反而是通过对于诸多外部压力(政治、伦理等)的激烈反抗,来凸现出艺术本身的自主性要求,换言之,反抗本身变成了唯美主义的形式要素。从这样的观点来观察比如王国维,就不能算是典型意义上的审美现代性的提倡者,而至多算是一位过渡人物。王国维宣扬艺术独立,但他更多地强调形式的自足性,而并不重视与社会的对立,但形式主义的主张,其实在中国有其源远流长的历史。同样的原因,也可以将"文学研究会"与"创造社"的立场区隔开来。前者的理论主张其实也是讲文学的独立性地位,茅盾解释"文学研究会"的宗旨时说:"文学研究会除了反对'把文学当作高兴时的游戏或失意时的消遣'这一基本的而且共同的态度以外,就没有任何主张。"强调文学是个严肃的事业,但它并不特别强调对当下社会秩序的攻击。因此,选择郁达夫是因为他的《沉沦》在某种程度上构成了与社会的紧张关系,也就是构成了事件性。至于《狂人日记》,尽管具有开创现代中国现实主义文学的伟大意义,但是它比较小众。就所产生的社会反响而言,《沉沦》几乎可以说是中国审美现代性的首场秀。
② 陈子善:《沉醉春风——追寻郁达夫及其他》,北京:中华书局,2013年版,第19页。

时毁誉交加,成为一部有争议的作品。"① 另一位郁达夫研究者指出:"一九二一年十月,郁达夫的小说集《沉沦》问世,立即在文坛上引起轩然大波。责难和非议劈头盖脸而来,据此称郁达夫是'颓废者''肉欲作家',是'不道德'。"② 这样的描述,变成了对《沉沦》所引发的文学事件的最为司空见惯的叙事。但是,饶有趣味的是,这些描述其实大多并未提供足以支持其论点的具体材料。郁达夫当时最重要的战友郭沫若在追忆创造社草创之初时写道:"他的清新的笔调,在中国的枯槁的社会里面好像吹来了一股春风,立刻吹醒了当时的无数青年的心。他那大胆的自我暴露,对于深藏在千年万年的背甲里面的士大夫的虚伪,完全是一种暴风雨式的闪击,把一些假道学、假才子们震惊得至于狂怒了。为什么?就因为有这样露骨的真率,使他们感受着作假的困难。于是徐志摩'诗哲'们便开始痛骂了。他说:创造社的人就和街头的乞丐一样,故意在自己身上造些血脓糜烂的创伤来吸引过路人的同情。这主要就是在攻击达夫。"③ 但是徐志摩究竟在何时何地以何种方式对他进行攻击呢?是否源于口耳相传呢?郭氏未做交待,我们同样不得要领。

其实,如果我们返回到历史现场,去查阅当时相关的文献材料,我们就会发现,在关于《沉沦》的争鸣中,有不少文字是肯定甚至赞扬作者郁达夫的,例如最早发表于1921年12月

---

① 冯至:《相濡与相忘—忆郁达夫在北京》,载陈子善编:《逃避沉沦:名人笔下的郁达夫 郁达夫笔下的名人》,上海:东方出版中心,1998年版,第25页。
② 张恩和:《郁达夫研究综论》,天津:天津教育出版社,1989年版,第10页。
③ 饶鸿兢等编:《创造社资料》,北京:知识产权出版社,2010年版,第676页。

9日的文章，就高度评价该作品，作者种因以为"照艺术上论，固可称为自然派写实派的出品；照意义上论，间亦有卢梭、托尔斯泰《忏悔录》的思想"。① 两天后，另一位叫元吉的作者在另一家报纸的副刊上发文，惊呼在《沉沦》的主人公中看到了自己影像。② 即便有些随感流露了对《沉沦》的不满，但大体上是相当克制的。署名为晓风的作者说："著者《自序》说：'第一篇是描写一个病的青年的心理，也可以说是青年忧郁病的解剖，里边也带叙着现代人的苦闷！便是性的要求与灵肉的冲突。'但我们看了一遍，却几乎辨不出何处是灵。那不全是些肉山腥海么？"作者还在结尾处称赞了郁达夫的文学才华。③ 另一位作者枝荣认为该作品在思想和艺术上有可商榷之处，并指出："《沉沦》现出强烈的黑色，些微美妙的青，热烈的红，混合了一片可怕的污秽的色彩，在有脓的伤口里，带了点生活的血和肉，只是格外可怕。但许这就有人算是《沉沦》的好处。"④ 还可以一提的是谭国棠与茅盾的通信中，前者认为郁达夫描写手法仍然脱胎于传统小说，后者认为《沉沦》心理描写成功，而灵与肉的冲突处理失败。⑤ 这些作者们很难说表现出了卫道士的道义激愤或伦理怨恨。没有看到任何人对他的自然描写有伤风败俗的负面评价，顶多只是评价他在这些描写中只见其肉而不见其灵，而甚至即便是这些批评，其实不过是

---

① 种因：《读〈沉沦〉小说集》，载《时事新报·学灯》，1921年12月9日。
② 元吉：《读了〈沉沦〉以后》，载《民国日报·觉悟》副刊，1921年12月11日。
③ 晓风：《沉沦》，载《民国日报·妇女评论》，1921年12月14日，第4版。
④ 枝荣：《〈沉沦〉中底沉沦》，载《民国日报·觉悟》，1922年3月13日，第4版。
⑤ 谭国棠、雁冰：《通信》，载《小说月报》，1922年2月10日，第13卷第2期。

对郁达夫在小说集自序中自我批评的重复。① 很难相信，这些批评真能构成对他的心灵伤害。② 换句话说，这些人在自觉意识上并不是对郁达夫有违传统礼教的价值观的批评，而是对他文学技巧的美学批评，这些批评并未一棍子打死，大多还留有余地。可以说，并没有充分的证据来证明郁达夫确实遭遇到了范围广大、程度猛烈的恶毒的公开攻击。③

这样毁誉参半其实以赞扬为主的情况，让我们很难想象当事人郁达夫会做出强烈的反应。但事实上他看上去像是一个孩子因为说真话而闯下弥天大祸，火急火燎向神明求救那样，给

---

① 郁达夫在《〈沉沦〉自序》中说："《沉沦》是描写一个病的青年的心理，也可以说是青年忧郁病 Hypochondria 的解剖。里面也带叙着现代人的苦闷，——便是性的要求与灵肉的冲突——但是我的描写是失败了。"载郁达夫：《郁达夫文集》，第七卷，广州：花城出版社，1982 年版，第 152 页。

② 谢冰莹曾直截了当对郁达夫的性描写表示批评，认为对青年有负面影响，正当她懊悔自己这样的批评失礼的时候，郁达夫如此作复："不！不！不但不见怪，而且要感谢你！我知道你是很爽直的，有湖南人的精神，我也知道《沉沦》写得不好，挨了许多人的骂，他们骂我颓废，堕落，黄色，其实我不过把青年真实的生活描写出来，也没有想到还有这么多读者，有时，我也很想不让它出版！但是版权已经卖给人家了，不能由我做主了。"谢冰莹：《追念郁达夫先生》，载陈子善编：《逃避沉沦：名人笔下的郁达夫　郁达夫笔下的名人》，上海：东方出版中心，1988 年版，第 110 页。

③ 需要说明，我委托王贺博士对 1921 年至 1922 年间出版的《民国日报》《时事新报》等主要报纸进行了地毯式的搜寻，能够发现的材料并不多。我也请教了现代文学史料学的权威陈子善教授，他也并未发现更多关于郁达夫的评论材料。陈子善并且指出，能够在文字材料上找到的最强有力的对郁达夫的攻击，其实均来自他本人的叙述。不止一位学者专家指出有人指责郁达夫为"肉欲作家"或"不道德"，虽然加了双引号，但均未标明出处，我只能怀疑这样可以稽考的指责可能不存在。徐志摩的羞辱究竟是通过课堂或演讲传播，还是因为友朋酬酢时的戏言被流传出来，最终到达郁达夫这里，则无从考证了。类似这样的指责想必仍有可能存在，但是，只要不是以显性的负责任的方式（例如署名文章）对郁达夫来发动攻击，就在一定程度上说明了潜在的攻击者要么不是明显或强势的存在，要么就在一定程度上承受了新思想的压力。

当时的周作人寄了一封英文明信片,其中说道:"All the literary men in Shanghai are against me, I am going to be buried soon, I hope too that you will be the last man who gives a mournful dirge for me!"① 谁都看得出来,这表面上是自暴自弃,其实是发出了 SOS 的文化求救信号。郁达夫的过度反应可能显示了他的心理的脆弱,② 但可能也是他力图推行事件化的关键一步,当然也可能神经过敏的人在日常生活中本来就容易制造事件化效果。就郁达夫的主观愿望而言,郁达夫其实绝不希望《沉沦》小说集的出版会是个风平浪静的事。郑伯奇曾经回忆说:"《沉沦》一出版就打响了,出版者当然高兴,达夫更高兴。他当时常常半带兴奋半开玩笑地说道:'沉沦以斯姆,沉沦以斯姆!'他的意思是说,《沉沦》也许会像《少年维特之烦恼》出版当时那样,形成一时的风气。事实虽不如作者想象那样,《沉沦》并没有成为风行一时的什么主义之类的东西,但它对当时中国的部分青年的确发生过一定的影响。有些爱好文学的青年甚至摹仿达夫的风格,写出过类似的作品。"③ 其实,不仅仅周作人后来应郁达夫之邀撰写辩护文章,而且发表第一篇

---

① 此段话大致意思为:"上海所有文人都反对我,我很快就要被埋葬了,我希望你不要给我唱悲伤挽歌!"见郁峻峰等主编:《郁达夫全集》,第六卷,杭州:浙江大学出版社,2007 年版,第 46—47 页。翻译根据英文有改动。按该书对此明信片的出处说明有误,参见此明信片的发现者陈子善的相关说明:《研究〈沉沦〉的珍贵史料》,载陈子善:《沉醉春风——追寻郁达夫及其他》,北京:中华书局,2013 年版,第 13—21 页。
② 他的盟友如郭沫若指出了这一点,见饶鸿兢等编:《创造社资料》,北京:知识产权出版社,2010 年版,第 676—677 页。
③ 郑伯奇:《忆创造社》,载饶鸿兢等编:《创造社资料》,北京:知识产权出版社,2010 年版,第 722—723 页。

《沉沦》的评论文字的种因,在文中也直白地交代了原委,表示郁达夫赠书与他,并要求他有所评论。我不知道是否还有其他人也是应他之邀来撰写批评文章,无论如何,无论是有保留的赞扬还是留余地的批评,很容易变成媒介热点而引人注目,也就是容易得到事件化,这可能暗合了创造社希望借此机会推波助澜、做大做强的符号策略。郑伯奇如是说:"中国的文坛,和中国的其他一切现象相比,总算是进步很快。记得《沉沦》付印的当初,因为在中国是破天荒的尝试,大家都很有兴趣地注意社会的反响。"①《沉沦》获得巨大的轰动效应本来就是创造社同仁所期待和追求的事。

二

在某种意义上,王尔德是攻击维多利亚社会的独狼,他一个人既要不断进行各种唯美主义文学实践,同时又要自己将其赋予意义。比王尔德幸运得多的是,郁达夫不是一个人战斗,他周围活跃着各种盟友。他致函于周作人,乃是搬理论救兵,他希望周作人为他的《沉沦》小说集赋予启蒙价值与公共意义,也就是强调其普遍有效性。对这个文学事件的发生过程,流行的看法似乎有两个重要方面:其一,《沉沦》的出版引起了守旧派的疯狂进攻。曾华鹏等人写道:"由于郁达夫的作品有着大胆的反抗情绪,因此他受到当时因为不满旧现实旧制度而具有反

---

① 郑伯奇:《〈寒灰集〉批评》,载陈子善等编:《郁达夫研究资料》上集,广州:花城出版社,1985年版,第12页。

叛性格的青年的狂热爱戴……如他的处女集《沉沦》一书就销了两万余册，甚至在深夜里，还有人自无锡、苏州专门坐火车到上海来买书的。又如他有一篇作品中的主人公穿的是香港布洋服，很多青年也都做着这一种香港布洋服穿了……可是，正是由于郁达夫的作品具有那样强烈的反抗情绪，因此，也必然会使那些灵魂发黑的旧制度的代表者和帮凶震惊，他们要想尽一切办法来扑灭这将会燃起人们反抗火焰的微微的火苗。他们讥评、嘲骂。他们骂郁达夫是'诲淫'，称他的作品是'不道德的文学'……"[1]其二，由于周作人的挺身而出，为郁达夫加持护法，导致《沉沦》转败为胜，并得到经典化地位。后来对《沉沦》攻击最犀利的苏雪林如是说："郁达夫在一九二一年发表小说集《沉沦》，引起上海文艺界剧烈的攻击，当时握批评界最高威权的周作人曾特作论文为他辩护，不但从此风平浪静，而且《沉沦》居然成为一本'受戒的文学'，郁氏亦因此知名。"[2]这个看法在此之前其实郁达夫本人也有所提及。[3]根

---

[1] 曾华鹏等：《郁达夫论》，载陈子善等编：《郁达夫研究资料》上集，广州：花城出版社，1985年版，第109页。

[2] 苏雪林：《郁达夫论》，载陈子善等编：《郁达夫研究资料》上集，广州：花城出版社，1985年版，第66—67页。

[3] 郁达夫说："当时国内，虽则已有一帮人在提倡文学革命，然而他们的目标，似乎专在思想方面，于纯文学的讨论创作，还是很少。在这一年的秋后，《沉沦》印成了一本单行本面世，社会上因为还看不管（惯）这一种畸形的新书，所受的讥评嘲骂，也不知有几十百次。后来周作人先生，在北京的《晨报》副刊上写了一篇为我申辩的文章，一般骂我诲淫，骂我造作的文坛壮士，才稍稍收敛了他们痛骂的雄词。过后两三年，《沉沦》竟受了一般青年病者的热爱，销行到了二万余册。到现在潮流逆转，有几个市侩，且在摹声绘影，造作奇形怪状的书画，劫夺青年的嗜好，这《沉沦》的诲淫冤罪，大约可以免去了……"郁达夫：《〈鸡肋集〉题辞》，载《郁达夫文集》，第七卷，广州：花城出版社，1982年版，第171页。

据这样的叙事，我们不难构想出一个文学事件的路线图：一篇挑战社会固有秩序的小说，理所当然遭到了旧派人物的群起而攻之，幸亏批评家周作人如蝙蝠侠一样在危急关头自天而降并果断出击，以迅雷不及掩耳之势将那些狭隘短视的旧党立斩于马下，迅速奠定辉煌胜利的基础，至于其他一些战将如成仿吾、郑伯奇等人，亦有贡献，主要是锦上添花式对既有成果的巩固。

但事实上，如上文所讨论的那样，并没有出现郁达夫本人及其他人所描述的大规模的对他"诲淫"的诟骂或尖锐批评。而且，细细观察对他持批评立场的人，很难归为守旧派一类。徐志摩、茅盾这些人显然是新派人物，而笔名为晓风的作者，其真身是陈望道，其人1920年12月起，曾负责《新青年》的编辑工作，至于枝荣，不过是杭州一中的学生，很难说是典型的旧派人物。

推进一步，我们可以把《沉沦》引起的文学事件与另一起文学场的符号斗争联系起来，也就是1922年围绕着汪静之的诗集《蕙的风》的话语交锋。这场交锋实力完全不平衡，一方是掌握话语霸权的新派人物：胡适、朱自清等人为他作序，章衣萍、周作人、鲁迅、宗白华轮番出征，而他们的对立面不过是单枪匹马的一个十九岁的大学生胡梦华。胡梦华是学衡派领袖人物吴宓的学生这是事实，可是吴宓却认为他"崇拜、宣扬新文学"，他毕竟是接受欧风美雨熏陶的东南大学西洋文学系的学生，[①] 而且他

---

① 吴宓：《吴宓自编年谱（1894—1925）》，北京：生活·读书·新知三联书店，1995年版，第223页。

其实也跟胡适、郭沫若、郁达夫、成仿吾等颇有交游。具体到他的论述上，他其实强调的是对于诗歌的美学评判而非伦理评判，且新文学内部不少同仁（例如朱自清、闻一多）也持类似看法，甚至其批评在一定程度上被汪静之本人所接受（汪静之再版此诗集时砍削了原篇幅的三分之二），但是在当时的情势下，胡梦华被确立为守旧人物，饱受新派人物的舆论群殴，章衣萍呼吁要打倒他，鲁迅讽刺他是含泪的批评家，周作人更离谱地把该文与胡梦华的私德毫无根据地联系起来，咒骂他为"中国的法利赛"，而没有回应胡梦华认为《蕙的风》"于诗体诗意上没有什么新的贡献"的批评。当他们把诗歌的美学尺度的批评转换成旧观念对新观念、旧道德对新道德的攻击的时候，他们其实考虑的是文化政治的问题，对审美特性讨论的完全偏离说明了他们是醉翁之意不在酒。①

新派人物的斗争意识与攻击欲需要找到一个现实的目标，只有通过建构现实的论敌，他们的启蒙叙事才能获得现实化。我们都听说过鲁迅"两间余一卒，荷戟独彷徨"的悲哀，② 也熟知刘半农与钱玄同在《新青年》上演出的双簧戏其目的就在于把林纾诱入话语场加以围剿。我们以为旧秩序极为强大，对新文化持一种高傲和冷漠的态度，不屑放下身段与新派人

---

① 关于这场文学公案，此处的材料均引自张勇：《新旧文学的交锋——关于〈蕙的风〉的错位论争》，载《阅江学刊》，2010 年，第 3 期。
② 鲁迅在《呐喊》的自序中这样说："凡有一人的主张，得了赞和，是促其前进的，得了反对，是促其奋斗的，独有叫喊于生人中，而生人并无反应，既非赞同，也无反对，如置身毫无边际的荒原，无可措手的了，这是怎样的悲哀呵，我于是以我所感到者为寂寞。"鲁迅：《鲁迅全集》，第一卷，北京：人民文学出版社，2005 年版，第 439 页。

物缠斗。但可能新文化运动的倡导者与支持者们有意无意夸大了敌人的力量。找不到敌人的时候，很可能是想象的敌人其实基本上已经改弦易辙、缴械投降了；责骂不适时宜攻击自己的盟友是猪队友的时候，很可能论敌大体上只剩下了同一战壕的战友。① 之所以如此，是因为清季以来不间断思想运动的结果，使得西学与启蒙已经变成了普遍被知识阶层接受的观念，"新"已经变成了新的意识形态和宗教，已经获得了全面的文化的和政治的合法性。罗志田指出，清季以来，西来的新学已经获得彻底胜利："自19世纪末以来，中国知识分子对本国传统从全面肯定到全面否定的都有；对西方思想主张全面引进或部分借鉴的也都有，惟独没有全面反对的。他们之间的差

---

① 这方面可以围绕创造社与文学研究会的纠葛举两个例子：就创造社这方面，郭沫若指责胡适不顾大局："胡适之攻击达夫的一次，使达夫最感着沉痛。那是因为达夫指责了某君的误译，胡适帮忙误译者对于我们放了一次冷箭。当时我们对于胡适并没有什么恶感，无宁是怀着敬意的。我们是'异军苍头突起'，对于当时旧社会毫不妥协，而对于新起的不负责任的人们也不惜严厉的批评，我们万没有想到以开路先锋自命的胡适竟然出以最不公平的态度而向我们侧击。"见饶鸿兢等编：《创造社资料》，北京：知识产权出版社，2010年版，第677页。就文学研究会而言，他们的反应在逻辑上几乎是一样的。茅盾说："我又在另一则'通信'中评论过郁达夫的《沉沦》和鲁迅的《阿Q正传》，对《沉沦》我指出其长处，也表示了自己的不满意；对《阿Q正传》（当时尚未发表完，署名巴人）则认为是一部杰作。那时候我还没有搞过创作，一个没有创作经验的人来评论创作，受人讥笑也是难免，可是，真正的创作家们都是埋头创作不屑于写评论文章的，而读者与现实又需要，所以我只好'毛遂自荐'了。上述种种情况，会引起'礼拜六'派或'学衡'派的攻击，原在我们意料之中，我们也准备他们进攻时加以迎头痛击；却万没想到反对之声会来自另一方，——我们曾力争与之合作的创造社。"茅盾：《复杂而紧张的生活、学习与斗争》，载饶鸿兢等编：《创造社资料》，北京：知识产权出版社，2010年版，第872页。

距不过在到底接受多少西方思想。"① 即便是国粹派与学衡派，其实也不得不在西学的影响之下："余英时先生已注意到，'国粹学派'的史学家如刘师培等人，'直以中国文化史上与西方现代文化价值相符合的成分为中国的国粹'。特别是《学衡》派，其主要人物的西化程度，恐怕还超过大多数鼓吹'全盘西化'者。《学衡》派主将吴宓就自认他本人不是在传承中国文化的传统，而是'间接承继西洋之道统，而吸收其中心精神'。这是近代中国'在传统之外变'的典型例证。这两个学派是否是文化保守主义者其实还大可商榷，这里无法详论。但这类人也受西潮影响如此之深，更进一步揭示了中国在近代中西文化竞争中的失败。"② 换言之，那种排斥西方文化、反对新文明新观念、为传统文化守节的遗老遗少们其实基本上已经溃不成军了。

所以，《沉沦》所引发的文学事件，就能够还原的历史现场而言，并无法获得郁达夫所声称的大规模毁谤的证据。即便看上去是持批评立场的人，其背景大体上也是对新文化运动持支持立场的人。事实上，很可能是郁达夫想象了一个不存在的对他充满仇视的"憎恨学派"，③ 并将对他文学技术的批评转换成旧派势力陈腐道德观念对他的批评。

那么，我们该如何认识周作人辩护文章的客观意义？在我

---

① 罗志田：《权势转移：近代中国的思想、社会与学术》，武汉：湖北人民出版社，1999年版，第3页。
② 罗志田前揭书，第5页。
③ 这是哈罗德·布鲁姆对以文化研究的方式来研究西方正典的学者取的绰号，意谓这些人不从美学维度来批评，对文学正典充满了憎恨。

看来，首先，周作人的辩护文章意义被夸大了。周作人通篇主要的精力在于援引西学关于不道德文学的论述，指出不可以把郁达夫归纳入这个类别中去。但正如我的考论所阐述的那样，其实郁达夫并没有遭到这样广泛和强烈的指控，人们指出他性描写方式的直白，主要是对其艺术技巧的批评，这与指责他挑逗人的生物冲动、导致产生破坏社会秩序的可能性有联系，但毕竟还是有明显的分界线。所以，在为郁达夫辩诬的意义上来看，周作人似乎是无的放矢。那么，如果说他所起的作用并不是挽狂澜于既倒，那该是什么呢？其实，周作人与成仿吾的评论不约而同地做了一件事：也就是正面肯定人情人欲的积极意义。周作人说："所谓灵肉的冲突原只是说情欲与迫压的对抗，并不含有批判的意思，以为灵优而肉劣：老实说来超凡入圣的思想倒反于我们凡夫觉得稍远了，难得十分理解，譬如中古诗里的'柏拉图的爱'，我们如不将他解作性的崇拜，便不免要疑是自欺的饰词。"① 成仿吾说："肉的要求在《沉沦》各篇里面，差不多是一种共同的色彩；但这个名称是对于灵的要求用的，现在我们既不要说及灵的要求，而我们的主人公的要求，却也不尽是肉的，不专是肉的，所以我想《沉沦》的主要色彩，可以用爱的要求或求爱的心（Liebebeduerftiges Herz）来表示。"② 成仿吾认为灵与肉并不可以分开，肉欲不过是爱欲的一个维度。为身体的自然需要进行合法化论证，其目旨在反对礼教的约束，张扬人性的解放。而对于旧道德观的批判，对新

---

① 周作人：《沉沦》，载素雅编：《郁达夫评传》，上海：上海现代书局，1931年版，第13页。
② 素雅编前揭书，第19—21页。

文明的崇尚，由于在当时的知识界已经达成共识，因而，周作人们的辩护很难说具有革命的意义。

但是作为一个文学事件，周作人、成仿吾们在文学领域赋予这一事件以普遍性意义，这依然值得高度评价。这是因为，个性解放这样的抽象观念在理论上得到普遍认可，并不等于落实到实践上去也同样获得全心全意的支持。因为实践的主体并不仅仅听命于理论的召唤，他还处在具体的社会语境中，还必须承受历史的惯性力量的牵制。因此，那些对郁达夫写作技术的质疑，也可能是批评者某种程度旧观念的借尸还魂：这些批评者们在意识层次上接受了新观念，但是在感情上可能还是无法摆脱"思无邪"的诗教规范，因而以委婉化的方式、也就是不违背新文明教义的方式，对郁达夫展开了反击。事实上郁达夫本人显然也绝非焕然一新的超人，在他的内心里，也存在着新旧的自我冲突。他的不自信本身就表现在《沉沦》的具体细节中：小说的主人公对自己青春期原本健康的性冲动采取了贬抑的立场，而这样的贬抑，如果我们可以视为一种隐喻，实际上体现了传统礼教的能量依然十分巨大。

因此，包括郁达夫在内的许多人对周作人扭转乾坤意义的认可是可以理解的。周作人虽然只是对启蒙现代性本身的重申与展示，[1] 并通过这样的重申与展示，对此观念加以再生产与再确认，就此而言，周作人并不是在郁达夫深陷守旧派围攻困境之际的救星，因为这样的情境很有可能本来就是郁达夫乃至

---

[1] 周作人称赞郁达夫说："他的价值在于非意识的展览自己，艺术地写出升华的色情，这也就是真挚与普遍的所在。"素雅编前揭书，第13—14页。

周作人这些新派人物的"策略"性建构;① 但是,周作人的文学行动其实在进行一场述行性(performative)的命名,即将《沉沦》授予现代性的价值,使得这一类文学实践获得了道义上的正当性。他使得以审美的形式来展现现代性的某种活动得到软着陆,尽管这样的现代性书写具有某种挑战礼教秩序的客观效果,并让身处这一秩序之下亦新亦旧的士子们感到不适。周作人的特殊重要性体现在通过他当时拥有的巨大符号资本,促成了《沉沦》的经典化,使得不可能成为可能,如前文所述,这已经被苏雪林和盘托出。

因此,《沉沦》何以会取得成功,对这样的问题我们也许可以下一个初步结论:因为它书写的启蒙现代性在当时的中国知识界共同体已经成为某种共识。《沉沦》在本质上跟当时的社会情境并不构成真正的冲突关系。由于它较早以审美的形式来提出某种特殊的现代性要求——这一要求是以爱欲满足的具体内容来呈现的,因为个体的压抑被解读为民族国家的压抑的缩影或隐喻——因而,它获得了经典化的有利条件。② 周作人

---

① "策略"一词,在这里是采用的布迪厄的含义。华康德写道:"所谓策略,他指的是客观趋向的'行为方式'的积极展开,而不是对业已经过计算的目标的有意图的、预先计划好的追求;这些客观趋向的'行为方式'乃是对规律性的服从,对连贯一致且能在社会中被理解的模式的形塑,哪怕它们并未遵循有意识的规则,也未致力于完成由某位策略家安排的事先考虑的目标。"布迪厄等:《实践与反思:反思社会学导引》,李猛等译,北京:中央编译出版社,1998年版,第27页。
② 有必要指出,《沉沦》主人公在最后蹈海而死之前,发出了这样凄厉的哭喊:"祖国啊祖国,我的死是你害我的!""你快富起来,强起来吧!"这无疑在叙事情节上有点生硬跳跃,但是在追求现代性的情绪上又是具有连续性的,因而是可以理解的。

在此过程中,发挥了决定性的作用。而他之所以能够发挥这一关键作用,一方面是因为新观念的接受已经蔚然成风,周作人响应了时代提出的要求,他的声音被大家听进去了,是因为得到了可以听进去的时机;① 另一方面,郁达夫以某种激进的方式,也就是所谓唯美-颓废主义的方式,实验了将现代性内容加以文学化的实践,就此而言,他开拓了审美现代性的新边疆,而对这一空白领域的理论占有,首先是由周作人完成,并由成仿吾等人添砖加瓦予以巩固的。这样,一场审美现代性的文学事件的旗开得胜,是多种因素的合力的结果。②

三

在十九世纪末的英国,王尔德《画像》作为一部惊世骇俗的小说,演变成了一场街谈巷议的文学事件。一位论者如是说:"在该小说在《利平科特月刊》(lippincott's Monthly Magazine)面世之际,王尔德已经家喻户晓了:因为他的急智、矫揉造作、招摇服饰,以及许多诗歌、故事、讲演,还有他过去十年写过的那些新闻作品。不过,《画像》这样的作品却使得他变成了个标杆性人物,无论在他的支持者还是诋毁者

---

① 布迪厄认为:人们常说,布道者总是向皈依者布道,我们以为是布道者的巨大影响力导致听众心醉神迷,其实正好相反,布道者追随信徒的程度至少不亚于信徒对他的追随,这是因为,信徒对布道者在客观上的委托才是理解布道者与信徒之间关系的关键。见拙著:《权力的文化逻辑:布迪厄的社会学诗学》,上海:上海文艺出版社,2016年版,第164页。
② 有关《沉沦》的部分内容,在写作过程中,得到陈子善、罗岗、毛尖和王贺诸位师友的指点,他们以及祝淳翔、刘彦顺等先生提供了不少珍稀材料,特此致谢。

看来均是如此。该作品后来还在他的垮台中发挥了作用，也就是在法庭中用作反对他的证据。小说改变了维多利亚人看待和理解他们所居住的世界的方式，尤其关涉到性与男性气概。它预示了压抑性的'维多利亚主义'的终结。正如艾尔曼评论的那样，该小说出版之后，'维多利亚文学拥有了一个不同的面相。'"①

与郁达夫获得的褒多贬少待遇不同，王尔德《画像》的问世立即涌起了评论界一边倒的怒涛恶浪。这篇小说发表在 1890 年 6 月 20 日，仅仅四天之后，《圣詹姆斯公报》（*St. James's Gazette*）就迫不及待率先打响了围攻王尔德的第一枪。嗣后，《每日纪事报》（*Daily Chronicle*）、《苏格兰观察报》（*Scots Observer*）、《喷趣》（*Punch*）、《戏剧》（*Theatre*）、《雅典娜神殿》（*Athenaeum*）等报刊，轮番上阵，对《画像》进行了连篇累牍的地毯式狂轰滥炸。② 大部分的评议均言辞犀利，不留余地，且其火力大体上集中在小说的道德维度上。我们不妨引用

---

① Frankel, N., (ed.), *The Uncensored Picture of Dorian Gray*, The Belknap Press of Harvard University Press, Cambridge, Massachusetts, 2012, p.4.

② 王尔德说："我不喜欢任何种类的报纸争论：在经由我的书桌转入废报篮的有关《道连·葛雷》的二百一十六份评论中，我只公开评论了三份……"王尔德也许有点夸大其词，且一方面声称对这些评论不以为意，另一方面却牢记这些评论的精确数字，这充分证明了王尔德的装腔作势。但是，他在说这番话的时候（1890 年 8 月 13 日的书信）距离该书在《利平科特月刊》的刊发不到两个月，可以说，无论这个数字有多么缩水，也足以证明该小说引起了巨大的社会反响。参看苏福忠等编：《王尔德全集》，书信卷上，北京：中国文学出版社，2000 年版，第 460 页。关于围绕该小说展开的相关争论，可见 Mason, S., (ed.), *Oscar Wilde: Art and Morality—A Defence of 'The Picture of Dorian Gray'*, London: J. Jacobs, Edgware Road, W., 1908. 以及 Beckson, K., (ed.), *Oscar Wilde: The Critical Heritage*, London and New York: Routledge, 2005, pp.65-89.

他认为攻击较为温和的《每日纪事报》中的一段话以见一斑："本月的《利平科特》主要特色是乏味与肮脏。里面是不洁的，虽说不可否认的说，也是逗笑的。提供这一元素的，是奥斯卡·王尔德先生的小说《道连·葛雷的画像》。这个故事乃是法国颓废派麻风病文学的孽种，是本毒书，该书充斥着道德与精神腐烂的恶臭秽气，是对清新、晴朗与黄金般的青春的灵与肉的腐败进行的自鸣得意的研究。它也许是可怕的和迷人的，但只是因为它娘娘腔的轻浮，它蓄意的装腔作势，它夸张的犬儒主义，它庸俗的神秘主义，它轻佻的诡辩，以及花哨粗鄙的毒化的痕迹，在王尔德先生精致的沃德街唯美主义与粗野廉价的学术中，这种痕迹无所不在。"①

翌年4月，《画像》出了单行本。此时口诛笔伐的狂潮已告消歇，叶芝、佩特这样少数几位著名文人才姗姗来迟，为该书延誉喝彩。叶芝在9月26日的《联合爱尔兰》中写道："《道连·格雷》尽管有种种瑕疵，却是一部杰作。"② 两个月后，佩特在一篇书评中将王尔德与爱伦·坡相提并论，赞扬说："作为一部小说，尽管部分是部超自然的小说，它在艺术的谋划上是一流的。"③ 但事实上，这些文学巨擘并没有起到周作人那样一语定乾坤的作用，当然，对到处寄书以求誉美的王

---

① Beckson, K., (ed.), *Oscar Wilde: The Critical Heritage*, p.71. 关于王尔德认为《每日纪事报》对他的攻击相对温和，可见苏福忠等编：《王尔德全集》，书信卷上，北京：中国文学出版社，2000年版，第460页。
② 苏福忠等编：《王尔德全集》，书信卷上，北京：中国文学出版社，2000年版，第461页。
③ Beckson, K., (ed.), *Oscar Wilde: The Critical Heritage*, p.88.

尔德而言，也许能够满足其虚荣心。① 对维多利亚晚期社会的人来说，叶芝、佩特对王尔德文学才华的赞美，与他们对于王尔德文学作品伤风败俗性质的认定，并不矛盾。事实上，那些报章杂志的批评文章，采取的一个基本策略通常首先都要夸奖几句王尔德的文学成就，然后才开始倾泻对王尔德小说道德败坏的严厉指控，仿佛赞美了王尔德的艺术才华就能证明自己评论非常公允似的。这种情况恰好与郁达夫遭遇到的境况相反。换言之，他们并不接受王尔德宣扬的唯美主义原则。同样，与郁达夫战战兢兢地面对其小说所导致的轩然大波不同，物议沸腾毋宁刺激了王尔德的斗志与激情，犹如嗜血的战士对一场腥风血雨大战的期待。王尔德的孤身鏖战，给王尔德本人带来"虽千万人吾往矣"的英雄幻象亦即虚荣心的巨大满足是一方面，利用这个机会大肆宣扬唯美主义艺术观是另一方面，还值得注意的一面是这场话语战带来的可观商业利益，这一点论战双方都心知肚明，只是都指认别人具有炒作意图与商业目的，却强调自己的秉公守正。王尔德如是说："我想我可以不虚幻——尽管我不希望显得诽谤虚幻——地说，在英国所有人中我是最不需要广告的人之一。我对广告宣传厌烦死了。看自己的名字登在报上我感觉不到幸福。编年史家不再让我感兴趣。我撰写此书完全是供个人娱乐，撰写它给我带来了很大乐趣。它是否畅销对我完全没有关系。先生，我担心真正的广告宣传

---

① 在这方面，致函称赞他的马拉美也许与在公开报章上发表文章的佩特或叶芝具有至少同样程度的重要性。马拉美不乏夸张地指出，这本书具有罕见的智性精致与美的奇崛氛围，是汇聚了作家所有技艺而完成的奇迹。转引自 Beckson, K., (ed.), *Oscar Wilde: The Critical Heritage*, p.7.

是你精心撰写的文章。英国公众作为一个群体对艺术品是不感兴趣的，除非他们被告知所述作品是不道德的，而你的沽名钓誉之术，对此我毫不怀疑，大大增加了杂志的销售是：在这种销售中，我可以带着某种遗憾地指出，我是没有任何金钱利益的。"① 媒体与王尔德的对峙造成了炒作的结果，《利平科特月刊》现在能一天销售八十份，而此前平均一个星期才卖三份。《画像》的单行本在1891年，就卖掉了一千册，这在当时是一个巨大的数字。②

媒体以文字的集束炸弹方式对王尔德发动密集攻击，很可能与该书出版不到一年前发生的耸人听闻的"克利夫兰街丑闻"（Cleveland Street Scandal）相关。当时维多利亚女王的长孙阿尔伯特·维克多王子（Prince Albert Victor）以及爱德华王储的副官亚瑟·萨默塞特勋爵（Lord Arthur Somerset）都卷入了嫖男妓的丑闻。此事为时颇为不短地占据了英国所有媒体的头条位置，沸沸扬扬，无人不知。显然，王尔德不可能不知晓此事，他当然也知道自己出版意指同性恋的书，对公众意味着什么。英国主流媒体之所以对他怒不可遏，恰恰在一定程度上是因为他是在故意地讨论同性恋文化，也就是蓄意挑衅维多利亚社会。但王尔德的蓄意挑衅，并非他确实与社会水火不容，而是他相信取悦上中层阶级的最好方式是激怒他们。因而，《圣詹姆斯公报》指认王尔德利用这个丑闻为小说做广告，并非空

---

① 苏福忠等编：《王尔德全集》，书信卷上，北京：中国文学出版社，2000年版，第441页。
② 上述材料，参看 Beckson, K., (ed.), *Oscar Wilde: The Critical Heritage*, pp. 5–7.

穴来风。①

维多利亚社会对王尔德这部小说的强烈的不满,在五年后的那场著名审判中才充分得到了具有直观性的显示。在法庭辩论过程中,《画像》被对方的律师卡森拿来作为罪证。② 既然该小说以及唯美主义理论已经显示了道德败坏,那么其不堪入目的同性恋行为就没什么不可理解的了。一位论者指出:"审判被视为后期维多利亚社会的清教仪式。其结果是释放出针对所谓唯美主义与颓废派之堕落的声势浩大的征伐。英国媒体步调一致地期待回归到道德健康,回到作家和艺术家更严格的自我审查。在公众看来,王尔德成了一个罪犯,被嘲讽的对象,一个笑柄。他的世界主义被宣称'不适合英国土壤'。"③ 王尔德陷于缧绁之后,维多利亚社会一片欢腾,大部分英国媒体和他的朋友都抛弃了他。④

对王尔德的悲剧,似乎存在着两种截然不同的评判。在一些立场保守的人看来,王尔德罪有应得。即便时至二十世纪下半叶,那位新批评派的殿军人物韦勒克还毫不留情地评论说:"王尔德是触犯了一节刑律而被判罪,他一手造成了自己身系囹圄,因为是他不顾后果,提出了诉讼,而且当他能够逃脱的时候,他又不由自主地表示听从,而近于自毁。不妨这样

---

① 参看 Fortunato, P. L., *Modernist Aesthetics and Consumer Culture in the Writings of Oscar Wilde*, London and New York: Routledge, 2007, pp. 10 - 11.
② 关于这场审判,参看孙宜学编译:《审判王尔德实录》,桂林:广西师范大学出版社,2005 年版。
③ Evangelista, S., (ed.), *The Reception of Oscar Wilde in Europe*, p. 5.
④ 理查德·艾尔曼:《奥斯卡·王尔德传:逆流,1895—1900》,桂林:广西师范大学出版社,2015 年版,第 640 页。

来论证：王尔德根本不是艺术和唯美主义人生的殉难者，除非有人故意要把艺术与性变态混为一谈。那些和艺术家们不共戴天的市井小人，倒是对这种混为一谈求之不得，可是王尔德的可耻悲剧，恰恰损害了追求艺术家真正自由的事业，而非有所助益。"① 至于《画像》，也不过"展现了一幅道德败坏遂遭惩罚的寓意画，而非一篇为审美生活而作的辩护"。② 另一方面，王尔德晚年曾经自号"声名狼藉的牛津大学圣奥斯卡，诗人暨殉道者"，③ 这样的自我期许并未落空，实际上从一开始他就先被许多人奉为美的宗教的使徒，继而又被视为唯美主义运动中耶稣式英雄。④ 王尔德从鲜花着锦、烈火烹油的人生巅峰跌向万劫不复的痛苦深渊，在穷愁潦倒中客死他乡。但是这样的个人悲剧经历了一个社会炼金术的转换，获得了类乎信仰的膜拜价值，其形象也由拘系于狱的刑事犯升华成了唯美主义殉教徒。这方面在拉雪兹公墓他坟墓上众多吻痕就足资为证了。

---

① 韦勒克：《近代文学批评史》，第四卷，杨自伍译，上海：上海译文出版社，2009年版，第554页。
② 前揭书，第559页。
③ 理查德·艾尔曼：《奥斯卡·王尔德传：逆流，1895—1900》，桂林：广西师范大学出版社，2015年版，第147页。
④ 托多罗夫认为："在同时代人的眼里，王尔德就是'美的使徒'，对他们来说，王尔德就是一个新宗教的狂热信徒，以'美'排斥'善'的信奉者，唯美主义的倡导者，也就是说，一种理想的完美存在的倡导者。一个美好生命不再为上帝和伦理服务，也不再为它们的现代集体替身——'民族''共和国'，甚至'启蒙派'服务；一个美好生命知道如何成为'美'，王尔德言行一致的生涯说明了这一点。他既是其学说的光辉代言人，又身体力行地作出了榜样。"见托多罗夫：《走向绝对：王尔德、里尔克、茨维塔耶娃》，朱静译，上海：华东师范大学出版社，2014年版，第17页。

但是，过多纠缠于是非价值判断，容易让我们迷失本文的问题意识：王尔德的美学实践在当时何以一败涂地？其实这个问题已经存在许多现成的答案，例如：王尔德的言论冒犯了奉行新教徒严谨道德观的维多利亚社会；王尔德宣扬的唯美主义是英国长期敌人法国的舶来品，不适应英国国情；王尔德的行为已经构成了犯罪，尽管同性恋量刑已经缩短为有期徒刑两年，[①] 等等。这样的结论其优点是简明扼要，可以诉诸直接的自然理解，但是难免大而无当，对历史现场相关事实缺乏结构性的阐释和分析，因而也缺乏论证的确定性。

四

考虑到《画像》文本的某种复杂性，对它所引发的文学事件进行文学社会学的思考，既要认识到该文本与其当时接受语境的紧张关系，也要辨析其文本质料的客观意义。更明确地说，我采取的路径首先是了解晚期维多利亚社会的阶级结构与占据主导地位的精神风尚，了解王尔德其人，以及所宣称的唯美主义及其文学实践在当时英国社会空间中的占位，由此把握这一文学事件之所以为悲剧的结构性元素；其次，通过分析

[①] 在英国，同性恋罪 1861 年才废除死刑，1869 年，"同性恋"（homosexuality）一词才发明出来，1883 年，随着《希腊伦理的一个问题》一书的出版，古典世界中的同性恋逐渐得到认识；1885 年英国颁布《拉布谢尔修正案》（*Labouchere Amendment to Criminal Law Amendment Act*）规定，同性恋行为可判处两年以内监禁。直到 1967 年《性犯罪法》（*Sexual Offences Act 1967*）获得通过，同性恋才得以非罪化。但是，在王尔德因同性恋入狱之际，法国早已将同性恋非罪化了。参看 Cook, C., *Companion to Britain in the Nineteenth Century, 1815 – 1914*, London and New York: Routledge, 2005, p.125.

《画像》以及王尔德唯美主义所呈现的新的美学因素，进而理解其与维多利亚社会的根本性冲突关系。

关于整个维多利亚时代，社会史家布里格斯指出："维多利亚的长达六十三年的统治时期，无论从其光明面和阴暗面来说，都以划分为早、中、晚三个时期最为合适。维多利亚时代中期是经济进步、社会安定和文化繁荣的时期（这个时期还有克里木战争的衬托，人们往往对这一点估计不足），因此它的色彩被人们过于强烈地用来描绘整个时期。事实上，维多利亚时代早期（它以1851年大博览会为终结）的情况，跟它晚期的情况（它以19世纪70年代这条'分界线'为起点）有更多的相似之处。"[①] 布里格斯认为，英国的工业革命导致的繁荣虽然到1875年到了一个峰值，但此后并不是大萧条时代。德美日的经济的崛起，与英国优先地位的下降，确实伴随着英国利润空间的不断缩小，但是必须看到，英国"从19世纪后期到1914年大战以前那些年份里，无论在技术能力和经营能力方面都有十分明显的进展"。[②] 工业革命的发生和发展及其辉煌成就，乃是英国社会结构发生了翻天覆地变化的基本条件。

历史学家哈维认为，在晚期维多利亚社会中，"贵族是'一种出奇坚韧的物质'。它继续行使着相当大的政治权力。威斯敏斯特的两个政党中不少成员出自贵族，帝国的高位几乎全都由贵族把持，郡县地方政府由贵族控制，统率军队的军官是

[①] 阿萨·布里格斯：《英国社会史》，陈叔平等译，北京：商务印书馆，2015年版，第294页。
[②] 前揭书，第251页。

贵族……"① 但实际上，从拿破仑战争以来，整个欧洲的贵族阶级就开始衰落。英国当然也不能幸免，尤其是到了十九世纪后期，贵族阶层的政治特权遭到严重削弱，而经济利益也开始入不敷出，由此走上日薄西山的不归路。1880年以来，贵族开始吸纳工商业资产阶级的加盟。1884年，诗人丁尼生被封为男爵，标志着英国上院也向文化名人开放。② 可以推断，如果王尔德不被判刑，他完全有可能被敕封为贵族。③ 此消彼长，贵族丧失了多少社会领导权，中产阶级就获得了多少社会领导权。这样的领导权当然包括了文化领导权。十九世纪下半叶以来，城市人口的倍增，初中教育的普及，经济的繁荣，司法制度的健全，通讯技术的提升，所有这些，都为中产阶级文学受众的成熟网络的形成，提供了充分条件。但是，一方面，贵族的高雅趣味并不会很快退出历史舞台，它虽然节节败退，但依然保持着一定的文化惰性，并在一定程度上影响着文化时尚；另一方面，也是更突出的一方面，中产阶级的趣味越来越显示了其咄咄逼人的压倒性力量。整个社会的精神风貌也随之发生了深刻的变化。冈特写道："英国开始了一种新的生活方式，这种方式在世界史上是空前的。从来没有这么多发明转化为实际效益，被用来生产财富，个人生活也从来没有这么依赖于机器……她并不热衷失败颓唐的情绪，她关心的是由于成功而带

---

① 哈维：《十九世纪的英国：危机与变革》，韩敏中译，北京：外语教学与研究出版社，2007年版，第282页。
② 此段参看阎照祥：《英国贵族史》，北京：人民出版社，2000年版，第295—327页。
③ 参看 Fortunato, P. L., *Modernist Aesthetics and Consumer Culture in the Writings of Oscar Wilde*, p.2.

来的问题和焦虑。"[1] 不妨说，对于现代性的追求，对于工具理性和社会进步，尤其是对于新教徒的道德理想的信奉，构成了整个晚期维多利亚社会的尺度。实际上，维多利亚时期占据主导地位的社会风尚，主要就是中产阶级所拥护的社会风尚。这个阶级看重的是功绩、竞争、体面、效率和目标感。它尊重成果、金钱和成功。[2]

王尔德在社会空间中占据什么位置？按照伊格尔顿的说法，他母亲是个爱尔兰民族主义抵抗者兼民俗学家，父亲是一位伟大的爱尔兰古文物收藏家，属于中产阶级上层成员，但实际上，他是上流社会的一个食客。[3] 伊格尔顿的说法大致上不错，但重要的是，王尔德其实游走于各个社交圈。当时文化人有三个圈子，[4] 上层的是名为"灵魂们"（The Souls）的精英群体，这是一个主要由最著名的政客、知识分子所组成的社交团体，成员基本上是贵族，世界上最有钱有势的人物。中间层次是以莫里斯为代表的群体（不仅仅是推动艺术与工艺运动的文艺家，还包括前拉斐尔派与印象主义绘画的艺术家，以及从事

---

[1] 威廉·冈特：《美的历险》，肖聿译，北京：中国文联出版公司，1987年版，第16页。
[2] 参看哈维：《十九世纪的英国：危机与变革》，韩敏中译，北京：外语教学与研究出版社，2007年版，第277页。
[3] 参看特里·伊格尔顿：《异端人物》，刘超等译，南京：江苏人民出版社，2014年版，第52—53页。
[4] 这里面我们只关注能够成为王尔德读者的文化人。无产阶级在文化领域其时还不足以形成重要的社会力量："卡尔·马克思在英国度过几乎整个的写作人生，然而除了一个小圈子外，这个国家里实际上没有人知道马克思和他的著作，19世纪80年代涌现出来的社会主义团体的著述只涉及到极小的听众面。"哈维：《十九世纪的英国：危机与变革》，第272页。

时装与设计的一些松散群体），较低层次的是以萧伯纳为代表的青年伦敦记者。男同性恋者会出没于所有这些圈子，而王尔德在这些圈子里也都如鱼得水。尽管如此，王尔德最愿意逗留的毕竟还是"灵魂们"这样的社交场域。王尔德还在读大学的时候，就混迹于这个精英圈了。① 他妙语连珠，机锋敏捷，深受上层贵妇人的欣赏，是上层社交界的宠儿。王尔德与这些权贵人物过从甚密，他的声名鹊起与他拥有这些社会资源不无关系。他最重要的情人阿尔弗雷德·道格拉斯实际上也是"灵魂们"的成员，很明显，他跟其人交往也有借以抬高自己的目的。②

作为一个努力往上爬的中产阶级上层成员，王尔德兼有贵族趣味与中产阶级趣味是不难理解的。有人认为，王尔德一方面是个典型的爱尔兰人（野蛮、无政府主义、有想象力、明智、充满激情、自我毁灭），同时又是一个典型的英格兰人（冷静、优雅、傲慢、好支配）。③ 但其实，假如我们可以认为

---

① 王尔德成名很早，但作为一个炮制各种悖论的招摇的社会人物的名气要早于作为文学家的名气。1881 年他的诗歌遭到冷遇，但是那时候在英国媒体中他已经炙手可热。王尔德的欧洲接受首先的突破是 1892 年出版的德国评论家、作家诺尔度（Max Nordau）的著作《颓废》，该书对颓废派、象征主义与为艺术而艺术的观念发动了一场攻击，但是该书传播到欧洲之后，王尔德变成了与波德莱尔、瓦格纳和尼采一样比肩的欧洲大人物。有意思的是，王尔德入狱在英国和爱尔兰导致他销声匿迹，但是在欧洲其他地方却反而促成了他大行其道。他的作品翻译和传播更多了。王尔德的神话流行于中欧东欧乃至俄国，在作者死的时候达到高峰，出现了王尔德热。应该说，这样的名声一直言人人殊，褒贬不一。参看：Evangelista, S., (ed.), *The Reception of Oscar Wilde in Europe*, pp. 4 – 5.
② 以上材料请见 Fortunato, P. L., *Modernist Aesthetics and Consumer Culture in the Writings of Oscar Wilde*, pp. 1 – 12.
③ 参看特里·伊格尔顿：《异端人物》，刘超等译，南京：江苏人民出版社，2014年版，第 53 页。

所谓爱尔兰人其实就是艺术家气质的人，英格兰人就是贵族气质的人，我们还可以加上某种中产阶级气质：浅薄、虚荣、物质、装腔作势、附庸风雅。艺术家性格掩盖的，恰是"幽灵般"双重阶级习性的混合。当他利用贵族趣味来抨击中产阶级的功利主义与禁欲主义的时候，他实际上的目标非常市侩，也就是获取物质的和符号的双重利益。因为他知道自己受众的期待，对中产阶级的奚落，会带来可观的销量回报。①

当然，从美学的立场上来看，从欧陆兴起的唯美主义运动或寻求艺术自主性的浪潮，其存在的条件与合理性不光是因为神学的衰落，以及传统上由神学所庇护的社会秩序的崩解，由此精神领域出现权力真空地带；而且也因为，对于已经被量化和商业化的诸多价值而言，审美经验提供了可选择的抵抗手段。自主性美学领域不仅仅提供了一个心灵的避难所，而且，由于工业革命以及扩张的经济市场急剧改变了传统文化，从而引起了广泛的社会不满，艺术自主性原则也为这样的不满提供了正当性辩护。② 但是，舶来的唯美主义运动从罗斯金、佩特发展到王尔德这里，已经印染上了英国特色，尤其是王尔德本

---

① 十九世纪八十年代以来，对文学艺术的欣赏已经不再局限于文化精英小圈子，现代意义上的大众阅读人开始形成。王尔德悖论式的搞精神恶作剧具有让布尔乔亚震惊的效果，也不乏令人思考的空间，因而得到了高雅和低俗两类受众的欢迎。有人认为在1880—1890年代，维多利亚戏剧大众化了，已经变成了全社会所有阶层的娱乐，这是混合高雅文化与大众文化的实验室。直到电影出现，戏剧才变成了要么是富人要么是先锋派的领域。参看 Fortunato, P. L., *Modernist Aesthetics and Consumer Culture in the Writings of Oscar Wilde*, p. 12. 以及阿诺尔德·豪泽尔：《艺术社会史》，黄燎宇译，北京：商务印书馆，2014年版，第 529 页。
② 参看 M. A. R. Habib, ed., *The Cambridge History of Literary Criticism*, vol. 6, *The Nineteenth Century, c. 1830 – 1914*, Cambridge, UK.: Cambridge University Press, 2013, p. 231.

人的特色。王尔德追求的精神生活的避难所其实是排斥精神生活的。人们谈起王尔德，往往首先是他作为纨绔子（dandy）的奇装异服的打扮与语不惊人死不休的谈吐。在他成为著名作家之前，他已经是一位英国上流社交场上人人皆知的明星了。这种重视纯外观形象的明星，其耀眼的光芒其实来自于商品的灵氛（aura）。《画像》中亨利勋爵的名言"只有浅薄的人才不以貌取人"，其实暴露了王尔德思想的内在浅薄。纨绔子感兴趣的是生活的表面，瞬间的感官快乐，以及审美体验的强度。托多罗夫说："他关于美的观念停留在装饰性上：他满足于满目的美丽饰品。他奉为良师益友的亨利勋爵对美的观念也很狭窄：'当您的青春逝去时，您的美也随之而去。'"[1]

王尔德这样的倾向，泄露了他跟中产阶级貌似势不两立，实则暗通款曲的关系。作为正在崛起的社会势力，中产阶级遭到了贵族和文人尤其是文化贵族的联合抵制。在后者看来，中产阶级意味着只讲求物质的庸俗市侩，它实用、功利、缺乏想象力。阿诺德为它取了个"非利士人"（Philistines）的绰号："我们叫做非利士人的，就是那些相信日子富得流油便是伟大幸福的明证的人，就是一门心思、一条道儿奔着致富的人。"[2] 阿诺德并不是第一个，当然也不是最后一个对中产阶级明确表示歧视的人。盖伊指出："这群布尔乔亚敌人的成员包括了画家、小说家、剧作家、文艺评论家、政治极端分子、持

---

[1] 茨维坦·托多罗夫：《走向绝对：王尔德、里尔克、茨维塔耶娃》，朱静译，上海：华东师范大学出版社，2014年版，第24页。
[2] 马修·阿诺德：《文化与无政府状态：政治与社会批评》，韩敏中译，北京：生活·读书·新知三联书店，2002年版，第14页。

激进观念的记者，以及被中产阶级权势的上升所激怒的贵族，他们汇集在一起，画出一幅世人皆知的画像：19世纪的布尔乔亚是虚伪的、物质的、庸俗的，缺乏慷慨和爱别人的能力。有时候，如果有需要，他们也会为布尔乔亚另画一幅贬低程度不遑多让的画像：贪婪、不择手段、冷酷无情，尽情剥夺劳工阶级以自肥。"①中产阶级其实接受了这些文化贵族的批评，其附庸风雅就是一个不得已的防御策略，他们一心期望改掉自己暴发户的粗鄙气息，向贵族看齐。王尔德巴结"灵魂们"，也出于这样的内驱力。

但是中产阶级还有另一副社会面孔。维多利亚时代其实洋溢着精神与道德的完善的气氛。中产阶级相信进步，认为通过自助而改变他们的生活，并在世上有所提升。成功的原因并不是来自于天才和自然能力，而是来自于实践经验与毅力。成功必须与道德规范和伦理行为以及辛勤的工作相伴，靠投机取巧或者欺诈方式走在前面的不会得到赞美。辛勤工作就其本身而言是道德上的善，如果获得财富，这是毋庸置疑的优点。中产阶级通过对有钱人的有闲的鄙视，来支撑自己的价值感。家庭妇女在家如果无所事事会感到内疚。甚至读书也被视为懒惰，要晚上收工后才可以进行。成为体面的绅士是维持自我尊重与公共信誉的一个手段。对某些非英国国教主义者，跳舞、打牌、看戏，是不得体的事。在街上吃东西，衣着花哨，声音高亢，或任何自我关注，均非彬彬君子所为。做人应当贞洁、理

---

① 彼得·盖伊：《施尼兹勒的世纪：中产阶级文化的形成，1815—1914》，梁永安译，北京：北京大学出版社，2006年版，第3页。

性、诚挚与严肃,而不该举止轻薄浮浪,作派虚荣奢华。适度追求快乐是允许的,但人们所需要的消遣主要是健康和休憩,而不是放纵。与得体相关的次要德行是守时,早起,遵守规矩,小处也不可随便。人们应该自我否定,自我控制,争做受到尊敬的好市民。①

中产阶级这方面的习性,亦即所谓绅士风度,其实变成了维多利亚社会的主流性情倾向。而这既是王尔德的攻击点之所在,也是中产阶级厌恶王尔德之所在。王尔德的纨绔子作风,冒犯了统治着十九世纪末社会风尚的中产阶级新教徒。但仅仅是这样的冒犯,虽然足以让王尔德遭遇到来自报刊的枪林弹雨,而言论自由的防弹衣能让他保持诸葛亮草船借箭时的从容;但并不足以让他成为维多利亚社会的公敌。豪泽尔说:"英国资产阶级还总是有足够的生命力来吸收或者排除这些人物。只要统治阶级觉得还可以忍受,奥斯卡·王尔德就是一个成功的资产阶级作家,但只要他开始让他们反感,他们就会毫不手软地把他'解决'。"② 那么,是什么构成了他们下决心要"解决"他的关键呢?

五

与郁达夫的《沉沦》致力于表达被压抑的灵与肉的欲望不

---

① 参看:Mitchell, S., *Daily life in Victorian England*, Westport, Connecticut: Greenwood Press, 2009, pp. 261 - 269.
② 阿诺尔德·豪泽尔:《艺术社会史》,黄燎宇译,北京:商务印书馆,2014 年版,第 529 页。

同，王尔德的《画像》没有任何肉欲的细节描写。郁达夫担心被人指责为不道德是因为他的身体书写可能过于露骨，但是王尔德被人指控为不道德恰是因为他貌似儒雅睿智的唯美主义理论。大致上来说，它有三方面诉求：其一，艺术形式高于艺术功能，表征模式高于表征内容；其二，艺术要求获得绝对的自主性，它要求摆脱道德、教育、政治、宗教、经济、传统和效用等所有外部责任，反对成为载道工具（甚至不应成为反映现实的镜子），认为自身即目的；其三，艺术高于生活，生活应该模仿艺术。这里面的重点并不是王尔德拒绝承认艺术与生活的界限，而是艺术可以超越生活，尤其是伦理生活，也就是说，艺术的法则也构成了生活的法则。据此类推，审美家也可以获得摆脱人类社会各种限制的某种特权，如果种种道德越轨和激进行动能够带来快乐和美的话。

这样的理念在其小说《画像》中获得了艺术表征。该小说出版三十五年之后，置身于盛现代主义后期的加塞特将他躬逢其盛的那个时代的艺术贴上了这样一个符号标签：去人性化。加塞特如是说："年轻一代早已宣布，不得在艺术中掺入任何人性化因素……人是人性化元素中最具人性的部分，所以是艺术最排斥的。"[1] 这番话是针对现代主义艺术说的，听上去也是针对《画像》说的。可以说，《画像》系统地清除了人性化的内容。传统的小说总是以大家耳熟能详的亲身感受的现实作为基础，并寻求情感的共鸣。然而王尔德追求的却是小说的风格

---

[1] 奥尔特加·伊·加塞特：《艺术的去人性化》，莫娅妮译，南京：译林出版社，2010年版，第24页。

化,亦即抽象化。王尔德摈弃了传统小说的许多技巧和主题,对客观现实的经验再现不感兴趣,而侧重于主观印象的表现。周小仪研究了《画像》所描写的伦敦街道,得出结论说:"王尔德历来对客观世界加以贬斥。对他来说,生活只是一种蹩脚的艺术……王尔德描述的则是感觉化的城市,一切都与感知的主体密切相关。在他的作品中,现实生活经过主观感觉的转化成为意象,其音响、色彩均诉诸于读者的感官。这是对城市生活的审美化,其目的是完成唯美主义的艺术理想,即超越现实。"[1] 王尔德不仅无意于生活细节的捕捉与铺陈,也并不愿在构思情节上花费心思,更不用说,对于感情的渲染他也完全弃如敝屣。支撑起其小说的结构的,是充斥全书的没完没了的闲聊对话。根据齐马的分析,这实际上是伦敦沙龙社会的"有闲阶级"的社会方言。这种对白尽管在沙龙中具有符号资本,也就是说,可以通过妙语警句来抬高自身在上流社会的身价,但是,要紧的是它本身并不是发布哲学和科学真理,维护道德或政治立场,而是尽可能恰到好处地运用哲学、科学和政治语汇,显示自己的教养,从而能够使自己成为众星捧月的社交宠儿。在这里,闲聊是抽象的、空洞的、无主题的、缺乏实际内容的,其实体现为一种交换价值。小说中一位贵妇人说:"我们挺愉快地聊了一阵子音乐。我们的想法完全一致。不,我认为我们的想法大不一样。不过跟他聊聊非常愉快。"[2] 在这里,

---

[1] 周小仪:《唯美主义与消费文化》,北京:北京大学出版社,2002年版,第119—120页。
[2] 赵武平主编:《王尔德全集》,卷一,北京:中国文学出版社,2000年版,第52页。

讨论内容的是非曲直并不重要。王尔德喜欢玩弄语言的表面，能指的滑移。从符码到意义，或者从语词到现实之间，缺乏逻辑感或有效的推进。王尔德酷爱的那种悖论式格言，同时保存了两种矛盾指向，从而导致语言本身确切意义的解体，以及小说的戏剧性情节的解体，它并不指向行动，而沉溺于语言能指的自我游戏之中。[1]

《画像》的去人性化的特征，在小说情节推进的逻辑中得到了更为充分地表现。在小说中，三位人物形象即葛雷、亨利勋爵与艺术家贝泽尔的张力关系，尤其是后两位对葛雷影响力的消长，构成了小说的叙事动力。[2] 贝泽尔在相当程度上折射了王尔德同时代著名批评家也是他老师佩特的身影。贝泽尔之所以迷恋道连，是因为他认为美的理念可以在美丽的身体中获得物质化的可见性。这实际上是得到黑格尔化的希腊审美人文主义的话语。佩特接受伊壁鸠鲁的观点，认为生活的目标应该是身体与灵魂的和谐。精神与肉体的健康其实是一回事，一个身体完美的人，身体也必然健康，最后，这样的特点也有益于

---

[1] 此段请参看：彼得·V·齐马：《比较文学导论》，范劲等译，合肥：安徽教育出版社，2009年版，第76—91页。以及 Sean Purchase：《维多利亚时代文学的核心概念》，上海：上海外语教育出版社，2006年版，第37页。
[2] 关于这三个人物形象，王尔德认为这三个角色折射了他自己的形象。他向一个记者解释说："我自己认为我是巴兹尔·霍尔沃德；世人以为我是亨利勋爵；道林是我想要成为的人——也许是在其他的时代。"理查德·艾尔曼：《奥斯卡·王尔德传：顺流，1854—1895》，桂林：广西师范大学出版社，2015年版，第432—433页。学者刘茂生认为，亨利是作家的本我，画家贝泽尔是作家的超我，而道连·葛雷是作家的自我。见刘茂生：《王尔德：享乐主义道德与唯美主义艺术的契合——以小说〈道连·葛雷的画像〉为例》，载《外国文学研究》，2005年，第6期。

道德的完善。① 但是美与善的统一可能是不稳定的。佩特思路的发展说明了这一点。王尔德传记作者艾尔曼指出："虽然罗斯金和佩特都欣赏'美'，但对于罗斯金来说，'美'是跟'好'联系在一起的，而在佩特看来，美却有可能略带邪恶。譬如，佩特相当喜欢波吉亚家族。罗斯金谈论的是信仰，佩特谈论的是神秘主义，似乎在他看来，只有当信仰越轨的时候，它才是可以忍受的。罗斯金诉诸良心，佩特诉诸想象力。罗斯金让人觉得应该遵守纪律，自我克制，佩特允许人们追求愉悦。罗斯金以不道德的罪名加以斥责的事情，佩特却把它们当作嬉戏来欢迎。"② 与罗斯金、莫里斯所关心的社会改良目标不同，佩特感兴趣的是艺术的享乐主义维度。在《文艺复兴》的结尾，佩特指出，人生苦短，而万物永动不居。获得生命的意义，就意味着去触摸、观察、体验和领会瞬间的真理，经验本身，而非经验的成果，才是目的所在。习以为常意味着失败，而追求新异、热情、亢奋和狂喜，当然也包括对艺术与美的热爱和渴望，这才是人生的成功。③ 这在当时不啻为石破天惊的观点，引来强烈反弹。压力之下，佩特被迫在再版的时候将此段予以删除。无论如何，佩特试图寻求美与善之间的均衡发展，如果美这匹骏马的奔跑溢出了伦理的边疆，佩特就打算收束它的缰绳。

---

① 有学生问："我们为什么要有道德？"佩特回答说："因为道德是美的。"见 R. V. Johnson：《美学主义》，颜元叔主译，台北黎明文化事业公司印行，1973 年版，第 85 页。
② 理查德·艾尔曼：《奥斯卡·王尔德传：顺流，1854—1895》，桂林：广西师范大学出版社，2015 年版，第 69 页。
③ 见沃尔特·佩特：《文艺复兴》，李丽译，北京：外语教学与研究出版社，2010 年版，第 297—303 页。

事实上，当佩特使用"为艺术而艺术"的概念的时候，他不过是宣称艺术相对于别种经验形式的中心地位，并不是要将艺术从后者中区分、独立出来。佩特的诉求源于寻求个性主义的启蒙现代性，审美教育不过是通向个体自由和精神解放的一个维度，它指向的是更富有人性化的未来的幸福承诺上。足以说明佩特这一立场的是，当《画像》在《利平科特月刊》发表的时候，佩特拒绝了王尔德让他写书评的请求，认为这太危险。① 该小说单行本问世后，他不得已撰写了书评。在文中指出，王尔德描写的享乐主义者（即纨绔子、审美家）并不成功，因为真正的享乐主义者旨在实现人的全部有机体的和谐发展。葛雷这种王尔德笔下的英雄，当他丧失了道德感，也就是丧失了罪恶感与正直感的时候，其实也就会丧失与社会的联系，其个性会变得更加简单，甚至从发展的较高阶段堕落到较低阶段。②

但是，佩特尽管为他的唯美主义立场设置了限制条件，然而就唯美主义话语的历史可能性而言，这些限制条件并不是逻辑的必然。挣脱了历史现实性与社会进步目标的纨绔子，完全可以以某种超脱、静观、反讽、批判的方式使自己成为绝对主体。在小说中，这样幽灵般的主体获得了肉身形象，他就是亨利勋爵。与其说亨利是邪恶和诱惑的化身，不如说，他代表的是纯粹的美学否定性。葛雷并没有接受人文主义者贝泽尔的道德拯救，相反，他接受了唯美主义教唆犯亨利的自我中心主义

---

① 参看：Bloom, H. (ed.), *Bloom's Classic Critical Views: Oscar Wilde*, New York: Infobase Publishing, 2008, p.114.
② 参看：Bloom, H. (ed.), *Bloom's Classic Critical Views: Oscar Wilde*, New York: Infobase Publishing, 2008, p.116.

的教条:"人生的目的是自我发展。充分表现一个人的本性,这就是我们每一个人活在世上的目的。如今的人们害怕自己。他们忘了高于一切的一种义务是对自己承担的义务……也许我们从未真正有过勇气。对社会的畏惧,对上帝的畏惧,就是这二者统治着我们。前者是道德的基础,后者是宗教的秘密。"① 亨利似乎代表了另一个佩特,也就是被其本人蓄意压抑的佩特。只要唯美主义坚持认为艺术独立性必须是绝对原则,非人性化的贵族式自恋主体的出现就必然不言而喻。佩特也许能自由地打开美学自主性的潘多拉盒子,但这绝不意味着,他也可以同样自由地关上它。因为唯美主义一旦在英国落地生根,它就获得了自身的生命和逻辑,不再受制于任何始作俑者的原初意图。在亨利以及后来接受他勾引的葛雷那里,启蒙主义所吁求的个人主义变成了原子化个人主义,变成了只关心自己灵魂饥饿的孤家寡人,变成了对任何人甚至包括自己的行事、经验、痛苦和欢乐的冷冰冰的看客,变成了吸血鬼那样的反讽家,他停留在一种主观幻象之中,而拒绝融入活生生的共同体社会,因而也否定支配现实界的道德法则。葛雷起初还不能做到像亨利那样达到真正的超脱,在西碧儿为他而死之际还会受到良心的折磨,但到后来他谋杀贝泽尔的时候就只有惊惶不安的犯罪焦虑,而不再是道德上灵魂的自我拷问。有必要指出,葛雷的自杀并非证明了这篇小说究竟还是泄露了王尔德意志的薄弱,即承认伦理学最终必须要战胜美学;恰恰相反,葛雷对于其肖

---

① 赵武平主编:《王尔德全集》,卷一,北京:中国文学出版社,2000年版,第22页。

像的攻击其原因完全是唯美主义的：因为他的肖像已经不再能够让他获得观赏的愉悦，因为丑恶的灵魂映射在他的肖像上，而他已经不再能够继续容忍自己狰狞可怖的一面。①

我们该如何理解葛雷这样的行事风格？一位论者指出："纨绔子表现出绅士们所牺牲掉的一切：乖僻、优美、情谊、天生的贵族气质。'艺术'一词充满魅力，但又是一个恋物式的词语；而纨绔子用它来替代那些在机械化大生产时代中失去的东西。"② 确实，纨绔子在某种意义上，其实是在政治上已经逐渐走下坡路的贵族阶级在文化上展演的落日辉煌。当唯美主义强调纯粹的凝视、强调形式的法则才是最高的法则的时候，它其实是在否定生活的现实性；当它要求我们赞美瞬息万变的经验存在，要求我们排除人性化的内容，其实也就意味着让我们去沉思生活，进一步说也就是退出生活。《画像》中隐约提到的于斯曼小说《逆流》中的主人公德塞森特，就是离群索居，退出了巴黎社交界。而退出生活其实不仅需要丰饶的物质条件的担保，还需要悠闲的时间保证。这其实只有贵族阶级才有可能，而德塞森特正是一位贵族的后裔。只有贵族才会要求具有凌驾于任何世俗准则的特权，才会津津玩味精致的生活趣味，才会醉心于内心的宁静超脱和静观态度带来的优越感，并且把日常生活的每分每秒转换成独特的、不可重复的艺术经验。因此，贵族是不主张行动的，无所事事甚至懒惰都是值得

---

① 参看：Livesey, R., *Aestheticism*, in, K. Powell, et al (eds.), *Oscar Wilde in Context*, p. 266.
② 转引自周小仪：《唯美主义与消费文化》，北京：北京大学出版社，2002年版，第55—56页。

赞美的。波德莱尔甚至认为，艺术家之所以逊色于纨绔子，是因为"艺术家还有热情，还在做事，还在创作——他们依然属于古希腊人所说的大老粗"。①

根据布迪厄的看法，贵族不假外求，它"向自身要求别人不会向他们要求的东西，向自身证明他们符合其自身，也就是其本质"，② 这一本质也就意味着自由，意味着与日常生活决裂，意味着对于任何规则的超越，因而也意味着非人性化的精神矢量。王尔德的纨绔子所表现的贵族气并非神完气足的贵族气，他已然掺入了不少中产阶级的物质气息，但是它依然反映了中产阶级既追企又厌恶的贵族趣味。尽管王尔德说到底，其本人的行事风格还是难以摆脱中产阶级趣味，③ 他也并没有在

---

① 阿诺尔德·豪泽尔：《艺术社会史》，黄燎宇译，北京：商务印书馆，2014年版，第529页。
② 皮埃尔·布尔迪厄：《区分：判断力的社会批判》，刘晖译，北京：商务印书馆，2015年版，第34页。
③ 王尔德其实还是尊重中产阶级法则的。他被判罪之后，并没有替自己的罪行进行辩护，相反，正如托多罗夫所指出的那样："王尔德因为他的虚荣心而输了：他需要自己讨人喜欢的形象，而公众却把此形象扔回给了他。所以，一入狱，王尔德很快得出结论，对他的惩罚是正确的。他并不去追究同性恋是否有罪；只要法律和公众舆论上认为有罪，就够了。在这个问题上，他一点不是今天人们所喜欢想象成的那样，是为争取同性恋者的权益得到公众承认的斗士；也许他并没有确切地犯下被指控的罪行，但是他犯下了其他罪行，他自己很明白它们触犯了法律受到了法律的制裁，他热衷于此的大部分原因是这样的冒险生活是被禁止的：'这是与豹共舞；危险构成了一半的乐趣。'一旦获释，王尔德并不更想去反抗合法的社会价值体系。谈起过去，他就用诸如'我的镀了金的无耻行径——我的尼禄式的日子，富有，下流，无耻，物质至上'等词。换句话说，在这问题上，他再次把别人看他的目光内心化了。"茨维坦·托多罗夫：《走向绝对：王尔德、里尔克、茨维塔耶娃》，朱静译，上海：华东师范大学出版社，2014年版，第49页。

日常实践所有场合中都贯彻他自己宣扬的唯美主义主张,[①] 但是无论如何,其非人性化的贵族趣味已经变得与新教徒价值观背道而驰。这样的冲突如果仅仅停留在话语实践领域尚无大碍。因为启蒙所传布的艺术自主性与资本主义市场并非没有携手合作的空间,只要艺术家偏安于自己精神空间的飞地,不去触摸维多利亚社会的禁脔,尽可以继续获取丰厚的符号利润与经济资本。这可以解释,王尔德的《画像》被批评界批驳得体无完肤之后,不影响他的戏剧继续日进万斗,大红大紫。更何况,如果仅仅止步于观念层次,那么这不仅恰与贵族不行动的逻辑符合一致,而且也没有捅破两种阶级习性之间的隔离薄膜。

但是,当王尔德将其艺术高于生活的唯美主义理论,以身体力行的方式激进地介入到晚期维多利亚社会的时候,他就从观念领域纵身一跃,自由落体到实践领域,观念领域的不及物性突然变得及物了。这也就是将贵族的观念强加给中

[①] 王尔德还是要向公众强调其小说的道德价值。对此,艾尔曼做出了如下精彩的分析:"'所谓的罪实际上是进步的一种本质要素'。没有它的存在,世界将会变得苍老和暗淡无色。'依靠它的好奇心,罪增加了种族的经验。通过它那种被强化的个人主义,它把我们从千篇一律的类型中拯救出来。在摒弃人们当前的道德观的过程中,它拥有了最高层次的道德规范。'对于社会来说,罪比殉道更有用,因为它是自我表达而不是自我抑制的。其目标是解放个性……通过创造美,艺术谴责了公众,它无视公众的过错,以这种方式来唤起人们对这些过错的注意,所以,艺术的无效是一种故意冒犯或一个寓言。艺术也许还因为自己的某些行径激怒了公众,比如,嘲笑世俗法律,或放纵地想象违法乱纪的行为。或者,艺术会引诱公众,让人们去追随一个看似错误但其实却有益健康的范例。以这些方式,艺术家推动公众走向自我认知,这个过程至少有一点自我救赎的意味,正如他迫使自己走向同样的终点。"理查德·艾尔曼:《奥斯卡·王尔德传:顺流,1854—1895》,桂林:广西师范大学出版社,2015年版,第445页。

产阶级,① 并幻想在一个中产阶级已经获得领导权的社会里,使自己这个试图跻身贵族但远未成功的中产阶级上层成员,以艺术家的名义能够拥有不受世俗法律约束的特权。这种毫无胜算的抗争只能意味着自毁。② 也正是因为王尔德破釜沉舟的决斗姿态,唯美主义行为艺术最终只能加以司法解决。③ 因而,精神贵族以否定形式才能定义的无形的优雅高蹈由此落入到刀笔吏与狱卒所体现的森严秩序之中,而原本处在暧昧地带的唯美主义文学观念也被新教徒的道德手电筒照得一览无余。更有甚者,一旦艺术实践被判定为非法,人们还会回溯性地推导出

---

① 艾尔曼写道:"从王尔德的角度看来,……他跟道格拉斯的生活,包括公开他们的浪漫热情,反映了他试图迫使一个虚伪的时代接受他的本来面目。"理查德·艾尔曼:《奥斯卡·王尔德传:顺流,1854—1895》,桂林:广西师范大学出版社,2015年版,第584页。
② 冈特正确地指出:"王尔德更为含蓄地表示:不仅畅所欲言是艺术家的权利,照自己的方式生活也是艺术家的权利。实际上,他不仅违反了既定道德规则,他还根本就不信这些东西。如果他在法庭上公开说出这一点,那么其效果肯定会是如此;不过,由于他表示要求法律的保护,那么,他就不能说自己不受法律的约束了。对这一点,王尔德知道得再清楚不过了。这么一来,王尔德在给自己辩护的时候,只是敷衍搪塞,处在从任何角度说都站不住脚的位置上。"威廉·冈特:《美的历险》,肖聿译,北京:中国文联出版公司,1987年版,第16页。
③ 仅仅用自毁倾向来心理学地描述王尔德是不全面的。对于他主动挑起的诉讼行动所蕴含的唯美主义的维度,艾尔曼如此描绘:"他厌倦了行动。跟他理解中的哈姆雷特一样,他想要跟自己的困境保持距离,成为他自身悲剧的旁观者。他的固执、他的勇气和他的骑士风度也让他选择了留下。他习惯于跟灾祸硬碰硬,直面怀有敌意的记者,道貌岸然的评论家和伪善、咆哮的父亲。一个如此在意自己形象的人不屑于把自己想象成逃亡者,躲在阴暗的角落,而不是神气活现地出现在聚光灯下。他更愿意成为一个名人,注定了不幸,还会遭到异国不公正法律的审判。受苦也要比受窘更有吸引力。……他的见解将会流传下去,那些比他低劣的人对他大加羞辱,可他的见解将超越这些羞辱。如果他将成为牺牲品,他所处的时代也一样。"理查德·艾尔曼:《奥斯卡·王尔德传:顺流,1854—1895》,桂林:广西师范大学出版社,2015年版,第611页。

其作为其犯罪意图的艺术观念的非法。颓废不仅仅被认为是一种艺术风格或形式，它如今就直接被理解为一种堕落艺术的丑恶内容。如果说周作人及其队友为郁达夫辩诬，最终使得《沉沦》的作者被赋予启蒙现代性急先锋的英雄形象；那么可以说，在《画像》这个文学事件中，庭审就发挥着与此逻辑层次相同但是实际结果却截然相反的赋义功能：它通过将唯美主义者王尔德判罪，也将唯美主义本身加以判罪。英国唯美主义运动就此偃旗息鼓，英国文学版图又被传统美学趣味完全收复失地。

必须指出，王尔德并不是他自认为的那样是个社会主义者，也并非推进社会变革的牺牲品，他似乎也无意成为广大中下层人民的代言人，① 甚至并不真正谋求颠覆主流话语秩序。只是当他宣扬的唯美主义可以视为某种无害的另类文化选择的时候，那些渴望漂白自身粗鄙习性的中产阶级会怀着厌恶与接近的复杂态度加以容忍甚至接受；但是当艺术至上的原则侵入到日常生活中，他们无计遁逃，必须要做出非此即彼的伦理决断的时候，他们只能将王尔德送入监狱。英国人擅长于妥协让步，② 贵族阶级愿意向最优秀的中产阶级成员开放门户，而中

---

① 在这方面他与莫里斯这样的社会主义唯美主义者区分开来了。后者致力于通过唯美主义工艺运动来推动社会进步。
② 19世纪英国多元文化并存的情形，有人称之为"维多利亚式妥协"。一位历史学家如是说："正如19和20世纪的政治史所示，男性的婚外性行为得到了普遍的默许。但如果他们的行为成为公共事件，则会受到激烈谴责。"这就是所谓"民不举，官不究"。按照当时的情况，如果王尔德不挑起事端而引火烧身，很难设想他会跟昆斯伯里侯爵对簿公堂，并且最终剧情扭转为由原告成被告；如果王尔德听从朋友劝告，利用警察尚未布防时的保释之机远走欧陆，很难设想他最后会有牢狱之灾。事件化的冲动，也就是唯美主义英雄幻象抓住了他命运的咽喉，使他铤而走险，走上了不归路。参看法拉梅兹·达伯霍瓦拉：《性的起源：第一次性革命的历史》，南京：译林出版社，2015年版，第342页。

产阶级成员也愿意接受贵族的趣味引诱与文化调情，愿意结欢于诗礼簪缨之族。王尔德的折戟沉沙在根本上源于贵族趣味与中产阶级趣味的冲突，他极端化的身体实践不仅涤除了趣味分野之间暧昧的迷雾，而且使得两者之间的区隔得以锐化，使之具有了更加清晰的可见性，这反过来导致中产阶级的反攻倒算，使得以前厌恶但是容忍甚至接近的贵族趣味变得不再能够容忍。因而，他们也将唯美主义方案送入了伦理监狱。不消说得，王尔德的失败只是整个英国唯美主义-颓废派文学运动失败的一个缩影。冈特写道："在这场长期斗争中，有不少人的结局颇为难堪。惠斯勒在唯美主义运动之末成了一个性情乖戾的老头子，没完没了地沉溺在无聊的争执中；犯有前科的王尔德已经丧失了写作能力；史文朋变成了洗心革面的人物，变得无足轻重。在其他许多人里，不惜一切代价的感官探索变成了自作自受的苦修，带来的只是凄凉和疾苦。"[1]

六

行文至此，已经到了该下结论，也就是回答所有问题的时候。我可以初步地指出，郁达夫的成功是因为《沉沦》并没有与社会构成尖锐的对立关系，想象的新旧冲突在意识层面并不存在，因为清季以来政治军事等全方位持续失败使得旧派人物丧失了抱残守缺的坚强意志，而向西方学习的愿心构成了中国

---

[1] 威廉·冈特：《美的历险》，肖聿译，北京：中国文联出版公司，1987年版，第306页。

知识界的普遍性精神取向；另一方面，传统文化的力量还会发生强大的惯性作用，那些新派人物的内心中几乎都会不时地被传统的幽灵所萦绕。表现在《沉沦》文学事件中，他们尽管不会挑战唯美主义理论主张的权威性，因而放弃了实践理性批评亦即伦理批评，但是，他们的传统观念可能会以文学技巧批评的乔装改扮的方式再度呈现出攻击力，换言之，责难《沉沦》的身体描写过于粗俗，这类评论很可能不过是温柔敦厚诗教审美无意识的流露。但无论如何，这些波澜不足以阻止《沉沦》赢得的文学认可与世俗成功。从社会学的角度来说，《沉沦》之所以成功，可能是它不仅没有挑战社会秩序，反而以某种特定方式凸显了这个社会反对压抑、寻求解放的时代激情，因为社会结构总是倾向于不断再生产和再确认自身。《沉沦》对于启蒙现代性的追求，使得它能够成为实现这一客观目的的符号和工具。《沉沦》的文学事件可以视为中国特色的一种审美现代性隐喻，其基本特征是以审美的形式来表达现代性的渴望。

另一方面，王尔德的失败首先是因为他以过时没落的贵族精神，蓄意挑战正在茁壮成长的中产阶级及其新教徒理想。体现在唯美主义观念中的非人性化指向，与日常生活的逻辑是格格不入的。尽管这样的观念，在特定的审美实践中其所指具体内容可能会被未来社会所接纳，例如同性恋这样一个在当时认为不具生产性的实践被后世所容,[①] 但是，作为一种向社会发出的抽象要求，即认为艺术可以高于生活，艺术家可以享有

[①] 对保守的维多利亚人来说，他们重视效用，消费性与生产性，因而同性恋这种不具有再生产性的性关系是堕落的。参看：Sean Purchase：《维多利亚时代文学的核心概念》，上海：上海外语教育出版社，2006年版，第37页。

不受伦理约束的绝对自由,唯美主义只能以观念的形式,作为一种批判的可能性才能获得具有某种正当性的存在。与郁达夫不同,王尔德所践行的审美现代性指向的是审美形式的现代性,他要求的是艺术或感性本身的绝对主体地位。然而,当他释放出不受理性约束的、只受命于感性形式律令的生命冲动的巨大能量,并撞向社会世界的铁门的时候,他不得不接受头破血流直至惨烈殉命的命运。唯美主义观念本应在远离尘嚣的地方逍遥自在地高位运行。一旦王尔德不满足于仅仅以不及物的方式成为维多利亚社会的他者,一旦他决意突破观念的领域,通过以身试法的极端方式将它付诸实施,也就是说,一旦非人性化的颓废诗学被转换成具有可见性的行动,作为纨绔子的王尔德就不得不被行动的逻辑尤其是法律所摧折束缚,不得不成为世俗秩序的阶下囚。因为一旦进入到活生生的伦理生活中来,当宣扬艺术高于伦理的艺术行动者被现实法律所挫败的时候,这样的艺术行动者输掉了他的伦理的时候,也输掉了他的艺术,最终也输掉他最后的人生,因为他不可能成为真正意义上的隐身人,不可能成为世界大舞台的超脱看客。

但我们又该如何理解王尔德在今天的死后哀荣?显然,这种咸鱼翻身的升华传奇并非个案,按照社会学家海因里希的观点,我们首先不妨泛泛地说,王尔德其实分享了所谓"凡·高效应"的符号利润。[1] 如果更具体理解这一点,我们可以援引

---

[1] 关于"凡·高效应",艺术社会学家海因里希写道:"凡·高的传奇已经变成了被诅咒艺术家的奠基性神话:他的潦倒颓废现在证明了他未来的伟大,且见证了这个世界('社会')的鄙陋,社会未能认识他是个过错。凡·高成了典(转下页)

布迪厄《艺术的法则》一书的如下论点：艺术自主性其实不仅仅意味着一种新型艺术观的发明，它还意味着波西米亚生活方式的发明，意味着与日常社会世界断裂的艺术世界即文化生产场的发明，以及最后，意味着文学家和知识分子形象的发明。这一场符号革命的成功一方面取决于文化生产本身的历史，另一方面，也取决于社会运动的外部历史，也就是左拉所领导的支持德雷法斯以反对法国政府的政治斗争的成功。内外两者的汇合决定了纯粹美学革命的获胜。而这样的获胜，也获得了结构性的影响：它使得唯美主义原则不仅变成了文化生产场的金科玉律，而且还变成了重新组织文学系谱的最高根据。当"为艺术而艺术"的新标准逐渐变成具有跨语境普遍有效性的新常态时，王尔德得到否极泰来的事后追认自然就会水到渠成。王尔德的花开花落既取决于他的个体性行动，但更取决于社会系统对其意义的指派。还必须要指出，美学革命的获胜，也生产出了自己的文化遗产，而正是有赖于这样的文化遗产以及中国知识界对它心悦诚服的接受，郁达夫才会躲过王尔德曾经遭遇过的"不道德""精神腐烂"之类的尖锐指控，才会获得王尔

（接上页）型，成了在双重意义上得到追随的范例，成了决定了价值构型的模式。正是归功于他，颂扬许多艺术家的苦难才成为了可能。这些艺术家的生活被毁于贫困和酗酒（郁特里罗、莫蒂里安尼），毁于性欲（图卢兹·罗特列克），毁于疯癫（卡米耶·克洛岱尔），以及更为普遍地，毁于从蒙马特到蒙帕纳斯的被误导的波西米亚方式。可以确信，所谓'波西米亚'在艺术世界中早于凡·高；但是通过他，波西米亚成为了某种必然出现的图景，某种神话，某种陈规。"见 J. Tanner, (ed.), *The Sociology of Art: A Reader*, London and New York: Routledge, 2003, p.123.

德最终失去的美名和荣耀。①

最后,在今天,作为所谓自由的趣味,形式高于功能的趣味如何变成了资产阶级的趣味呢?对此应该有一个历史的辩证理解。在维多利亚时代,"为艺术而艺术"的观念虽然高妙,但尚未完全成为统治阶级、或至少统治阶级位置还未坐稳的中产阶级,还来不及吸收如此高端的文化趣味,并使自己成为拥有所谓自由趣味(摆脱了附丽于功能的低级趣味)习性的"高尚人士"。只是等到"中产阶级"这样一个意义含混的能指自身产生更明确的意义分野,也就是作为今天统治阶级的"资产阶级"从"中产阶级"范畴中脱颖而出,②只是到了这样的时刻,从形式而非内容的角度来看待事物的审美性情才变成了资产阶级的合法趣味。在文化精神上,中产阶级对于贵族的趣味既爱又恨,但是当其具有足够的经济和社会条件足以担保自己具有爱它的客观可能性的时候,中产阶级(此时应为资产阶级)就对它转恨为爱了。当然,在这里,王尔德意味着唯美主义的美学雷池,意味着劝诫艺术神学的迷狂者回头是岸的界碑。唯美主义信条以不颠覆现实世界世俗秩序的承诺为代价,

---

① 当然,文化遗产的持存并不那么简单。布迪厄指出:"实际上,虽然文化遗产拥有其自身法则,超越了意识与个体意志,但是,以物质化状态和被整合的状态存在的文化遗产(存在于习性形式之中,而此习性发挥着历史超验性的功能),只有在定位于文化生产场的斗争中并通过这样的斗争才能存在并有效地(也就是积极地)持存;也就是说,文化遗产是借助于并为了行动者而存在的,这些行动者愿意并能够确保文化遗产不间断地复活。"Bourdieu, P., *The Rules of Art: Genesis and Structure of the Literary Field*, Stanford: Stanford University, 1996, p. 271.

② 对于"中产阶级"或"资产阶级"的范畴史的研究,可见彼得·盖伊:《感官的教育》,上册,赵勇译,上海:上海人民出版社,2015年版,第18—49页。

为自己换取到了新统治阶级即资产阶级的册封，资产阶级现在住进了旧贵族的文化圣殿，只是进行了符合自己阶级利益的符号装修，"为艺术而艺术"阉割了其激进锋芒之后，摇身一变，由资产阶级的敌对意识被招安成该阶级本身的合法趣味或美学主张。① 而在中国，立足于艺术自主性基础上的审美现代性从未获得压倒性胜利，即便在自认王尔德的信徒的郁达夫那里，审美现代性依然体现为、同样也被人们理解为审美形式来承载现代性内容。在今天，现实主义而非现代主义写作风格始终是中国文学的主流，似乎可以表明，这样的历史连续性还未断裂。②

2017 年

---

① 关于资产阶级对于文化领导权的争夺战，可参看程巍：《中产阶级的孩子们：60年代与文化领导权》，北京：生活·读书·新知三联书店，2006 年版。关于英国中产阶级甚至底层人民对贵族文化的看齐意识，可参看钱乘旦等：《在传统与变革之间：英国文化模式溯源》，南京：江苏人民出版社，2010 年版，尤见第五章"英国风度的造就"。
② 本文初稿完成后，曾经请黄金城博士、但汉松博士尤其是金雯教授通读全文，并有所批评指点。文章最后吸收了其部分修改建议，特此致谢。

身体表征的现代中国发明：
以刘海粟"模特儿事件"为核心

美术学院应该设置人体写生课，而此课应当聘用裸体模特儿，这在今天中国的众多美术学院，已经是一个不言而喻的普遍教学实践。但是，接近一个世纪前，围绕着聘用裸体模特儿这一教学安排的兴废，曾经酝酿成一件引发汹汹群议的重大事件。今天，我们通常将模特儿事件与刘海粟联系在一起，而且，绝非巧合的是，刘海粟本人也不厌其烦地多次长篇大论论及此事。① 刘海粟其实并不是中国第一个进行裸体模特写生课教学的人，② 而且他也不是第一个由于裸体绘画而遭到谴责的人，③ 甚至可以说，"模特儿事件"最后获得的成功，也很难完全归功于他舌战群儒的辩才或者傲视军阀的勇气。但是无论如何，刘海粟通过裸体模特儿的事件化，成功地主演了一场有关

---

① 例如：《人体模特儿》，载朱金楼等编：《刘海粟艺术文选》，上海：上海人民美术出版社，1987年版；以及《漫话人体艺术》和《回忆当年的"模特儿事件"》，载刘海粟：《存天阁谈艺录》，北京：中国青年出版社，2007年版。
② 李叔同可能是最早开设人体写生课的中国人。他的学生吴梦非回忆说："李叔同先生教我们绘画时，首先教我们写生。初用石膏模型及静物，1914年后改习人体写生。"见吴梦非：《五四运动前后的美术教育回忆片断》，载《美术研究》，1959年，第3期，第42页。
③ 在1916年、1917年的《时报》上，既刊登过奚落那些鄙视裸体女性绘画的道学先生的文章，也发表了攻击月份牌画家郑曼陀裸女画作的文章。见安雅兰：《裸体画论争与现代中国美术史的建构》，载上海书画出版社编：《海派绘画研究文集》，上海：上海书画出版社，2001年版，第126页。此外，1924年的山西，也出现了禁止裸体画展览的事情。见李颖、范美俊：《中国美术论辩》，上册，南昌：百花洲文艺出版社，2009年版，第148页。

审美现代性的惊心动魄的多幕剧。对本文而言，重要的并不是刘海粟是否透过这个事件将自己塑造成一个激进地捍卫自由与进步的"艺术叛徒"，一个单枪匹马领导艺术革命的文化英雄，①而是，这个叙事的传奇色彩使得它获得了符号标签的价值，使得它从众多繁琐寻常的事情中脱颖而出，变成了审美现代性的法相之一，变成了中国现代美术史的源泉之一，从而激起了我们理解它的强烈冲动。

鉴于深描模特儿事件这样的工作，已经有人从各种不同角度做过了，②我完全没有必要画蛇添足。本文设定的任务是理解这一事件的内在逻辑：它为何受到范围广泛而程度猛烈的攻击？它看起来为何又最后取得了成功？实际上，通过对此问题的考察，我们也可能对西方文化在中国的接受过程中所显示出来的某种机制，达到某种认识；它可能诱使我们询问自己：西学东渐的其他领域中，我们能否找到该机制的类似作用？

一

让我们先试图将刘海粟的反对者们进行一个最基本的分类。关于这个分类，其实可以首先引用傅雷极具洞见的评论：

---

① 当然，即便着眼于他创办的学校所培养的大量艺术人才而言，回答也应该是肯定的。
② 刘海粟本人的描述请见上页注释 1，学者范美均对此事进行了迄今最为周详而系统的描述，见李颖、范美俊：《中国美术论辩》，上册，第二章第五节"裸体模特儿之争"，第 142—176 页；安雅兰的上述文章，是较具有批判性的考论性论文，极具启发性；吴方正对此事的论述显示了其卓越的洞察力与深厚的学术素养，见《裸的理由——20 世纪初期中国人体写生问题的讨论》，载蒲慕州主编：《文化与生活》，北京：中国大百科全书出版社，2005 年版。

"刘海粟氏所引起的关于'裸体'的争执，其原因不只是道德家的反对，中国美学对之，亦有异议。"[1] 换言之，反对刘海粟的有两种人，一种是道学家，再一种就是画家，或沉醉于中国美学经验的文人。如今，刘海粟所领导的这场美学革命已经获得成功，因而这场美学革命所确认的艺术法则本身也具有了不言而喻的合法性和正当性，这容易使得他的那些反对者们被化约为落后反动的顽固保守派，他们主张的某些值得思考之处因此也被系统地忽略。

这些所谓道学家，当然基本上是缙绅之士，例如领导江苏省教育会的张謇、李平书、沈恩孚等人，[2] 江西省教育会会长韩志贤。总体上来看，反应更强烈的其实是政客，例如上海闸北区的市议员姜怀素、上海县知事危道丰，乃至于江浙皖赣闽五省联军总司令孙传芳。他们的反对理由主要不外乎这几点：第一，也是最重要的一点，就是谴责这种行为有伤风化。江西省警察厅的禁令指出："裸体系学校诱雇穷汉苦妇，勒逼赤身露体（名为人体模特儿）供男女学生写真者。在学校方面，则忍心害理，有乖人道；在模特儿方面则含垢忍羞，实逼处此；在社会方面，则有伤风化，较淫戏、淫书为尤甚。"[3] 第二个，是带有规劝性质的反对理由，即有违中国国情。孙传芳说："生人模型，东西洋固有此式，惟中国则素重礼教，四千年前，轩

---

[1] 傅雷：《现代中国艺术之恐慌》，载素颐编：《民国美术思潮论集》，上海：上海书画出版社，2014年版，第296页。
[2] 江苏省教育会会长沈恩孚是刘海粟的坚定支持者。但是其内部有不同声音，时常会以各种方式向刘海粟施加压力。
[3] 李颖、范美俊：《中国美术论辩》，上册，南昌：百花洲文艺出版社，2009年版，第151页。

辕衣裳而治，即以裸裎袒裼为鄙野；道家天地为庐，尚见笑于传布者，礼教赖此仅存，正不得议前贤而拘泥。凡事当以适国性为本，不必徇人舍己，依样葫芦。东西各国达者，亦必不以保存衣冠礼教为非是。模特儿只为西洋画之一端，是西洋画之范围，必不以缺此一端而有所不足。美亦多术矣，去此模特儿，人必不议贵校美术之不完善，亦何必求全召毁？"① 第三，民间的迷信，对人体写生比较忌讳。美专西洋画科教授周勤豪在二十世纪二十年代初指出："我国旧社会的迷信，往往以为画像照相；都要损害精神，减少运气；所以一般的人，不肯轻易去照相画像；于是一般研究艺术的人，就不容易得到制作的材料。"②

这三个理由，第二个是辅助性的非正面理由，无非是抱残守缺的守旧派观点，不必说它，至于第三为下层人士的迷信，更是不登大雅之堂，事实上反对派也不屑以此作为反对裸体绘画的正当理由。所以值得稍微说一下的是第一条。

让我们且回到先秦时代。《孟子》有这样一段对话："公都子问曰：'钧是人也，或为大人，或为小人，何也？'孟子曰：'从其大体为大人，从其小体为小人。'曰：'钧是人也，或从其大体，或从其小体，何也？'曰：'耳目之官不思，而蔽于物。物交物，则引之而已矣。心之官则思，思则得之，不思则不得也。此天之所与我者，先立乎其大者，则其小者弗能夺

---

① 李颖、范美俊：《中国美术论辩》，上册，南昌：百花洲文艺出版社，2009年版，第162—163页。
② 周勤豪：《模特儿》，原载上海美术学校校刊《美术》第2卷第2号，1920年版。见马海平主编：《上海美专艺术文集》，南京：南京大学出版社，2012版，第166页。

也，此为大人而已矣。'"① 在这段经常被引用的文字里，孟子对身体进行了一个等级区分，即具有精神性的大体与具有生理性的小体。由于小体是不思考的，因而不得不被物欲所俘获。要是听任它做主，那就意味着人性的沉沦。所以，与西方一样，作为欲望的载体，小体被认为是大体的障碍，它不仅不具有精神价值，而且实际上是精神价值的敌人。如果说，作为肉身存在的身体必须听命于心灵的统帅，也就是说，它实际上被精神吞没了，那么，它就很难独立地成为被艺术表征的重要对象。那么，这是否是中国主流的古代艺术中，人体的普遍不在场的原因呢？在中国古代绘画中，人体的表征是非常稀缺的。可以认为，中国的人体画存在着两种极端：一种是去欲望的人体，也就是已经涤除了性魅力的人体。无论是"曹衣出水"还是"吴带当风"，人物画的关键并不在于人体，而在于遮蔽人体的服饰。另一种极端就是春宫画，也就是从大体的牢笼中解放出来的小体，就是色情的裸露的身体。

如果我们从传统观念对于身体表征的压迫这一角度来思考，当然会干净利落地应付这一问题。事实上，这也是刘海粟本人期待大家作出的解释。很多年之后，刘海粟在回顾此事时指出："这是艺术和礼教的冲突，也是一场尖锐的有趣味的反封建的斗争。"② 但是，就当时的历史语境而言，那些站在所谓守旧派一侧的对于裸体模特儿的反对，有其伦理上片面的正当

---

① 焦循：《孟子正义》，下册，北京：中华书局，2004年版，第792页。
② 刘海粟：《回忆当年的"模特儿事件"》，载刘海粟：《存天阁谈艺录》，北京：中国青年出版社，2007年版，第222页。

性。值得指出的是，那些持最强烈批评立场的人，其实往往并非遗老遗少，而大抵上立场开明，受过较好的新式教育。杨白民曾经留学日本，并兴办了著名的现代女校，是完全的新派人物，其他如姜怀素毕业于上海政法大学，孙传芳与危道丰为日本士官学校毕业生。他们措词激烈的批评，很可能与当时裸体图像的泛滥成灾相关。举个例子来说，陈建华指出："从1914年10月至1916年4月《眉语》共出刊十八期，有六期以中国裸女作封面，内页西洋裸女照达三十余幅。该刊遭到袁世凯政府的'通俗教育研究会'的禁止而停刊，罪名是'猥亵''荒谬'等。"[①] 裸体画在当时其实是一个利润丰厚的生意，这一点甚至在当时的小说中得到了直接的反映。在一篇名为《裸体画》的小说中，画家王心余，虽然擅长于淡墨山水五彩花鸟，但是因为世人"不好古而好色"，因此购者寥寥，倒是他的裸体画一旦面世，买家争先恐后，不惜预付定金，前来抢购。最后该画家竟至于"积金数十万，购地皮，筑厦屋，置良田，娶美妾，出入高车驷马，连宵酒地花天"。[②] 其实，不光是有直接购买的，还有倒买倒卖的。这种所谓"淫画"的交易往往通过沿街兜售的形式来进行。由于市场过于活跃，以至于通俗教育研究会请求教育部予以取缔："都中向有一种小贩怀挟小筐包件，盛贮各种小说，于街头巷尾茶坊酒肆之间任意兜售，所售

[①] 陈建华：《杨贵妃"出浴"与摩登上海》，载澎湃新闻，上海书评，2018年9月29日版，网址请见：https://www.thepaper.cn/newsDetail_forward_2479481。

[②] 子春：《裸体画》，载《白相朋友》，1914年10月20日上海出版，第4期，第3页。感谢王贺博士帮我查询此文。

之书，大都猥鄙龌龊莫可究诘。其或夹带淫画秘卖。此等人往来街市，踪迹无定，较之列摊设肆者流布尤广，津沪等租界，亦有此项售书之人。"① 这种情况，看上去让卫道士们痛心疾首，而一个从根本上解决问题的办法，在他们看来应该是在法律上严禁模特儿。其逻辑是具有社会声望的美术学校及其领导人刘海粟充当了淫画的靠山与源头："今为正本清源之计，欲维护沪埠风化，必先禁止裸体淫画，欲禁淫画，必先查禁模特儿，必先查禁堂皇于众之上海美专学校模特儿一科；欲禁模特儿，则尤须严惩始作俑祸首之上海美专校长刘海粟。"② 当然，还存在着诸多反对裸体模特儿的其他原因。例如，有篇小说讽刺模特儿现象。其中一位画师说："现在我开办了一个裸体写生学校，还附设一个模特儿养成所……那裸体写生学校里校内校外生有一千余人，参观生就有好几万……校内生是终日在学校里的，校外生却是到模特儿写生时后方才来上课，参观生是并非本校学生，他到课堂里来参观我们的模特儿的，每月收费两元。"③ 在这里，参观生来旁听模特儿写生课程显然是幌子，进行廉价的色情消费才是实情。再一个值得考虑的情况，是能够接受邀请的裸体模特儿往往是社会底层人，从支付的费用来看，如果依照每人每天一元计算，很难相信这点报酬会吸引身

---

① 《书画与社会教育之关系》，载《申报》，1916年11月6日，第157 11号。感谢王贺帮我查询此文。
② 李颖、范美俊：《中国美术论辩》，上册，南昌：百花洲文艺出版社，2009年版，第155页。
③ 转引自吴方正：《裸的理由——20世纪初期中国人体写生问题的讨论》，载《文化与生活》，北京：中国大百科全书出版社，2005年版，第521页。根据吴方正的考证，上海美专的参观生在当时实有其事。

体条件优越的人踊跃报名来当人体模特儿。① 有身份的人显然不会在画室轻解罗裳的。② 可想而知，艺术家们对人体美的顶礼膜拜，从而诱使我们想象的完美纯粹的裸体美人，与实际上供教学之用的裸体模特儿相去甚远。可以理解的是，有的人有可能会把聘用裸体模特儿与把妓女引入到学校相提并论。吴方正指出："让我们回到1924年前后人体写生的模特儿中国化与写生化的现象，这些裸体画中的中国妇女如果不是学院模特儿，便极可能是妓女。娼妓并非不见容于当时社会，但必须限制在青楼之内；如果裸体画中的妇女是娼妓，则这种裸体画的公开贩售便是越界，因此应禁；如果无法区分画中裸体妇女是娼妓或是学院模特儿，则模特儿等于娼妓，对色情的清剿溯源而上，立刻威胁到艺术。"③ 而且，聘请妓女来充当裸体模特儿，也是曾经发生过的历史事实。④ 而这正是像姜怀素这样的

---

① 根据《上海美专账册》，1922年8月10日，有支付给女模特儿23天的劳务费23元的记载。这些劳务费应该前后颇有变化，但是变化看上去起伏不大。一个值得参考的信息是今天中国的诸多艺术学院，支付给普通模特儿的劳务费大体上也在每小时40~50元之间。南通大学艺术学院吴耀华教授告诉我，该校模特儿六小时为300元，曾任上海师大美术学院院长的刘旭光教授说，上海师大模特儿一天劳务费为260元，至于南京艺术学院，盛瑨教授说每小时只有40元。
② 一位叫丹翁的作者甚至要求刘海粟及其夫人率先垂范，首先为艺术献身，躬自充当裸体模特以服众，而刘海粟除了责骂其流氓行径之外，并不能正面回应。见李颖、范美俊：《中国美术论辩》，上册，南昌：百花洲文艺出版社，2009年版，第158页。
③ 吴方正：《裸的理由——20世纪初期中国人体写生问题的讨论》，载《文化与生活》，北京：中国大百科全书出版社，2005年版，第530页。
④ 1919年上海美专几位教师成立"天马会"，后来此组织的发起人之一刘雅农回忆说："因为当时学校里不是没有模特儿，有的就是干瘪老头儿，或者是个身强力壮的塌车夫，再不然，就是弄个老太婆来权充写生的对象，如其想找个（转下页）

道学家之所以持反对态度的理由。

根据吴方正的考辨,"在'淫画'范围内重要的不是形式而是其内容,绘画与摄影这两种媒材可以互换。"① 这里面的一个重要问题是,正是形式问题,才使得淫画与裸体画区分开来。肯尼斯指出:"在词汇丰富的英语中,'露体'(the naked) 和'裸体'(the nude)是有区别的。'露体'意为我们衣服被剥光,暗指绝大多数人在此状态下都会产生的某种窘迫。与此相反,被有教养地使用的'裸体'一词,却没有令人不快的意味。这个词给人带来的含糊景象并不是蜷缩的、无助的身体,而是平衡的、丰盈的、自信的躯体;也就是得到重塑的躯体。"② 人体写生的过程,其实就是写生者将处在露体状态下的模特儿,转化为裸体形象的一个过程,也就是以某种艺术形式赋予某个赤裸的肉身,使得它摆脱原初的自然形状,而跳跃到具有神性的自我实现的升华过程。这并不是说,裸体艺术不能唤起人的生理欲望。相反,一部裸体艺术作品如果居然没有引

(接上页)年轻女人,脱光了衣服给男人做模特儿,租界巡捕房尚且不许可,莫说南市华界斜桥了。因此当时的上海美术学院,是没有年轻女子供我们做模特儿的,好不容易找到一个,又让刘海粟'请'到他自己家里去了。现在我们既想在艺术上求进步,写模特儿的阶段是不可少的,因此想出了这合作的办法,至于为何要把地点选在虹口呢?有两个原因,一则虹口是日本人的势力范围,那里的巡捕房是靠赌台弄好处的,其他就不大管账;二则虹口方面有的是咸水妹,找模特儿比较方便。"按,"咸水妹"为上海对接待外籍水手妓女的谑称。转引自陈世强:《裸之情境——人文视野下上海美专人体教学背景之历史考察》,载《南京艺术学院学报》,2009 年,第 6 期,第 22 页。当然,聘用妓女作为模特儿,在西方也属司空见惯的事情。

① 吴方正:《裸的理由——20 世纪初期中国人体写生问题的讨论》,载《文化与生活》,北京:中国大百科全书出版社,2005 年版,第 503 页。
② 肯尼斯·克拉克:《裸体艺术》,吴玫等译,海口:海南出版社,2002 年版,第 7 页。译文根据英文版做了少许改动。

起哪怕是零星的情欲,"它反而是低劣的艺术,是虚伪的道德。对另一个人体的占有或与之结合的欲念,在我们的天性中是如此本质的一个部分,因而对于'纯形式'的评价也必然要受到它的影响"。① 但是,事情的复杂之处在于,裸体画给受众带来的经验又不可以化约为肉欲,实际上,它唤起了生活世界的多重经验,它以身体形象展示了我们的理想和情绪,并表征了具有普遍性的价值诉求。这正是透过一系列造像成规与构图法则来获得实现的。这些形式要求既包括古希腊以来的西方艺术家们对于和谐的数学比例与完美的几何图形的追求,也包括对叙事题材的限制。马奈著名的《草地上的午餐》与《奥林匹亚》正是因为蓄意冒犯裸体绘画距离化的规则,将资产阶级日常生活未加委婉化处理就搬上画布,才招致了当时艺术批评家对他的广泛攻击,而马奈这样的渎神行为也使得裸体画的社会禁忌得以具有可见性。②

但是,至少对于二十世纪初的绝大多数中国人来说,这些形式法则或者社会禁忌是不存在、不可见的。由于缺乏艺术形式的中介作用,缺乏必要的认知机器对裸体画意义的指派,裸体的照片或裸体画,淫画或者人体艺术画,这两者的区分也许

---

① 肯尼斯·克拉克:《裸体艺术》,吴玫等译,海口:海南出版社,2002年版,第12页。
② 此前裸体画所表现的,多半是宗教、神话和历史题材中的人物。相关讨论,可见 Bourdieu, P., *Manet: A Symbolic Revolution*, Cambridge: Polity, 2017, pp.14 - 37.

偶尔会引起某些人的惊奇之感,①但是对大部分人来说,都并无区别,它们都直接意味着内容,意味着裸露的肉体,因此有伤风化,是必然的指控。尽管刘海粟及其少数盟友会强调这两者之间的区别,但是裸体画作为特定美学形式的成规,在西方是集体性建构的产物,而在中国得到集体性认可,也需要有一个逐渐的历史发展过程。

二

现在再回到前文,看看傅雷所说的所谓"中国美学"在何种意义上构成了反对。表面上来看,在"模特儿事件"发生前后,中国似乎也正发生着一场"美术革命"。早在1912年,蔡元培就任教育总长的时候,就提出了美感教育的新思路,此后,画家吕澂、陈独秀同时在影响深远的《新青年》上发表标题同为"美术革命"的文章,②旗帜鲜明地号召在绘画领域重建新的符号秩序。但实际上,这场雷声大雨点小的美学造反并未起到立竿见影的作用,无论在理论上还是绘画实践上,反响并不强烈。如果翻阅吕澎所著的《20世纪中国艺术史》,可以

---

① 大约1884年前后,有一位旅英文人曾经做了一首诗:"家家都爱挂春宫,道是春宫却不同。只有横陈娇小样,却无淫亵丑形容。"并加注释云:"大博物馆中有石雕人兽各像。人无男女皆裸露,形体毕具,凹凸隐现,真如生者,谓使学画人物者得以摹拟而神肖也。画工皆女子,携画具入院,静对而摹之,日以百计,毫无羞涩之状。盖亦司空见惯而不怪耳……凡画美人者,无论著色墨笔,皆寸丝不挂,惟蔽下体而已。听事、画室皆悬之,毫不为怪。"见局中门外汉:《海外竹枝词》,载王慎之等编:《清代海外竹枝词》,北京:北京大学出版社,1994年版,第215—216页。按,局中门外汉,王慎之等认为是徐士恺,而钱钟书等认为是张祖翼。
② 刊登在1918年1月15日出版的《新青年》第六卷第一号上。

发现，在十九世纪末至二十世纪初活跃的画派，尽管程度不同地受到西洋画技法甚至观念的影响，但大体上，无论是海派的任伯年、吴昌硕，或是张扬文人画的陈师曾等画家，或是被标举为"国画家"或"新国画家"的黄宾虹、齐白石与张大千以及岭南画派，强调传统绘画观念的画家构成了主流。这就可以理解，为何刘海粟在当时有势单力孤之感了。①

但是，除了少数画家（主要是上海美专的教师，如丁悚、陈抱一、倪贻德、刘穗九、唐隽）为裸体艺术的正当性做出了辩护外，大多数画家基本上保持了沉默。② 不过也有一位画家打破了沉默，公然提出了激烈的反对。以下是刘海粟的记载："一日，某女校校长偕夫人小姐皆来观。校长亦画家也，至人体实习室，惊骇不能知恃，在斥曰：'刘海粟真艺术叛徒也，亦教育界之蟊贼也。公然陈列裸体画，大伤风化，必有以惩

---

① 范美俊写道："此时，社会上守旧派对美专开设模特儿课程的攻击非常猛烈，刘海粟基本上处于孤身奋战的局面，鲜有社会上其他人士的公开支持。刘曾致函著名地质学家、以'不吃中药'著名的淞沪督办丁文江求援，但并没有得到明确支持，丁只是同意向上峰报告；即便是美术界，同行们也多有非议。著名士绅张謇、李平书、沈恩孚等人领导的江苏省教育会，还多次来函要求撤销模特儿写生课程。后虽有上海美术界的五个团体登报声援，但从档案原件分析都系刘海粟本人笔迹，很可能是他的虚张声势。"见李颖、范美俊：《中国美术论辩》，上册，南昌：百花洲文艺出版社，2009年版，第158页。
② 万书元教授在一次跟我的私人通信中指出，"传统的中国画本身就没有西方意义上的写生的传统，也就是说，从来就没有素描这种训练（中国画的训练是靠临摹、默记再加上一点线描写生，至少在上世纪二十年代甚至三十年代初以前），而裸体画更多地是运用了素描写生（表现人体的结构、身体的明暗感觉和素描关系）。因此，国画家感到事不关己，是可以理解的。至于上海美专那批人，首先都是刘的同事同道，属于利益共同体，另外，也全部是西洋画家，且多数有留洋经历者，即画过裸体者。"此外，尚需注意到，中国社会所推崇的处世法则是不臧否人物，明哲保身，并不鼓励公开批评，从而引火上身。所以，许多反对人体写生立场的人，其实是保持了沉默。

之.'翌日,即为文投之《时报》,盛其题曰《丧心病狂崇拜生殖器之展览会》。"① 根据安雅兰的考证查询,这位女校校长就是杨白民,但是《时报》或当时其他报纸上并未刊出此文。我们只能猜测,实际情况可能是报社通知了刘海粟,而刘设法阻止了此文的刊登。但无论如何,杨白民的愤怒不会是向壁虚构。安雅兰认为,作为城东女学的校长,杨白民"采用的教学方式比当时上海美专更为制度化和先进",因此,她怀疑杨白民尖锐批评的动力之一来自于其教学手段的失当。② 但是,如果考虑到杨白民从事的是中国画教学,或许我们也可以从中国画的捍卫者立场上来加以思考。也就是说,从在观念上忠诚于中国画的角度来看,杨白民对裸体画的攻击是否变得可以理解了呢?

在历史上,西方的绘画存在着三重等级:宗教画最高;历史画与肖像画次之;而静物画与风景画则叨陪末座。长期以来,画得不好的圣母也被认为优于画得好的胡萝卜,人物像毋庸置疑地占据着统治地位。中国绘画则不然,人物画虽然也有渊源流长的历史,但是发展到唐宋达到巅峰,也就渐渐衰落了。宋

---

① 朱金楼等编:《刘海粟艺术文选》,上海:上海人民美术出版社,1987年版,第107页。
② 安雅兰对此其实没有下一个很好的结论:"徐悲鸿大约十年后在欧洲画室中所作的素描中,男人体一般都用围兜遮住私处或摆一个不暴露的姿势。使得杨白民为之激怒的究竟是上海美专教学方法不适当,或是因为刘海粟在杨的朋友李叔同运用同样的人体写生教学后还声称他在中国首创人体写生,还是他为其夫人和女儿面对男人体绘画感到不适呢?"见安雅兰:《裸体画论争及现代中国美术史的建构》,载上海书画出版社编:《海派绘画研究文集》,上海:上海书画出版社,2001年版,第129页。关于杨对刘声称自己为人体写生第一人的反感,吴方正认为安雅兰此处推断存在着时代错误,见吴方正:《裸的理由——20世纪初期中国人体写生问题的讨论》,载蒲慕州主编:《文化与生活》,北京:中国大百科全书出版社,2005年版,第509页注释47。

元以来，山水画成为所有有伟大抱负的画家施展身手的最佳舞台。即便在人物画鼎盛期的唐宋，人物画也完全与解剖学无关。我们不注重人物形体的结构、比例、曲线和肌肉；我们注重的是人物的风神气质，而非形骸躯体。在画人物像中，我们抓住的是所谓"灵魂的窗户"的眼睛："四体妍蚩，本无关於妙处，传神写照正在阿堵中。"① 我们古人，对人的品鉴，也注重的是精神风貌，而几乎不考虑身体："凡有血气者，莫不含元一以为质，禀阴阳以立性，体五行而著形。苟有形质，犹可即而求之。凡人之质量，中和最贵矣。中和之质，必平淡无味，故能调成五材，变化应节。"② 中国曾经固然也有院画、界画之类相对强调写实的绘画实践和潮流，许多花鸟画也非常重视形似，但是宋末以来，逼真、肖似的绝对重要性逐渐降低了，异军突起的是抒写性灵、不拘形式的画风。而董其昌标举文人画、区分南北宗，更是表明中国绘画在追求抒情方面已经达到了高度的艺术自觉。与此同时，工笔画也被不少人认为有匠气而逐渐被边缘化。③ 就此传统而言，我们并不追求视觉真实，我们需要以

---

① 徐震堮：《世说新语校笺》，下册，北京：中华书局，1984年版，第388页。
② 刘邵：《人物志》，杨新平等注译，郑州：中州古籍出版社，2007年版，第32—33页。
③ 清人松年在这个方面表达了对西方绘画毫不掩饰的鄙视："西洋画工细求酷肖，赋色真与天生无异，细细观之，纯以皴染烘托而成，所以分出阴阳，立见凹凸，不知底蕴，则惊其工妙，其实板板无奇，但能明乎阴阳起伏，则洋画无余蕴矣。中国作画，专讲笔墨勾勒，全体以气运成，形态既肖，神自满足。"松年：《颐园论画》，载周积寅编著：《中国历代画论：掇英·类编·注释·研究》，下编，南京：江苏美术出版社，2007年版，第886页。康有为则从相反的立场表达了对中国近世以来绘画衰落的惋惜："惟中国近世以禅入画，自王维作《雪里芭蕉》始，后人误尊之。苏、米拨弃形似，倡为士气。元、明大攻界画为匠笔而摈斥之。夫士大夫作画安能专精体物，势必自写逸气以鸣高，故只写山川，（转下页）

形写神，甚至得意忘形。与刘海粟同时代的陈师曾写到："文人画首重精神，不贵形式。故形式有所欠缺，而精神优美者，仍不失为文人画。文人画中固亦有丑怪荒率者，所谓宁朴毋华，宁拙毋巧，宁丑怪毋妖好，宁荒率毋工整，纯任天真，不假修饰，正足以发挥个性，振起独立之精神，力矫软美取姿，涂脂抹粉之态，以保其可远观不可近玩之品格……盖常论之东坡诗云，论画以形似，见与儿童邻，乃玄妙之谈耳。若夫初学舍形似而骛高远，空言上达而不下学，则何山川鸟兽草木之别哉。仅拘拘于形似，而形似之外别无可取，则照相之类也。"①在这样的艺术观的引导下，能够出现的人物像显然与西方的传统人物像正好背道而驰。即便是今天，我们常见的许多图画往往毫无美感可言。例如寿星的长相似乎是畸形的，而招贴画上的小女孩完全就是一个卡通似的小肉球。②但无论如何，对沉浸于

（接上页）或间写花竹。率皆简率荒略，而以气韵自矜。此为别派则可，若专精体物，非匠人毕生专诣为之，必不能精。中国既摈画匠，此中国近世画所以衰败也。"康有为：《万木草堂藏画目》，载郎绍君等编：《二十世纪中国美术文选》，上卷，上海：上海书画出版社，1999年版，第21—22页。

① 陈师曾：《文人画之价值》，载素颐编：《民国美术思潮论集》，上海：上海书画出版社，2014年版，第38页。

② 毫无疑问，风俗画有其独特的审美情趣，但是我这里强调的是民间流行的人物像颇多不符合正常的比例关系，不在意解剖学原理。徐悲鸿如是说："吴道子迷信，其想象所作之印度人，均太矮。身段尤无法度。于是画圣休矣。陈老莲以人物著者也，其作美人也，均广额。或者彼视之美耳，吾人则不能苟同。其作老人则侏儒，非中国之侏儒也，乃日本之侏儒。其人所服则不论春夏秋冬，皆衣以生丝制成之衣。双目小而紧锁，面孔一边一样，鼻傍只加一笔。……夫写人不准以法度，指少一节。臂腿како直筒，身不能转使，头不能仰面侧视，手不能向画面而伸。无论童子，一笑就老。无论少艾，攒眉即丑。半面可见眼角尖，跳舞强藏美人足。此尚不改正，不求进，尚成何学！既改正又求进，复何必云皈依何家何派耶。"载素颐编：《民国美术思潮论集》，上海：上海书画出版社，2014年版，第33页。

传统中国画审美经验的人来说,穷形尽相地描画一幅裸体画,在他们看来恶俗无比。事实上,对于摆脱了透视学视角的中国山水画,我们拥有表意的无限自由,我们画的不是眼睛所看到的图像,而是心灵所把握到的图像。西方的画家,怎么可能想象比如黄公望《富春山居图》这样美妙的景象呢?显然,中国画与西洋画的美学理想是相互冲突的。有理由相信,杨白民也很有可能基于对西洋画法的排斥立场,而对刘海粟进行了猛烈的抨击。

三

那么刘海粟及其支持者们是如何强行让中国社会接受这个违背礼教的舶来品的呢?他们进行了在我看来主要是两个方面的论证:其一,这是因为裸体美代表着宇宙最理想的美。画家陈抱一说:"肉体上的明暗调子,至极微妙,含有别种物体所没有的美感。尤其是女性的肉体,则表现上更难。美术家的深刻观察,更易感得平常人所看不出的美点。普通说人体美是曲线美,这不过是一面的说法。若说人体只是曲线美,那么是图案之中,可以有许多曲线的美点。但是肉体美的线不是图案那样的线,肉体的美在曲线以上还有的。肉体上有复杂的面(Plein),除色调及微妙的明暗美感之外,还有活跃着的人性的美、灵与肉相调和的神秘的美。在表现上美的程度,又因艺术家的观察如何而定。鉴赏者若没有审美的眼光,就不容易吟味这种美感。"[①]其二,这是西方国家的通则。刘海粟说:"夫人

---

① 陈抱一:《女性肉体美的观察》,载《申报·艺术界》,1925年10月7日。

体模特儿之为物，艺术家在习作时期为必须之辅助，盖欲审察人体之构造，生动之历程，精神之体相，胥于此借鉴。以故各国美术学校以及美术研究院中，靡不设置人体模特儿，以为艺术教育上不可或缺者也。凡稍读艺术书报者，闻模特儿其名，必联想及与科学上之化验器具，同一作用，事极泛常，诚无惊奇之足言。"[1] 人体本来是禁忌的、私密的空间，它之成为审美直观的对象，这在中国的艺术史中是一个新的发明。在欲望与形式之间的张力中获得的感性愉悦，也就是在欲望中超越欲望的那种共通感，在中国传统的文化词典中，裸体找不到可以真正对译的概念。因而，当它漂洋过海来到中国，并试图本土化的时候，它要么遇到陈旧观念的解读，即伦理意义的曲解；要么就因为它属于被我们认为更高级、更现代的西洋文化而勉强接纳。刘海粟们借助于后者，而获得了这场美学革命的胜利。根据刘海粟的描述，这场战争的取胜是艰难的。从1917年到1926年整整十年，新旧两派发生了多次激烈冲突。最后在一场不严肃的审判中，刘海粟表面上输掉了官司，因为他以"侮辱人格、有伤风化"为由被责令象征性罚款五十大洋，实际上换取了学校可以继续使用模特儿的权利。但是根据安雅兰的考证分析，刘海粟在与上海政客姜怀素、危道丰以及军阀孙传芳的斗争中，其实完全落败，刘海粟也发表声明表示顺服，撤除模特儿写生课。但其实账目显示，上海美专一直在实际上使用裸体模特儿，部分证明了刘海粟的说法。在我看来，安雅兰可能

---

[1] 刘海粟：《裸体模特儿》，载素颐编：《民国美术思潮论集》，上海：上海书画出版社，2014年版，第118页。

过低估计了刘海粟的成功，而刘海粟则有可能过高夸大了自己斗争的严酷性。有研究者指出：事态平息后，裸体画在当时的大众媒体中出现了急剧增长的势头："《北洋画报》从1926年创刊到1937年停刊，一共出版1578期；同时，在1927年7月到9月间，发行副刊共20期。据笔者统计，在这近1600期当中，该画报共登载女性人体作品500余件，基本达到平均每三期便有一件女性人体出现的频率。"①

实际上，刘海粟遭遇到的危机可能并没有他形容得那么严峻。② 差不多跟他同时代的人认为，其实人体画遇到的巨大阻力在1921年后就消失了。③ 刘海粟之所以能够在惊涛骇浪中全身而退，是因为他建立了一个极为强大的社会后援团，这个首先以校董会形式呈现出来的后援团里，起着决定性作用的人物是蔡元培。正是蔡元培，利用自己的广泛的人脉，推荐了当时中国拥有最多政治资本、经济资本和文化资本的一些社会精英进入了校董会。这个校董会并不是形同虚设的荣誉组织，而是

---

① 曾越：《近代中国女性人体艺术的解放与沦陷——再论民国"人体模特儿"事件》，载《妇女研究论丛》，2013年，第6期，第71页。
② 1926年，当刘海粟跟诉敌打官司打得难解难分之际，上海美专举行了毕业典礼，当时许多衣冠人物前来为之站台："许多官方和社会名流到会祝贺。江苏省长派沪海道尹傅为忱为代表到校，法租办许交涉员也派代表前来，校董袁观澜、张君勤、章伯寅及刚从国外回来的张道藩、邵洵美均与会捧场并颁发毕业证书给学生。"刘海粟显然稳如泰山，毫无危险。见安雅兰：《裸体画论争及现代中国美术史的建构》，载上海书画出版社编：《海派绘画研究文集》，上海：上海书画出版社，2001年版，第141页。
③ 陈抱一说："在民九、十年以前的洋画展览会中，裸体人物画之陈列还不轻易实行；往往受到无常识无理解的干涉。但十年以后，对于裸体画之陈列，已渐次不致有人过分神经过敏了。"见陈抱一《洋画运动过程略记》，载素颐编：《民国美术思潮论集》，上海：上海书画出版社，2014年版，第514页。

实实在在地为上海美专谋取各方面的利益,并协调各方面的社会关系,从而形成了刘海粟的保护伞。这里面有接任蔡元培教育部总长的范源濂,以及从国务总理高位退下的熊希龄,有梁启超、黄炎培、康有为、沈恩孚、赵掬椒、王一亭、张君劢与张东荪等社会名流,而且其人员还根据实际情形不断进行调整。此外,刘海粟也非常关注自己朋友圈的壮大,他对当时拥有海派领袖地位的画家吴昌硕极为尊崇,经常请益,而上海美专的中国画的系主任不少都是吴门弟子。当然,我认为无论是蔡元培还是吴昌硕,对他的支持既有私谊,也有公义。因为他所倡导的西方绘画,代表着更光明、更理想、更进步、更文明的潮流,这与他们的求新的信念完全一致,实际上,投资刘海粟,就是投资文化上的潜力股。最后,这样的成功是与新文化运动大获全胜以及北伐战争的胜利这样的历史语境联系在一起的。

四

但是耐人寻味的是,刘海粟及其盟友们的合法化论证采取的主要策略是诉诸西方的先进性。具体地说,其论证的逻辑大体上是这样:裸体画是最有难度的题材,同时也是西洋画的基础,[1] 因此意

---

[1] 丁悚说:"盖人体彩色变幻之多。无以复加。人体凹凸轮廓之奇妙。亦难以言喻。予当谓造物主宰之造人。诚不可思议。所以人体画法。能指挥如意。再作他种画。则无不得心应手。此人体写生所以为西画的基本也。"丁悚:《说人体写生》,载马海平主编:《上海美专艺术文集》,南京:南京大学出版社,2012年版,第17页。

味着先进的艺术技法，因此也就意味着进步本身，① 认为裸体画有伤风化，实际上说明了我们还不够开化。而艺术其实意味着文化，甚至意味着物质文明。如果听任我们民族艺术的沉沦，也就意味着神州本身的陆沉。这样，捍卫裸体艺术，就是对启蒙现代性的捍卫，而这是涉及民族存亡的国家大计。刘海粟如是说："美术者，文化之枢机。文化进步之梯阶，即合乎美术进步之梯阶也。……美术之功用，小之关系于寻常日用，大之关系于国家民性。……今旷觇世界各国，对于美育莫不精研深考，月异日新，其思想之填密，学理之深邃，艺事之精进，积而久之，蔚为物质之文明，潜势所被，骎骎乎夺世界文化而有之。返观吾国，则拘泥如故，弇陋如故，若不亟求改进，恐数千年之文化，数百兆之华胄，将此世界美术潮流而沦胥以亡。……人生斯世，皆有振兴国族之责任。好美之心，尤所同具。吾人深有此感，宜乘此未亡之际，师欧美诸国之良规，挽吾国美术之厄运，截长补短，亟起直追。"②

自鸦片战争失败以来，"师夷长技"已经是中国知识界的集体性共识。但是"西方"作为一个巨大的能指，却指向着各种想象。这里面尤为重要的，是作为现代性的开启者与传播者

---

① 吴方正在进行若干相关史料的考证后，正确地指出了裸体画提倡者们对两种价值的混用："美人画的价值标准一方面是'似真'，达成似真效果的艰难技术是'西法'，在此我们已经可以看到两种价值的等同；另一个价值标准是'新'，所以美人画如非裸体也以时装美人是新，'新'即是进步，来自何处？自然是西方。"见吴方正：《裸的理由——20世纪初期中国人体写生问题的讨论》，载蒲慕州主编：《文化子生活》，北京：中国大百科全书出版社，2005年版，第503—503页。
② 刘海粟：《江苏省教育会组织美术研究会缘起》，载朱金楼等编：《刘海粟艺术文选》，上海：上海人民美术出版社，1987年版，第17页。

的西方，与作为从古希腊罗马演化至今的具有一定历史连续性的西方，其实代表着两种迥然不同的文化路标。在裸体模特儿引发的争议中，刘海粟们把叙事的焦点引向的是启蒙现代性的西方，但实际上，作为身体表征的裸体出现并首先繁荣于古希腊。因此，从中西差异而非古今差异来观察裸体模特儿事件，会给我们带来更多的思考空间。

在朱利安看来，在中国的传统中，裸体不仅缺席，而且，"这个传统到处诉说着裸体的不可能存在"。① 但是，这并不是因为裸露总是意味着下流猥亵，不是因为中国的禁欲道德观，不是因为身体的社会性（大体）压倒了身体的自然性（小体）。实际上，"裸露在西方也受社会排斥"。② 关键的是，中国缺乏裸体之所以存在的文化上的可能性条件。朱利安进一步指出："裸体的可能性首先和我们对'形式'的概念相关，而这是由希腊以来一直如此：形式的作用是作为模型、其背景往往被数学化、几何化，而且，因为它固定了本质的理念，所以具有理想的价值：形式确立了裸体的地位……换句话说，身体之美有一个'原型'，这原型构成了它真正的形式，这就是艺术家努力寻求达到的。"③ 这种形式概念，在美术教学实践中，突出地体现为重视解剖学。文艺复兴时期以来，艺术学院的教学主要内容为：古代、人体写生与解剖学。朱利安的观察将裸体的可能性置于中西两种文化的认识型（épistémè）背景下认识，这

---

① 弗朗索瓦·于连：《本质或裸体》，林志明等译，天津：百花文艺出版社，2007年版，第9页。
② 前揭书，第37页。
③ 前揭书，第39—40页。

样的视角可能是对的。① 中国画本质上是重视灵性、强调抒情的，我们的绘画与其说在乎空间的视觉特征以及对摹仿之物的忠实再现，倒不如说在乎心灵的自由翱翔，以及对客观物象的超越。② 我们的绘画受到书法、哲学与文学的强烈影响。与西方重视眼睛所看到的物象的客观性不一样，我们的绘画归根到底还是与某种价值观相关，与某种情怀、胸襟、境界相关。然而，裸体，如果既不属于自然，也不属于某种道德观念所映射下的客体，也就是不属于价值领域，那么只能属于真理的领域，这确实在明确判分了事实与价值两者的西方世界才有其可能。显然，我们完全可以理解，裸体固然可以成为美的原型或理想的价值，但是，它其实还可以视为认识的对象，而它的知识的维度，体现在包括数学比例、光影、透视法、色彩等原则中，尤其是通过解剖学的基础得以具有可见性的。与之相关的文学中的身体描写，尤其是性描写，其实呈现的是同样的逻辑。身体要么作为自然的一部分，它只能适宜于在私密空间中借助于相应的行动使其可能性得以实现，也就是说，它不应该是表征的对象，尤其是在公共领域中合法书写的对象；要么作为社会化的身体，它受到社会秩序首先是道德律的制约。除此

---

① 关于中国与西方的认识型，我曾经做过一些描述，见拙著《认识与智识：跨语境视阈下的艺术终结》，载《乌合的思想》，上海：上海文艺出版社，2012年版，第145—146页。
② 范景中写道："一位伊斯兰人看看西方绘画，再看看中国画，会发出这样议论：在一幅西方绘画，我们的结果是走出画面或画框之外；在一幅坚守阿拉伯大师风范的绘画，我们终究会抵达安拉俯瞰我们的位置，而在一幅中国绘画，我们将被困住，永远也走不出去，因为它可以无边无际，漫延拓长。"范景中：《文人画的特色——一个比较的观点》，载《新美术》，2007年，第6期，第10页。

之外，它的出场是不可理喻的，是邪恶的，是荒诞的，甚至是危险的。裸体，因为它不指向任何具体目的，不执行任何社会功能，它的存在对中国人来说是突兀的、不自然的、不健康的，并不适合于中国国情。

在刘海粟"模特儿事件"的那个时代，我们会发现，在文学领域发生了一件具有类似性的事件，也就是郁达夫出版《沉沦》所引发的文学事件。虽然这个事件强度不如模特儿事件，因为绘画具有更强的直观性和感官刺激，事件本身也相对简单一些，但是将这两者结合一起比较分析，也许更有助于我们观察中国在审美现代性转型时所展现的更具体而微的景观。

小说集《沉沦》出版后，一时洛阳纸贵，并且迅速引起了一些反响，在媒体上甚至街谈巷议中，出现了不少尖锐的批评。一个主要原因是书中出现了比较直白的关于身体的描写，尤其是偷窥洗澡、野合这样的细节。对于性化的身体欲望的描写，其实与裸体具有结构性同构关系。对郁达夫来说，他不过是在表现一个"久居异国的青年精神上和生理上的忧郁和苦闷"，[1] 也就是说，他着力于塑造具有普遍性的饱受青春期性压抑之苦的少年的心理真实，这样的真实类似于裸体之美，不应该引向身体欲望，而应该引向一种精神性的审美认识。但是，在中国的传统文学中，身体书写要么就不存在，所描写的"闺房之乐"充其量不过是描眉画眼、谈情说爱之类与身体行为无关的事项，要么存在的就是《肉蒲团》这样的艳情小说。郁达

---

[1] 冯至：《相濡与相忘——忆郁达夫在北京》，载陈子善编：《逃避沉沦：名人笔下的郁达夫　郁达夫笔下的名人》，上海：东方出版中心，1998年版，第25页。

夫这样的身体书写，在传统上认为严肃的文学叙事格局中，是不应该存在的。因而，批评者可以认为，这样的描写过于粗俗，在艺术处理上是失败的。他们声称，郁达夫没有解决好灵与肉冲突的叙事技巧，实际上，整篇小说，只见其肉，而不见其灵。郁达夫无法忍受舆论压力，求救于周作人，周作人出色地完成了救援任务。他借引用一位美国学者Mordel《文学上的色情》的观点，对文学中的不道德现象进行了分类，并指出郁达夫的文章不该归类为不道德的文学："《沉沦》显然属于第二种的非意识的不端方的文学，虽然有猥亵的分子而并无不道德的性质……这集内所描写是青年的现代的苦闷，似乎更为确实。生的意志与现实之冲突是这一切苦闷的基本；人不满足于现实，而复不肯遁于空虚，仍就在这坚冷的现实之中，寻求其不可得的快乐与幸福。现代人的悲哀与传奇时代的不同者即在于此……所谓灵肉的冲突原只是说情欲与迫压的对抗，并不含有批判的意思，以为灵优而肉劣；老实说来超凡入圣的思想倒反于我们凡夫觉得稍远了，难得十分理解，譬如中古诗里的'柏拉图的爱'，我们如不将他解作性的崇拜，便不免要疑是自欺的饰词。我们赏鉴这部小说的艺术地写出这个冲突，并不要他指点出那一面的胜利与其寓意。他的价值在于非意识的展览自己，艺术地写出升化的色情，这也就是真挚与普遍的所在。"[1] 周作人采取的论证线路主要是两方面：其一是引证西方人关于文学与道德的看法为郁达夫进行合法性辩护，其二就是

---

[1] 周作人：《沉沦》，载李杭春等主编：《中外郁达夫研究文选》，杭州：浙江大学出版社，2006年版，第2—3页。

指出郁达夫的价值在于客观地再现具有真实性与普遍性的灵肉冲突的这一现实。周作人这两方面既考虑到了启蒙现代性的西方，也考虑到了强调认识的西方。毫无悬念，周作人一锤定音，他的盟友们如成仿吾、郑伯奇们纷纷登台助阵，最终锁定胜局。《沉沦》变成了所谓受戒者的文学（Literature for the initiated），它不是启蒙读物，而是具有纯粹的审美眼光才能读解的经典作品。

在一定意义上，裸体之美与肉欲之真具有相同的意义，也就是它们都拒绝使自身成为意识形态的工具或释放生命冲动的手段，它们都通过身体欲望的表征来追求某种纯形式的认识，这在中国的本土文化中找不到其存在的位置。因此，模特儿事件与《沉沦》文学事件所凸显出的是一种历史连续性的断裂，刘海粟与郁达夫及其盟友们企图将一种来自异域的文化理念强行植入中国的文化生产场，启用新的符号筹码，从而置换其固有的游戏规则。民国初这种美学革命取得的成功，是与中国知识界共同体的推崇西学的集体性共识，以及当时整个社会亲西方的历史条件相关的。如果我们可以将这种对西方文化观念的热情拥抱，视为某种文化帝国主义的自我殖民心态，那么需要指出的是，这样的情感态度必然是不稳定的。因为我们主动地学习西方，并不是打算横向移植西方的全部，而只打算学习对我们有用的那一部分，也就是看起来是使得西方的强大之所以成为可能的启蒙现代性。我们并没有意识到，启蒙现代性的一个基本条件和根本保证是它的认识型即求真意志。启蒙现代性是流，而求真意志是源。我们对西方的学习是策略性、权宜性与工具性的。为认识而认识的激情从未成为我们这个民族具有决定性的精神选项，即便我们推崇科学，其最终目的也并非追求真理，而是谋求民族富强。这样，我们对启蒙现代性的接受很大程度上依赖于不断变化的具体的政治条件与社会语境。一旦西方国家的形象由代表着更先进文明的人类榜样变成了帝国主义强盗，那么必然会出现对西方文化的某种抵制。

五

1949年到1970年代这段时间里，裸体艺术在中国大陆几乎是个禁区。人体模特儿的写生被严格控制在美术院校的基本功训练范围内，创作和展览是不能出现的。当然此事也有一些反复。美术学院相关教师为此上书最高领导人毛泽东，希望对此状况有所扭转，以便能维持正常的绘画教学秩序。毛泽东曾经专门做过两次批示，一次指出："画男女老少裸体Model是绘画和雕塑必须的基本功，不要不行。封建思想，加以禁止，是不妥的。即使有些坏事出现，也不要紧。为了艺术学科，不惜小有牺牲。"又有一次说："画画是科学，就画人体这问题说，应走徐悲鸿素描的道路，而不走齐白石的道路。"但实际情况是，他的批示并未得到执行。有论者指出："'文化大革命'爆发后，连维纳斯的雕像也在横扫之列，又何论裸体艺术。甚至连国家副主席宋庆龄卧室内挂的外国友人赠送的人体画像，也被迫取了下来。当时在社会上大批《天鹅湖》等古典芭蕾舞，罪名叫做'大腿满台跑，工农兵受不了'，这就是说，规格比禁止模特儿又升级了。'文革'十年间，中国的裸体艺术几乎是一片空白,美术院校不准画裸体,就连着衣者也不例外。"① 改革开放之初,美术院校逐渐恢复模特儿写生的基础训练,但以模特儿作为教学工具也并非一帆风顺,有的模特儿甚至因为舆论压力而导致精神失常。② 当毛泽东说"画画是科学"的时候,他其实指出的是人体画基于解剖学这一事实。但是,即便他的话被视为"最高指示",在当时也并未充分发挥作用。类似的,在"文革"期间,最流行的手抄本小说叫《少女之心》,这部性描写尺度随着成百上千版本的不同而相差极大的地下小说,满足了被压抑的色情想象。身体书写在主流文学中全面止歇了。

改革开放以来,艺术院校的人体写生得到了全面的恢复。随着市场经济的强劲发展,对外开放的逐步深化,各种类型和风格的身体书写已经产生了许多故事。几十年的时间,至少在表面上,几乎已经上演了西方几千年的身体书写的各种可能性。"文革"后的身体书写,既意味着解放、他者与反抗,也意味着欲望的叫喊,在更大的方面,它贯彻着资本的逻辑,成为了消费的对象。作为具有普遍性感性认识的对象,身体表征在中国的文化书写中还会有什么可能性?西方侧重于认识的认识型会逐渐融化到我们民族的精神血脉中去么?在我看来,中国的新文化还在形成之中,这是一个可以留待未来人回答的问题。

----

① 上述材料及引用,见吴继金:《毛泽东关于裸体模特儿问题批示的经过》,载《文史精华》,2003年,第3期,第55—56页。
② 陈醉:《人体模特儿史话》,桂林:广西师范大学出版社,2004年版,第145—147页。

附识：本文在写作过程中，在获取资料信息方面，一如既往地获得了老友刘彦顺教授的大力支持。此外，万书元教授、贡华南教授、盛璎教授、徐亮教授、王贺博士、潘黎勇副教授及其硕士对此文亦有贡献。特此致谢！

2019 年

另类的思想实验：重读《伤逝》

《伤逝》可能是鲁迅最晦涩难懂的小说之一。鲁迅的小说大抵冷峻克制，惜墨如金，《伤逝》却深情凄婉，缠绵悱恻。但是它的激情表达又似乎不是借助于罗曼司里常见的那种恋人絮语，相反，它充斥着遗弃爱人的自怨自艾，以及沉浮于求生欲与"新生"理想之间的孤蓬自振。大多数著名的爱情小说主要表现的桥段，是爱情如何因为各种外部阻挠而无法得到实现，但《伤逝》一开头是从爱情得到实现即涓生和子君愉快地同居之后写起的；而这里吊诡的是，爱情的成功其实就差不多意味着它的失败。从这个方面来说，它也绝不像一篇典型的爱情小说，或者竟可以说，这里面的爱情可以当作一种隐喻。最可怪的是，作为以自己为预设读者的手记，涓生无需进行任何掩饰，可以毫无隐瞒地袒露真情，这本来可以赢得读者对他毫无保留的信任，并引起同情；[1] 但小说不断重现的复调性张力在于，他混杂着悔恨与自辩所组织起来的不可靠叙事，以及与我们通常持守的道德信条多少有点相悖的自述，又很难赢得心肠不够柔软的读者的共情。当然，正因为诸如此类的悖论与矛盾，反而更强有力地刺激着无数

---

[1] 在《伤逝》中，其叙事所赖以组织的意义引导方式非常独特，它不像卢梭《忏悔录》那样，在其优美的文笔和隐含的自辩中，鼓励我们读者与犯下诸多错误的传主即涓生达成和解；也不像加缪《局外人》那样，在不加解释仿佛绝对客观的事实直陈中，鼓励我们相信并同情默尔索。涓生在其手记中所显示的形象，对普通读者而言可谓乏善可陈，令人不快，这与隐含作者保持的貌似客观中立不持立场的态度，产生了微妙的张力关系。

读者们利用这个文本来施展自己的阐释才华，以至于此类文章车载斗量，不可胜数，即便是对其研究进行综述的文章，也非止一篇。①

本文试图从先贤时彦的相关论述基础上再出发，谋求提供一个新的观察视角。我的思考还是从周作人那段著名评论开始说起。周作人认为，《伤逝》的难解之处在于，与鲁迅其他小说他可以打捞许多事实材料相比，其近水楼台的考证功夫几乎成了屠龙之技："《伤逝》这篇小说大概全是写的空想，因为事实与人物，我一点都找不出什么模型或依据。"② 不过，周作人还是提供了一个解释，那就是考虑到小说《弟兄》写作的时间与《伤逝》仅仅间隔十一天，而《弟兄》的情节来自于他出疹子的故实，所以，"如果把这和《弟兄》合起来看时，后者有十分之九以上是'真实'，而《伤逝》乃是全个是'诗'……《伤逝》不是普通恋爱小说，乃是假借了男女的死亡来哀悼兄弟恩情的断绝的。"③ 周作人的解释，似乎十分有效地分析了

---

① 根据知网的查阅，就论文而言，就有以下诸篇：何云贵：《近年来〈伤逝〉研究综述》，载《鲁迅研究月刊》，1997年，第9期；祝欣、李迎春：《抵达意义的探寻——近十年〈伤逝〉研究综述》，载《河南社会科学》，2005年，第6期；翟永明：《〈伤逝〉研究综述》，载《柳州师专学报》，2007年，第1期；谢玉娥：《性别视角下的〈伤逝〉研究综述》，载《玉溪师范学院学报》，2010年，第10期；陈秀端：《台湾关于〈伤逝〉的性别研究》，载《职大学报》，2011年，第3期；朱郁文：《〈伤逝〉研究90年综述》，载《石家庄学院学报》，2017年，第5期。还有若干硕士论文对《伤逝》的研究，有学术史的综述，兹不赘述。本文对《伤逝》文本特性的一些描述如不可靠叙事及反讽结构，并非自己的发明，而是采用了学界的定论，对相关学者的贡献，亦不一一致谢。特此说明。
② 周作人：《不辩解说》（下），载钟叔河编：《周作人文类编》，第10册，长沙：湖南文艺出版社，1998年版，第235页。
③ 周作人：《不辩解说》（下），载钟叔河编：《周作人文类编》，第10册，长沙：湖南文艺出版社，1998年版，第236页。

《伤逝》的情感深度的发生乃是由于兄弟失和。①但是，周作人用诗的范畴来把握《伤逝》，只是强调了它强烈的抒情风格，而对《伤逝》的故事内容却只能付之阙如。话说回来，周作人指出《伤逝》并未取材于其日常生活，而是纯属向壁虚构之物，这一点倒是把我们引向了思想实验的解释路径。②

一

尽管对思想实验的讨论，在科学界乃至哲学界已经持续很久，③而且，文学在某种程度上可以被视为思想实验也早有人

---

① 有一种说法是，鲁迅创作《伤逝》的前一天可以说是鲁迅与许广平定情之日，因为那天他们初吻。如果是这样，显然，热恋中的柔情蜜意肯定不会为鲁迅这篇小说的悲情愁绪提供动力。见刘绪源：《一段公案》，载葛涛编：《鲁迅的五大未解之谜——世纪之初的鲁迅论争》，北京：东方出版社，2003年版，第63页。当然这一说法很难得到实证材料的佐证。不过，我们还可以发现这样一条线索：许广平对鲁迅大胆表白的《同行者》发表于鲁迅主编的《国民新报》副刊上，刊发时间为1925年10月12日，其实还被鲁迅压了一阵子。得到刊布，可以说明她的示爱已经得到了鲁迅的认可。这些可以侧面证明，鲁迅《伤逝》之意并非爱情。
② 刘春勇教授在跟我私下讨论时指出，不羁的想象力并非鲁迅才性的一个突出优点，他的小说要么取材于自己的耳濡目染，要么就是资取于外国小说，并有所腾挪变易。无独有偶，鲁迅早年用文言翻译的小说中，就有安特来夫的《谩》（按，"谩"即指蒙骗、撒谎，为"诚"之对立面），这篇小说的架构是男女情事，但是其男欢女爱的细节一概付诸阙如，它很明显就是一部以讨论真实（"诚"）的具有浓厚思想实验色彩的小说。鲁迅的《伤逝》跟《谩》的互文性关联是一目了然的。可见周氏兄弟旧译，巴金、汝龙新译：《域外小说集》，长沙：岳麓书店，1986年版，第237—257页。按，这一线索的钩沉，得到了孙尧天副教授的帮助。
③ 思想实验的较为系统的梳理，可见如下网址：https：//plato. stanford. edu/entries/thought-experiment/。

提及,①但是,在文学研究领域引入思想实验的概念,还是最近几年的事。但尽管为时不长,关于文学作品算不算货真价实的思想实验,或者,在何种意义上算思想实验,以及,何种文学作品比另一些文学作品更像是思想实验,这些问题已经产生了数量不容小觑的英语文献,其中,围绕埃尔金相关论述所组织的一本论文集,尤其引人注目。②

对文学与思想实验之间的关系该如何认识,这样引人入胜的理论问题当然会催生思考的激情,它值得更多更专门的论文进行深入讨论。但这里为了更快进入议题,我们可以在埃尔金的论述基础上展开讨论。我先举出《伤逝》中符合埃尔金作为思想实验的文学作品的一些方面。首先,埃尔金认为:实验是对事件有控制的操纵,其设计和执行是为了使某些特定的现象变得突出。换句话说,实验过程会注意剔除与实验目的关系不大的琐碎细节。鲁迅如果并未从切身的日常实践中汲取写作资源,那么可以理解的是,《伤逝》作为一个虚构文本,其叙事其实高度凝练。它展现的是涓生和子君从喜结连理到音尘永绝

---

① 马赫指出:"那些策划者、空中楼阁的建造者、小说家、社会和技术乌托邦的作者都在进行思想实验;同样,精明的商人、认真的发明家和探究者也是如此。所有这些人都在想象条件,并将他们的期望和猜测与之联系起来,形成某些结果:他们获得了思想体验。……事实上,正是我们思想中对事实的相对非武断的表达使得思想实验成为可能。因为我们在记忆中可以找到在直接观察事实时未曾注意到的细节。就像在记忆中,我们可以发现一个特征,突然揭示了一个过去误读的人的性格一样,记忆提供了物理事实的新特点,迄今为止未被注意到的特征,并帮助我们进行新的发现。" Mach, E., *Knowledge and Error: Sketches on the Psychology of Enquiry*, D. Dordrecht-Holland: Reidel Publishing Company, 1976, p.136.
② F. Bornmüller et al. (eds.), *Literature as Thought Experiment?* Paderborn: Brill Deutschland GmbH, 2019.

的悲欢离合简史，与这个苦涩的罗曼司无关的外部世界虽然没有消失，但充其量只能作为充满敌意的寒气逼人的背景而存在。就并不复杂的情节而言，这个短篇小说描述的是像剪纸那样简洁清晰、像童话那样模型化的一段人生历程。

其次，埃尔金运用了她老师古德曼的例示（exemplification）理论来解释文学的思想实验性质。[1] 所谓例示，并不是"指谓"（denotation），也并不旨在装饰或者启发，它实际上实现的是一种述谓（predication）功能，它是语言表达诸如一种性质、一类事物、一种关系或行动类型具有普遍化特征的功能。这样的例示，有类于奥赛罗之指向嫉妒，阿Q之指向精神胜利法。如上文所指出的那样，我认为这个爱情故事其实作为一个隐喻，可以理解为某类抽象观念运思过程的具体化。

再次，虚构文本可以解读为"如果这样，就会那样"的反事实情境，这也正是思想实验的典型特点。埃尔金认为："思想实验是一种富有想象力的练习，旨在调查在满足某些条件的情况下会发生什么。实施它需要暂停相信，因为想象的条件实际上并没有实现，而且可能与我们知道实际上获得的条件不一致。它要求我们暂停怀疑，因为它要求我们娱玩（entertain）我们明知并不存在、也常常无法实现的情景。它取决于背景假设，即在娱玩那些想象场景时，哪些承诺要保留，哪些要放松，哪些要放弃。"[2] 1923 年，鲁迅在北京女子高等师范学校做

---

[1] Goodman, N., *Language of Art: An Approach to a Theory of Symbols*, Indianapolis: Hackett Publishing Company, Inc., 1976, pp.52 - 57.
[2] Catherine Z. Elgin: *Fiction as Thought Experiment*. In: Perspectives in Science 22, (2014), p.231.

了著名讲演《娜拉走后怎样》,分析易卜生戏剧《玩偶之家》的女主人公摆脱反抗夫权出走之后的两种可能出路,即堕落或者回归。两年之后,《伤逝》可以视为对此抽象假设的某种具体化。子君挣脱礼教家庭,勇敢地走向拥抱新思想的进步青年涓生。但小说并不是说他们从此欢天喜地过上幸福日子,相反,鲁迅把这种别的小说家当作结尾的事作为前件,而叙说的重点是这场"小型的共产主义"事件(巴迪欧语)如何不幸以失败告终。这种由团圆喜剧转换成阴冷悲剧的故事,显然呼唤着我们作出解释。

最后,埃尔金认为,小说为我们读者提供了理解作品的某种或多重视角,采用某种视角去解读作品,其实就是用这一视角做思想实验:"我相信小说在帮助我们做好准备方面发挥了重要作用。在阅读小说作品时,我们选择一种观点,并对其进行体验。实际上,我们从这个角度进行实验,看看事物从那个角度看会是什么样子。许多作品通过主人公的眼睛来描绘世界,传达她的经历、感受和思想。它们揭示了她观点的局限性。有些作品做得更多。一部作品可以提供对同一系列事件的多个视角,揭示每个视角的资源和局限性。实际上,每种视角都通过不同的滤网来过滤事件。"① 作为一个复调文本,《伤逝》可以严丝合缝地接受诸多完全不同的阅读视角,例如传统的视角,天真的视角,阐释的视角,以及叙事者明显的不可靠叙事引起的批判视角,当然还可以包括其他种种综合的或辩证的视角。② 所谓传

---

① Catherine Z. Elgin: *Fiction as Thought Experiment*, p. 235.
② 我这样的分类,只是为了论述的方便,遵循的是主观的感觉而非严格的逻辑层次。

统的视角，就是从认同父权制礼教社会的道德秩序出发来理解《伤逝》的内涵。根据这样的视角，涓生与子君的恋爱故事，其实不过是一个不负责任的薄情男子对一个单纯轻信的姑娘始乱终弃的一段婚恋事故，只是作为现代版的《莺莺传》，涓生与张生相比，多了一点深切沉重但并不完全值得信任的忏悔。这样的视角，未必在许多学术论文中可以看到，但是在任何中文搜索网站中，键入"伤逝"和"渣男"两个关键词，就会有成批的声讨文章跳入眼帘。所谓天真的视角，与上述受众只关注涓生手记所显示的事实层面，并以既定的道德信条加以严厉谴责不同，是指对涓生的叙事所隐含的各种相互冲突的观念全盘接受的视角，这种视角意识不到文本内在的裂缝，其实这也是我上个世纪八十年代初读大学时所持立场。比如涓生说："这是真的，爱情必须时时更新，生长，创造。"[①] 我也觉得这是真的，虽然当时根本没想到这个道理知易行难：不过三星期，涓生已经读遍了子君的身体和灵魂，但是除了频繁换人，任何子君们的身体和灵魂的更新升级速度，如何能赶得上涓生的阅读速度呢？再比如说，"人必活着，爱才有所附丽"，[②] 我当时丝毫没有意识到，这句话，只有在这样的情况下，才不是正确的废话：即爱情其实从根本意义上并没有超越"活着"的意义。换句话说，这其实暴露了这部小说反爱情的本质——自古以来伟大的爱情故事诉说的都是为了爱情而九死而不悔的悲

[①] 鲁迅：《伤逝》，载鲁迅：《鲁迅全集》，第二卷，北京：人民文学出版社，2005年版，第118页。
[②] 鲁迅：《伤逝》，载鲁迅：《鲁迅全集》，第二卷，北京：人民文学出版社，2005年版，第124页。

情。更不必说，我也完全没有意识到涓生说的事实与他对那些事实进行的意义赋值或解释存在着明显的乖舛。换句话说，当时我把涓生、叙事者和鲁迅视为同一主体，意识不到他们的差异，并无差别地盲目屈从于他们的叙事权威。这里我说的阐释视角，主要是指索隐派，将《伤逝》中的虚构故事与鲁迅的个人情史，也包括与周作人的棠棣之情结合起来。所谓批判的视角，往往是结合叙述者与隐含作者明显的乖离，或者说自述者的叙述破绽与逻辑不自洽，也就是结合着文本的结构性反讽，来对《伤逝》人物主要是涓生进行各种批判，例如从女性主义理论出发对涓生男权中心主义的批判，分析涓生伪忏悔的心理机制和表现形式，指责涓生启蒙者身份的错误担当，诸如此类。无需说得，这样的分类无法做到精准完备，只是略举大概而已。

以上，我从埃尔金的论述中抽绎出四个维度，分别是：一，思想实验与文学的共同之处在于叙事过程的提纯特性，即无关变量或琐碎细节一概忽视，突出主要线索；二，思想实验中的事例，与文学作品中的故事，其特点是它们具有某种代表性，由特殊的情状指向某种普遍性的情状；三，思想实验与文学中都采取了叙事的形式，① 它召唤受众要对自己的既定信念进行批判性再思考；四，如果接受多重视角的观察，就犹如思想实验中变量的调整，会让读者对它的理解变得丰富多元。我必须承认，对埃尔金观点的把握肯定不够全面准确，我其实也并不完全同意埃尔金的全部看法。比如说，在论证文学具有思

---

① 埃尔金认为："思维实验有一个叙事结构，包括开始、中间和结束。"Catherine Z. Elgin: *Fiction as Thought Experiment*. p. 231.

想实验特性的时候,她没有对文学的各种类型加以区隔,因而似乎可以推论,所有优秀文学作品都可以视为思想实验。但在我看来,只有挑战或至少质疑了世人视为不言而喻的信念的小说,才可以谈得上具有思想实验性质。如果我们提及某种文学作品具有思想实验的性质,那我们往往可能强调的是它激发思考的风格特性,而不必在意它的其他维度,例如,不在意它是否像镜子一样如实反映了社会现实,或像灯一样照亮了人的心灵。这些方面后文还会有所论及。这里具体到《伤逝》,我认为它思想实验的色彩首先在于它具有思想的深度,它是以爱情为隐喻讨论了鲁迅青年时代所关心的抽象观念,这就是个人主义在中国的可能性问题。我相信,通过思想实验的理路来重新理解《伤逝》,可以让这一非命题性的难题获得更清晰的可见性。但是我这里说的可见性,是指它以震惊的方式或者陌生化的效果使得这一问题性得以凸显。更简单一点说,它常常以一些令人瞠目结舌的叙事内容和表达形式来激发读者思考,例如:涓生这样传统上认为是背信弃义的小人,却让他获得了一个正面阐述的机会,并让他走向一个相对轻松解放的终局,则很难说不蕴含着隐含作者的某些赞许,而结尾处涓生宣示要"用遗忘和说谎作我的前导",[1]这种可能违背任何时代主流价值的心声,与通常作品的曲终奏雅绝不相同,令人难以理解。

---

[1] 鲁迅:《伤逝》,载鲁迅:《鲁迅全集》,第二卷,北京:人民文学出版社,2005年版,第133页。

二

众所周知，来自西方的启蒙现代性的核心要义之一，乃是确立了个人的价值。对康德这样的启蒙思想家来说，启蒙的意义在于人们可以公开地运用理性，使自己走出蒙昧状态，也就是使自己获得自由与解放。作为具有独立性的权利主体，个体拥有自己的自主性，不再是他人的手段，而是自身的目的，当然与此同时，也承担自己的责任。显然，个人主义对中国固有文化而言，是格格不入的。但对清末民初之际的鲁迅这种迫切改变中国国民性的文化英雄来说，越是跟本土文化异质，越是值得不惜一切代价加以绍介引进。鲁迅在早年撰写了不少文章，以启蒙者的姿态强烈呼吁国人接受个人主义主张。本文并不计划对鲁迅的个人主义观念进行一个系统性的扫描、梳理和阐释，但需要提及几个与本文论旨相关的重要维度。

首先，鲁迅的个人主义是与其民族主义立场紧紧联系在一起的，这与当时流行的《天演论》所显示的社会达尔文主义思潮有关，也就是说，清末民初的思想者们往往有民族生死存亡命悬一线的紧迫感。对鲁迅而言，如何疗救沉疴遍地的衰朽帝国，立人是根本，而立人之根本，乃在弘扬个性："盖惟声发自心，朕归于我，而人始自有己；人各有己，而群之大觉近矣。"[①] "是故将生存两间，角逐列国是务，其首在立人，人立而后凡事举；若

[①] 鲁迅：《破恶声论》，载鲁迅：《鲁迅全集》，第八卷，北京：人民文学出版社，2005年版，第26页。

其道术，乃必尊个性而张精神。"① 如果每个人的个性得到伸张发展，那么"沙聚之邦"就会转为"人国"。换句话说，个人主义的健康发展，是一个符合人性的正常国家得以建成的基本条件。

其次，这个设想如何转换为现实呢？显然，"忽如一夜春风来，千树万树梨花开"，没有外在的驱动力，全民都能迅速普及个人主义精神，亦即所谓"群之大觉"，这种事情是不可能的，我们能指望的必须是能冲出铁屋或突入无物之阵的精神界战士，需要这种英雄人物进行全民动员即启蒙："今索诸中国，为精神界之战士者安在？有作至诚之声，致吾人于善美刚健者乎？有作温煦之声，援吾人出于荒寒者乎？"② 该如何想象鲁迅所千呼万唤的这种战士呢？鲁迅著名的口号自己揭示了这一点："掊物质而张灵明，任个人而排众数。"③ 由是观之，这样的所谓个人，也就是多少有点尼采超人性质的英雄或战士，是对立于庸众且超越于庸众的。

再次，如果鲁迅所激赏的个人，是那种"入于自识，趣于我执，刚愎主己，于庸俗无所顾忌"的卓尔不群之士，那就意味着跟众数即社会必然发生冲突，尤其会对作为社会基础的道德秩序构成强烈冲击。鲁迅当然意识到了这样的严峻现实，他指出个人观念在中国传播时间虽然不长，但已经被污名化了：

---

① 鲁迅：《文化偏至论》，载鲁迅：《鲁迅全集》，第一卷，北京：人民文学出版社，2005年版，第58页。
② 鲁迅：《摩罗诗力说》，载鲁迅：《鲁迅全集》，第一卷，北京：人民文学出版社，2005年版，第102页。
③ 鲁迅：《文化偏至论》，载鲁迅：《鲁迅全集》，第一卷，北京：人民文学出版社，2005年版，第47页。

"个人一语，入中国未三四年，号称识时之士，多引以为大垢，苟被其谥，与民贼同。意者未遑深知明察，而迷误为害人利己之义也钦？夷考其实，至不然矣。"① 在十九世纪的西方，个人主义观念其实有不同面相，例如在英国，人们会把个人主义与古典自由主义相提并论，"个人主义"意味着在经济等领域中罕有国家干预，② 而在法国，"个人主义"在词典中得到如此定义："普遍利益对个人利益的服从。"③ 因而，不难理解，他们深信："个人主义是一种灾难，是对社会内聚性的一种威胁。"④ 美国的个人主义则与资本主义文化的商业竞争逻辑无缝连接，并且"通向至善的道路，即通向由自决、自立和充分发展的个人所构成的自发社会秩序的道路"。⑤ 至于德国浪漫主义者，他们力主追求体现了独异性、创造性和自我实现的个性，认为惟其如此，个人才能实现与社会的有机统一。鲁迅对英、法、美的个人主义思想资源大体上弃而不取，主要引述的是尼采、叔本华这一脉，甚至包括宣扬极端个人主义的施蒂纳。鲁迅强调的是他们对社会的攻击性，其用意当然是将这样的攻击

---

① 鲁迅：《文化偏至论》，载鲁迅：《鲁迅全集》，第一卷，北京：人民文学出版社，2005年版，第51页。金观涛、刘青峰通过观念史的数据分析和定性考察得出结论，在清末以来，个人的概念大部分时候都作为负面价值，即便新文化运动中，儒家思想遭到批判的时候，个人主义的观念得到过短暂正面评价，但"出现的时候并不长，此后，个人主义在中文里基本上一直是一个负面用语。"金观涛、刘青峰：《观念史研究：中国现代重要政治术语的形成》，香港：香港中文大学出版社，2008年版，165页。
② 史蒂文·卢克斯：《个人主义》，阎克文译，南京：江苏人民出版社，2001年版，第36页。
③ 史蒂文·卢克斯：《个人主义》，第5页。
④ 史蒂文·卢克斯：《个人主义》，第10页。
⑤ 史蒂文·卢克斯：《个人主义》，第26页。

性输入到中国，这样特立独行的启蒙者当然是极为稀缺的："属望止一二士，立之为极，俾众瞻观，则人亦庶乎免沦没。"①

最后，攻击中国的道德秩序或礼教，又意味着什么呢？这不仅仅是对存在于社会中无形抽象观念的批判，而且更严峻的挑战和压力，是"抉心自食"式的自我批判。因为那种以公序良俗形式存在的社会意识结构，也是自己肉身所依皈的精神结构。换句话说，精神界战士攻击的不仅仅是道德的外部要求，不仅仅是嵇康"非汤武薄周孔"那样攻击表现于各种社会实践中的礼法、仪轨、习俗和规范，而且攻击这些符号系统得以形成的内在精神即仁义道德，而仁义道德之为"吃人"，不仅仅因为它在形式化或者客观化的时候常常不得不表现为虚仁假义，而且是因为它作为某种以一驭多的同一性暴力，对个人的独异性，乃是一个巨大的威胁，并进而使得一个民族的文化也遭到戕害。鲁迅下面这段话是批评西方的民主价值观的，但这一逻辑同样也适用于他对仁义道德本身的声讨："凡个人者，即社会之一分子，夷隆实陷，是为指归，使天下人人归于一致，社会之内，荡无高卑。此其为理想诚美矣，顾于个人特殊之性，视之蔑如，既不加之别分，且欲致之灭绝。更举黰暗，则流弊所至，将使文化之纯粹者，精神益趋于固陋，颓波日逝，纤屑靡存焉。"② 但是，如孟子所云，"人之所以异于禽兽者几希"，仁义道德在历史上一直是那种让人成为人的东西。

---

① 鲁迅：《破恶声论》，载鲁迅：《鲁迅全集》，第八卷，北京：人民文学出版社，2005年版，第25页。
② 鲁迅：《文化偏至论》，载鲁迅：《鲁迅全集》，第一卷，北京：人民文学出版社，2005年版，第51页。

置身于儒家文化的社会之中，鲁迅不可能不浑身浸润着儒家精神的欲望、情感、趣味和道德习性。更直白地说，一个人，怎么可能不希望被他的邻人、同学、朋友、同事、乡亲和家人认为是个良善之人呢？仁义道德是自我成其为自身、与自我认同须臾不可分离的构成要素。基于公私领域分离和个体权利诉求基础上的个人主义在中国文化传统中找不到对应物，而传统的认知机器会把它的意义指派到杨朱那种不肯拔一毛以利天下的利己主义。换言之，在中国，追求个人主义，将会被解读为自私自利的真小人。因此，对鲁迅而言，在中国，个人主义的英雄必然以创痛酷烈的方式宣告自己努力的失败，而越是失败得彻底，希望的曙光也越有可能闪现："待我成尘时，你将见我的微笑！"①

三

马克思在致燕妮的信中写道："我又一次感到自己是一个真正的人，因为我感到了一种强烈的热情。现代的教养和教育带给我们的复杂性以及使我们对一切主客观印象都不相信的怀疑主义，只能使我们变得渺小、孱弱、罗嗦和优柔寡断。然而

---

① 鲁迅：《墓碣文》，载鲁迅：《鲁迅全集》，第二卷，第 208 页。另按，关于鲁迅与个人主义关系的论述，笔者曾经有过一些相关阅读，其中包括但不限于汪晖的《汪晖自选集》（桂林：广西师范大学出版社，1997 年版）、伊藤虎丸的《鲁迅与日本人：亚洲近代与"个"的思想》（石家庄：河北教育出版社，2000 年版）、刘禾的《跨语际实践：文学，民族文化与被译介的现代性（中国，1900—1937）》（北京：生活·读书·新知三联书店，2014 年版）、李冬木的《留学生周树人"个人"语境中的"斯契纳尔"——兼谈"蚊学士"、烟山专太郎》（《东岳论丛》，2015 年，第 6 期）。这些论著中有不少地方让我受益良多，特此致谢。

爱情，不是对费尔巴哈的'人'的爱，不是对摩莱肖特的'物质的交换'的爱，不是对无产阶级的爱，而是对亲爱的即对你的爱，使一个人成为真正意义上的人。"① 爱情无疑是最具有本真性的人类经验之一，也是最能够让自己的个体性凸显的生命契机，因为它涉及到我们整个人生的幸福，因而必然会进入人心灵深处的海洋，使得我们个性的秘密无处隐匿。何况，爱情似乎是一个只关涉男女两造的二人世界，外部因素依然会发挥作用，但大体上只能通过内部世界折射而得以呈现。这似乎是个体性能够以最强方式得到展演的单子化世界。因此可以说，《伤逝》选择一段爱情故事作为个人主义内在张力的隐喻并不牵强。实际上，子君照亮了整篇小说的一句话不妨视为中国近代以来个人主义宣言的最强音："我是我自己的，他们谁也没有干涉我的权利！"② 自由恋爱无疑是个人主义在情感领域中最炫目的展现。一位作者在1924年出版的《少年中国》中写道："我国自五四运动以来之最大特征为个人主义之昌行。反对旧礼教也，批评旧学术也，此个人主义之见于文化者。打破家庭也，自由恋爱也，此个人主义之见于婚姻者。"③ 我们不妨可以推论，《伤逝》中的爱情故事以提喻的方式指涉着个人主义在中国的可能命运。

四十年前，我初读《伤逝》的时候，曾经咋舌于涓生与子

---

① 马克思、恩格斯：《马克思恩格斯全集》，第二十九卷，北京：人民出版社，1956年版，515页。
② 鲁迅：《伤逝》，载鲁迅：《鲁迅全集》，第二卷，北京：人民文学出版社，2005年版，第115页。
③ 陈启天：《新国家主义与中国前途》（原名《何谓新国家主义？》），载《少年中国》，第四卷第九期，1924年1月，第8页。

君未婚同居的胆气。当时我还在读大学，这样的事情如有人胆敢如法炮制，应该是轻则警告处分，重则开除学籍的。因此，不难理解，在一个多世纪之前，这对年轻人如此公然挑战两性交往的社会成规，会遭遇到什么样全面的激烈反弹。社会的主流看法我们是不难设想的：就涓生而言，作为一个朝不保夕的小职员，自己糊口尚且勉强，却利用反对家庭专制、男女平等或易卜生、泰戈尔之类虚头巴脑的时髦新词新思想，骗取了单纯无知少女的心，最后还无耻地将她抛弃；就子君而言，不待父母之命，未经合法程序，不知道贞洁自守，竟然受妄人蛊惑，逾墙相从，实在是不知廉耻，有违女德。最后自食苦果，也并不值得同情——涓生的世交长辈甚至懒得过问子君死亡的具体情形。当然，说到底，他们之所以得不到任何祝福，主要就是他们同居的性质乃是私奔，因而被全社会的人所鄙视厌弃：反对者有子君的父亲和胞叔，邻居（搽雪花膏的小东西，鲇鱼须的老东西）、局里的同事，以及几乎所有的熟人和朋友、世交，甚至包括拒绝租房子给他们的房主，乃至于素不相识的路人："我觉得在路上时时遇到探索，讥笑，猥亵和轻蔑的眼光，一不小心，便使我的全身有些瑟缩……"①

但是个人主义者跟清末民初的中国社会发生严峻冲突，是必然的。鲁迅在这个时期，对让他"哀其不幸，怒其不争"的众数，并不寄予厚望。能让"沙聚之邦"转为"人国"的关键，乃是"精神界战士"亦即个人主义者。那么，冲出家庭铁

---

① 鲁迅：《伤逝》，载鲁迅：《鲁迅全集》，第二卷，北京：人民文学出版社，2005年版，第117页。当然，这可能反映的是涓生的心理真实。

门的子君和涓生,算是个人主义者么?如果答案是肯定的,那么在多大程度上算是?我们能期望他们以及他们所代表的启蒙者,带领我们走出铁屋吗?

我们且先把目光投射在子君身上。似乎可以说,在相当大的程度上,她达到了情感领域的个人主义。首先,她为了她的所爱,做出了决绝的、不妥协的姿态,不惜与家族决裂,也要跟自己选择的爱人同甘共苦,相濡以沫;其次,她对流俗的任何鄙陋或猥琐目光,都嗤之以鼻,而不以为意——而对涓生而言,产生于巨大社会阻力的心理压抑却一直挥之不去;最后,她始终忠诚于自己的感情,她不停地为涓生做出妥协和让步:她默默接受涓生的种种指责并尽可能做出改变;接受心爱的油鸡被宰杀烹食的命运——须知,物质条件的逼仄使得她个体精神空间收缩到了最低限度,因而油鸡竟然抬升到她跟官太太进行心理斗争的符号工具的地位,在某种意义上,油鸡甚至可以认为是她狭小生活领域的重要精神寄托;接受让她魂牵梦萦的阿随被无情抛弃;最后,接受本人被涓生抛弃的命运:她没有哭,没有闹,没有任何纠缠,走的时候甚至留下了他们所有的共有物质资源。这并不是为了保持人格的尊严或者保留某种体面,而是因为她依然深爱着涓生。但抛开感情领域不谈,在其他几乎所有方面她还被旧观念所支配。涓生注意到她看别的男人,哪怕是个画像,就"草草一看,便低了头,似乎不好意思了";[1]注意到她并不热爱读书思考,换言之,并不"时时更

---

[1] 鲁迅:《伤逝》,载鲁迅:《鲁迅全集》,第二卷,北京:人民文学出版社,2005年版,第114页。

新"，其实她对于涓生的新思想的灌输只是消极接受而已；注意到她的精神集中在伺候阿随和油鸡，跟官太太为鸡毛蒜皮的琐事钩心斗角，趣味并不高尚。实际上，涓生没有提及，但读者们也许想知道的是，两人所建造的爱巢在生活上困顿如此，为何子君自始至终没有想过到外面去打工，分解涓生的经济压力呢？她为何要依附涓生呢？后来她被父亲领走，无非是换了另一个被依赖者。但经济独立毕竟在许多情况下也是个人主义的一个可能性条件。显然，子君作为个人主义者，其成色是严重不足的。

那么，涓生又当如何？涓生在情感上，至少其客观表现上，很难说比传统中国男人更值得称道。他声称自己曾经爱过子君，但我怀疑这是自欺欺人。与其说他爱子君，不如说，他爱的是子君向他所呈现出来的一个美的幻象：这是一个对他顶礼膜拜的信徒，可以跟他精神交流的时代青年，超世拔俗、不染尘埃的女学生，但同时又是自信自强、绝不会"只知道捏着一个人的衣角"的独立女性。[①] 换言之，涓生可能爱的是子君作为镜像所折射的自己，本质上是自恋的一种外化形式。子君本人并没有什么特别吸引他的东西，如果有，无非就是年轻异性本自具备的新鲜气息，那只需要三个星期，就会消耗殆尽。他不会信服某种客体优先性的原则，根据子君的情绪、态度和趣味来调节自己的行动，相反，他可能一开始会勉为其难地稍作让步，但最后无一例外地都会让子君变本加厉地接受自己意志的强加。在"执子之手""与子成说"之前，涓生说尽了

[①] 鲁迅：《伤逝》，载鲁迅：《鲁迅全集》，第二卷，北京：人民文学出版社，2005年版，第126页。

"我的身世，我的缺点"，当然可以理解为一种真诚，但也可以理解为一种事先的免责声明。这对恋人得以喜成眷属的一个关键姿势，即涓生含泪握手、单膝跪地求爱这样的动作，对子君来说固然回味无穷，但对涓生来说，却让他无比愧恶，因为这并非来自内心的真实反应，而是具有戏剧性的表演性行为。这个动作对涓生来说过于笨拙，太不自然；而对于子君来说，正是因为它的笨拙，才证明了涓生内心对自己具有强烈的爱。子君之死，为她过滤掉了她的现实性和具体性亦即世俗性，其形象通过涓生对她的回溯性建构得以剪纸化、纯粹化因而得以重放光芒，这样，在某种程度上让她作为受到伤害的相思符号，重返涓生意识的海洋。即便在这里，爱依然并不存在，存在的仅仅是一种深深的悔恨。这种悔恨其实是社会意识的内化，也就是将外部的道德谴责——这本来是他一直抗拒的精神压力——转化成一种自戕的内心自觉。通过过于夸大的幻想，例如并不存在的地狱之火对自己的炙烤，通过无数次抒情意味浓重的浪漫化自责，将自己升华为另一个受害者，[1] 由此摆脱了外部压力对自己的灵魂拷打。这样，可以貌似合理地为要求自己遗忘此事打开一个情感逻辑的释放通道。我们知道俄狄浦斯王发现了自己的罪过后，并没有放过自己，他刺瞎双眼，在流浪中听任自己的灵魂永无休止地接受鞭笞。在写作《伤逝》的同一年，鲁迅的散文诗《风筝》的结局是这样的悲叹："全然忘却，毫无怨恨，又有什么宽恕之可言呢？无怨的恕，说谎罢

---

[1] 鲁迅写道："我活着，我总得向着新的生路跨出去，那第一步，——却不过是写下我的悔恨和悲哀，为子君，为自己。"鲁迅：《伤逝》，载鲁迅：《鲁迅全集》，第二卷，北京：人民文学出版社，2005年版，第133页。

了。我还能希求什么呢？我的心只得沉重着。"① 这里的"我"，也没有放过对自己灵魂的追责。因此，与这二者比较，可以发现涓生在感情的立场上，他表现得更像是一个原子个人主义者占有的态度，而不是爱。

但对涓生而言，实现其个性自我塑形的主要途径的并不是爱，而是所谓别的人生要义。而且，要实践或证成这样的人生要义，其前提条件是抛弃爱："我看见怒涛中的渔夫，战壕中的兵士，摩托车中的贵人，洋场上的投机家，深山密林中的豪杰，讲台上的教授，昏夜的运动者和深夜的偷儿……子君，——不在近旁。"② 这个桥段出现了三次，每次都与子君相隔绝有关：一次是他去图书馆避开子君的冷脸；一次是告诉子君，他已不爱她了；还有一次是他得知子君已经如他所愿，离开吉兆胡同重回父亲家之后。海阔凭鱼跃，天高任鸟飞。真正的男儿应该放弃儿女情长，走向广阔的宇宙人生。但是，涓生尽管有高远的理想，却没有与之相称的行动力。在局里，他是一个只是负责抄写公文和书信的可有可无的小人物，这些工作毫无难度，可替代性很强，所以很容易被辞退；他的人际交往能力也乏善可陈，他没有任何社会资本，他茕茕独立，小说中没有提及其父母的存在，而仅有的几位朋友竟然都绝交了，穷困潦倒之际无法得到任何外部支持；他的业务能力稀松平常，失业后无法找到教读和抄写的工作机会，而倾其全力做的翻

---

① 鲁迅：《风筝》，载鲁迅：《鲁迅全集》，第二卷，北京：人民文学出版社，2005年版，第189页。
② 鲁迅：《伤逝》，载鲁迅：《鲁迅全集》，第二卷，北京：人民文学出版社，2005年版，第124页。

译，得到的认可程度很低，不过是价值五角钱的书券；他的判断力也在水平线之下，例如得到失业的坏消息，子君大惊失色，但涓生的反应却是"其实这在我不能算是一个打击"，并且嘲笑子君"我真料不到这样微细的小事情，竟会给坚决的，无畏的子君以这么显著的变化"。① 再如，明明是子君因为爱，愿意跟涓生同甘共苦，但他自己的想法却是："现在忍受着这生活压迫的苦痛，大半倒是为她。"②

涓生的形象在其手记中显得非常不堪。我们不明白为何子君当初会接受他的爱，且即便到了饥寒交迫为最低级层次求生欲望所折磨的时候，她依然矢志不渝。我们肯定忽略了他被子君所接受的优点。在对他自己并不公正的选择性叙事中，这些可能的优点荡然无存。涓生会让我们想起波德莱尔笔下的信天翁：

> 这插翅的旅客，多么怯懦呆滞！
> 本来那样美丽，却显得丑陋滑稽！
> 一个海员用烟斗逗弄它的大嘴，
> 另一个跷着脚，模仿会飞的跛子！
> 云霄里的王者，诗人也跟你相同，
> 你出没于暴风雨中，嘲笑弓手；
> 一被放逐到地上，陷于嘲骂声中，
> 巨人似的翅膀反倒妨碍行走。③

---

① 鲁迅：《伤逝》，载鲁迅：《鲁迅全集》，第二卷，北京：人民文学出版社，2005年版，第120页。
② 鲁迅：《伤逝》，载鲁迅：《鲁迅全集》，第二卷，北京：人民文学出版社，2005年版，第123页。
③ 波德莱尔：《信天翁》，载波德莱尔：《恶之花 巴黎的忧郁》，钱春绮译，北京：人民文学出版社，1991年版，第17—18页。

信天翁落入海员手中，是虎落平阳被犬欺，它本来应该自由翱翔在天空中。正是错位的处境，让它丑态百出，不能见出一丝一毫的优秀。一个高谈阔论当代最先进思想、文学和理念的青年文人，并没有获得指点江山的舞台，却不得不为自己的生计在贫困线上苦苦挣扎，当此之时，他的全部聪明才智肯定会无法得到舒展发挥。

四

但尽管如此，涓生应该还算是堕入尘埃的鲁迅之所谓"真的猛士"，因为他从来没有放弃对未来的乐观期待，没有放弃去寻觅所谓新生的路——须知，鲁迅青年时期试图创办但最终流产的杂志就叫《新生》。实际上，女性如子君，男性如涓生，就是受到启蒙的那男男女女的代表，就是敢于冲出铁屋的个人主义者的象征。但他们跟吕纬甫和魏连殳一样，同属鲁迅所创造的失败的个人主义者家族，只是涓生最后还不算颓唐，保留着斗志，尽管斗志的性质到篇末占比成分更大的是谋生，而不是跟无物之阵的对抗。当然，不消说得，涓生在生活世界里，既不能成为一个对子君负责的主体，也不能成为对自己负责的主体，因而也不能成为自由的个体，我们如何可能寄希望于他这样的启蒙者，能成为促成民族精神转变的普遍主体或者历史主体呢？

涓生与子君这一对有个性的人，如果能够一直相濡以沫永浴爱河，那将是一个好的故事，可以为千千万万青年男女树立榜样，追求自己的幸福未来，由此，我们也可以展望我们国族的美好未来。但《伤逝》描述的是一个令人扼腕痛惜的黑色罗曼司。如果我们把涓生与子君的爱情视为一个个人主义可能性隐喻，那么我们可以看到，使得它夭折的原因不仅仅是外部强大压力的摧折，而且尤其是因为其内在的自毁力量。德国浪漫派鼓吹的个人主义一方面强调个体的创造性、想象力，但另一方面，也强调个体在更高的起点上实现与社会共同体的有机互动——所谓互动，其前提条件难道不首先应该就是承认、包容甚至关注他者么？涓生不仅漠视外部世界，对自以为深爱的子君，也采取了居高临下的俯视立场。但如果缺乏这样的互动，个人主义者极有可能会转变成原子个人主义者。而原子个人主义，在社会接受层面上不能不被理解为自私自利，甚至不道德。

这样的不道德其实是通过涓生忠实于自己内心世界的真实，极为吊诡地表现出来的：他已经不爱子君了，假如不告诉她真话，那么，涓生是个撒谎者，但是至少暂时可以保全两个人的同居生活；假如他告诉子君真话，那么，他就需要为事实上的遗弃子君、以至于子君之死承担道德责任。问题是，维护真实，是立人的首要要求。许寿裳早年跟鲁迅讨论的三个问题是鲁迅研究界所熟知的："（一）怎样才是理想的人性？（二）中国民族中最缺乏的是什么？（三）它的病根何在？"就第二个问题而言，他们得到的一致结论是"我们民族最缺乏的东西是诚和爱"。[①] 鲁迅心目中的个人主义者，就是"至诚之

[①] 许寿裳：《回忆鲁迅》，载《亡友鲁迅印象记：许寿裳回忆鲁迅全编》，上海：上海文艺出版社，2006年版，第203页。

士",最反对的就是"伪士"。换言之,诚,即如其所是,即异化的对立面,在《伤逝》中差不多可以视为个人主义的一个提喻。① 这里的两难处境将涓生逼上绝路,但他选择的是"要用遗忘和谎言作为我的前导"。所谓遗忘,其实就是试图抹除跟子君同居的生活史,就是消解内疚,也就是拒绝作为外在的社会道德的内化的自我谴责。须知某种不道德,对鲁迅而言,作为文化偏至的策略性要求,是顽强坚持个体自主性的一个维度。这也就是所谓"排众数",涓生放下包袱轻装前行,也就是以原子个人主义的方式继续固守原有立场;但另一方面,拒绝说谎本来是个体觉醒的基础,但现在说谎却被认为是用以自我保护的、自我持存的必要手段。而所谓谎言,也就是放弃作为个人主义之基础或条件的真实性,背叛自己作为新青年的进步主义的理想。换句话说,在这里,涓生采取了双重拒绝的立场,正如《影的告别》中所说的:"有我所不乐意的在天堂里,我不愿去;有我所不乐意的在地狱里,我不愿去;有我所不乐意的在你们将来的黄金世界里,我不愿去。然而你就是我所不乐意的。朋友,我不想跟随你了,我不愿住。我不愿意!呜乎

---

① 孙尧天写道:"在浪漫主义精神引领下,鲁迅最终调转了'诚'的方向,在严复与章太炎那里,'诚'是对外部世界的真实反映,他使其转向个体性的自我。'诚'既不是一种普遍性的认识结果,也不呈现为对事物客观、真实的准确描述。他以此开辟出重建外部世界和主体关系的新路径——通过强调直接性经验。鲁迅解放了压抑在'思无邪'的'普遍观念之诚'下的个体,通过回归内在的自我,鲁迅解决了章太炎所苦恼的文学的'表象主义'。"孙尧天:《"本根"之问:鲁迅的自然观与伦理学(1898—1927)》,北京:中国社会科学出版社,2022年版,第356页。

呜乎，我不愿意，我不如彷徨于无地！"①

不过，除了拒绝做出选择，让事物显示出其深渊般的内在裂痕和冲突之外，我们还可以对《伤逝》作出别一种解释。对鲁迅来说，启蒙的观念通过个人主义与理性等概念承诺了合理生活和人类解放的前景，但是他在其所置身其中的社会中找不到这种观念得以实现的可能性条件。因此，个人主义只能停留在主观的层面。涓生并没有止步于他者伦理学的批判即对子君的犀利批评，他还进行了混杂着自辩与自赎意味的自我批判。由此，鲁迅暗示了从信念伦理必须走向责任伦理的客观要求。但是在这里，作为常人的个人主义者涓生如果听命于应然的规范性召唤，在实然的情境中只能扮演恶魔的形象。"恶魔者，说真理也。遂不恤与人群敌，又即以此交非之。"② 作为个人主义者，说真话的人必然引起凡庸大众的憎恶，③ 不过，"摩罗"（梵文为 Mara，佛教传说中的魔鬼）在文豪或诗人那里，可以凭藉其惊人的文才诗才得以浪漫化和升华；然而作为升斗小民的涓生，他只能在生活的泥淖中委顿不堪，被他所卑视的笼罩在陈腐观念下的社会共同体所共同卑视。尽管鲁迅呼吁中国社

---

① 鲁迅：《影的告别》，载鲁迅：《鲁迅全集》，第二卷，北京：人民文学出版社，2005 年版，第 169 页。
② 鲁迅：《摩罗诗力说》，载鲁迅：《鲁迅全集》，第一卷，北京：人民文学出版社，2005 年版，第 84 页。
③ 鲁迅在《立论》中写道："一家人家生了一个男孩，合家高兴透顶了。满月的时候，抱出来给客人看，——大概自然是想得一点好兆头。一个说：'这孩子将来要发财的。'他于是得到一番感谢。一个说：'这孩子将来要做官的。'他于是收回几句恭维。一个说：'这孩子将来是要死的。'他于是得到一顿大家合力的痛打。"鲁迅在这里，采用了一种极端形式的叙事——这符合思想实验的工作方式，表达了他一以贯之的逻辑对等式：个人主义＝说真话＝不道德＝冒犯大众。

会出现能够"立之为极"的"一二士",但他浓墨重彩书写的并不是秋瑾式真的猛士,而是涓生那样的众人凡士,他们无法如凡·高那样受尽苦难但终而能够苦尽甘来咸鱼翻身,换一个人间就能实现即凡成圣的神奇逆转。涓生由于其道德的瑕疵只能捐生,只能悄无声息地听任自己"零落成泥碾作尘",无法得到世人的祝福。

但正是在这里,鲁迅向我们昭示了《伤逝》的另一层意义。鲁迅当然批判了涓生,如前所述;但重要的是,他依然褒扬了涓生的选择。因为完美的苍蝇永远无法与有缺点的战士比肩。是的,我们也许都会同意,中国传统社会是个大染缸,谁也无法独善其身。① 但是鲁迅通过对涓生的摹写描画,指出一个不能做到出淤泥而不染、有不洁心灵的人,其志在向上一路的姿态仍然意味着值得肯定的勇气、坚忍和激情,他构成了似乎不可能的可能性。② 在写作于同时期的《这样的战士》中,鲁迅写道:"他终于在无物之阵中老衰,寿终。他终于不是战士,但无物之物则是胜者。在这样的境地里,谁也不闻战叫:太平。太平……。但他举起了投枪!"③ 在这里,鲁迅完成了涓

---

① 林毓生这样来表达他对鲁迅的理解:"中国社会是一个染缸,只要降生在其中,谁也逃不出他的文化的感染。中国社会的每个成员,不管自觉还是不自觉都是人吃人者,不存在能产生向着更人道社会的知识和文化转变的内部根源。"我认为他只说对了一半,他的决定论色彩太重了。林毓生:《中国意识的危机——"五四"时期激烈的反传统主义》,贵阳:贵州人民出版社,1988年版,第201页。
② 不可能,是指身处染缸,必然肮脏,套用佛家语之所谓"垢染"之心性;可能性,是指可以在现在和未来的炼狱中锤炼自己,洗涤灵魂,佛家语之所谓指向"无染觉性"。
③ 鲁迅:《这样的战士》,载《鲁迅全集》,第二卷,北京:人民文学出版社,2005年版,第220页。

生们所不能完成的任务。作为现实生活中的人，包括鲁迅本人在内，都不得不让自己的理想与现实生活的各种限制加以协商、勾兑和博弈。但作为作家，鲁迅能够通过他的文学书写来表征和揭露生活中的苦难和冲突。阿多诺说："作品代表社会的真实，而个人与社会对立，个人所见的是社会的非真实，且他自身即是这种非真实。只有艺术作品才能展示出对于主客体限制的同等程度的超越。"[1]鲁迅说出了涓生们所无法说出的东西。他告诉我们，个人主义在现代中国几乎是不可能的，但个体自主性的理想依然不可背弃。鲁迅创作《伤逝》时为1925年，此时新文化运动已经基本上偃旗息鼓，在知识界里，个人主义话语已经从得到热情讴歌，一变而为负面否定，[2]犹如子君从带着笑涡的圆脸，没有多久就变成了灰黄的冷脸。因而，《伤逝》中发生的故事，是难以得到主流知识精英赞赏和认可的坏事情。在个人主义被视为隔日黄花的思想时尚被无情抛弃的时候，鲁迅依然坚持其启蒙立场。但与此同时，他也绝不愿

---

[1] Adorno, T., *Philosophy of Modern Music*, London: Bloomsbury Academic, 2007, p.34.
[2] 金观涛、刘青峰指出："新文化运动前，'个人主义'大多是在中性或者负面意义上使用的，但在《新青年》早期，陈独秀毫无保留地提倡个人主义。直到1920年他仍在为'个人主义'辩护：'我以为戕贼中国人公共心的不是个人主义，中国人底个人权利和社会公益，都做了家庭底牺牲品。'但一年后，他对'个人主义'的看法来了一百八十度大转弯。他斥责说：'中国人民简直是一盘散沙，一堆蠢物，人人怀着狭隘的个人主义，完全没有公共心，坏的更是贪贿卖国，盗公肥私。'……陈独秀作为《新青年》的发动者和精神领袖，早期用个人权利观、个人独立这些西方价值来批判传统旧道德，后期却将其作为一项负面价值；其言论转变反映了《新青年》知识群体的价值转向，即由早期宣扬自由主义转变为马克思主义的信奉者、实践者。"见金观涛、刘青峰：《观念史研究：中国现代重要政治术语的形成》，香港：香港中文大学出版社，2008年版，168页。

意对这一人们认为的坏事情进行任何精心雕琢和粉饰。鲁迅让事情本身丑陋粗粝的筋骨暴露无遗。双重否定其实在鲁迅这里意味着在否定的背后绝不寻找一个光明和谐的肯定性合题，就现实存在而言，其实意味着同归于尽。就此而言，鲁迅是太激进了，他依然在进行一场得不到奥援的坚韧反抗，因为未来的好生活将包含在现在对坏生活的揭示和反抗之中，尽管所谓的新生，依然极为虚妄，其实质内涵无限接近于零，但它已然构成了彼岸世界的微弱灯塔，而正是这样暗淡的灯光，才辩证地让鲁迅的《伤逝》在文学上获得了夺目的光彩，成为中国现代文学史上永不消逝的名篇。①

《伤逝》无疑是一篇典范的可以视为思想实验的小说。与比如哲学领域的思想实验不一样，它缺乏命题性的叙事组织，但与大部分思想实验一样，它催生我们更多元更开阔的思考，这样的思考从对生活常识性观念的批判性反思开始，换言之，作为思想实验的文学，实际上是从将社会世界予以问题化开

---

① 我们或许可以以本雅明理解波德莱尔的方式来理解鲁迅。本雅明写道："巴黎诗人波德莱尔将生命的形塑归功于众多经历，但他特别突出了被人群推搡的经历，视之为决定性、不容置疑的经验。那个拥有自己灵魂和运动的人群幻象（Schein），也就是曾经令游荡者炫目的光辉，对他而言已然褪色。为了加深人群之为卑鄙的印象，他想象着会有这一天，即使是堕落的妇女，就是被遗弃的人，也会欣然拥护井然有序的生活，谴责自由主义，拒绝除金钱以外的一切。波德莱尔被他这些最后的盟友背叛了，他与人群搏斗——就像一个人与风雨搏斗一样无能为力。直接体验（Erlebnis）的性质被波德莱尔赋予以有长度之经验（Erfahrung）的重量。他标明了感觉现代性所可能拥有的代价：在直接的震惊体验中灵氛（aura）的分崩离析。他为赞颂它的分崩离析付出了昂贵的代价，但这是他的诗歌法则。"波德莱尔的孤立无援让他肝胆俱裂，但同时在诗学上也成就了他。参见：Benjamin, W., *Selected Writings*, Vol. IV, 1938-1940, M. Bullock et al. (eds), Cambridge and London: The Belknap Press of Harvard University Press, 2003, p.343.

始。卓越的文学往往不屑于追求概念的清晰,思考的成熟,以及确定性的推论,恰恰相反,它以颠覆我们头脑中已经固化的诸多意识形态为自己的使命。它致力于将确定的边界和规则秩序重新加以定义。关于个人主义、道德责任、真实这些抽象的大词,在《伤逝》中失去了它们确凿无疑的含义。① 当这些概念缠夹在具体而鲜活的经验生活中难分难解时,它们获得了被重新审视的机会,文学艺术显然能够更好地赋予它们这一特权机会。在生活这一无边无际的网络中,我们对一些事情的判断或介入总是很难能够给出完美的解决方案。阿多诺说:"终究说来,没有人能保证道德哲学领域的反思可以用来为美好生活建立一个典范的计划,因为生活本身是如此畸形和失序,以至于没有人能够在其中过上美好的生活,也没有人能够实现他作为人类的命运。"② 因此,我们也许可以说,作为思想实验的文学,为我们拒绝既定的感觉的和认知的分类系统,为我们展现另类生活世界的可能性,提供了反事实的经验空间。就《伤逝》而言,涓生和子君的爱情故事,通过不可避免失败的展示,特别是通过涓生彷徨于无地的晦暗结局,让我们重新思考在中国语境中的个人主义在过去、现在和未来的可能性。另一方面,作为具有强烈思想实验色彩的文本,《伤逝》为我们重

---

① 在这里,我们对鲁迅似乎用以自嘲的速朽论,也不妨加以认真对待:如果《伤逝》故事中的那些观念本身都是临时性的,都是双重批判的对象,都等待着未来的凤凰涅槃,那么重要的就不是比如这样一些问题:个人主义究竟应该是什么?在染缸文化里谁能拥有可以独善其身的豁免权?而是,在对它们的摧毁中可以获得一个展望未来的机会,虽然这机会渺茫微弱。
② Adorno, T., *Problems of Moral Philosophy*, Stanford: Stanford University Press, 2001, p.167.

新理解具有思想实验性质的文学作品树立了某个极点：作为思想实验的文学，并不应该仅仅限于科幻小说或者反乌托邦这样的类型小说，它并不只是旨在通过想象力的自由游戏获得快乐，重要的是，它应该为我们重新理解习焉不察并视为当然的事物，提供某种表征，某个可见性；它应该指向人性之星辰大海的最深处。①

2023 年

---

① 本文对阿多诺相关观点的论述，部分参考了一本博士论文：Marta Nunes da Costa, "*Redefining Individuality: Reflections on Kant, Adorno and Foucault*", PhD thesis, New School for Social Research, 2005.

下编 访谈

艺术生产与中国语境

孙婧：朱老师您好，很高兴您接受我们的访谈。今天主要想跟您探讨关于西方艺术理论中国化与中国当代艺术创作的问题。我们知道您在许多著述中都曾深入分析过像布迪厄、本雅明、阿多诺等西方理论家的理论，并且仔细分析过这些理论家在中国的接受。在您看来，我们引介西方艺术理论的意义主要体现在哪些方面？

朱国华：这个问题其实挺大的。关于引进西方艺术理论，前不久我发表了一篇名为《漫长的革命：西学的中国化与中国学术原创的未来》的文章，讲我们要做好中国的学术，需要一个基本前提，就是能够接受、理解、消化西方的理论。这个基本前提，是学术共同体的共识。大概一个半世纪前，刚刚打开国门的时候，这项事业就开始了。像王国维、陈寅恪这些被我们尊崇的大家，都不约而同地认为研究消化好西方理论，是我们在学术上取得成就的一个首要条件。这是从大的方面来说。拓展开来说，我们今天对学术的理解与古人有很大不同，不说孔子、庄子，就说像顾炎武、王夫之，以及乾嘉学派等等，他们的学术方式在今天很少被继承，我们今天是跟随西方的路数做学术。有人讲我们做"西学"的如何如何，殊不知中国当代学术的主流就是在西方框架和意义上形成的。在我看来，区分中国和西方是徒劳和可笑的，当然也是一个被普遍接受的谬识。某些处在支配地位上的人说西方如何如何不好，每每忘记了马克思也是西方的。其实许多人反对研究西方，他们本身也并不是站在中国传统的立场上思考，不过是站在西方的某些视角，有时候还是相当陈旧的、自以为是安全无误的、失去对时代回应性的西方视角上进行思考。这是我们考虑此一问题的大前提。我还想指出，西方人文学科本身也是早期人文主义者的发明，这要追溯到文艺复兴时期文化的演进。文艺复兴之后，人文主义的治学方法与古希腊的哲人比如柏拉图、亚里士多德进行撰述的方式已有很大不同，比如：作出判断要有依据、有材料的支持，引用的语句要注明时间和出处。参考前人著作、开列参考书目、使用脚注等等，这种现代做学术的方式是文艺复兴及启蒙运动以来渐渐被建构起来的，对西方来说有几百年的积累。其实还不仅仅是一个治学方式的问题。就治学理念而言，中国学术传统上所谓"格物致知"其实是要宗经征圣的，对与伦理态度或实践智慧无关的所谓纯粹知识或抽象本质并无研究的兴趣，而西方人文学科却要区分事实与价值，把对事实的发现与阐释放在首位。比如说他们写历史著作虽然可能免不了渗入价值立场，但就其自觉意识而言，写一本通鉴并不具有诸如"资治"这样的功利取向。如果明瞭这一点，再去区分西方与中国就没有多大意义。我们应该思考的是哪种思维方式比较有深度、更适合现代社会，对某些研究对象更具有阐释效力。像朱熹、顾炎武、王夫之那种著书立说方式，在现在虽仍有学者沿用，但总体来说，这种治学方式与我们现代大学教育体制格格不入。从这个角度来看，我们引进西方理论的意义，就在于引进更有深度、更有价值、在学理上更有说服力的理论和方法。当然，这并不是说西方的一定比中国的好。在自然科学或工程技术领域中国也许有一些方面是比较领先的，不过，人文学科领域总体上是比较落后的。为什么会大幅度落后，我就不展开论述了。这里想提及的一个比较浅表的理由是，自然学科可以比较、量化，所以很容易比较强弱。而关于人文学科，似乎谁都可以发表一些看法，没有什么客观的评判标准，这样主观感觉往往掩盖了中国人文学科的弱点。我们甚至意识不到我们在人文学科方面的落后。正是因为中国的人文学科总体上较西方落后，所以我们才要引进西方的学术理念和方法。

张成华：在您看来，到目前为止，我们在引介西方艺术理论时遭遇的主要问题有哪些？

朱国华：引进西方文艺理论面临的问题有不少。首先是翻译的问题。学术翻译对翻译者有很高要求。我们不从"信""达""雅"来看，只从学术的角度来看，它至少取决于三个条件：翻译者外文要好；中文要好——现在外文好的学者很多，但外文和中文都好的学者就不那么多了；专业要通——也有不少人中文外文都好，但是专业不懂，翻译起来也很容易出错。中国人不认为翻译是一件值得做的事，因为在现有的科研考核体系中，这不被看作创造性劳动。这种观念使得三方面能力都很强的人不愿意从事翻译工作，更愿意自己写文章。但是，另一方面，翻译在大陆有广大的市场，需要大量翻译工作，出版社对翻译的质量往往把握不住，这就导致翻译作品泥沙俱下。糟糕的翻译带来很多问题，因为这些翻译往往佶屈聱牙，就导致西方的著作在观感上高深莫测、晦涩。我们常常花费不少时间精力去阅读，但仍然不得要领。某些翻译作品比印刷垃圾更糟糕，因为垃圾毫无价值可以抛弃，而有些名著却因为恶译而损坏了其学术价值，并连带着我们许多不耐烦的读者更加憎恶西方的人文理论。更有甚者，有些学者还习惯于模仿这种晦涩、高深的语言风格，其实很多时候是掩盖自身的浅薄，这是一种不好的学风。这种行为也会影响我们对西学的观感，认为西方人玩虚的、不靠谱。第二，我们在做学术的时候往往有一种领地意识。比如说，这边把布迪厄圈起来，当作自己的学术开发区，那边又圈起阿多诺。但是，对任何西方理论进行深入细致研究，都需要很大的时间、精力投入。我们很难做到这一点，就往最一般上摄取。什么人时髦了，我们就一窝蜂跟上。这其实是八、九十年代中国学界的普遍做法——大而化之地介绍，而不深入到理论结构内部。比如介绍阿多诺的基本观点，但不将阿多诺的理论问题化，不去分析他的学理机制是什么。国内学者对阿多诺的问题意识是什么、问题意识是借助于什么理论工具展开、其问题意识与语境具有什么样的回应关系等等，均不太关心。我们对西方理论的介绍往往浮于表面，缺乏深度，没有进入理论的钢筋水泥结构内部进行考察。单纯罗列阿多诺的观点，进而指摘阿多诺的理论不适合中国语境，这样的批判没什么意义。要在学理上进行批判，不是摆一个批判的立场就行了。我们对西方理论的介绍和批判还有很多不足。

孙婧：您在分析布迪厄、阿多诺、本雅明，以及日常生活审美化等理论的时候强调我们在对一种理论作出价值判断之前要先对这一理论作事实判断，可是，您在《另一种理论旅行的故事——本雅明机械复制艺术理论的中国再生产》中有一个吊诡的结论，认为我们越是回到本雅明自身，越是对他的机械复制艺术理论追本溯源，也就越使他的理论远离中国语境。如果是这样，您认为像本雅明机械复制艺术理论这样的西方理论如何还能介入到中国语境呢？

朱国华：这个问题也要分几个层次回应。第一，对日常生活审美化，我强调在作出价值判断之前要作事实判断，即我认为一种西方理论在中国化进程中首先要看它是否具有足够的话语阐释效力。我们不能对西方理论生搬硬套而不考虑它在中国语境中的有效性。实际上，理论只是看问题的一种视角。不对这一视角本身进行检视而直接挪用，很可能水土不服。如果在对一种理论进行检视后稍加改动，会更有阐释效力。比如说，有人用布迪厄的理论研究中国村庄，发现只是运用经济资本和文化资本的概念工具是不行的，于是他启用了宗族资本的概念。这样对布迪厄的理论进行检视调整后，就更能适应对中国村庄状况的解释。第二，你们提到我写本雅明的文章。本雅明的机械复制艺术理论，本身涉及的问题比较多。在这篇论文里，我主要关注的是这一理论在中国的接受情况——分几个阶段，不同阶段国内学者作出的文化/政治反应，这些反应与社会语境是如何发生关联的。其实，本雅明机械复制艺术理论在其政治关怀之外还有很多其他维度。比如，膜拜价值、aura的消失等。这些对机械复制艺术出现带来的一系列革命性变化的阐释，对西方是有效的，对中国的文化实践的阐释也不无启发意义。我们不能因为它当中某些内容不适合中国语境，就进行全盘否定。第三，当然，有时候有些理论确实不适合中国，但我们依然可以学到很多东西。西方理论所体现出来的一些思考问题的方式，例如如何构建知识的对象，如何进行批判性思考，如何获取相应的质料，如何谋求理论与实践的融合等等，有相当方面是我们非常欠缺的，这种引进至少也是对这一方面的弥补。中国人不喜欢深度、复杂的理论思考，而喜欢"不立文字，直指人心"，喜欢禅悟。中国人讲究实践智慧、心性境界。我们喜欢直接的结论，喜欢化繁为简。我们许多中国人相信大雅其实就是大俗，所有复杂的东西都可以用简单的方式加以表达。在某种意义上来说，作为学者的于丹、易中天或周国平在什么程度上得到国人的欢迎，西方深邃复杂的理论在什么程度上就遭到了国人的漠视。麦基编过一本《思想家》，请当时世界上一流的哲学家在电台谈论自己的理论工作，我认为这样的哲学家如果在中国的电视台上是不会有什么收视率的。因此，对西方理论内在结构的检视，可以让我们知道他们对问题的思考达到什么样的深度，进而回过头来检视我们自身的理论状况。即使从这个角度看，引进西方理论也是很有价值的。

张成华：事实上，西方艺术理论有其自身发展的历史和语境，现在我们却将西方历时和在自身语境产生的理论一同挪用过来，使得西方不同时间段和语境产生的理论众声喧哗、彼此碰撞。就像本雅明和阿多诺关于机械复制艺术的观念彼此不同，他们的艺术理论也肯定不同于日常生活审美化理论，当这些理论脱离它们产生的语境，共时性地放在一起时，彼此冲突就更为明显。我们应如何看待这一问题呢？

朱国华：如果我们换一个角度思考，我们可能发现，这种想象的冲突并不存在。本雅明对机械复制的态度是救赎的，而阿多诺的基本立场是批判的，这是对同一问题的两种不同解答。每一种理论都是审视问题的一个视角，每一个视角也都有局限性。换一个角度看到的可能就是不同的景观，比如说苏州园林，从东门或西门进去，看到的景观不一样，但并不冲突。本雅明认为艺术自主性是有问题的。作为一种艺术神学，它是资产阶级文化的产物，与统治阶级文化特权结合在一起。我们要摧毁它，实行艺术的民主化。新媒介的艺术形式具有巨大的解放力量，比如电影，因为电影就其本性而言是大众的。本雅明在机械复制技术中看到的首先不是艺术性的问题，而是政治动员可能性的问题。本雅明想要在穷途末路时寻找一条出路，他要像在一艘摇摇欲坠的船上的水手一样，爬到最高处发出求救的信号，为了寻找一种救赎的可能。你可以说他太天真了，他的救赎方案完全无济于事，没有现实可操作性——事实上本雅明本人最终也自杀了，但不能说他没有丝毫道理。他不过是在没有办法的情况下寻求突围之计，他要看到希望的曙光。阿多诺则完全是批判的视角。他认为艺术自主性虽然有各种问题，但是就其内部的动力而言，它依然是指向社会批判的。他的否定辩证法指向没有合题的永恒的否定和批判。这两位哲人看似冲突，实际上都是绝望的呐喊，只是一个偏乐观，一个偏悲观，他们不过是对事物不同层面的展现。恰恰是冲突的地方加强化了我们对事物可能性的认识。

孙婧：我们还会有这样一种发现：西方学者在接受中国的理论资源时往往对这些理论资源截取一端，进行阐发。有些时候又会以西方视角排斥和构想中国的理论资源，当西方理论家这样做时往往将中国的理论资源当作异质性要素，其目的是为了解决西方自身的困境。中国学者对西方理论关注的焦点往往与西方学者不一致。在这一情境下，在您看来，中西方学术界如何进行艺术理论上的交流和对话呢？

朱国华：我对这个问题的回答可能显得有点妄自菲薄。我们和西方进行学术交流的条件其实还不够成熟。我们的人文学科落后他们太远，所以很难说什么真正的交流，或者说不太可能有平等的交流。当然我并不排斥我们有少数一些优秀的学者跟他们自由对话。但是他们知识共同体的整体水平比我们要胜出很多。他们西方从文艺复兴就开始了人文学科的研究。十八世纪康德已经写出《纯粹理性批判》这样伟大的著作。西方学术发展到今天，其深度与广度都是令人惊叹的。我们与他们相差太远。我们常常拿中国传统的东西跟他们对举、发明，但实际上，西方的传统文化资源本身就非常丰富，无论是古希腊的柏拉图、亚里士多德，或是中世纪的阿奎纳等，但是，当他们被当代意识所激活的时候，无一例外都首先受到思辨理性的批判性审查。我们不能站在某种中国传统原教旨主义上，认为自己的传统智慧具有不受批判的先天合法性，可以直接拿来质疑西方当代人文学科。举一个直观的例子，中国传统中有许多关于"言意之辨"的探讨，可是如果我们将其和维特根斯坦所讨论的"言意之辨"进行对比，就会发现我们传统上对这一问题的讨论一直处于相对浅的层面上。当然，如果能激发传统文化资源与西方当代学术结合，使得传统资源对当代社会也具有回应性，那是再好不过的事情。但我认为任重而道远！需要我们学者的努力！话说回来，现在也出现了许多对我们有利的情况。一方面，全球化时代，到国外留学、开会、访学等都很方便。喷气式飞机缩短了空间距离，网络技术使得我们也可以最快的方式接受西方最新学术成果。从某种意义上来说，西方实际上并不在中国之外。另一方面，二十世纪下半叶以来西方人文学科出现了政治化的转向。像福柯、布迪厄、德里达，还有现在活跃在学术前沿的朗西埃、阿甘本、南希、巴迪欧，都有很强的政治取向。如果我们关注的问题是政治，那么学理的深度和创见就相对居于次要位置了。我们可以立足于中国特有的语境条件、历史经验，对某些具体事件进行政治探讨并赋予人文关怀。国内有些知名学者在国际上具有较大名声和影响，其实与其政治立场是分不开的。虽然有些左派理论家例如伊格尔顿一直强调认为，一切的理论、思想和学术都是政治性的，但即便如此，也还有跟政治关系远近的问题。我们假如把与政治关系较远的那些学术研究称之为纯学术研究，我认为在一个可以期待的未来，我们在这个领域一时还很难达到西方的高度。接着我们前面说的话，我们需要一个漫长的革命。我们现在做的是为后人搭梯子或铺路的工作。进行学术资源的积累，把西方理论中国化，是我们需要长期做的事情。采取"学术大跃进"的方式会导致无数的学术泡沫，这在今天已经非常明显，中国生产的学术论文数量已经傲然居于世界之巅，其质量如何大家心知肚明；另一方面，如果"躲进小楼成一统"，在不跟西方交流的情况下顾盼自雄，自以为高，那容易导致学术上的鼠目寸光和夜郎自大。

张成华：中国许多当代的艺术创作也往往从模仿西方开始，从"85新潮"到九十年代多极前卫的"政治波普""泼皮艺术"都是以模仿、复制西方开始的，这些挪用的艺术形式也在某种程度上颠覆了中国传统的艺术创作方式和理念。对西方艺术进行模仿似乎都构成中国当代艺术发展的动力因素，但似乎也暗含着中国当代艺术发展内驱力的不足，不知道我的这一判断是否正确，在您看来，我们应该如何理解当代艺术创作形式上对西方的模仿呢？我们是否应该在理论和实践上对中国当代艺术实践进行矫正呢？

朱国华：我对当代艺术不是特别了解，我很抱歉我不能说得很多。但是文学和艺术有某种类似之处，不妨借文学来谈谈想法。中国当代文学上的成就至少不低于中国当代艺术上的成就，莫言拿到诺贝尔文学奖说明中国当代文学在一定程度上得到了世界的认可。我们在文学上有所谓的先锋派写作，实际上就是模仿西方作家的叙事技巧，但是后来先锋写作失败了（那些先锋派作家们不再锐意进行创新、攻击和颠覆的写作实验了），当然也可以说成功了（一些作家把西方现代派的写作技巧融入到文学创作中），这要看你从哪个角度来理解。假如从失败的角度上来理解，我们可以说，他们实际上模仿的是"技"，而对"道"就不那么敏感了。"技"实际上是一个形而下的器的层面，"道"是某种奠基了文化实践的根本价值的具有目的论性质的形而上的东西。中国的"道"和西方的"道"可能不太一样。虽然我们把西方的"道"等同于真理可能失之于简单,但我们仍然可以粗略地说,西方主流上是把艺术视为对真理追求的一个主要方面的。但是,真理自古以来就不是中国人的一个选项。中国人对真理没有那么在乎。假如有认识方面的问题,我们也会加以伦理化或者政治化,就认识维度而言可能非常浅易,例如:"小子何莫学夫诗?诗,可以兴,可以观,可以群,可以怨。迩之事父,远之事君;多识于鸟兽草木之名。"对事物的本质或真理,中国人是缺乏关心的。而西方艺术内在的动力来自于对真理的追求,艺术的发展,既取决于认识水平的变化(例如对主体的认识或透视学原理),也与一定的媒介、质料联系在一起。我不相信中国传统的画家会去研究早上九点钟与下午三点钟的光线照在稻草堆上的差异,不相信他们会认为这种差异有多么重要。早期印象画派对自然景观细致入微的观察突破了官方沙龙的那些宫廷画家的艺术成就,但后期印象画派比如凡·高,更是转向了内心的主观真实,这里面对真实的理解实际上是有一个运动和发展的过程。中国人传统上对于"诗言志"或是"诗缘情",说来说去是要表达情感的,虽然我们也说"诗者,天地之心",但是何谓天地之心?说的也并不是认识论意义上的法则,总还是有强烈的人伦关怀。很难说这样的情怀构成了一种使得艺术史发展成为可能的内在动力。我不敢说中国的艺术史,就中国的文学史而言,我们可能有从四言诗到五言诗的演变,从诗到词的发展,从词到曲的变化,但就中国古人所意识到的诗的观念而言,词曲本不足论,而诗的表意范围虽然逐渐扩大,其修辞形式也有其发展,但是说到所表现的情志,则很难看到一个清晰的历史,往往不是"宗经征圣",就是"逍遥抱一"之类。当然西方的艺术按照一些人的说法也终结了,比如认为艺术已经完成了其发展规划(例如完全能够再现外部的感性对象),不再可能有技术上或形式上的变化,或者艺术已经变成了哲学,从而使得以感性方式认识现实的任务变得不再重要等等,这是另外一回事了。我觉得中国人是追求"智慧"的,这和追求"真理"是不太一样的。"智慧"是没有历史的,这一点于连已经阐发得很清楚了,我就不必赘言了;但是对"真理"的认识是有历史的。对某种事物,在某个特定的时间和语境里,我们可能有这个发现,换一个时间和语境,你就会发现同样的事物可能会呈现不同的面貌。如果艺术家将这些不同理解加以客观化和形式化,其过程就会导致艺术本身历史的演化。另一方面,中国的小说从来不缺乏智慧,《三国演义》《水浒传》充满着这些智慧的言说,讲怎样搞好人际关系,怎样立于不败之地,怎样加强自己的情商。易中天也正是在这个方面大加发挥,才能赢得其骄人的收视率。我认为我们中国人深层的心智秩序跟西方是有巨大差异的,我们偏实践智慧,他们重思辨理性。还是拿莫言说事,你看他的长处在讲故事,通过故事来显示他的才华和智慧,显示他的人生哲理,但是很难说他的故事颠覆了我们的常识。当然我不否认他的优点,比如想象力奔放奇诡、叙事风格酣畅淋漓、元气充沛等等。

如果单纯来讲模仿,模仿其实不是一个坏事,比如学书法的时候一开始都是描红、临帖,模仿是学习的一个必需的过程,关键是我们模仿得好不好、对不对,模仿得究竟是形似还是神似。许多西方先锋派艺术实验每每具有很强的政治维度。但是他们的政治诉求往往与艺术本身的内在结构联系在一起。我们有些艺术家对政治关怀的形式表现领会、模仿得较多，对艺术的内在价值缺乏必要的关注。但一种艺术品如果只能通过政治的方式来获得认可，那我觉得它还是一种工具。其实只要政治上有一些叛逆，都能获得西方人的一些喝彩。但是艺术品假如完全贴合于政治理念的传布，假如故意用反叛者的姿态来做表演，实际上是另外一种程式化的活动，不能自动使自己抬升为伟大的艺术品。我当然不是说一个艺术品不要有自己的政治关怀，但是一个艺术品如果只能化约为一种政治抗议的符号的话，那它的艺术价值本身就有局限了。所以回到一开始的问题，模仿不是坏事，关键是要看只是模仿技术，还是能上升到对"道"的模仿上来。不能回应这个时代要求的艺术品不太会是一个好的艺术品，相反，如果能将这个时代问题化并作出自己的独特回应，那才可能是一个好的艺术。这也是我对中国当代艺术的期待。

孙婧：现在一个普遍的现象是以艺术品的拍卖价格判定艺术家的级别，中国当代知名度较高的艺术家往往是作品能卖出好价格的艺术家，像现在被业界称为"四大金刚"的艺术家。艺术品和商业的媾和改变了传统艺术理念的观念似乎已深入人心，您对这个一直被追问的问题有何看法？

朱国华：商业渗透到艺术的内部实际上不是今天才发生的事情，美国中央情报局花大量钱去收购本土的艺术家的作品，这样的操作对美国来说是成功的，一下子就扩大了美国艺术家知名度，从而让美国的艺术市场得到世界的认可，在一定意义上它完成了它的预定目标。在目前的情况下，借助资本的力量来逐渐推高"四大金刚"这些艺术家的价值，使得他们在国际艺术市场上具有一席之地，渐渐被外国同行所认可，作为某种权宜性策略来说，不完全是坏事。这其实是为中国的艺术家打开一扇窗，使他们能更快更多地和西方的艺术家在一起交流、交往。关键是如果只是通过艺术市场的炒作，使艺术家获得经济资本和符号利润，那么这是不稳定的，中国艺术家还是要练好内功。也就是说，中国的艺术家要很好地利用这样一个机会，利用资本市场的介入，使得自己的艺术存在获得一种可见性、显示度，与此同时，还是要打好基础。不光是在资本市场上能够获胜，而且在国内外艺术圈子里也能得到真正的认可。当然这个就涉及我们前面说的一个东西，你有没有自己的艺术理念，你是不是摆脱了简单的模仿阶段，这还是一个比较大的问题。当代的艺术圈也是鱼龙混杂，艺术家对理论表现出一种很强的渴求，需要理论对艺术品的阐释。这种对理论渴求的程度在一定意义上说明，当代中国艺术家没有自己的理论可言。凡·高之所以成为艺术家，他能取得这样的成就不是偶然的，你读一读他的书信，就可以看出一个艺术家的生命激情、精神修养、对真理强烈的追求和对生活的独特思考能够达到何种境界和高度。我们的艺术家会不会在这个方面有这样的追求呢，这就涉及我前面所提到的问题。

张成华：从当代艺术发展的情况来看，中国存在着一定程度的艺术与日常生活相融合的情况。您也曾经探讨过日常生活审美化在中国和西方的不同，认为在西方比较普遍的日常生活审美化问题在中国只能作为一个局部性、需要被限定的领域。您从中西艺术理念、提倡的主体和当代中西方人生存境遇等角度支持您的观点。如果我们换一个思路，将日常生活审美化看作构成了中国当代艺术/知识民主化进程的一个必要推动力是否合适呢？

朱国华：你当然可以从这个角度上来理解，但实际上这背后的思路就是把艺术或者说审美经验加以日常化了。它可能反映了大众美学的声音。伯明翰学派是非常关怀民众的，但问题是如果我们把艺术加以日常化，仅仅理解为日常经验的话，就可能会削弱艺术本来具有的震撼的作用。艺术的到来就是让我们改变对生活的看法，就是让我们对世界的认识发生改变。艺术就是让你对本来习以为常的事情变得陌生、新奇，换一种眼神打量它，这是艺术本该具有的价值。当然这样说或许有些武断，但是包括我在内的很多人对艺术会有这样一种期待。如果把美学经验日常化，这样的美学经验就肤浅化了。这样一来，我们就把经验长期以来的一个维度化约为家庭装修、美容、公共广场的喷泉、外滩的焰火晚会等等，这当然是好的，但实际上这是一种美化的生活，让我们的日常生活更具有质量、更顺心、更愉快，这和我们讨论的艺术或是审美经验不在一个层面上。我讨论的是精英艺术或者说是严肃的艺术，不是给我们带来官能快乐的艺术。如果只是用这个东西作为标榜，那我们就丧失了具有真理性的、具有事件性的艺术。

孙婧：非常感谢您对我们青年学术研究者在接受西方艺术理论、面对当代艺术困境时给予的启示。

2015 年

学术趣味与理论的"介入"

张洁婷、吴萌萌：朱老师，您好！非常感谢您在百忙之中接受我们的访谈。我们的访谈也许可以从您去年在华东师大中文系毕业典礼上的致辞开始。您的致辞非常精彩，在微信公众号上被推出之后，阅读量不仅达到了数十万次，而且被众多媒体转载，可谓 2020 年度"最成功系主任讲话"。[①] 就这篇有着相当思想深度的致辞而言，这样的阅读量可以说是十分惊人的，这可以说是去年学术界重要的"文化事件"。这篇致辞能够得到如此广泛的关注，可能是因为其中的内容触及了读者心中深处的某种东西，不知道您自己是如何看待这个问题的？

朱国华：多谢二位对这一致辞的关注。去年的毕业典礼致辞获得了较大的阅读量，这完全出乎我的意料。事实上我自从担任中文系系主任以来，每年都被迫发表致辞，因为有微信公号推送，每年又被迫绞尽脑汁更换主题。致辞是典礼的一个部分，它的形式和内容都受到一定的限制。其实在一定意义上，演讲者不得不在惯例的压力下寻找个性化意图的表达。我并不认为此次致辞在任何方面表达了深刻的思想或做出了独创性贡献，也并不觉得它比起我以前的致辞更高明（我自己更喜欢 2019 年的致辞，因为主题与专业领域相关）。这一次获得不虞

---

① 致辞《忠诚于真理》收录于朱国华：《天花乱坠》，上海：上海文艺出版社，2024 年版，第 106 页。

之誉，我想还是因为这次致辞在一定意义上回应了当代全球社会普遍撕裂的困境，我希望能够在各种对立之中寻找到最大公约数。

没有人会反对"真理"，虽然每个人赋予"真理"的内涵和命意可能大相径庭。当然，也没有人喜欢戾气，但我们总以为自己的论敌才有戾气。不过，如果我们都同意，追求真理是一件我们都期待的好事情，我们似乎至少可以在这个平衡点上，暂时搁置我们的分歧。显然，在这样的情况下，分歧的解决不过是文学的或想象的解决，其实无法真的发挥疗伤的功能。但即便如此，它总还是走在通往和解的道路上，这可能是大家乐见的。我这篇致辞卑之无甚高论，但可以说，它产生的影响有多大，它反映的社会创伤和群体焦虑就有多深。我宁愿岁月静好，山河无恙，不需要这种字斟句酌、欲说还休的致辞。

张洁婷、吴萌萌：在文艺理论研究方面，您取得的学术成就十分丰厚且令人瞩目。您曾经说您最开始并不是专门从事理论研究的，您能否介绍一下是什么契机让您走上了西方文论研究的道路？当时中国学界对西方理论的接受情况如何？

朱国华：在学术研究上，我十分惭愧，没有做出什么值得称道的成绩来。说到我做西方文论研究，其实有一定的偶然性。我年轻时，正好改革开放刚刚开始，受当时风气影响，西方的东西看得比较多一点。到了1989年以后，我遇到了著名画家董欣宾先生，他批评我对中国传统的东西关注不够，所以也读了一些古籍，但是都说不上特别系统。当时东南大学正在筹建中文系，因为师资不足，我也讲授过五花八门的文学课程，换句话说，我可以算是兼任了古代文学、外国文学、现当代文学和文艺学的教师。不用说，水平都很低。但幸运的是，我对文学学科的各个领域都很感兴趣。后来，我计划以同等学力来攻读博士学位，需要选择一个专业。那时候我的考虑是：如果报考比较文学与世界文学，我觉得没有二外是不行的，但我的外文水平很糟糕；如果选古典文学，我觉得没有童子功是不行的，理想的状况是不仅仅要有训诂、音韵等基础，而且最好能熟读四书五经和先秦两汉魏晋南北朝诗文，但记忆力是我的弱项；至于现当代文学，看起来门槛较低，也聚拢了中文学科最多知名的大咖，但是，鲁迅之外的作家，能让我产生迷恋的几乎没有。要是我将余生投入这个领域，我会多少有点不甘心。最后的选项只剩下了文艺学，这在中文学科的鄙视链中叨陪末座。它没有专属的具体的作业区，因此说起来我们这一行好像是通吃所有的文学，但实际上我们干的似乎是凌空蹈虚的事。由于古代文论毕竟跟时代距离稍远，所以我还是选择了当代西方文论。理论是比较烧脑子的，但是它越是不容易接近，当偶然之间想明白了某个道理，它给我带来的快乐也越是强烈。

至于我年轻时中国学界对西方理论的接受，总体上是一种如饥似渴的欢迎态度。一方面，当时百废待兴，学术出版本身远不如现在繁荣，学术著作总量还比较有限；另一方面，那时候能直接阅读外文文献的人还比较少，译著也很稀缺，所以学术译著销量还是比较可观的。至于翻译得是否精准，以及对西方学术的研究是否深入，那就是另一回事了。我个人认为，即便到现在，这些方面也还有很大的提升空间。

张洁婷、吴萌萌：就西方文论而言，实际上有英美和欧陆两个不同的传统。您个人的研究似乎更为偏重于法德的理论传统。您对布迪厄、阿多诺和本雅明等理论家都有非常深入的研究，而这些理论家以著述的晦涩难懂为大家所熟知。不知道您如何看待这两种传统在风格上的差异？而就您自己的学术写作而言，最大的特点之一就是趣味性很强，用幽默、调侃和深入浅出的方式将深刻晦涩的理论问题说清道明。清人张潮曾说"才必兼乎趣而始化"，不知道您是如何看待这一点的？

朱国华：我其实说不上了解英美和欧陆两种传统，也不大容易分清法德思想学术的差异。尽管我也算写过一些有关本雅明和阿多诺的文章，但总体上我还是觉得有点隔膜，因为作为观念论的继承者、批判者与发展者，他们有时候的运思是在观念内部推进的，有点不食人间烟火的高蹈气息。

陈嘉映教授曾在华东师大讲授维特根斯坦，他在表达对所谓"超级概念"的质疑时，要求听众在谈到某个大词时，最好举个例子。这当然表明了逻辑实证主义的某种路径。阿多诺与以波普尔为代表的实证主义社会学的争论曾经是一桩著名的学术事件。我承认阿多诺对实证主义的攻击可能抓住了其方法论的某种软肋，但无论如何，布迪厄理论与经验相结合的论述方式让我觉得能接上地气。我觉得许多道理布迪厄能说得很明白，他让我感觉到靠谱、踏实，即便错也错在明处；而本雅明和阿多诺的玄思时常让我沉迷其间，往而不返，即便我有时不知道他们在说什么。罗素在谈到普罗提诺哲学的时候说过："真实性并不是一个形而上学所能具有的唯一优点。此外，它还可以具有美……"[1] 本雅明和阿多诺的哲学，无论是基于先锋派还是现代主义美学经验，显然在相当意义上是美的。有些真的东西，让人感到气闷庸常。但我这里既不是表明本-阿的哲学不具有真实性，也无意于贬低布迪厄的文学才华，难以想象二十世纪任何一个重要的法国哲人没有一点文艺范。

至于我的学术写作，谈不上有什么风格特点，但就我的主观意图而言，在问题引导下进行智力探险，我感觉是好玩的，有意思的甚至是很刺激的。在写作过程中，我可能不知不觉把自己的知识好奇心客观化了。在某种意义上，学术与我热爱的其他实践，例如旅游、打牌或者下四国军棋其实有共同之处。当然不同的地方也是明显的。我以前应学校社科处的要求，向学生说过一段话，这里可以再重复一下："有时候游戏是天底下最严肃的事情。用这样的心态来想象学术研究，我们就愿意忍受某些程序的枯燥无聊，而追求那来之不易的纯粹快乐。"

张洁婷、吴萌萌：就目前国内谈论较多的西方文艺理论来说，不管是西方马克思主义，还是后殖民主义、女性主义、生态批评、后结构主义和文化研究等，都注重对社会的介入，强调理论的政治性。比如布迪厄在讨论博物馆等文化机构时，就指出真正能欣赏艺术的只有具备一定文化资本的人，社会不平

---

[1] 罗素：《西方哲学史》，北京：商务印书馆，2007年版，第360页。

等由此被强化，他的理论为学者或知识分子介入社会提供了一种路径。伊格尔顿在《理论之后》哀叹理论的黄金时代已经过去了，实际上是在批评"理论"在当下表现出来的去政治化色彩。不知道您如何看待理论的"介入"功能？

朱国华：确实，西方各种批判理论都强调理论的干预性，而且许多社会理论家还重视知行合一，把自己的理论与各种社会运动结合起来。但是总体上来说，强调知识分子干预的最著名的人物大概是被称为二十世纪良心的萨特。二十世纪中叶，他的影响达到顶峰。但此后，结构主义或后结构主义的后浪也将存在主义作为前浪送到了沙滩上。欧洲"五月风暴"以来，知识分子的干预性逐渐弱化，有人甚至认为知识分子（当然指的是所谓"公共知识分子"）已经进入了坟墓。并不是没有人坚持这样的干预传统，例如布迪厄依然在某种意义上继承了萨特的衣钵，但无论如何，知识分子在社会空间发声的重要性逐渐边缘化了。今天，这样的边缘化伴随着网络社会的到来加剧了。举个例子，也许对至少七千万美国人来说，川普的自媒体已经战胜了《纽约时报》等主流大报，而这些大报原本是知识分子发声的主要载体。

中国的情况当然非常不一样。但是对我来说，人文社会科学本身就具有干预功能。很简单的一点就是，我们每一次进行深入的学术研究的时候，我们都发现我们的认识会发生变化——如果没有发生任何变化，那我们的研究不过是高水平或低水平重复。理论总是挑战我们视为当然的常识的东西，在这种意义上，它始终引导着我们以改变意识状态的方式来介入、干预社会现实，或者至少可以说，它为我们以更具物质性的方式（例如体制的方式）改变社会世界提供了可能。

张洁婷、吴萌萌："现代性"同样是一个众说纷纭的概念。西方学者伊夫·瓦岱说过，现代性概念"正像它所表示的既复杂又矛盾的现实一样，一直不明不白"。① 韦伯说现代性的过程就是一个"祛魅"的过程，也是理性化的过程。理性是现代性的一个核心概念，一方面，对工具理性的推崇推动了经济发展与科技进步，带来了人类生产力与人类社会的巨大历史进步；另一方面，现代性使人们深陷对物质和功利的追求，带来精神失落、生态失衡等危机。西方国家早于中国进入现代性阶段，这些危机尤为明显。您觉得我们应该如何理解现代性过程中出现的这种种纠葛？就中国的"现代性"而言，如果您觉得同西方现代性有差异的话，您觉得差异主要体现在哪一些方面？

朱国华：现代性是一个大词，在各种语境中分别具有不同的意义，可能是指某种历史时期的特性，或者也可能是指某种社会制度、知识形式、群体心态或者实践的合理化等等；有人认为唐宋时期就有了现代性因素，也有人认为中国到了晚清才开始踏上现代性的征程……这是人言言殊、莫衷一是的话题。如果顺着你们指引的方向，我们从理性化过程开始说起，那么对我来说，我可能对现代性给人类社会带来的"深陷对物质和

---

① 伊夫·瓦岱：《文学与现代性》，北京：北京大学出版社，2001年版。

功利的追求",或者精神失落乃至于生态失衡之类的后果不是最敏感的,因为古代社会的人们也都追求蜗角虚名、蝇头微利,古人的精神未必比我们更充实;而今天中国北方诸多疆域的童山秃岭和戈壁沙丘,很难说不是古人焚林而田、竭泽而渔的结果,它们原本可能是泉甘土肥、草木葱茏的所在,古人也并不见得比我们更懂保护环境。

我最关心的,还是个体自主性的问题。康德强调,我们要勇敢地公开运用我们的理性。福柯在《何为启蒙》中回应康德的这一议题,提到了康德这一呼吁所隐含的社会条件,但他想到的是它所隐含的文化人类学条件。我这里指的是康德可能不言而喻地预设了主体的存在,也就是具有相对独立性的个体的存在。无论是追溯到希腊理性主义还是基督教(个体可以独自面对上帝)的个人主义起源,个体自主性的传统在西方拥有漫长的演化历史。在中国,我们拥有的是集体主义的强大传统。我们都熟知黑格尔傲慢的断言:"东方世界只知道一个人是自由的;希腊人和罗马人知道少数是自由的;日耳曼各民族受了基督教的影响,知道全体是自由的。"[1] 新冠疫情在西方某种程度的失控,侧面显示出了极端个人主义的病症,同时似乎也见证了东亚社会集体主义精神的实际价值。当然,换个角度我们也可以说,抗疫的成功很容易掩盖个体自主性的不足。对阿多诺的阅读让我意识到即便在西方,个体的拯救也是西方社会理论家为自己提出的批判性任务。在中国的新文化运动中,个性解放的要求被逐渐消融到民族解放的总体叙事之中,逐渐失去

---

[1] 黑格尔:《历史哲学》,王造时译,北京:商务印书馆,1963年版,第1页。

了其激进的锋芒；另一方面，新时期以来，作为极化集体主义精神另外一半的原子个人主义（有人又将它称之为"精致的个人主义"）大行其道。这样的状况使得许多中国学者会赞赏哈贝马斯的断言（虽然他发表此论时可能未必想到中国）：现代性还是一项未完成的规划。

张洁婷、吴萌萌：在您的不少文章里曾论及过审美现代性的问题，作为现代性的一部分，审美现代性的内核是追求艺术自律。在讨论审美现代性的诉求时，刘小枫曾有一个比较有趣的说法，他指出："艺术代替传统的宗教形式，以至成为一种新的宗教和伦理，赋予艺术以解救的宗教功能。"[①] 不知道您如何看待这一种观点？

朱国华：艺术自主性也是一个极为复杂的问题。不要说几句话，就是写几本书恐怕也不容易梳理得眉清目秀。如果我们说某个价值是自主的，是指它具有内在的价值，换句话来说，是指它的价值不是由其他价值所定义、所派生。艺术自主性的基本含义，大概是由艺术本身的法则来决定自身。最简单地说，艺术自主性就内部而言，只服从形式的规则，就外部而言，它反对来自于宗教、道德、政治、经济等的力量。在这里，形式至上被要求成为文学艺术场域集体认同、共同遵守的信念或笃识（doxa）。尽管古代中国文学和艺术的历史源远流长，在其中，形形色色的形式主义观点不绝如缕，各呈异彩，

[①] 刘小枫：《现代性社会理论绪论》，上海：上海三联书店，1998年版，第307页。

但是，它们从未谋求让自己成为艺术的最高法则。就西方而言，我们当然可以粗略地说，艺术自主性是现代性的产物，是现代社会分化、合理化进程的一个必然结果。从康德提出审美判断具有无功利性以来，艺术自主性的观念逐渐发展壮大，到了十九世纪末的时候，以王尔德为代表的唯美主义者将其信念推到了一个极致，它大致有三方面诉求：其一，艺术形式高于艺术功能，表征模式高于表征内容；其二，艺术要求获得绝对的自主性，它要求摆脱道德、教育、政治、宗教、经济、传统和效用等所有外部责任，反对成为载道工具（甚至不应成为反映现实的镜子），认为自身即目的；其三，艺术高于生活，生活应该模仿艺术。

其实，把这些诉求跟刘小枫先生认为艺术具有代宗教功能（这也是二十世纪初蔡元培的著名主张）观点一比照，我们不难发现某种互释互证的闭合循环关系。对十九世纪的欧洲艺术家来说，艺术自主性确实满足了某种消极形式的宗教功能，即从资产阶级社会和政治中退出。纯艺术的理念允许艺术家背弃社会，只关心艺术形式的规律和技术。艺术领域，成为逃离资产阶级社会肮脏世界的唯一途径。但是当艺术家们以一种真正批判性的姿态反对一个堕落社会的时候，结果却使自己变得完全无足轻重。这样，一种最初的批判和反资产阶级的姿态，终究会在资产阶级社会的手中起作用：既然在艺术的想象世界中实现了幸福和美丽，那么在现实生活中实现幸福和美丽的义务就被免除了。第一次世界大战的爆发，证实了资产阶级价值观的破产。在这场危机中，艺术的功能再次受到质疑。艺术对自由和独立的要求不仅仅是一个无能的借口，难道不也是一个很容易逃避责任的借口吗？艺术的所谓代宗教功能这时候看起来倒像是马克思说的鸦片功能。

正是在这样的情势下，我们才能够理解先锋派运动的应运而生。正如大家所知道的，对比格尔而言，先锋派不是在艺术内部来对占据统治地位的艺术流派发动攻击的，它攻击的是作为艺术体制的艺术自主性本身。先锋派反对艺术与生活实践的分离，反对个性化生产和个性化接受。撇开先锋派对艺术自主性观念的攻击，以及阿多诺对它的辩证捍卫，我们不能清醒地认识艺术代宗教的客观意义和历史效应；同样，审美现代性或者艺术自主性始终是具体的，它对于中国的意义，也必须在中国的文化史语境中得到阐释。

张洁婷、吴萌萌：近些年来，学界也对文学的式微展开了广泛的讨论。您自己曾同样认为文学走向终结意味着文学失去生命力，[1] 而格非老师则强调说文学不会死亡，正在死去的是现代意义上的文学，[2] 德国理论家本雅明则认为，在现代社会，因为"经验的贬值"，讲故事的艺术行将消亡。[3] 换言之，作为一种重要文化资本的文学现在遭到冷遇，人文学者在当下同样越来越边缘化，您如何看待这个问题？

---

[1] 参见朱国华：《文学与权力——文学合法性的批判性考察》，上海：华东师范大学出版社，2006年版，第153页。
[2] 参见格非：《现代文学的终结》，载《东吴学术》，2010年，第1期，第75页。
[3] 参见汉娜·阿伦特编：《启迪：本雅明文选》，张旭东、王斑译，北京：生活·读书·新知三联书店，2008年版，第95页。

朱国华：关于文学终结的问题，我曾经确实以一本书的篇幅来论证黑格尔的这一经典命题。我对黑格尔的大判断是基本赞同的，他认为艺术的鼎盛期已经过去了。他当然不是说艺术将不会继续存在（我们有些人对大师的阅读，倾向于把人家拉低到自己的智力和学养能够达到的理解水平，继而进行可笑之极的指责），而是说，艺术已经不再是绝对理念的最佳呈现方式了，而必须扬弃自身，向宗教和哲学转化。尽管黑格尔指出，市民社会对艺术的发展不利等等，显示出了他对艺术生产的物质条件的关注，但大体上他的基本思路是在观念论体系中展开的。我自己希望把艺术终结论放在某种唯物主义的视角中重新思考。但随着更多的阅读，我发现我并没有充分遵循马克思主义的历史化原则。我在某种意义上，是在抽象地讨论艺术的终结问题。事实上，黑格尔所涉及的艺术终结问题，关涉的是以希腊雕塑为最佳体现的古典艺术的终结。黑格尔认为艺术已经完成了它的历史任务。他其实并不是在对未来的艺术发出预言，而是对过去的艺术发出了讣告。

黑格尔以来，许多理论家都不断回到这个命题来，但是他们为艺术终结赋予的具体意义并不相同。比如，尽管本雅明借助于讽喻理论为先锋派进行了辩护，而阿多诺则在对文化工业与现代主义的双重批判中，企图对新的社会状况下的自主性艺术可能性进行救赎，但是，他们显然都同意，艺术作品作为一个自主的与和谐的有机整体，已经崩溃了。丹托提到的艺术终结，则是认为艺术要么被理解为对对象的表征，这在比如绘画、雕塑领域中颇为明显，但由于摄影技术的发明，表征的进步变得不再可能了；要么艺术被理解为表现，而艺术家的情感表达谈不上存在着进步的可能性；要么艺术被理解为某种认知，即自我意识的发展，但是沃霍尔的布里洛盒子意味着艺术已经成为自我意识，现在任何东西都可以成为艺术品了，也就是说，艺术品与非艺术品之间的区隔消失了。无论哪种情况，艺术已经停止了真正的探索。虽然以后当然还会继续存在着各种艺术品，但是它们已经不可能继续具有历史重要性。丹托说的虽然更多地与视觉艺术相关，同样的道理似乎也在一定程度上适用于文学。如果说现代主义绘画就是关于本身的绘画，那么，现代主义文学也在质疑构成了自身的那些东西：比如语言表达与故事情节。至于瓦蒂莫，他指出了三个不同层次的艺术终结，首先是历史上先锋派所带来的冲击，它要求填平审美体验与日常生活的鸿沟；其次是指现代主义在大众传媒的压力下进行的艺术上的自杀，它全面退出了社会生活，变成小圈子的精神探险；最后，它也意味着艺术已经溶解到我们日常生活的图像、文字和声音的诸多结构之中，也就是所谓生活审美化。总体上来说，"克服"现代性的进步主义乌托邦话语的最佳方式，无非是承认元叙事的解体，并接受一种文化多元主义，也就是接受这样一个事实：即永恒之美与本真性体验与我们渐行渐远。

西方理论家对于文学终结的论述，有的部分仅仅适用于西方，但也有的部分跟已经被纳入到全球社会秩序的中国具有重叠处。当我认识到存在着各种形态各异的文学、艺术文本，但并不存在艺术或者文学——也就是不存在具有某种类本质的文学或艺术——的时候，我对中国艺术终结的可能性进行了重新思考，并把相关发表论文放在《文学与权力》一书的增订版中。我认为，中国依然处在巨大的转型期，既然历史尚未终结，那么，讨论中国的文学是否终结，是否言之过早。屈指算来，又有十几年过去了，对文学终结问题再检讨我以为依然是值得我们冷饭热炒的事。清末以来的中国新文学曾经承担着启蒙、救亡、革命和改革等叙事任务，并且因为它长期占据着表征领域的霸主地位而拥有举足轻重的符号权力。但改革开放以来，大众媒介尤其是互联网的兴起，深刻改变了社会空间和表征领域的结构与性质。数字文化远比文学、艺术能更好地充当意识形态工具——最近，教育部高教司吴岩司长在谈到建设新文科的时候，对文学、艺术不置一词，而把讲好中国故事、传播中国声音、服务中国建设的光荣任务指派给了新闻学院。另一方面，网络文学的巨额回报导致优秀的文学新秀不再萦心于文学梦，而是向唐家三少、天蚕土豆等网络作家看齐，他们一年的版税高达一亿多，是收入最高的所谓纯文学作家余华等人的五倍多。[①] 在今天这个数字化时代，大众喜好或情趣比以往人类任何历史阶段具有更为重要、更为决定性的意义。文学作为文化资本，其实与阶级社会、贵族传统是有关的。在一个大众社会，文学已经不再构成一个必备的核心需要，其边缘化的趋势变得越来越明显。我甚至悲观地认为，中国的中文学科也许现在已经走到了最好的也是最后的阶段。人文学科如今在西方已经开始难以逆转地全面衰落，它们的今天，也许就是中国的明天。我希望我们文学从业人员珍惜这最美好的快乐时光。

[①] 请见：https://www.maigoo.com/top/411664.html。数据具有明显的说服力，尽管未必精准，不过相信出入不会太大。

张洁婷、吴萌萌：在关涉西方文论的论争中，最常见的话题莫过于西方文论在中国语境之中的适用性问题。在您看来，就西方文论的研究而言，当下中国学界最应该注意的问题是什么？

朱国华：西方文化在中国的旅行，会遇到中国文化的重新塑形、吸纳和改造。即便是科学技术这样的文化实践，一开始也会遇到各种形式的抵抗，我们的古人一度甚至把它们称之为奇技淫巧。我们的传统文化，比较注重的是实践效用，所以先是领教到人家的船坚炮利，才认识到了技术的巨大好处，才了解到科学基础的奠基性意义。和科学技术不同，人文社会科学与特定社会的经验、传统和历史相关，所以西方文论在中国的适用性如何，才会成为一个可以讨论的问题。但是，所谓适应性是一个极为复杂的难以说清楚的问题。如何理解适用性呢？在什么程度上，我们可以说，某种西方文论观点，同样也适用于中国？在完全适用与完全不适用之间，存在着广泛的空间，我们该以何种相对客观的检测标准作出相应判断？从实践效用的角度，是不是暂时可以这么说：只要能在一定意义上成功地解释中国的文学实践，西方文论就具有了不言而喻的适用性呢？

自《海国图志》刊布迄今，西方文化已经逐渐成为中国文化的一个构成因素。我们反对西方的文化帝国主义，反对西方新保守主义者提出的所谓"普世价值"，但即便如此，我们从来也没有反对过全部西方的价值观，特别是，来自西方的马克思主义已经成为中国主旋律文化的指导思想。马克思主义作为普遍真理，显然是适用于中国的，但是要完全适应中国国情，还必须进一步与时俱进、不断发展。这些得到发展的部分，是马克思主义创始人马克思、恩格斯在其著作中没有提到的，也可视为中国对马克思主义的独特贡献。那么，从类似的逻辑上来说，对于西方文论的适用性，我们是否也可以作如是观？

当然，从理想的角度这样想也不错。但我觉得，值得思考的问题很多，我尤其想指出事情的两个方面。其一，当我们把诸多西方文论运用于中国文学实践的时候，总会发现有派不上用处的时候，我们有时候容易在民族文化虚荣心的支配下，对西方文论采取全然否定的立场。在1995年，那时我还没有读多少西方理论书，就胆大妄为地发表了一篇题为《文艺学：另一种可能的思路》的文章，将西方文论化约为体系形态的话语，进行了猛烈的抨击："从形式上来看，中国文艺学一般说来好像只能称为有观点，而西方文艺学却是有体系。有观点和有体系不同。体系是观点的有机扩大，即以某一基本立足点出发，推演应用至某学科的各个方面，各部分有内在统一。作为一种完备的理论形态，西方文艺学有着显而易见的规范性、严整性以及可操作性，这些特征决定了它对理论家、批评家的广泛适应性。对于具备一流天才的人例如黑格尔来说，他想做的事是构建一个庞大的理论大厦，把古往今来所有的文艺现象都纳入其中分类梳理；至于二流三流的理论家，则可以干干诸如改建门厅、重新装修房间之类改头换面而换汤不换药的次要工作。无论什么样的理论家，当他看到其心造的理论大厦巍峨壮丽、特立挺拔，他当然为之折服不已；当他看到其内部逻辑——这是大厦赖以支撑的钢筋水泥——丝丝入扣、雄辩无比，他当然为之深深陶醉。文艺现象现在只是他理论的一个注脚，只是用来证明其理论正确性的例证。凡是符合他的文艺学标准的，他举之则使上天，凡是不符合他的学说的，他按之当使入地。按照黑格尔的美学标准，凡是越是接近心灵的东西，就越可能接近美。所以按美的层次划分，最美的是人，其次动物，其次植物，最次无机物。照这个逻辑完全可以推导出一只癞蛤蟆比三峡或九寨沟更美的谬论。使人惊奇的倒不是黑格尔的这种对自然美领悟能力的低下——他对著名的欧洲旅游胜地阿尔卑斯山的评价是这样的：'凝望这些永远死寂的大土堆，只能使我得出单调而又拖沓的印象：如此而已。'——而是这种审美偏见或者更确切地说无知，竟然混进其无懈可击的体系中去，让人觉得好像他是对的，而我们倒是错的似的。从这里我们可以看到西方文艺学是如何使得理论家的主体性得以充分表现，而这种主体性却罩上客观和逻辑的外衣的。最后，一个西方文艺学家可能毫无对文学艺术作品的鉴赏能力，也毫不妨碍他成为一流的理论家。要证明这一点，只要翻翻康德晦涩难懂的《判断力批判》就行了。上面所列举的文艺作品，竟没有几部是经典名著。所以，西方文艺学受人欢迎实在是情理之中的事，它给对文艺作品一窍不通的人带来了福音，使得他们可以依据某种体系某种理论，以权威状对文艺作品说三道四、品头论足。"[1]

这样的少年轻狂证明了黄侃关于五十岁前不著述的禁令显然有其合理性。但是令人颇为尴尬的是，时至今日，文中表达

---

[1] 参见朱国华：《乌合的思想》，上海：上海文艺出版社，2012年版，第84页。

的错误观点（我过去的观点显然并不新奇）仍然以不同形式不断重现。并不存在具有同一性的我们称之为西方文论的某种抽象实体，存在的只能是形态各异的各种具体的文论观点。它们也许附丽于某种宏大体系，也许本自具足。这些观点也许有跨语境的阐释效力，也许只有部分的阐释力，也许完全没有——正如刘勰的大部分具体观点可能不适用于解释鲁迅或者北岛的作品。作为一种学术研究的成果，许多西方文论的观点可能是会过时的甚至错误的——要知道发表在顶级的科学杂志例如 Nature 或者 Science 的文章，很多被后来研究者所推翻；但不能因为它们的某种错误就判定它们为无意义。永恒正确、颠扑不破的道理，例如石头是硬的水是软的，往往是正确的废话。一种理论假设，只有当它冒着可能犯错误的危险来进行自我论证的时候，它才会为我们突破我们固有的、也许狭隘的观物界域提供了可能性。附带说一句，许多鄙视西方文论的朋友们，可能没意识到，他们喜欢操弄的理论话语，其实与其说来源于严羽、叶燮或者金圣叹，倒不如说更多溯源于早期得到中国化的西方文论。

第二个问题我说得要简短些。那就是回答这样一个问题：如果一种西方文论在中国几乎完全没有挪用价值，是否还具有绍介或研究的意义？也就是说，当它似乎失去了实际效用的时候，我们是否不必花费时间精力对它加以探索？我的观点是，如果某种文论在西方具有重大影响，那么它就有引进的价值。原因在于，首先，了解它有助于我们了解西方文论状况，进而了解西方的文学、文化；其次，现代性来自于西方，有一些领域西方走在我们前面，尽管我们同处一个地球村，我们跟当代西方人是同时代人，但西方已经和正在发生的历史，依然可能以某种不同方式在中国的未来发生。我在 1987 年遇到一位美国人，他告诉我说，美国精神病患者很多，问我中国情况怎么样？我告诉他，我身边的亲戚、朋友、同学和学生，一个也没有听说过。但现在情况已经发生了巨大变化，这是因为中国已经深度进入了现代性社会。所以，有一些西方文论观点如果对现实没有解释力，也许对我们的未来有参考价值甚至预示效果；最后，重要的文论大家往往思考深邃，其思想具有结构复杂性和层层递进的理论力量。我们并不是一个以理论水平见长的民族，完全可以以改变其内容而师法其方法的方式来取其精华。实际上，说一千道一万，真正的理论大师其论述本身就是好的，它们是属于全人类的精神财富，值得我们批判性继承。

张洁婷、吴萌萌：谢谢您接受我们的访谈！

2021 年

文学与文学研究的未来

孙良好：尊敬的周老师、朱老师，各位老师、各位同学，晚上好！

今天非常荣幸请到文艺学界的两位知名学者做客罗山讲堂，这个对谈在文艺学学科中已经是很高的层级。关于周宪老师和朱国华老师，我觉得我不太需要多做介绍，凡是做文学研究的人都应该知道他们，不管是著作还是论文，都有足够的影响力，我想在这里没必要——说明。我只想把我自己特别有切身体会的部分跟大家说说。

我研究生刚毕业的时候回来教过一段时间美学，那是因为在座的马大康先生当时做了校长，工作很忙，要我这个学中国现当代文学的接替他上本科的美学课。我最初采用的是北大叶朗先生的《现代美学体系》，上了一段时间之后，学生们都觉得这个教材太难了，我不好讲，他们不好懂。在座的易永谊老师就听过我讲《现代美学体系》，不知他当时什么感觉。后来我就改用了周宪老师的《美学是什么》，这个教材一开始用，学生们就觉得对路了，它比较适用于本科生，大家的收获也就多了。

朱老师这边有一个情况大家关注一下。前几年每年到毕业季时都有一些网红的系主任致辞，华东师范大学中文系朱国华老师就是其中的佼佼者，我每年都很认真地读他的系主任致辞。他的系主任致辞不像我这个院长致辞，我这个院长致辞每年大概就写几百字，而且这几百字跟前面几年可能有一些是重复的，每一次学生过来找我说："孙院长，能不能发网上？"我说："不行，发了之后我明年就难讲了。"但朱老师很"硬码"，每年致辞都是全新的，而且每一次都是三千到四千字，尤其像去年那个致辞简直就是网红中的网红。

我谈这个是什么意思呢？我想说的是这两位老师不仅有高深的学问，而且有一种深入浅出的能力，能把"美学是什么"讲清楚，能把系主任致辞做得非常精彩，所以这样的一场对谈是非常值得期待的。今天晚上这个题目叫《文学与文学研究的未来》，这个题目我想我跟在座的诸位应该都是很感兴趣的。这样的题目其实在不同时代的答案肯定是不一样的。假如在1980年代，那个时代文学是时代的宠儿，在那个时代，假如说文学与文学研究的未来是什么，我们可能觉得是一片光明，但是今天不一样了，到了二十一世纪走过二十年之后，文学与文学研究的未来是什么？大多数人是忧心忡忡的。我不知道周老师、朱老师的葫芦里卖的是什么药，到底是一片光明还是忧心忡忡，敬请大家期待。下面就请两位老师对谈。

周　宪：尊敬的马大康教授，马老师跟我差不多是同辈，还有各位同学、各位老师，今天非常高兴有机会来温州大学。

刚才孙院长说了，这个题目是一个让人期待的题目，对我们是有点压力，能不能把这个题目讲好，我首先要声明这是朱老师的版权，这个题目好。我也不知道应该从什么地方开始讲，我先说点我的一些感言，然后朱老师接下来说。

未来这个东西是我们的愿景，我们还不知道将来会发生什么，但是有一点我们是知道的，未来是从过去和现在延伸的，所以我们从过去到现在可以看到未来的一些征兆。我想今天谈论这个主题主要依据就是过去和现在。

谈到过去，刚才孙院长特别说到，八十年代、九十年代可能都不一样，你们所处的文学时代跟我和朱老师的时代不一样，我是 50 后生人，朱老师是 60 后生人，我们相差十岁，我们两个也不一样，所以我先从我自己对文学的体验开始。

我跟马老师一样改革开放以后进入大学，我是 78 级，我不知道大家知道不知道 77、78 级，改革开放以后第一批是 77 级，半年以后是 78 级。我 78 级进了南京师范大学中文系。在"文革"时期，我们没有很好的接受教育的机会，不过也读了一些书。我有一个非常好的朋友，曾经悄悄地给借我不少好书，一些是西方名著。有一天晚上他跑到我家，抱着很厚的一本书，既没头也没尾，全是竖排的，让我当晚看完第二天一早奉还。书只能在家待一个晚上，没办法，上半夜我哥哥要先看，下半夜才轮到我看。那本书没头没尾，故事读完了却不知书名是什么。待我进大学了，开始了疯狂地阅读，我讲一个场景你们可能难以理解。当时在南京师范大学图书馆，书是一批一批地上架，因为要审查看看有没有政治问题，所以书一上架马上就会被学生借光，可见学生读书多么急迫。碰巧我在借的书中看到了这本"文革"时读过而不知书名的小说，原来是司汤达的《红与黑》。

回想起来，那个时代对文学有一种神圣感和敬畏感。中国改革开放的很多重大事件、思想观念解放、社会文化改革等，有很多是从文学开始，也许同学们今天会觉得匪夷所思。那时的文学与其说是娱乐，不如说是推动社会发展进步的文化驱力。很多重要文学作品都对中国整个社会进步以及改革开放观念产生了重要作用，这就导致了当时一个特有的文学现象——"轰动效应"。一部重要的作品就会产生激烈的社会反响和效应，于是很多作家成为真正的时代弄潮儿。那个时代的文学的确有一种唤起整个民族努力实现国家现代化的独特精神力量。

我们那一代人进大学中文系学文学，一年级都想当作家，所以几乎人人都写了很多小说习作，因为"文革"期间每个人均有自己的丰富阅历和经验，故事都很多。所以写作课交的作业多是一些中长篇小说。但一年下来发现并不是小说家的料，于是二年级开始做诗人，诗写得很快，一晚上写好几首。但后来又发现想做诗人也很难，三年级便开始搞文学评论，慢慢地进入了文学研究，我就是这么一路走过来。

回过头去看，过去的文学盛世已不再，改革开放四十多年来中国发生了翻天覆地的变化。我想有三个最重要的文学转型，待会儿朱老师也会给大家特别来讲，他有特别的研究。

第一个就是从雅到俗，从我们敬畏并敬仰的文学经典，转向了大众文学或流行文学。比如说金庸，他的那些武侠小说从前是不被看好，也不被当作严肃文学的，更不被看作好的文学。我想今天的同学你们一定不会有这种认知。九十年代有些学者提出了中国现代文学十大经典，把金庸排在很前的位置上，曾经引发很大的争议，金庸怎么能跟鲁迅、茅盾、巴金同日而语呢？顺便说个段子，有一回和一位很敬仰的老师到外地开会，他一个人坐在上铺读书，他不在的时候有同学瞥了一眼，发现老师是在阅读梁羽生的小说。老师平时可能对通俗文学嗤之以鼻，可是私下却也偷偷阅读通俗文学。

第二个是文学功能的变化，刚刚我说了八十年代的轰动效应和思想解放的功能，虽然读文学作品有审美愉悦，但与今天娱乐至死的纯粹消遣性的文学阅读全然不同。今天我们进入了一个消费社会，消费娱乐成为普遍的文化景观。这个大家都有所体认，我不展开来说了。

第三个是今天的文学，无论是创作、传播、接受，其方式和行为都已经发生了根本的变化，尤其是越来越多的新技术和新媒体进入文学场域。这就导致了文学形态的变化，何为文学的观念变化，甚至对作家和读者的角色认知都不同于以往。机器写作或人工智能会不会代替作为主体的人？用德里达式的提问是：用微信写的情书还是情书吗？

所以我觉得文学发生很多变化之后，大家都很关心文学的未来，一个热议的主题就是"文学的终结"，是不是文学已经终结？未来还有没有文学？我们今天应该能看到一些未来的蛛丝马迹。

我就先开个场，下面我们来听朱老师的精彩论断。

朱国华：谢谢孙院长邀请，我和周老师有机会到美丽的温州大学来贡献我们的想法。本来是想请周老师作为主讲——他是我的老师，抬高一点身价来说，我跟他也算是亦师亦友的良好关系——但周老师很客气，一定要跟我有一个平等对话，我想我还是要好好利用这个机会。平等的意思就是说可以同意，也可以不同意。

对这个题目，我本来想要围绕艺术终结论来谈，刚才周老师也提到了。但是周老师有点担心，他强调指出，虽然伟大的马大康老师、孙良好老师学术上都很精深，但是我们预设的主要受众并不是你们，而是广大的同学们。我看到后面许多同学都站着，你们受罪了，向你们致敬！这样呢，就不要讲得学究气太重。刚才孙院长显然就意识到这一点，一开始他就表扬我们能够深入浅出，我想其实就是这个意思。

刚才周老师提到他的大学时代。他是 1978 年读大学，我比他晚四年去读大学，是 1982 年。我读的是华东师范大学，我们华东师范大学在当代文学的创作和批评中应该有一席之地。我读大学的时候，我跟周老师的体验有一些一样，也有一些不太一样。一样的是整个社会完全散播着一种文学的气息，当时读大学的，可以说最优秀的人，特别是学文科的都选择学中文，像周老师说他本来准备去南航，后来一不小心去读了南师，这种情况我觉得是属于比较小概率的事情，大概率的事情，好像最优秀的往往选择学文学。不光在华东师大，在北大也是这个道理。

当时在我们学校里面，最火的一帮人是什么人？是诗人。因为诗就相当于数学一样，自然科学的数学和文学中的诗歌是一样的，地位崇高。我们那有一个夏雨诗社，夏雨诗社有一个诗人叫宋琳，宋琳很有名的，现在依然有名，但我想很多同学大概不知道。不知道他的原因我就不说了，但是他的诗歌在诗歌领域今天依然是很重要的。夏雨诗社还有个社长，也是我的同胞老乡，但他是教育系的，叫张小波，他当时宣称要搞一个城市诗派。有一本书叫《中国可以说不》，这个书就是他弄的，他现在变成一个著名的书商了，拍电影、拍电视了。还有一个著名的诗人叫姚霏，姚霏那个时候被我们许多人认为是最有才华的人,他是云南人,个子不高,大学毕业之后就回到了云南。后来他大概觉得武侠小说很赚钱,所以他就改行写了不少,笔名叫沧浪客,听说收入还是不错的。但是不知道是不是因为写武侠顺了手,所以最后就没有成为更著名的作家,这是很可惜的。

我是82级的,比我早一年的有一个人叫刘勇,这个刘勇现在叫格非。比我低一级的也有个人,叫李荣飞,这个名字你们可能不知道,但是李洱你们知道吗?就是《应物兄》的作者。我上一级的81级出了一个茅奖作家,我下一级又出了李洱,也是茅奖作家,就我们82级什么都没有。一个中文系里面能够出来两个茅奖作家的,中国的大学目前据我所知还没有。以后可能会有,但现在我们华东师大肯定是第一个。

我当然跟周老师一样,也有文学梦,但是我的文学梦比较失败。我曾经尝试写诗,因为我们那时候诗歌是压倒一切的巨大文学存在。但我觉得写诗往往是一些发散性的闪念,我不太擅长,我只会进行线性的思考。线性的思考写叙事诗大概还可以,写现代诗是不行的,所以被同学们鄙视。我们同班也有很多写诗的,写得比较成功的一个人后来进了广告业。跟他一起合伙干事的有个学弟,也是个诗人,后来他出名了,叫江南春,他是分众传媒的领袖,进入了福布斯排行榜,他们公司还给华东师大创意写作研究院捐了一千万。后来我发现很多广告牛人都是写诗出身的。

我写诗不行,后来想着是不是还可以写写小说。有一次就尝试着写了一点文字,没有像周老师说的写四五万字,大概写了两三千字还是多少,就放在我寝室的桌子上。当时有一个在华东师大访学的青年教师叫陈福民，良好老师肯定知道，中国社科院文学研究所的著名评论家。他看了这几千字之后就说："国华，你不适合写小说。"我比较脆弱，被他打击之后再也没有写过小说。我后来也写点散文模样的东西，但都是纪实的。也有人表扬我，说我挺有叙事才能的，我偶尔有点后悔，但实际上我觉得自己缺乏想象力。

周老师刚才说得很对，我们那个时候文学拥有强大的力量。那个时候没有电视、手机、网络，报纸也没什么看头，出版物很少。过去其实没有什么书可读的，古代的，属于封建的东西，不大容易看到的，西方的，有许多是资本主义的东西，也没放开。我们能够看到的东西是《马克思恩格思全集》《毛泽东选集》和《鲁迅全集》，许多今天称之为"红色经典"的作品，例如《红日》《青春之歌》之类的，也可能被打成大毒草……所以那个时候能够看到的书是非常少的，而且不知道怎么回事，好像也不大有机会能够接触到书。我至今还清楚地记得，我四年级的时候腿摔断了，家人给我弄来了《水浒传》。看了《水浒传》，觉得太过瘾了，我完全忘记了骨折的痛苦。但是那个时候《水浒传》之所以能看到，是因为那个时候毛主席要批宋江，所以才能看到《水浒传》，其他古典小说就不一定能看到了。新华书店买不到什么想读的书，而且兜里也没钱。图书馆也不让进去，我清楚记得，我要进去看书，我是个学生，那个图书馆管理员就是不让进，说你没有证件就不能进去。所以这就是为什么我们当时如饥似渴，就像周老师说的，书架上有什么书，我们立刻就一抢而空。那时候没什么书看啊。

在这种情况下，文学承担了许许多多功能，不光是文学的功能，其实它主要不是承担文学功能，它承担了社会各种各样的功能。举个例子来说，比如说刘心武写小说，《爱情的位置》之类的，引起了很强烈的社会反响。还有张洁的小说，法院许多干部很气愤，认为导致了很多人离婚。这些小说会提出很多问题，新时期文学是帮助我们实现思想解放的一个方面。

我这里想要说的是什么呢？文学汇聚了许许多多的非文学的功能，虽然它本来只是一种语言叙事。许许多多其他领域不能够得到解决甚至呈现的问题，在文学上可以有一个想象的解决，所以文学在当时特别火，特别兴盛，那个时候也涌现了非常多的著名作家。但是我大学结束后没多少年，改革开放步伐开始加快，我们的市场经济越来越发达，文学的状况也随之产生了巨大的变化。这个我想还是先请周老师指点。

周　宪：今天是一个对话，我想对话有两层意思。第一层意思是我跟朱老师在对话，第二层意思是我们俩跟同学们在对话。我也希望听到同学们的体验、想法和愿景。下面我稍微说点我自己的理解，把文学的历史距离拉得更远一些。因为我们谈未来，我们要知道它的过去、它的前世今生是什么样的。我从一个比较独特的角度来说，就是从文学的媒介角度。

大家知道任何一种艺术都要有一个媒介，没有这个媒介它没有办法来表达。文学的独特性在中国有非常重要的历史和传统，我们是一个有着了不起的文学传统的文学大国。

第一，中国的文学是以汉语为主要的语言，当然还有其他民族语言，这里今天不讨论。汉语作为一种民族语言有一个很重要的功能，就是对我们民族文化传统和认同的建构。所以我想大学的中文系无论如何是不能关门的，为什么？因为中文系是母语教育和母语研究的平台，海德格尔说诗人是存在家园的守护人，我想做母语及其文学研究的人亦有同样责任。所以母语文学教育必须培养一些精深的专业人才，否则一个民族的文化就会有潜在危险。这方面有很多理论，其中有一种理论叫作"想象共同体"，我不知道大家有没有听说过。我随便举个例子。你怎么知道你是中国人？你怎么知道你对中国文化有了解、有体会？你是不知道的。我讲一个比较独特的情境。比如说经常你在国外看到一个人长相和你相仿，他如果不说中国话，你就误认为他是中国人，然后发现他说的是韩国话或是日语，你便知道他和你不属于同一个文化。举个例子来说，有一次去挪威，那天实在不想吃西餐，可就是找不到一个中餐馆，最后发现一家日餐馆，退而求其次，日餐也不错。我就跟我太太说，就在这儿就餐吧？结果那个老板娘突然跑出来用中文说道："没错，没错，我们家的日餐做得非常好。"我原先以为是日本人，结果发现就是我们温州出去的同胞。我顿时感到文化同根的亲近感。

我讲这个是什么意思呢？这就是一个"想象共同体"的文化认同感，母语文学实际上承担了这样一种对自己民族传统和文化的身份建构作用。我曾听一位北京大学中文系同行提出一个看似简单实则深奥的问题，他问道："为什么我们不让孩子们读现代诗而要读唐诗？"你们想过这个问题吗？孩子很小就背诵唐诗，家长为孩子讲解李白、杜甫，但为什么不读北岛的诗呢？当然我们可以找出一个最简单的原因，北岛的诗长短句,不容易记,又长又不押韵,还可以找出很多其他理由,但这都不是最重要的理由。最重要的理由是因为在中国的古典诗歌中积淀了我们伟大文明的很多文化基因。我们正是通过自幼诵读唐诗来体认中华民族的历史传统,从而构成一个"想象共同体"。无论天南海北,操着相同母语吟诵唐诗的人,他们会有一种说不清道不明的共同感,我们都同属于一种伟大的文明。

我有一个同事和我说过一个笑话,他面试研究生时,让学生背诵一首李白的诗,但紧接着他要会补充说:"不能背《静夜思》。"这话给我很大的启示,因为《静夜思》几乎无人不知,这首看似平常的短诗包含了太多的中华民族的文化基因,从眷念家人的亲情,到人对自然的观照,从远方的游子到怀乡的情结,读过这首诗成为每个人童年重要的文化记忆,这就是文学所以构成我们想象共同体的认同感的奥秘所在。每个民族都必然会有这样的文学经典,这是现代民族国家建构进程不可或缺的重要文化资源。这么来看,母语及其文学就太重要了,没有什么可以取代它。

那么,文学是如何发展演变的呢?最早的文学形态叫作口传文学,它是口传文化的有机组成部分。然后进入了一种抄本文化,就是写在羊皮或纸张上的各种手抄本。再下来就是早期现代的印刷文化,活字印刷和纸张是我们中国人的发明。而今天,我们则进入了一个全新的数字化的电子文化阶段。这四个阶段完全不一样,文学的书写、传播和接受方式也大相径庭。口传文化有一个非常重要的特点,它是面对面在场的交流,是一种互动的、对话性的情境,也被认为是一种最具民主性的交流形态。西方的《荷马史诗》，或中国的《诗经》，都是口传文化的产物。所谓诗歌大家知道，就是可以吟唱的韵文之歌，可今天的中文系老师，包括古典文学的老师，能按古诗的调子来吟唱的人我想是很少了。古人作诗、和诗、唱诗都是经常的事。随着从抄本文化到印刷文化的进步，诗歌被印制在页面上，分行排列，韵律节奏慢慢地从声音形态转变为视觉效果。默读方式的出现也改变了口传文化的声音交流方式，我们开始习惯于一人孤独地静静地阅读，通过文字和作家对话，和过去沟通，和异国他乡的各色人等攀谈。

这里我再说个关于中国文学抒情传统的小插曲。我们南京大学高研院聘请了诺贝尔文学奖的获奖者法国作家勒·克莱齐奥，有一次工作午餐他做主旨发言，说到一个令每个热爱中国文学的人异常兴奋的事。他说根据他的研究，整个世界的抒情诗源头在中国，首先是中国的抒情诗传到了埃及，又通过埃及传到了希腊，因而开启了西方的抒情诗传统。听了他的这个说法我就说："勒先生，你赶紧把这个发现写出来。"大家想一下，如果真的如勒先生所言，那整个世界的文学版图和文学影响关系就会是另一番情景。后来放假了，过了暑假他又从法国回来，我又碰到他问道："勒先生，你的研究课题有没有什么进展？"他说："那个还只是我的一个猜想。"真希望有人来做这个课题，把各国抒情诗的传统谱系和流传关系梳理出来，这也许会使我们重新认识我们这个抒情诗大国的文学传统。

回到刚刚说的媒介问题，等会儿可能朱老师也会特别来讨论。自从印刷文化进入电子文化之后，文学的形态发生了天翻地覆的变化。尤其是阅读方式，我们已经从传统的沉浸式阅读进入了网络化数字化的浏览式阅读。今天，全球的文学阅读生态出现了许多令人忧心的情况，尤其是经典阅读。曾经的伟大文学传统及其经典已不再让文学后生们感兴趣。大家知道不知道 2013 年在网上有一个广西师范大学对全国三千个网民做的一个问卷，让他们列出最读不下去的十本书，统计的结果让人大跌眼镜。第一本是《红楼梦》，中国四大名著全在里面。我不知道这个是搞笑的还是严肃的，如果当真的话，这个统计结果令人忧心忡忡。是不是文学真的终结了？或者说，我们心里想象的曾经塑造精神民族性和伟大传统的那种文学是不是在今天已经不在了？这个问题下面看朱老师有没有什么精彩的想法。

朱国华：周老师这个问题，他实际上在上个世纪末的时候就考过我。我交上的作业，就是我的博士论文，题目叫《文学与权力》，副标题是《文学合法性的批判性考察》。它过了五六年后出版了。它是用一本书的规模，来讨论文学终结的问题。我这个书里面有大量内容受到周老师的启发，包括媒介的理论。其实许多西方的理论家都是周老师推荐给我，我才知道的。尤其是布迪厄，后来我做博士后研究也是做的布迪厄。

撇开这本书不谈，我觉得谈文学终结这实际上是一个非常复杂的问题。因为你谈文学终结或者文学衰亡，很有可能是在完全不同的意义上谈这个事情。当然在西方的话，最早比较集中地讨论这个问题的人可能是黑格尔。黑格尔在他的《美学讲演录》里面，是把艺术的终结问题当作整个美学演讲的前提来谈。他谈到，因为艺术已经终结了，所以我们才可以讨论艺的问题。黑格尔有句著名的话，就是猫头鹰在黄昏的时候才起飞，黄昏是一天快要结束了。猫头鹰是智慧女神的象征。这意思就是，我们如果要反思什么事情，总是在这个事情完结的时候才具有可能性。所以他认为艺术已经终结了，但是他说的艺术主要是指古希腊的艺术，而他讨论的终结的意思，并不是说他否认艺术在后来还有发展，比如说浪漫主义的发展，他并不是否认这样的事实，他只是说艺术或者美作为理念的感性显现在古希腊的时候已经达到最高、最完满的状态，从此以后它就开始走下坡路，到浪漫主义的时代理性已经大大超过了感性，所以这就意味着艺术的终结，他说的是这个意思。这个时代结束以后，理念寻找到更好的方式来呈现自身，比如说宗教，比如说哲学，他是这个意思。

我觉得对这个问题的讨论在西方是非常多的，这个方面其实周宪老师才是专家，我在这儿属于班门弄斧。我比较感兴趣的是阿多诺，阿多诺对艺术终结的思考我觉得挺有意思的。他强调艺术作为幻象（Schein/semblance）的存在。他认为在这样一种幻象里面，意味着某种对幸福的承诺。这本来是司汤达的一句话，是他对司汤达的引用。艺术表达了只有艺术，也就是借助于幻象才能表达的对未来幸福的承诺。从这样一个视角来看艺术终结的问题，他说的艺术终结是指什么呢？是指到了资本主义时代，艺术分成两半，一半是大众文化、文化工业或者流行文化，他比较集中批判的倒不是好莱坞电影，而是爵士乐，这是一种被商业的逻辑所支配的艺术。如果阿多诺是一个中国人的话，他大概也会批判金庸，这一点可能完全跟周宪老师的观点不一样。同样，还有另外一半是现代主义艺术。现代主义艺术也问题重重。如果说文化工业以假装和谐的方式保留幻象,也就是进行虚假的承诺,那么,现代主义艺术显示出来的是不和谐的状态。刚才周宪老师说《红楼梦》是看不下去的,而现代主义艺术比较起《红楼梦》更是看不下去。在座有没有人认真看过乔伊斯的《尤利西斯》,看过穆齐尔的《没有个性的人》?其实不要说你们在座的,就是我,也看不下去。我这个学期给学生上创意写作的课,我就想挑战下自己,想给学生讲一本小说,托马斯·曼的《魔山》。《魔山》实际上不是一个典型的现代主义小说,但是这本书我花了一个多星期的时间以极大的耐心把它看完了,翻译成中文有一千多页。现代主义小说,不再有作品的有机统一,没有鲜明的人物描写和生动的故事情节,它其实往往是以弃绝幻象的方式来拯救幻象。从传统意义上来说,这也是一种终结,因为没人有兴趣看,它就变成一个小圈子的文学。

所以,阿多诺实际上是认为传统的艺术已经终结了,要么文化工业拼命地要保住幻象,它能保住的幻象当然已经不再是具有真理性内容的幻象了。在一个百孔千疮的资本主义社会里,你还服务于市场的专断性,用美丽而虚假的幻象来犬儒主义地莺歌燕舞,伪饰现实。要么就是现代主义艺术对表象进行自我批判,虽然它保留了对于乌托邦的真实承诺,但是它呈现的方式表现为幻象的解体。所以,从这两个意义上来说,传统艺术其实都可以说已经走向终结。

阿多诺还说,艺术是个偶然的现象,这是指什么呢?他是说,假如我们已经处在一个幸福时代的话,艺术的存在就完全没有必要了,就是多余的了。正是因为我们这个时代是不幸福的，所以艺术才成为一种可能，才成为必需。虽然今天艺术看上去幻象已经解体，但是艺术还依然必须要存活，这是他辩证的一个地方。阿多诺的理论比较复杂，我这儿只能简单提一下他的大致意思。

我这里谈论的西方哲学家对艺术终结的看法，主要是从历史维度来观察的。刚才周宪老师是从媒介这样的物质基础开始谈的，表现了周宪老师是一个伟大的唯物主义理论家。至于我刚刚谈到的黑格尔或者阿多诺，其路径是与观念论传统相关的。观念论我们通常翻译成唯心主义，黑格尔是通过这么一个体系来推论的。对西方人来说，真理是重要的，艺术的本质其实也体现在对真理的追求上。或者说，正是因为对艺术真理的追求，艺术才展开了它的历史。回过头来，如果从这样的一个角度上来看中国的话，中国抒情诗谈不上需要历史，因为我们一抒情，我的意思就直接表达到了，那就已经结束了。表达可以不断进行，谈不上需要有一个历史。表达形式可能有历史，但就表达本身其实谈不上有什么历史。这个感情的深度、强度是不具有可比性的。马大康老师对他妻子的爱和孙良好院长对他妻子的爱，这两个可以比较吗？这个比较没有意义。所以从抒情的角度来讲谈不上有一个历史。

这样看来，周老师选择了媒介的视角，我觉得很有合理性，也可以补充几句。文学的生产和消费，离不开相应的物质条件。口传时代以后，也就是我们进入文字时代以后，逐渐有了书籍，发明了纸张、印刷术，文学的形态开始具有了某种稳定性。但是我们知道，古时候纸张、印刷是比较贵的，而能够识文断字的人，在过去也是少数。所以，文学的从业人口或者说接受人口、消费人口应该相对而言是比较小众化的。虽然小众，但是这些文化人构成了这个时代的精英。那个时候的社会精英必须是文化精英。这个情况好像跟西方有些时候情况不完全一样。西方至少在中世纪早期的时候，有些拉丁神父，他们会觉得文化水平很高，未必是一件好事。因为重要的是信仰。我猜想是不是因为有的人文化程度高了，会更容易产生"我执"，妨碍更虔诚地相信上帝。

到后来大众媒介兴起的时候，文学就开始逐渐边缘化了。因为新闻讲的故事比小说讲的故事更真实，而且更具有当下性，距离我们更近，所以小说遇到新闻故事的竞争的时候，可能会开始往下走。但是这个还不算什么大的危机。到了世纪之交，网络开始兴起，这个时候就出现了一个状况，就是文学创作不需要艺术价值的审核，就可以在网上直接发表。我们现在创作小说的人数比以前多了不知道多少倍。不仅如此，海量的各类自媒体，"抖音"之类各种视频软件、各种文学网站如雨后春笋，过江之鲫，让我们眼花缭乱、应接不暇。在这种情况下，所谓"纯文学"实际上已经被高度边缘化了。我们的当代社会目前是一个讲究快节奏的状态，我们喜欢读的是"爽文"，要求它们给我们带来直接的快乐。就我个人观点而言，我依然认为金庸的小说不是伟大的小说。我在九十年代就写了一篇文章，论证金庸是个伟大的通俗文学家，但是我否认他作为伟大文学家的地位。在这一点上我跟周老师的评价可能不太一样。这篇文章的大部分观点我现在还是坚持的。为什么我认为他不是一流文学家，我文章里面有论证，我在这不细说了。但是从另外一个角度来讲，也许我是一个相当保守的、属于过去的、属于被时代所抛弃的文化遗老。从年龄上来看,周老师是我的"前浪",本来应该被我这个"后浪"所抛弃,但事实上正好相反。我怀疑,我们这个时代,文学的标准有可能会发生变化,有可能金庸这样写"爽文"的这些人,我其实主要是指的那些网络文学作家,那些可能给我们带来即时快感的人,会得到未来体制的认可,他们的作品可能会变成新的文学标准。我承认,文学本来就没有一个普遍有效的审美标准,特定的文学标准本来就是和某些阶层的趣味结合在一块的。如果未来占据统治地位的人的阶层趣味是支持"爽文"的,那么我们这些愿意耐心地慢慢读《红楼梦》或者《魔山》的人,就会被这个时代所抛弃。我觉得这完全是有可能发生的,当然,周老师可能不一定完全同意我的看法。

下面继续聆听周老师的高见。

周　宪:我已经被朱老师包装成金庸迷了。

我讲一个我老师关于金庸迷的段子。有一次金庸到南京大学来演讲,一位德高望重但又不喜欢金庸的老先生主持。后来这位老先生写文章批评金庸,结果招致"金粉"的群起围攻,有人甚至发帖子威胁他,如果再说金庸坏话,将派一个小分队来实施暗杀行动。看来对不同文学发表不同看法是会引发严重后果的。

刚才朱老师讲得非常好,文学到底该是什么样的,今天的文学是什么样的?其实他里面讲的意思比较多,我以为有几个方面值得进一步讨论。

第一,人们关于文学的观念实际上是不同的,不同的时代有不同的，同一时代不同的人又有不同。朱老师讲的观点实际上从文化学角度讲，是比较精英主义的文学观，其实我也是主张精英主义的文学，但是我比他可能更宽容一点。因为精英文学如果过于狭隘就会有很强的排他性，阻碍了我们认知更为复杂多样的文学现象。今天的精英文学面临着严峻挑战，因为文学已经高度泛化了。人人都是作家或诗人，"五分钟出名"成为普遍现象，经典意义上的文学不再是文学的唯一评价指标了。在过去你要说某人是个作家，那是非常敬仰的，这个人是作家，他在哪个杂志发了长篇小说，今天多了去了，今天网络文学是海量生产，所以我就接着朱老师的话来讲我对文学终结的理解。

大家可能都看过希利斯·米勒在中国的发言，他就是讲今天的文学还有可能吗？他主要的观点就是今天写情书已经不可能了。这个问题实际上提出了一个很复杂的问题，就是今天我们文学的形态发生了根本性的变化。根本性的变化有几个方面。第一，作家绝不限于少数精英文人。因为在语言文字不是所有人都能掌握的情况下，在印刷成本很高的情况下，不可能人人都是作家。于是就形成了文学在历史上局限于少数精英的情况，因为识字只限于少数人，抄本或早期的印刷本文学作品也只在很小范围内流传，精英主义文学是与特定的技术状况和文化氛围密切相关的。当然，随着教育和识字的普及，随着印刷文化的扩展，文学慢慢从精英小圈子进入了大众。真正导致深刻变革的不是印刷文化，而是今天的电子文化。

我特别推荐学文学的同学去读一篇很精彩的文章，本雅明的《说故事的人》，这篇文章非常精彩。他讲的是什么？过去说故事的场景是大家围着火堆坐,然后有一个人在讲故事。故事无外乎两种类型,一是远方的故事,常常是水手浪迹天涯带回来的异国他乡的奇闻逸事;另一个是身边的故事,也就是村里街坊邻居的故事,那就是讲七大姨八大姑的传闻。但是由于新闻的出现,报纸成为一种重要的传播载体,现代小说便应运而生了。这就跟金庸有关系。大家知道金庸的小说都是在报纸上章回发表,而很多现代小说家最初都是为报纸写作的,所以本雅明认为传统的说故事的方式就渐渐消失了。可以说没有现代印刷业和报纸,也就没有现代小说。这使我想起了很多很有趣的故事,我跟大家一起来分享一下。

我特别爱读俄罗斯作家陀思妥耶夫斯基的小说,不少作品都读过不止一遍。我对陀思妥耶夫斯基的生存和写作境况很感兴趣,我读了不少他的传记,深知陀思妥耶夫斯基是一个真正悲剧性的人,他的悲剧性体现在很多方面,比如嗜赌成命,再比如他是一个非常具有嫉妒性的人。他的写作方式很奇特,先是他和报社说好自己将有一个小说可以连载,于是报社会先预支他一笔稿酬。于是,他开始疯狂地写作,因为小说要在报纸上连载,所以必须在规定的时间里完成。因此,陀思妥耶夫斯基一生都是在紧张地还债式地创作。他写作的方式是口述,由他的夫人陀思妥耶夫斯基卡娅打字。陀思妥耶夫斯基讲故事的时候非常紧张,有时会有点神经质。他思绪高度集中,完全沉浸在他的故事情境中,在屋里来回走,最终由妻子用打字记录下来。陀思妥耶夫斯基非常有趣的一个情况就是,他一生都是一个负债并不停还债的人,拿了报社预支的稿酬,他必须把小说作为偿还债务的一个商品交给报社。后来有不少批评家说陀思妥耶夫斯基的小说没有屠格涅夫的小说那么雅致和完美,他夫人反驳道:这些批评家根本不知道陀思妥耶夫斯基的写作和生存状态,与有自家庄园的地主生活的屠格涅夫或托尔斯泰完全不同。

讲到这个地方,我就简单说文学发生了什么变化。

第一,作家变了。今天人人都识字,人人都会写作,所以作家并不是某些人独有的职业。因此,我一开始说的那种对文学的敬畏感和神圣性也就荡然无存了。再加上技术的发展,后人类的出现,人工智能机器写作已不再是天方夜谭。所以,写作主体性的变迁颠覆了人们对文学为何或何为的观念。所谓作家不过是码字的人而已,当然,什么是好作家的看法也在经历深刻的变革。

第二,文本的形态变了。过去我们写出东西来有很多人来审查,审查了以后杂志上发表,还不知道排到什么时候出版,出版之后有多少读者也不清楚。今天不一样,今天写明天就上网,上网马上就引来围观,在线人数立马可以得知,读者反应也是及时的和当下的。作者与读者处在一个同时性的交流空间里。再一个人们对文本的看法也变了,我觉得刚才朱老师还有一句话启发了我,他讲很多诗人都去写广告词,我的一位很有学术造诣的朋友曾对我说:"周老师,你有没有发现,中国现在最好的诗都在音乐的歌词里?"我想想此话真矣。过去诗人写诗是为了出版发行,留在页面上待人静读。今天诗歌文本在音乐听觉文化大行其道的当下,好像又回到了几千年前的口传文化,诗和歌不再分离,唱诗成为了唱歌。

今天文本形态发生变化一个非常重要的原因是电子媒介时

代的超文本形态的出现。我根据超文本概念的发明者纳尔逊的看法，超文本有三个最重要的特点，第一，超文本具有分叉选择性，就是出入文本的通道是无限的，就像今天我们通过网络进入的方式是无穷的一样。第二，是其链接性，一个文本并不是一个独立自闭的实体，它与很多其他文本处在一种复杂的网状关联状态。一个文字的文本可以链接很多东西，比如很多文本点开以后有图像、视频、声音等等。第三，是超文本的非顺序性，也可以说是非线性特征，就是超文本的内容安排不再按照印刷文化中纸质本作品线性排列的方式，可以有各种可能性和组合，通过分叉选择和链接，一个文本可以呈现出各种各样的可能性。在国外有一种称之为 Electronic literature 的文学，它与我们国内流行的网络文学完全不同，突出地体现了超文本的特性。这方面研究的领军人物是一个叫凯瑟琳·海尔斯的美国学者，她有一本书《电子文献：文学的新视域》。她还有一本成名作，书名也很有趣，翻译过来就是《我娘是计算机》。数字技术今天已经深刻改变了我们的文学生态，传统的文学观面临着严峻的挑战。

在座的同学们，用技术的术语来说，你们这一代人是有"数字基因"的一代，我把你们称为"数字原住民"。什么意思呢？就是你们生下来的时候就是处在一个高度数字化的文化生态环境中。和我不一样，我应该称为"数字移民"，是从印刷文化进入数字文化的，所以印刷文化在我身上留下的痕迹你们可能没有。"数字移民"具有天然的对数字文化的亲近感和上手性，你们好像不用学习天然会使用各种电子装置来交往、生活和学习。当然，这也带来一些问题，有些是令人焦虑的问题。

我来说说自己的经验，我第一次使用 E-mail，当时真是非常震撼，头天晚上写了十封邮件，第二天早上收到九个回复。比较一下邮寄信件，这样对电子交流的震撼你们可能不会有，因为寄信方式对你们来说可能很少会用。过去我主编过不少译丛，因而要和很多外国作者联系，但写信邮寄的联系非常不方便。你写一封信过去，差不多他再回一个，最快是四十五天。我曾经联系一位很有名的德国学者彼得·比格尔，他的《先锋派理论》是一部很重要的美学著作。我给他写信，过好长时间回我了，并对我说："我回你的信算是很快了，你不要对我要求更多。"我说："你能不能让你的秘书用传真？"他却非常恼火地回复说："你怎么能要求一个欧洲的老知识分子用这样的东西呢？"他拒绝了。更有趣的一个故事是，我跟一个英国的学者联系，我要他赶紧写一个中文版的序言。他长时间不回我，后来回了一封信，说："我告诉你，我住的地方离最近的公共汽车站要走一个小时二十分钟，所以我回信给你已经很快了。"

我们就可以看到，在数字媒体的时代有些人对数字媒体是拒绝的，但是你们这一代不是。文本形态的变化还有很多，比如纳尔逊说的非顺序性，就呈现为小说故事讲述中的非线性叙事趋势。按照亚里士多德的理论，故事总是按照开端、发展、高潮、结局的线性序列发展。可是今天小说的叙事在后现代状况下，是怎么都行！比如国外有作家写了一篇小说，是以扑克牌的形式各自独立成章的，五十四张扑克牌每张为一节，你可以随意拿一张阅读，然后任何一张都可以继续下去。

第三个更重要的东西，就是超文本改变了我们的阅读方式，我估计同学们可能都是这样。由于链接、由于非线性带来的一个深刻变化是多样选择的可能性。我举一个例子。我有次听一个外国教授开会说过一件事，他说国外有一个网站搞了一个实验，就是有人写了一个小说的开头，比如说以《窗口》为标题，讲请你打开窗口，看到街景，远处昨晚刚刚发生一场谋杀，云云。然后要求后面人接龙，很多人写完续篇之后，比如一个星期或一个月以后，大家投票来对各种续篇评比，选出大家认为最好的一个确定下来，接着再继续下去，一直到文本最终完成。这种写作方式只能发生在电子文明或网络化时代，已不再是作者一个人面壁苦苦思索，而是一种众人参与的共同体活动。这样一来，文本与作者的关系变了，作者的个体主体性也转变为交互主体性。从传统的著作权观点来看，这样的文学还是经典意义上的文学吗？作者还是原本意义上的作者吗？阅读还是被动的接受过程吗？这里生产者和接受者，或者说作者和读者的身份都模糊了，没有一定的不变的角色扮演，什么都有可能。也许这也可以看作是文学终结的另一种表现。或者说，新的文学形态的出现。

今天的技术进步也在重塑我们的文学生产和消费。刚刚我说到网络统计最读不下去的书，《红楼梦》名列首位，想来可能是这本皇皇巨著太厚了，情节进展太慢了，人物故事太多了，与我们今天大众文化所造就的阅读习性完全不同。我们所遭遇的是一个视觉文化占据主导地位的文化环境，因此以语言为媒介的文学，也不得不被视觉文化所重塑。比如电影，我以为就对文学影响至深。这里顺便跟大家说我的一个心得。

今天的作家，包括你们这一代，都是看电影长大的，你们的叙事方式已经进入了无意识，比如说电影的类型片模式、视觉场景组接的蒙太奇、电影叙事的方法等等，都影响了小说家的写作。我读余华《兄弟》，深感他的叙事很有画面感和蒙太奇效果，几乎可以直接搬上银幕。电影对文学写作的影响体现在很多方面，限于时间这里没法展开。历史地看，过去文学占据主导地位，对其他艺术有深刻影响，现在反过来了，视觉文化的主导境况下，电影等视觉艺术反过来重构了文学。作家不得不屈就向其他艺术学习，并改变自己根深蒂固的传统文学观。

朱国华：周老师讲得非常精彩，很有启发。

其实热爱读书这样的一个品质，它可能和国民性是有点关系。我觉得我们中国人总体上来看，并不是那么爱读书的，特别是读《红楼梦》这一类小说，它的故事很长，情节推进也很慢，看了确实是让人窝火，这和我们的生活节奏不太匹配。读书的习惯，在西方其实本来是贵族的习惯，贵族有余暇的时间来提高自己的素养——读书。情况最典型的是英国，社会整个风尚相当长一段历史时期内，是向上看齐，就是普罗阶级向中产阶级学习，而中产阶级或者资产阶级向贵族学习。马克思曾经说过，资产阶级有一个非常了不起的地方，就是它把贵族的文化改造成了自己的文化。中国的情况可能还是有些不一样。像项羽攻下了咸阳之后，一把火烧掉了阿房宫。唐末时有个屡次考不上进士的李振，跟朱温说，那些清流应该投入黄河，让他们变成浊流。其实跟着这些衣冠人物一起消失的，还有传承了几百年的贵族文化。

  我当然并不是说我们中国人不爱读书，爱读书的人当然很多很多，我相信在座的都是很爱读书的，但是从整个中国社会风气来看，好像读书总是要跟某些功利目的联系在一起的。我们古代社会如果说对读书人有些尊敬，往往是因为读书读好了，能中举做官，但是读不好了，就是九儒十丐，孔乙己那样的命运了。就算在今天，你去看看图书销售量就可以知道了。其实最容易卖的都是教辅书，各种各样的资格考试辅导教材。我们这个民族是很勤奋的，也可以说目的性比较强。刚刚吃完饭走路过来我们还谈到，西方人去度假的时候他就没什么事，可以一下午就是看看书、晒晒太阳。周老师说，我们要去旅游的话，觉得旅游也是个事，如果一些景点啥的没看到，或者没留下什么照片，就会觉得事情不圆满。所以我们读书上往往是很功利的。我研究的一个法国理论家布迪厄，他写了本书叫《区隔》。这本书其实是学术性很强的一本书，并不那么好懂，在法国卖了十万册，法国人口才几千万。我们今天有什么学术著作能卖十万册呢？我们中国人口可是有十几亿啊。我们比较火的那些知识分子都是百家讲坛之类的媒介知识分子。但是呢，有时候媒介效果有了，知识就兑水了。比如说，易中天的本行其实跟我的一样，是文艺理论，但他是去讲三国的，而且讲三国也不是按照学术的方式去讲，因为照那样讲应该没什么人会听的。为知识而知识，为读书而读书，这不是我们的传统，当然以后也许会逐渐发扬光大。

  我转换一个话题。我们讲讲文学的未来。当代中国文学面临一个巨大的转型。当代活跃的精英小说家，就是从周宪老师这个年龄层次的,老三届的这一批,到60后我这个年龄层次的一批。这批作家成名之后到现在,文坛上并没有出现很多能够挑战他们的新秀。就是莫言、贾平凹、余华、孙甘露、格非、毕飞宇、李洱之后,就好像后继乏人了。为什么呢?当然有很多解释,因为那个时候可能文学创作吸引了一些中国最优秀的人,这当然是其中一种解释。还有一种解释是这样:现在网络文学的创作吸引了非常多的从业人群。

我认识一个文学编辑,是编纯文学稿子的,他发现来稿质量很不行,找不到好稿子。是不是没有优秀的文学写手呢?有,但是他们全去写网络文学了。现在网络文学生意非常好,兴旺发达,最出名的网络文学作家比最畅销的严肃文学作家厉害多了。比如说余华,他靠《活着》每年大概能拿一千五百万还是多少钱的版税,但是最好的网络文学作家版税是他的五倍。

我刚才说的"爽文"不是周老师你想的短文章,它通常是很长的。网络文学作家像陀思妥耶夫斯基一样,每天在写,每天几千甚至一万、数万字,每天的情节要达到高潮,要不然的话就没人看它了,是这样的情况。而且,网络文学生产出来之后,它不仅仅出书,还会拍成电影、制作成游戏,形成一个产业链。网络文学作家也不是一个人在战斗,很可能有一个团队在协同作战。网络文学也不只是把纸上写的东西搬到网络上发表一下,它是天天更新,而且更新的情况可能取决于跟读者们的即时互动。比如说读者对一些情节不是很感兴趣了,它立刻要调整叙事的视角,网络文学作家是实时状态的,这就很辛苦,很累。而且现在网络文学作家和我们一开始所想象的菜鸟不是一回事。网络文学作家对有些专业领域非常熟悉,比如说他写明朝的东厂、西厂，他对材料的调研比搞这一行的历史学家也不遑多让，已经达到了很高的水准，所以他写这些东西，有时还是有一定知识的积淀。但是这些人主要考虑的事情不是在文学才华上得到认可，而是市场得到认可。

几年前我们不是到西藏搞了一个网络文学会议吗？其实根本就没请来任何一位著名网络文学作家。他们怎么舍得呢？一走几天就几十万没了，他怎么愿意跟你去呢？他每天都有巨大的损失，他不会的。他们就是生病了也坚持创作。所以我在这儿想，文学的未来是不是就是这样子呢？以后我们的文学就是"爽文"了，看了心情都很爽。

当然，话说回来，文学的未来其实有各种各样的可能性，但是我们这个时代是不是允许这样那样的可能性成为现实？比如周老师刚才说了电子写作，说了文学接龙，这是很民主的一种创作。其实超现实主义者早就这么实验了。他们排排坐，每人出一句话，然后把所有的这些话连缀起来就变成了超现实主义诗歌，这是一种游戏，也算是一种文学创作，虽然超现实主义者否认自己做的是文学事业。

文学的观念本身当然也会发生变化，在文学文本里面，利用各种各样多媒体手段，比如说链接视频、音频或者图像之类的东西，扩大了文学的内涵，这个没什么不可以。其实，当初电影刚刚诞生的时候，有人以为它会是包含一切艺术类型的艺术。但是，文学会朝这个方向发展吗？换个角度来说，网络给我们广大人民群众带来了一种无需认可即可参与的可能性，就是周老师说的人人都可以是作家，这是一种美好的愿景，但是我们愿景实现的可能性有多大呢？实现了会是什么样呢？这些可能性撇开别的不谈，我认为还受资本力量的控制。如果我们的网络文学创作能够给我们带来巨大经济利润的话，那么这就是一个指挥棒，会吸引大量的人去做这个事情。

如果不考虑技术和经济的因素，文学其实还有未得到充分展开的其他可能性。举例来说，我觉得中国现在五六十岁的这批作家们，其实有一些先天不足。我做过一个调研，当代最著名的作家有一半没有受过很好的高等教育。最近不是我们伟大的作家余华去为高考站台吗？很多人说，你高考都没考上你指导人家写作文有没有搞错？有这样的一个说法。今天最重要的、最主流的作家，他们其实很多人是自学成才的，换个角度来说，在学理层面、知识层面上有所欠缺。因此，我们关注认识维度的作家比较少一些。当然了，我伟大的校友，像格非、李洱都是罕见的例外，他们有这样一种知识的倾向。在西方文学中，对真理的追求构成了他们的主流，前面我讲黑格尔、阿多诺的时候，也涉及一些。

我只是列举出一些未得到充分发展的可能性，由于社会条件的制约，我怀疑许多可能性无法成为现实。所以，这让我对中国文学的未来蒙上阴影……我有点不够乐观。我们今天的标题除了是文学的未来，还有文学研究的未来，我觉得下面可以请周老师说说文学研究的未来应该怎么样。

周　宪：我的一个基本判断是，文学的未来会呈现出更多的可能性，也就是说，文学是一种复数状态。因而文学的功能会发生戏剧性的转变。过去我们可能集中于文学的升华或陶冶功能，今天文学的娱乐功能被极度放大了，文学不过是游戏娱乐而已，娱乐至死的倾向在重塑文学的版图。当然，未来的文学功能一定会有更为复杂的结构。文学的未来在多种可能性的趋势下，必然带来文学研究的不确定性。理论界现在热议的是"理论终结"和"理论之后"，也就是在宏大叙事的文学理论之后的新的形态。我在这想特别强调的是，在座的各位你们是高等院校培养出来的大学生，如果你们是中文系毕业的，你们是受母语教育和研究的精英。一方面我们必须坚守一些文学的理想和理念，另一方面又必须拥抱新的文学未来，对各种可能性做探究。我比较关注的一个问题是，当代文学和文化中的"弱智化"倾向，这个问题今天就不展开了。

回到文学研究的问题。其实我的一个基本判断是这样，文学研究始终是回应文学变化所提出来的问题。各位同学，你们想想，别人是用他的业余时间去读小说，你是选择这个专业，你在工作时间就是读小说。当然任何事情都有两面性，天天读小说既是享受也蛮难受，因为当你把读小说变成职业的时候，你就多少有点痛苦了。所以，如何"痛并快乐着"成为一个志业的难题。今天的大学越来越不好玩了，越来越多的规章制度管束我们的手脚，限制我们的想象力，抑制我们的思想。所以如何找到自己感兴趣的研究领域并不是一件轻而易举的事情。我们不必在老师说什么、杂志论什么或话题流行什么中随波逐流，成为自己想成为的文学爱好者和研究者最重要，因为发现文学在某种意义上也是在发现自我。

回到今天对话的主题上来，文学及文学研究的未来会怎么样？就文学研究而言，我想第一，由于文学发生了变化，但我们文学理论对这个变化的敏感度是不够的。很多变化没有引起理论界的关注，很多问题缺乏研究，而新问题总是在挑战我们的理论，需要作出及时而又有力的回应。

第二，我们理论研究的范式多局限在一些固有的范式上。尤其是像我自己也经常反思，研究西方理论如何与中国问题和中国话语相结合。这个任务在我这一代人身上已经不可能了，我倒非常希望在座的同学在你们学术成长的过程中出现一些重量级的理论家来改变这种情况。我非常关注中国很多的问题，我最近在研究一个专门的问题，我花了很多心思，现在文章还没出来，我想这个很有意义，什么意义呢？就是研究大家的注意力。

第三，今天的文学理论如何向跨学科、跨媒介的研究方向发展。文学研究的核心问题是语言，但语言的功能和意义绝不限于语言自身，所以面对当代文学许多新形态和新发展，跨媒介的研究不可避免。因为当下的文学本身就是跨媒介的，跨界的文学要求我们用跨界的方式来研究。比如讲解莎士比亚，不但要回到莎士比亚的文本，而且还可以通过影视戏剧等其他方式来思考。跨媒介性如今已经成为人文学科研究的一个新路径。

第四，文学理论的未来需要超越技术性的思想性研究。这也可以概括为从知识型研究向智慧型研究的转变。我们今天很多研究都没有什么智慧，通篇只是一些技术统计和描述，材料淹没了观点，文献压倒了思想。读来没什么思想的启迪，是缺乏智慧的文学研究。智慧是什么？就是对社会历史、人生经验和自我认知有所提升，帮助人们获得更加丰富的体验、更为深邃的思想，达致良好的判断力的东西。今后各位同学可能会做大学或中小学老师，大家一定记得，除了娱乐休闲之外，文学始终必须保持某种思想的张力。没有它文学必死。所以我们的文学研究必须聚焦这个问题，那么，如何达到这个高度呢？一条可能的路径就是文艺理论的哲学提升，因为哲学就是爱智，是一切知识之母。当然，今天人们对哲学的印象就是哲学史上的那些哲学家，触摸哲学也不过是读一些哲学家的著述。我想强调的是哲学是一种思想境界，一种有智慧的判断力和理解力，它是面对当代复杂社会文化现实时的一种良好的判断力。文学和文学研究如果失去了这样的东西，那就是真正的"终结"了。

所以，我最后算是给同学们一个建议，就是要热爱文学，要有思想性地进入文学，这样我们的文学一定有美好的未来。其实我不担心文学有没有未来，一定有，因为我们在说话就有。大家看文学的英文单词是什么？literature，什么意思？最简单的意思不是文学，它不是这个意思，它是什么？文献、文字记录。所以，如果从这个宽泛的角度讲，只要文字没有消失，文学就不会消失。但伟大的文学和经典的文学研究还有没有呢？这个就难说了。中国有很多了不起的发明，纸张是中国发明的，印刷术是中国发明的，抒情诗是我们的伟大传统，等等，如果我们这一代人不能做出我们自己的贡献，那将对不起我们的祖先和伟大的传统。

所以我最后用一句话作结，一个英国的历史学家写过的一本书，叫《发明的传统》。他非常有意思，他就讲传统是要发明的。他讲了两个我认为对我们今天理解过去的历史非常重要的观点。第一，每个时代都是根据自己特定的情境重建自己跟历史的关系。第二，建立历史关系要在不断动态的发明过程中。只有不断地发明传统，才会永远走在世界的前列。

朱国华：周老师讲得非常精彩。我们在来这里对谈之前做过一个交流。我多少流露出一点对文学未来的悲观情绪，周老师就很严肃地教导我说："听众都是年轻人，对年轻人，发出一种不祥的声音是否合适呢？"我觉得他的教育是对的。但是我想，如果两个人都从乐观的角度来说，可能就缺乏了对话的一种辩证性，所以我唱衰大概也有一定的合理性。其实我们的观点是差不多的，但我说的差不多，是我能够理解的差不多，他深邃的地方我当然是达不到的。

刚才周老师说的对我启发很多，我觉得尤其深的是这么一个意思：一个是文学的未来就变成一个跨媒介的东西，它是文学，但又不是我们现在文学的样态，文学的样态会发生巨大的变化。这样文学的研究就不是跨媒介的事，它是跨学科了。再一个是他特别提出了对哲学研究的重视，我觉得这也深合我心。

我觉得谈文学研究的未来，也可以回顾一下文学研究的过去和现在。拿西方来说，本来英语文学研究这个学科，其实也要到十九世纪下半叶才成气候，牛津、剑桥之类的学校虽然有诗歌教席，但是长期以来，研究的是希腊、罗马之类的古典诗歌。对阿诺德这种人来说，英国文学使用的是英语，是现代人的作品，英国人无需教导，都能读懂它，因此要设立英国文学机构是毫无必要的。即便后来牛津在他的反对之后，到了1894年还是建立了英语文学系，但是不少学者也嗤之以鼻，认为它一文不值。大家可能都读过伊格尔顿的《二十世纪西方文学理论》。他有个意思是说，正是殖民统治的政治需要，英国文学研究才具有了较高价值。我们要让印度人民知道，我们英国人之所以能成为你们的统治者，不光是因为我们的船坚炮利，而且是因为我们在文化上具有优越性。我们不光是靠军事力量让你们认输，而且靠我们的文化、道德、精神的优越性让你们心悦诚服。有些著作甚至认为，英国文学的体制化过程，是从殖民地或苏格兰等外围区域，逐渐发展到英格兰核心地域的。其实，美国哈佛大学等精英大学，一开始也是和英国一样，人文学科很长一段时间也是研究希腊、罗马或彼特拉克、但丁等古典文化的。到了二战前后这一段时间，新批评变成了英语世界的一个主要的研究方法。新批评为什么能得到很好的发展呢？有的研究者是这么说的：二战结束了以后，不是有很多兵哥哥回家了吗？回家之后干什么？没事干。没事干会容易变成社会动乱的根源。所以还是去大学读书吧。大学里面能读什么？一天到晚打仗，哪里有知识积累让自己读得很深呢？所以新批评这个方法比较好。新批评搞的文学作品的分析，就是一些比较容易掌握的套路，去套那些诗歌很好套，什么反讽、什么张力之类的技术，操演起来很容易上手，可操作性强，它就具有这样的实际用途。所以形式主义为什么能够风靡一时呢？有的人认为是这个原因。

到后来当然有点变化了，从形式主义到结构主义，到后来结构主义盛行一段时间之后——其实盛行时间还没有太长，卡勒写《结构主义诗学》没过多久，就又写《论解构》了。解构主义或者后结构主义不全然是靠学理上推论，它把什么东西跟自己结合在一块呢？和文化政治结合在一块。因此，文学研究现在的合理性不是建基于学术本身了，它现在其实变成了一种有效的社会批评方法。同性恋、反殖民主义、女性主义等各种各样的文化政治理论在美国大学盛行一时，而且对欧洲应该说有广泛的影响。

现在呢，我觉得这个文化政治已经越来越走极端了，而且它的影响已经超越了人文学科，扩散到美国乃至于整个西方学界，它变成一个具有强势力量的标准和尺度。这当然会引起它的对立者，就是保守主义者的反扑。在这样的一个语境下，我们也可以理解为什么在美国出现了极端的两派。我们大家知道拜登之所以上台，不是拜登这个人有多少魅力，而是表明了投票给拜登的人有多么强烈地讨厌川普。现在美国社会是一个文化撕裂很厉害的地方，这个在某种意义上和文化政治观念越来越强势是有关系的。

从西方的情况你们可以看到，文学研究的合法性，不一定来自于学术研究本身，其实有一定的客观基础，也就是一些社会条件。我不知道将来的情况是怎么样的，我对西方的未来情况没有办法做出判断。

中国是什么样呢？我们知道文学研究其实和我们的政治需要也是有一定的联系。我们都知道以前毛泽东谈《红楼梦》、谈《水浒传》这些都好像和特定的政治内容是挂上钩的。我也读过一篇文章，讲北京大学的王瑶，他本来是做古典文学研究的，为什么后来变成了搞现当代文学研究的呢？现当代文学实际上是为了论证我们中国共产党领导下左翼文学的合法性，它背后其实也是有意识形态的政治基础。我们以前的文学评论，往往是政治斗争的一个方面。胡风是文艺理论家,和我们是同行,但是在过去,他以及所谓"胡风反革命集团"曾经是被严厉批判的对象。所以,文学研究过去其实和政治还是有很密切的联系的。但是改革开放以来,邓小平同志曾经有一个很著名的指示,指示说那些搞文学艺术创作的,还是要遵守文学艺术的内在规则,我们不要动不动用简单的行政命令来进行管理,所以文学艺术开始有另外一个走向。这样的走向是不是会有所变化?我也不是很清楚。但不管怎么说,文学研究在目前情况之下,我认为还是一个黄金时代,我不知道别人怎么认为,我个人认为,在整个西方人文学科衰落的情况下,中国的文学研究可以说在世界范围内是一枝独秀。因为西方的大学如果没有人来选某个课,这个项目、学科可能就会削减。当然,如果你拿到了 tenure-track,终身教职,大学不会赶你走。但是它不再引进新的人了,走一个就少一个,直到这个学科自然消亡。现在西方的人文学科遭遇到这样的情况,它是在萎缩。其实不光是在欧美,我有个日本朋友是一桥大学的教授,他是人文学科的。他也告诉我,他们这个学科也是在萎缩。当然,我们也可以说,人文学科本身有文化资本,还是具有一定的意义。但是今天在大众社会,文化资本已经被稀释了,已经不那么重要了。大概只是在谈恋爱的时候稍微管点用,让人家觉得你有修养。女的问:"你读过屠格涅夫吗?"男的说:"不,我只读过陀思妥耶夫斯基。"她说:"这个也可以,很不错。"你要是陀思妥耶夫斯基和屠格涅夫都没读过,人家就觉得你连装也不会装,就完蛋了,人家就觉得你没什么文化教养。可能在这个时候还多少派点用场,但是能有多大的用处我真的不知道了。

我们这边学科的兴废，跟就业有点关系。如果就业形势还好，这个专业会给你一些招生名额。就业不大好，专业也有被砍掉的危险。例如我听说有的大学的社会工作系，好像就被砍掉了，因为它毕业出来找工作很困难，当然专业砍掉的事情时有发生，具体情况也很复杂，并不仅仅是就业一个方面。不管怎么说，我们目前呢，全中国的范围里面，好像中文专业被砍掉的事儿我听说的还比较少，所以目前来说还是个黄金时代，未来怎么样我真的不知道。

我其实是坚决贯彻了周老师一开始的指示，他说未来我们是不确定的，我们如果说未来是确定的话，那么就显得自己太狂妄自大了。其实我说的不确定是，当我说这是个黄金时代的时候，我的意思是，以后的日子不见得比现在更好过。我又发出不祥的声音了，抱歉。

我们是不是到了跟同学互动的时候？

孙良好：两位老师的对谈比我们预定的延长了二十分钟，我们本来想一个半小时对谈，大概二十多分钟与学生对话，在九点钟左右能够结束。我整个听下来，他们确实都是久经沙场的，文艺理论能讲到这个份上是很不容易的，现当代文学相对容易一点。我不仅觉得声声入耳，而且脑洞大开。我觉得他们两个人的回答其实是不一样的，我感觉到周老师的回答是理想主义的，朱老师是比较现实主义的。

在听的过程当中有几个观念我印象特别深。一个是周老师讲到现代的好诗都在歌当中，这个我肯定很感兴趣，听过我讲课的同学都知道，我这些年在做中国现代歌诗，这个话题是十五年前我在海南诗会上跟谢冕老师、吴思敬老师谈的一个话题,所以特别亲切。另外一个是朱老师讲的爽文,我原来对爽文没这么多的了解,听了朱老师的解释之后增长了不少见识。朱老师还讲到数字移民,我这个 70 后其实同样是一个数字移民。现在因为时间比较有限,我刚才跟志科老师做了一个交流,给同学们两次提问的机会,一个给周老师,一个给朱老师。两个问题之后,请阴志科老师做一个简单的评议,然后我们整个对话结束。现在看看由哪位同学来提问?

提问者 1:老师们好,我是 2019 级创意中文专业的吴凯悦。想请问周老师的是,关于西方理论与中国的作品之间的连接以及它不兼容的情况。谢谢老师们!

周　宪:你讲的这个问题也是很重要。我的想法是这样,中国文学、西方文学在某些层面上是共通的,关于人性的恶、善、悲剧,很多东西有共通性。所以从共通性的层面上来说,西方的理论打开了我们对问题的理解,打开了我们的视野,提供了新的方法,但是并不是所有的中国问题都是可以用西方理论来解释的。那我们就要做一个什么工作呢?就要把西方的理论修正,要改变它,要跟中国的理论嫁接,我们就提出一个新的模式,不是一个,应该是若干个。人文科学是这样,人文科学是有解释的冲突。什么意思?关于同一个文本你会发现有完全不同的解释,甚至两个完全冲突的解释,这个跟自然科学是不一样的。因为人文科学是一个思想的互撞,个人因为不同的角度、不同的人生经验、不同的知识积累都可以看到一个不同的"哈姆雷特",这样一来就会带来解释的多种可能。但是大家千万不要误解,解释的多种可能性并不意味着每种解释都是最好的解释,我们应该追求能被学术界、学术共同体都认可的,这样对中国人来说就变成一个问题,就是西方的理论怎么样做适度的修改,然后把中国的元素加进去。实际上很多人,包括我们的导师,他在这方面做了很多的工作,但这个问题还没有完成。但是我现在才发现,国内现在有些人回到晚清民国初期,特别是王国维、梁启超这一辈,他们国学非常好,像我就没有太多的国学功底,我的西学应该算还可以,所以为什么我说我这一代不能完成。但是他们现在回到王国维的时代,就发现王国维做得非常好,西学和中学完美融合,提出一些全新的理论。还有一个比较好的就是钱钟书先生,他也是提出艺术范式,他的范式是什么?很具有中国的思想,但是他用了很多西方的例子来证明中国思想的合理性,很精彩,它具有重要性,也是一种思路。

当然了,我们今天因为学术积累的知识传承关系不可能做到他们那一代人那样,你们这一代人是什么呢?你们这一代人有没有思考过你们的知识积累、你们的知识传统应该怎么样?我想这个还有待探究。但有一点可以肯定,我们中国对世界文明的贡献从古到今一直是有很多的,所以我对很多事情有不同的想法。比如说,我随便举个例子,不知道大家知道不知道。我到联合国总部去看,韩国人在那放了印刷机,说印刷术是韩国的。我就特别去问一个很有名的美国华人教授,我说:"你知道这事吗?"他说:"我知道。你别说,韩国人上去有他的道理。"韩国人说什么呢?活字印刷,中国只有两种,一种叫雕版刻字，还不算印刷，中国的字是用泥刻的，而韩国人是铜。但我想最重要的是创意，不是泥和铜的问题，创意是中国人的。我们可以看到，中华民族在历史上发明是很多的，我相信未来中国也是一样。所以讲到范式的问题，中国范式将来一定会有。而且我现在注意到一个非常有趣的现象，各位同学有没有对环境感兴趣的，你会发现现在西方美学经常提中国的事，我在这就不说了。我最近研读了他们的文献，知道了中国思想对环境美学、生态美学的贡献，这是西方视角，完全不一样，所以他们就提出来中国视野和西方视野是一个很好的互补。

我顺便推荐同学看一本书，这本书叫《思维版图》。这是一个密歇根大学的心理学教授写的书。我原来也不读这些研究现代的，结果一个加拿大学者来了以后带了一本书，他说你一定要看这本书，这本书在亚马逊上面已经排名在前面多少位很长时间了，一定要看。我把这本书拿来看。我找我们心理系的老师，我说："你来翻译一下。"他说："周老师，我给你检索，我这本书已经备下了。"叫《思维版图》，非常好的一本书。这本书的作者提出了一个很理想的境界，是什么？他说中国人和西方人的思维是各有利弊，往往这个事西方人看出来了，或者中国人没看出来了，东方人看出来，西方没有看出来，他说我们应该设想一种可能性，当两种文明交汇的时候，两种文明都看到对方的长处，看到自己的短处，这个时候他说每个民族都将从别人那学到自己所缺少的东西，这个民族一定是有希望的，而整个世界民族就会变得更加多元化。我觉得他这个理论非常好，他研究了北京大学的学生跟密歇根大学有什么不同，很精彩，各位同学有兴趣可以去看一看。

孙良好：谢谢周老师非常精彩的回答。

提问者2：两位老师好，我尽量把我的问题表达得简洁一些。两位老师刚才都提到过文学经典在当下的没落，这就让我想起了中国当代作家阎连科，他曾经表达过这样一个观点，他就说，中国当代文学从八十年代到现在大概三四十年的时间，一直没有出现过一个伟大作家，我们有一流作家，但是一直没有伟大作家。他说的一个原因就是，我们一直没有建立起所谓伟大文学的标准。我想请问两位老师，哪位老师对这个问题感兴趣哪位老师就可以回答，我们现在到底有没有人在做这样一件事情，到底有没有人在正儿八经地回答这个我们时代的伟大文学的标准？

朱国华：所以你的问题是是不是有人在制造这个伟大的标准？是这个意思吗？

提问者2：中国伟大文学的标准、当代伟大文学的标准到底是什么？

朱国华：我觉得是这样，事情可能要倒过来。可能是当有一个伟大的作家、伟大的作品出现的时候，我们才意识到新的标准已经出现了，并不是说先有一个标准，然后看看哪些人能够符合这个标准，我觉得事情是这样。

但是从抽象的角度上来说，也可以说，我自己个人认为，我们如果是按照以前对中国文学史的一个看法——我们大部分人会同意,也有人不同意——曹雪芹是一个伟大的作家,鲁迅是一个伟大的作家。那么,他们伟大在哪里呢?我觉得伟大就在于他们的作品,他们和他们的那个时代发生了一种对应的关系,他能够回应那个时代所提出来的问题,并且给予它一个非常独特的展现。他可能不一定能够回答,但他会把这个问题用文学的形式展现出来。比如说鲁迅会把中国的国民性呈现出来,在鲁迅的作品里面你可以看到高度紧张和焦虑的一种状态,但我这个话说得可能有点班门弄斧,因为良好教授本身就是现当代文学的专家。

我自己写过一篇讨论鲁迅的文章,当然是比较 low 的文章。我是讨论鲁迅和虚无主义的联系,是上个世纪写的一篇文章。不管怎么说,他当时提出的问题到现在都依然有效。他提出了很多问题,让我反思比较多的是什么问题?就是说,他既是一个强烈的民族主义者,但同时他又是一个"拿来主义"坚定的支持者,这两个立场看上去是截然对立的,但在他那竟然获得了高度的统一,这是很奇怪的一件事情。今天我们如果想象一个很强烈的民族主义者的话,会觉得他像吗?这个人说中国的历史写满了瞒和骗,我们读了要中毒的;西方的书我们要拿来,要学习,"宣扬"这样言论的人怎么可能是民族主义者呢?但是鲁迅去世的时候,给他遗体上覆盖的旗帜上面写的是"民族魂",我们也一直认为他是中国最伟大的民族主义者。不光是我们主观这么想,不是因为我们组织上是这么认定的,我觉得这方面还是有公论的。日本有一个研究者叫竹内好,他专门写了一本讨论鲁迅的书,对鲁迅很是称赞。他认为整个日本没有出现鲁迅这样的人。对鲁迅的立场，他称之为"东洋的反抗"。一方面，紧紧地依靠自己本民族的本位立场，但同时又对本民族进行强有力的批判，对西方一方面是欢迎的，一方面又是拒绝的，这样一种非常矛盾的状态能够显示出来，反映在他很多的文学作品中。所以，即使鲁迅先生1936年去世，已经离开我们很多年，但是他的作品，在今天我们看了之后还给我们带来很深的启发。所以，他作为文学家就是一个伟大的文学家。用约翰逊描述莎士比亚的话来说，他不仅仅属于他那个时代，他属于所有的时代。我觉得这就是所谓伟大的作家。

我们今天当然有很多一流的作家，但是即使是莫言这样的作家，我觉得跟鲁迅的分量相比，还是不可同日而语，他是一个很好的作家，他有一种历史纵深感，有一种奇崛的想象力，情节故事也很吸引人，有很多的优点，但是他没有鲁迅那样直逼我们心灵的巨大震撼力，没有这样一种东西。

这就是我的回答，谢谢你。

孙良好：两位老师不仅对谈非常精彩，回答也是非常到位。最后我把时间给阴志科老师，因为我们这次对谈能够顺利开展，直接促成的就是文艺学教研室的阴志科老师，大家欢迎！

阴志科：感谢孙院长。我站在这直接就想到两个词语，第一个是狗尾续貂。两位嘉宾对谈涉及的领域非常宽阔，内容有深度，密度非常大。孙院长概括得也非常准确，我其实不需要讲。第二个是赶鸭子上架，讲台下面有马老师、傅老师这么多前辈，本来都可以来做评点，我只能硬着头皮上。其实我根本不敢说是评点，只能是谈一谈心得体会，就是我的学习笔记。

一谈到文学和文学的未来的时候，我立刻想到我们上个学期"大学语文"出的一张试卷，有一道题让同学们写一首自己喜欢的诗，说明为什么喜欢这首诗。同学们的答案第一个就是刚才周老师谈到的《静夜思》，大家就喜欢这首。第二首你猜猜是什么？《咏鹅》。所以我就觉得这些东西让我们对文学和文学的未来产生了一些不确定感，这是用朱老师的话来说。

在我看来，这个现状首先缘于我们的阅读习惯。我们这个时代是图像化的时代，我们通过图像、超链接、微信朋友圈里的那种短文章，超过两千个字都不愿意读的那种短文章，来接受外部事物，这类东西塑造了我们接受文学的观念。同时，我们还接受了影视作品、小视频，如抖音、快手上的小视频对我们文学观念的塑造。如果说，过去的文学塑造我们对人生、对世界的看法，那么，现在这些东西塑造了我们对婆媳关系、职场阴谋、校园情杀这种东西的看法。不同的文学接受与媒介传播形态确实改变了我们的观念。

朱老师和周老师都提到了想象的共同体问题。我们生活的习惯和我们接受文学的习惯不一样了，它们一定程度上塑造了我们对想象的共同体的理解。我们认为自己处理婆媳关系、处理职场关系就应该从它那学点什么东西，最后学到的这个东西反过来进一步塑造了我们的行为方式。周老师刚才提到一篇非常重要的文章，《讲故事的人》，我也推荐大家去细读这篇。文章提到一个很重要的概念叫做经验的贬值，这个词跟我们马上谈论的文学的未来关系非常大。这个经验的贬值指什么？就是我们现在的很多经验不是我们切身的经验，而是来自于大众传媒、来自于别的地方的那些东西，来自于别人转达给我的那些东西，是间接的经验，所以我们去读《红楼梦》的时候读不下去，很正常，甚至我认为现在的小朋友读《平凡的世界》，中学老师给划定的指定书目《平凡的世界》，同学们十有八九可能读不下去，为什么？那种生活世界是七八十年代，尤其是八十年代的那种生活状态，我们现在跟它距离比较远，我们的情感缺少一种所谓的客观对应物，你找不到附着你情感的那个实体性的东西，那么你读文学的时候自然就读不进去。文学为什么八十年代我们一谈起来那么火？因为那个时候，文学不但承担了我们观念变革甚至是社会改良的责任，它也是我们知识的来源，知识分子读书的时候去读文学就是因为当时别的书翻译过来很少，文学作品相对比较多，人们通过文学去获取知识，它是我们塑造理想的一个大仓库。我们对于社会的理想、人生的理想、爱情的理想都是从文学那里面来的，以前根本就没有这个理想，或者说即便有，它们也是模糊不清的，有了文学那个东西之后，我才更明确了自己的理想。

　　金庸的小说在我看来和香港的武侠小说、武侠电影、黑帮电影都是那个时候，传统价值观和现代社会的观念冲突对撞的产物。现在跟同学们讲乔峰、令狐冲大家有时候还比较陌生，但在八九十年代的时候我们非常熟悉，后来我仔细一想，乔峰、令狐冲根本不是什么武侠人物，他们是知识分子的政治理想，只不过大家的政治理想被韦小宝这样现实的逻辑彻底击碎，所以他也就封笔不写了。现在武侠小说也好，香港电影也好，完蛋了，是吧？大体就是这样。

最后当我们谈文学有没有未来的时候，我在想首先是明白，文学是什么？文学在文艺学理论当中有个概念叫作"文学性"，这个文学性的东西如今融化到了媒介当中，不同的媒介，包括印刷的、网络的，比方说手机、互联网这些，它把自己呈现到这些东西当中。第二，未来又是个什么东西？朱老师刚才提到一个概念，就是阿多诺的一个说法，叫作对幸福的承诺。当我们问，文学有没有未来呢？首先，它没有。为什么？因为我们当下没时间谈论幸福与否的问题，忙死了，老师、学生都忙，领导忙，我们也忙，忙得没有时间去找自己的情感，我这个情感怎么回事？我今天是快乐还是难受？我都找不到我情感的突破口，甚至没时间表达情感，忙到这个程度。你说它有没有未来呢？其次，文学还是有未来的。为啥？就像周老师刚才提到的苦难、悲剧，这些东西永远都会存在的，只要有苦难、悲剧这些东西，我们就会向往幸福，而我们只要对幸福有一种向往，自然就会有一个东西承诺给你，告诉你未来在那，这个东西是什么呢？我觉得就是文学。谢谢大家。

孙良好：我觉得阴老师的评点也是很精彩的，至少让我们感觉到温州大学的文学与文学研究还是很有未来的，他比我年轻。我们最后再一次用热烈的掌声感谢两位老师。今晚的对谈到此结束，谢谢大家！

2021 年

文学研究该如何作业

一、反思社会学棱镜下的文学动力

陈开晟：朱老师，您好！依照反思社会学反思对访谈语境、访谈者站位以及论题稍作澄清是非常必要的。您对采访的理想对象、问题或状态有什么想法？

朱国华：谢谢你独特的发问方式。我理想的采访对象，当然最好是都读过我撰写过的一些文本，并保留着自己疑问的批判性学者。这会让我对一场充满着挑战和应战之张力的刺激性对话，产生好奇和期待。

陈开晟：文学艺术的终结、文学研究的合法性问题，抛开理论或逻辑虚设成分，显然有其客观性。我发现从《文学与权力》到在温州大学就"文学与文学研究的未来"所展开的对话，您的观点总体上一以贯之，即比较现实主义，不愿在文学未来问题上有诗性展望，对文学超越性时刻保持警惕。我想，这一研判肯定同您的学术性情、理论资源或经验支撑有密切的关系。它是什么？阿多诺的否定性、福柯的权力观、布迪厄的反思社会学，等等？还是您有些偏爱的鲁迅式的虚无主义？

朱国华：这是一个引人深思的好问题，我的意思是说，当你准备将我的思考加以客观化的时候，我不得不对自己的学术性情开始自觉反思。是的，我承认，你似乎漫不经心随便提到的这几位哲人，对我思路的形成发挥了重要的影响。简言之，我相信我们每个人的生活轨迹对自己性情的形成是至关重要的。我们的生活经验会让我们更容易遇见跟它相契合的理论资源。反过来说，我们选择的理论资源会为我们的个体经验赋予某种具体的生活形式，由此我们可以更清晰地进行自我理解。无论是阿多诺、福柯、布迪厄还是鲁迅，就其所占据的左翼知识分子身份或基本的社会批判路径而言，广义上都可以将他们视为马克思主义阵营中的一员。我们不要忘记，马克思主义首先是站在人民甚至底层的立场上来观察事物的一种学说。我出身贫寒，天然地会在感情深处更容易接近马克思主义。马克思主义在方法论上是唯物主义的，我这里是说，好的马克思主义者会更多地尊重历史进程中诸多物质动力、观念系统和社会结构及其相互作用的客观性，不会致力于用主观想象来缝合真实界的诸多裂缝；另一方面，马克思主义在希望的绝对性这一意义上，又摆脱不了目的论的诱惑，它不光是要客观地解释现实，而且要改变现实，而改变现实的愿景如果无法完全从现实中推出，那么，在诸如文学或者艺术这样的幻想的彼岸或精神王国那里，我们就希望能够找到理想的对应物，希望它们能够时时点燃我们的激情，用鲁迅的话来说，让我们不惮于前驱。当然，所谓理想的对应物，未必就是具体指导我们实践的理想国或者美丽新世界，它们完全可以采取不同的形式，包括否定和批判的形式。用这样的"情感结构"来自我理解，我要说，如果我缺乏唯物主义的态度，当然不会承认我如此热爱的文学正在日薄西山；另一方面，如果我缺乏乌托邦、目的论或者浪漫的维度，那我就不会哀悼文学的终结。2022 年我在欧洲访学期间，发现了一桩乍一看匪夷所思的事情。在许多基督教国家，流行了至少好几个世纪的脏话之一，竟然是咒骂上帝。我的意大利同事山谷先生认为，中国这样的无神论国家是不可能出现这样的情况的，原因是我们对上帝是否存在根本就漠不关心。同样的道理，只有特别迷恋文学这样的精神伊甸园，我才会为它献上一曲挽歌。

陈开晟：围绕文学合法性危机问题，您考古式地从文学与真理的关系加以勘察，披露了文学合法性与各种权力的纠缠，并将文学本质问题加以历史化还原。我的问题是，哲学、宗教、艺术支撑的真理、存在、道、不在场的上帝，这些本体域问题固然无法证实或证伪，但真的可以完全被转化为社会历史、政治文化向度吗？布迪厄将审美趣味、文学自主性、神圣维度场域化地祛魅过程是否也就抛弃了审美自律、文学的超越性？我们是否可以从无法直接显露或命题化的真理中看到文学朝向未来的能量与动力？

朱国华：如果允许我大胆推测的话，我猜想你提到的所谓"本体域问题"，在你的发问中实际上已经部分包含了你自己的答案。是的，假如把你的"本体域问题"简化为一个大词"真理"，当然真理并不可以化约为社会历史、政治文化向度。我们不得不承认，从理论的视角来把握真理，只能把握到透过这个理论的特定视角所显示出来的真理性内容。但我们也不可能处在某种全知全能的上帝视角，把握到真理的全部，成为真理的垄断者。另一方面，如果我们担心某种特殊视角将自身合法化和自然化，僭称自己为普遍性视角，不妨鼓励百家争鸣、百花齐放，在诸多不同的视角中或者形成重叠共识，或者让诸多视角和而不同，但能让自己获得客观性认识的机会。

具体到就布迪厄或任何文艺社会学家而言，他们能祛之魅并不是审美或文学的超越性，这既不是他们为自己设立的目标，也不是他们能做的事情，也就是说，文学或艺术的审美价值就其本身而言是无法被祛魅的。我认为他们的工作，其实一定程度上与解构主义者一样，就类似于牙科医务人员进行的洗牙的工作：我们以为我们牙齿的坚固完全是因为它们本身，但有时候值得注意的情况是牙石这一类牙垢对牙齿具有一些支持作用，医护人员对它们的清除有时候会动摇牙齿，但这是因为这些牙齿本身存在着问题。而洗牙的结果，当然对牙齿是更好的保护。因此，根本上说来，文艺社会学所祛之魅，往往是剔除了不属于文学艺术内部的某种牙垢，这些牙垢往往被神话化为文学艺术的本质要素。由此，文艺社会学通过这样的去神话化，其实捍卫了文学艺术的审美价值，因为这让它们在一个更坚固、更真实的基础上更强有力地屹立于人间。

至于文学的源泉和动力，追求真理对我来说当然是最重要的因素之一，但考虑到中西方不同的语境，我想不限于此。无论是兴观群怨、是言志缘情、是寻求冥合于天地之心的境界还是简单地追求表征的快乐，这些都可以成为我们支持文学的理由，也是文学依然会有能量，因而也会赢得明天的理由。

陈开晟：要测绘、把握您的学术网络似乎相当困难；不过，我发现，您的学术写作内里有两种非常重要东西：一是尽显批判本色。即便再强大的对象也能撕开一个口子，批判求真的意志毫不含糊，学理论证足够强大，逻辑围堵密不透风，读者甚至会有些窒息感。二是对问题无死角透视的彻底反思性。在这种反思棱镜中自身以及自己有些偏爱的研究对象都无法获得豁免权，这几乎就是"残酷批判"。能不能说说您这一典型的"朱式批判思想"的理论来源以及内在构成？这种彻底的反思性批判是否也决定着您在中国文论界一系列重大争鸣（如本质主义与反本质主义）上的介入方式？

朱国华：对我来说，批判性和反思性其实不过是一张纸的两面。反思，在理论上经常意味着换一个视角重新打量自身，有时是指回到事物在成坏住空之前的本源状态，有时是指伴随着其历史性生成的本然状态。它是在一定程度上搁置当下流行的观察语法才得以进行的，而这无疑对后者就意味着某种方法论批判。我在少年时代，阅读了罗素的通俗读物《西方哲学史》，就为它批判的犀利程度所震惊；而在卢梭的《忏悔录》那里，我了解到，对自我的批判也可以如此毫不留情，这些阅读为我对鲁迅更深入的接受扫清了中学语文课给我有意无意制造的理解障碍。后来，对维特根斯坦的接触，虽然是极为肤浅皮毛的接触，已经让我认识到，真正的批判性反思并不是一件容易的事情。用维特根斯坦本人的话来说：相信是不需要理由的，但是怀疑需要。但合理的或有组织的怀疑，不仅仅需要经验证据，更重要的是需要我们冲出思维惯性的铁屋。

我们都生活在各种观念、信念所组成的纷繁复杂的社会网络之中,每一种或者完整或者不那么系统的流行意识形态,对其信奉者而言都是不言而喻的。正如戴上眼镜的人经常会忘记,自己的视线所及,实际上借助了眼镜具有的矫正视力功能。更有甚者,某种情感,作为观念的水泥,能起到把各种冲突的具体观点焊接或撮合在一起的作用。因此,突破流行理论图式,必然意味着反思总是伴随着批判,也就是破除难以破除的这些观念纠缠。更进一步说,当我们进行思考的时候,当"真实界"以撕破谎言的某种破碎方式作为指针向我们呈现出来的时候(当然我们永远无法抵达真理本身),必须要迎难而上,也就是针对那些貌似合理的、有时也确有其片面合理性的、旨在拱卫旧观念的思想堡垒,发动一轮又一轮的攻击。所以,有时候我的文章会写得较长,因为我认为我所关注的思考对象,假如需要多少有一点理论纵深,需要材料的丰富和翔实,那么,某种结构复杂性和较长篇幅是需要的。

关于所谓批判的武器,新世纪以来,我必须承认自己受惠于法兰克福学派和后结构主义诸子。当然,与大师们那些决定了理论历史走向的如椽大笔的真正批判相比,我的所谓反思或者批判,都是一些可以忽视的孤立的点,构不成一个面——当然更加构不成一个立体的理论大厦——虽然我希望从我切入的点上,多少能让人推想出它们所指涉的面。是的,我当然经常将批判的锋芒指向我最热爱的领域,无他,是因为对这些领域我可能更熟悉,更能有发声的欲望。至于当代文论界,我很难说我的学术兴趣会完全被学界热点所塑形。当然,我有时候会参与一些热门问题的讨论,那大部分是受学界友人之邀约或刺激。这一类文章与其说显示了我的学术野心，不如说暴露了我难成大器的智力游戏式的玩心。

二、西方文论与中国学术原创的道路

陈开晟：您在中西文化和中国学术道路方面的思考非常具有自己的特点，您发现、论证了我们民族文化独特的"认识型"特质，并提出"认识""智识"等命题。您能否介绍下这一思考或理论萌生、酝酿、确立情况以及其它相关的思想渊源？在这方面，除了坦然承认并直面差异以及将原创道路定位"漫长的革命""复杂的工程"之外，我们是否还可以做得更多？

朱国华：我对比较文化虽然一直颇感兴趣，但是受制于诸如外语水平、学术能力，以及学科归属等外部条件，对此领域的研究一直并没有深度展开，所以只能从主观印象的角度上泛泛而谈。在我年轻的时候，我们许多人对中西文化的差异关注得较多。上个世纪九十年代的时候，我在南京大学的中美文化研究中心认识了来自美国的瑞贝卡·卡尔——她现在已经是一位著名的汉学家了。她让我感到惊奇的是，在我看到中西方不同的地方，她更多地是关注中西文化的相同或相近处。三十年来，就我接触到的西人而言，这样跟我们大相径庭的观物视角是越来越普遍的现象。在我看来，改革开放以来，我们中国人倾向于从差异的角度来比较中西文化，其目的实际上有意无意预设了早先的"别求新声于异域"亦即向西方学习的立场。如果西方跟我们一样，我们有什么必要向他们学习呢？所以，知道差异，往往其实也就是意味着知道差距，知道差距在哪里，就可以设法弥补，大体思路还是不出"师夷长技以制夷"太远。至于西方，上个世纪以来，开始对殖民主义之类思维定势进行了深刻反省。比如我相对熟悉一点的布迪厄，就认为过去西方人类学家带着优越感去考察非西方文明的时候，往往以超越的观察者身份，以潜在的文明与野蛮或进步与落后的二元区隔来建构研究对象，这种治学方式犯了文化帝国主义的错误，必须得到清算。不妨用布迪厄本人的一个例子来说明：他认为男性支配的逻辑，其实不仅存在于较为原始的卡比尔社会，在法国这样的发达国家其表现也没有根本的不同。理论上，不同的文化无从比较优劣，应该得到同等尊重。用钱钟书著名的口号，就是所谓"东海西海，心理攸同"，人性是相通的。要是一门心思先去寻找各种文化的差异，并且判个高下，这可能会引起文化战争，不利于世界大同。

法国的后结构主义传播到美国之后，"政治正确"声势越来越大，逐渐成为人文社会科学的不二法门，比较各民族文化的差异更是没有很好的市场。在这种情况下，去寻找民族文化无意识结构，显得非常落伍老套，如果不被视为阴暗甚至反动的话。我跟一些欧美汉学家就此展开了讨论，他们大致上同意我以上的分析。不过，我接触到的一位例外是法国的朱利安教授。2015年我在巴黎高师访学的时候，他请我喝咖啡，我们有过很好的交流。他坚持认为，中国文化有其区别于西方的独异性。在许多方面我对此问题的思考得益于他给我的启发。当然，许多论者可能会认为，朱利安的论述所依赖的材料主要资取于上古时代的中国。从后结构主义的角度上来说,他似乎操持一种早已过时的本质主义观点,因为中国人的认识型很难说越千年而不变——虽然我们本土理论家金观涛著名的中国社会超稳定结构的叙事,或者所谓"秦制两千年"之类的论述倒可能会支持这个假设。我在年鉴学派历史学家布罗代尔关于长时段的理论方法中受到鼓舞,认为其实不妨坚持这个假说。不管怎样说,理论其实是用来解释事实的工具,假如它在一定程度上能有效地解释事实,假如它逻辑上大体上自洽,那应该来说,就可以发挥一定的功能性作用。当然,这个问题十分宏大,需要真正说清楚这个所谓认识型,无疑需要采用更多的经验材料,在哲学上进行更严密和系统的逻辑论证。这并不是一两篇论文所能轻松解决的事情。我只是顺势提到这个问题,非常期待未来的中国学者能够建立一些理论体系,对此进行详细考察。

陈开晟:大凡谈论中国文化的创造性问题,西方尺度是不可或缺的。这似乎是一个令人厌烦又需直面的问题,晚清以来它就像幽灵般缠绕着我们,争论此消彼长,间歇性发作。我们知道,在对策上有"体用论""源流论""复古""西化""综合",也有王国维的学无关中西论以及鲁迅的"拿来",等等。在该问题视域中您的探讨很特别,既从容地避开在逻各斯中心主义二元框架内提问,又避免从理论到理论、大当而无当地演绎。我想这是否与反思社会学反思的方法论有关?它是伪问题吗?请从您的角度对这一问题出场的症候"解下毒"。

朱国华：这是一个有趣的好问题，但我不大有信心能做出较为圆满的回答。其实西方文化之输入中国，我们的接受并不总是会坚持某种中国文化本位立场，比如科学和技术——我们不会想象一种具有中国特色的物理学，因为我们相信，物理学所阐释的事实，在西方管用，到了中国也不会失灵。人文社会科学的问题就复杂一点。这在较小的程度上可能是因为研究的对象在中西之间存在着或大或小的差异，尽管我们也会拥有大量研究西方社会、文化和历史的学者，同样，西方的汉学家群体也是一个巨大的存在；但毋庸讳言，这些学者在各自的文化语境中未必占据核心位置，耗费每个民族国家人文社会科学学者主要精力的毕竟还是对自己本土经验或事实的研究，而这些各具独特性的经验或事实会呼唤着与之相应的理论工具加以理解。当理论工具得到跨语境征用的时候，难免会出现水土不服的情形。今天我们的人文社会科学的基本知识形态，尽管当然保持了中国传统文化的惯性力量，但总体上来说还是移植于西方。无论我们的民族文化自豪感有多强大，我们必须承认，我们在国家意志上是一个把马克思主义而非儒道释视为最高信仰的国家，而中国的马克思主义无论如何具有中国特色，就其来源和核心构成来说，还是来自于西方。

当然，当我们发现西方的他山之石不能攻本土之玉的时候，难免会对西方理论的普遍有效性产生正当的批判性质疑。但西方的人文社会科学即使撇开希腊罗马这种具有奠基性的文化元素不谈，即便从文艺复兴开始算起，也已经发展了数百年之久。而我们学习西方其实至今也不足两百年。与自然科学或技术不一样，我们很难在很短的时间里全面赶超，实现所谓弯道超车。因为人文社会科学所处理的社会世界要比处理自然世界复杂得多。因而我们经常会发现，撇开西哲所开辟的道路，另起炉灶，开宗立派，是一件貌似很容易做但很难得到学界普遍认可的事情。例如，我们很难设想，在完全拒绝马克思、韦伯和涂尔干的西方社会学遗产之后，我们如何能够在我们传统思想基础上重建社会学的想象力。所以，我们有时会被迫重新回到西方那些先行者的道路上，这当然可能会让某些心高气傲、民族自尊心太强的中国学人心情不快。这样的戏码因而也一再重演。

另一方面，在较大程度上，我认为我们这个民族对真理的关心要远远低于对社会和谐的关心，对事物本质的理论性思考兴趣要远远低于对事物功能的实用兴趣。我们对涉及情感、道德和功效的事情总是一往情深，我们的态度是更加亲近实践的；至于了解事物纯粹本质这一类认识论的冲动，或知识上（而不是八卦性质）的好奇心，长期以来在我们这里是被压抑甚至讥笑的。俗话有这样一句："打破沙锅璺到底"，它语出黄庭坚《拙轩颂》的一句即"打破沙盆一问，狂子因此眼开"。显然追根刨底这样的做派，乃是所谓"狂子"而非正常人所为。屈原的《天问》是我们民族的罕见例外，自此以后，我们的文人好像更喜欢提供答案而不是发问。在根本意义上，我们对事实与价值这两者之间的区分不大敏感。我们可以了解鱼的生殖系统、地壳运动的规则、代数的公式以及罗马帝国灭亡的原因等等这些知识，无论它们在养鱼、防震、算账以及防止一个社会的崩溃这些方面能否为我们提供帮助，这些知识本自具足，并不需要通过其功能性作用才能获得其存在的正当性。而后一方面,就是我们通常想到的价值领域,这里的价值是指对象对我们主体所显示的意义关联。西方的科学最初起源于包含在欧几里得几何学中的那个独立的抽象逻辑体系,但中国古代的数学知识总是与工程技术等实用目的结合在一起。我们不存在一个追求真理的传统,或者说,当我们说"真理"一词的时候,脑中可能已经预设了价值的概念,已经将带有主观性的感情、观念和信仰放置其中了。

就我个人而言,我学养不足以支撑建构一个元叙事理论大厦的野心,我宁可老老实实在中观层面上对一些我感兴趣的学理问题进行探讨;而赖以构建我的研究对象的方法,并无一定之规,就是看看什么样的具体问题能对我脑中的理论工具箱发出召唤,从而激活其中的某些概念范畴或思维视角(当然我承认,我的工具箱库存也极其有限),而完全无视这理论工具或思想资源来自何方——这实际上是俗话说的"到什么山就唱什么歌"的意思,我不知道所谓"无法之法乃为至法"是否就是这个意思的神秘化或高端版。

陈开晟:我们知道,中西问题很容易与古今问题(尤其中国古典问题)交错一起。在一些学人看来,通过精研古典、精通冷学与绝学,就能治好西学带来的"祸害",从而解决原创和失语问题。当然,也有人认为我们在近代甚至更早就接受了西方文化影响,没必要、也不可能回到纯粹的古代。您的研究领域主要在西方文论、西方文学与文化,也写了不少涉及中国古代的东西,而且对古典一直保持兴趣;但您称自己对古典的嗜好是职业之外的"寻欢""自由"或是对学术职业病的"医治"。这确实颠覆了古典通常给我们的印象以及大家对它须担大任的寄寓,请说说古典和西学不同话语在您那里的情况。它们彼此真是相安无事,还是有相互渗激荡、融合?

朱国华:关于中西古今的问题涉及面太广,几乎无法给出一个较为适切的回应。古今问题,对中国来说当然存在,但是对西方来说也同样存在。如你所知,福柯甚至分析了三种知识型,即文艺复兴、古典和现代三种知识型,这说明在他看来西方的历史存在着显而易见的断裂。至于中国,内藤湖南提出的唐宋变革论认为,从唐到宋,中国经历了一个从"中古"踏入到"近世"的变革。他的观点也得到了许多历史学家的共鸣。这说明,许多学者认为中国的历史并不见得由某种铁板一块的超稳定结构在发挥决定性作用。所以,并不存在某个想象的具有连续性的西方,中国亦然;从另一个角度上来说,人类生活的基本形式千古以来,其实是相同或者相似的,无非是生老病死,饮食男女,爱恨情仇,个人与社会共同体的互动,诸如此类,因而中国或者西方文化的相互理解是可能的。从这个视角上来分析,我以为中西方想象的文化对立在具体的心智实践中经常是不存在的。

我很难说得清楚,中国古典话语或西方话语在我学术研究中的存在方式,因为缺乏一个可以把握它的具体尺度或客观依据。我们跟清末时代西学刚刚开始传入的情形完全不一样。王国维也许可以很清楚地辨识自己接受的观念,哪些是本土固有之传承,哪些是外来文化元素。但我们童稚发蒙所阅读的课文,尽管政治色彩强于文学色彩,尽管颇多唐诗宋词或明清小品，但基本的框架还是难免不脱新文化运动的惯性力量，而新文化运动本身的反传统特性就有西方文化的强大影响，已经不再是原汁原味的中国古典文化。所以，中国古典或西方文化的观物方式、情感特性、趣味原则、致思路径在我不大的大脑内存条上其实是属于"士女杂坐，乱而不分"的情状，想必我的同时代或比我或早或晚一些的当代中国学人，应该跟我也不会相差太多。

但撇开这些不谈，中国古典的文献对我的阅读经验来说，始终具有极强的吸引力。我想说两个主要方面。第一，古典文献与我最内在的情感经验存在着无以言状的隐秘联系，这往神秘处说，可能我也承继了我们的文化基因而不自知。可能从小浸泡在《诗经》《楚辞》、颜柳书法或者宋元山水的文化经验中，生活在包括师长教诲、礼俗操演和契阔谈宴等等在内的诸多中国式接物传情的日常实践中。这意味着中国传统赋予我（对别的国人大体上也一样）的是某种整体性的感知结构，也就是构成了我认识、领会、体察、感受社会世界的心智条件。中国古典的东西对我来说，是不隔的，它之进入我的心田，是某种润物细无声的对我的潜移默化，是带来某种秘响旁通之乐处的诱饵。鲁迅对此十分了解，他有段话我是非常爱引用的："我看中国书时，总觉得就沉静下去，与实人生离开。"这话可以理解为描摹他被古籍吸引的如吸大麻那样的舒服状态，是他要戒除的嗜好。尤其是古代的文献与当下现实存在着毋庸置疑的诸多距离，因此对它的阅读事先豁免了责任意识，因而可以放纵自己沉溺其中，使它成为博物馆化了的静观对象而得以赏玩。它满足了我们文化情感的欲望。

第二，它还意味着与现代性迥然有异的另类选择。我们的传统文化虽然有其自身的演化通变，例如在鸦片战争之前，作为中国文化最精粹表现形式的近体诗已经属于风烛残年，失去生机了——否则新文化运动或胡适的白话诗运动也不会那么顺利地获得摧枯拉朽的胜利；然而，更加值得我们加以认识的是，西方的坚船利炮带来的西方文化，毕竟还是强行嵌入到中国的文化肌体内部，导致了传统文化的分崩离析，它使得一切坚固都烟消云散。当然，清末民初中国最优秀的知识分子热情地拥抱了西方文化，他们许多人以启蒙者的姿态比西方人更加激进地批判我们的固有传统，并重新建构新的传统。这里面问题纷纭，已经产生了许多卓越的研究，不需要我赘言。我想要说的是，西方文化以顺我者昌灭我者亡的强悍存在方式，以自己的逻辑对中国的文化传统进行了重组——当然这个事情并不是由西方人，反倒主要是由例如王国维、胡适或者鲁迅这样的中国行动者（agent）来实现的，他们往往采取了"外来之观念与固有之材料互相参证"的学术策略，例如拿叔本华的哲学来重新理解《红楼梦》，用西方哲学的理念重写《中国哲学史》，或者采取西方人的文学观为中国小说正名。他们当然取得了辉煌的成就，值得我们后人敬仰。但是，那些不合适被重组到新传统中去的文化因素，可能就会被捐弃冷落了。我相信在浩茫无际的中国古典文献的海洋中，一定会存在对我们今天依然有价值的文化残片，它们作为无法被现代性所除尽的余数，也就是作为现代性的他者，应该有希望被我们打捞出来，从而更好地融入现代性，并因此疗救和丰富现代性。许多西哲在古希腊或近古寻找克服现代性症结的文化念珠，例如本雅明就被誉为这样的"深海采珠人",其贡献有目共睹。那么,中国会不会产生自己的本雅明呢?我自己对古代文献只是业余者的私心偏好,古文阅读能力或古代文化知识也就是三脚猫的程度,谈不上有任何认真一点的体会或认识,但我愿意寄希望于来者。

陈开晟:感知方式、语言表达、叙事风格显然是学术原创的重要体现。我想先反馈下,您的著述在语言方面带给我的强烈体验以及其中风格反差带来的冲击:第一、您对语言的考究似乎是以极不考究的方式呈现,诸如,行文没有任何诗意,对语词几乎不"挑食",内容方面丝毫不介意暴露生活的琐屑、不堪,为求真可以牺牲美感,结尾从无警策之语,其真实在冲击读者经验的同时似乎是无情"刺伤",等等。第二、在表达、修辞方面又足见您的语言天分以及好的运思与感觉,反讽、幽默、调侃、讽喻、白描、冷峻、智性、洒脱这些显性的自不待言,我更感受到其中有某种近似象征派诗美的内核在支撑。两种语言风格的差异,有时像"枯叶蝶"一样尽显"残枝败叶"的本色,有时却编织得如《春江花月夜》那般华美而底蕴充盈(如对"挣扎者本雅明"的抒写)。请您介绍下在语言和叙事风格方面的情况?说说您的语言机制以及彼此间的分工与关联。

朱国华:谢谢你对我著述中语言形式方面的关注。传统上,我们古人治学要追求义理、考据和辞章的统一。我的粗浅理解是,这实际上要追求学术论述在道理上的圆满深邃、材料上的扎实丰赡和修辞上的优美谐协这三者的合一。这里面辞章的地位恐怕是最不重要的,它发挥的是某种装饰作用或包装功能。今天这样对辞章的认识可能还是占据主流位置。当然，在人文社科学科内部对此的理解肯定有不同的侧重点。就中国语言文学这个所谓一级学科（我认为语言研究与文学研究两者致思手段大相径庭，它们合二为一，成为独一庞大学科，必然会如奥匈帝国一样最终解体）而言，文学批评与语言学可能处在两个想象的极点：文学批评，主要是当代文学批评，因为所依赖的主观感觉更强，所凭恃的理论力量与材料的客观性更弱，因而语言表达本身的重要性就得到了极大的重视。另一方面，语言分析在风格上更接近数学分析那种不带入一丝情感判断或价值关怀的自然科学，表达的人性化会导致客观性和中立性的偏离，因此它需要更加符号化、抽象化的语言表达。二十年前，我的朋友著名批评家汪政告诉我，文学批评表达本身的快感——我猜想也就是如入无人之境、可以语言炫技的自由感——才是催生他批评激情的动力；另一方面，我的同事语言学家徐默凡告诉我，他承认我行文的逻辑让他难以找出较大漏洞，但是我的语言表达经常溢出严肃学术研究的边疆，经常会出现多余的反讽或幽默。需要补充说明一句，徐默凡教授是一个以善讲俏皮话著称的段子手，但是在自己的语言学论文写作中，他从不卖弄自己的幽默感。

我不认为学术写作应该遵循千篇一律的表达套路。至于我自己，我坦白承认在写作中对某一些语词或修辞手段的使用确实时常有惨淡经营的考虑。总体上来看，我关注的是两个方面。首先是表达的文学性。所谓文学性，一则是指力求词语的雅驯，我经常会采用半新不旧的古语，这主要并不是想让它们脱胎换骨，使其现代意义得以激活，而是希望尽可能摆脱陈词套话，使得语言表达具有某种陌生化效果；二则也指语言默读时的音乐效果，就是注意句子的节奏感和音声的旋律感。这方面我完全不是一个现代主义者，倒是庄子这些古代散文家的私淑弟子。一个人要是熟读庄子或者司马迁、韩愈，在字斟句酌方面不可能不产生潜移默化的效果。三则是有意无意在学术叙事的时候营造某种戏剧性、故事性或趣味性，尽可能在谋篇布局和层次递进上产生引人入胜的效果。

另一个方面是表达的反思性。我认为文学研究在全部人类知识领域中是最具有主观性的一方天地。许多文学研究者为了证明自己的研究之为客观中立或普遍有效，经常会采用非个人化语言。但我认为，尽管文学研究和文学创作分属于不同的作业区域，但任何一种有其真理追求之雄心的文学研究，要想如其所是地把握文学，不妨采取一种个人化叙事风格，也就是使得自己的研究与文学本身保持一种模仿性关系。这并不是说，我鼓励学术写作变成不遵守学理逻辑的信天游；我其实也不支持学友们在还没有达到本雅明或阿多诺的思想高度的时候，就采用他们那种碎片化的写作技术。我只是建议思考这样一种写作态度的可能性：就是在忠诚于材料的客观性和逻辑的可靠性基础上，如何拒绝让自己变成全知全能真理的代表？如何让具有某种个人印记的、肯定有其局限的个人话语的公共表达得以可能？这就是为什么，我在一些写作中，尤其是最近的一些文章中，会将某种具体的生活细节、个人的感受带进学术话语中，这是为了帮助读者挫败阅读中可能会出现的纯然客观必然的透明性幻觉。当然，我会在许多文字中主动交代某些问题并未得到解决，或者在论证过程中生成某种具有复调性的张力结构。如此操作的意图，是为了催生读者们产生反思性冲动，而不是全盘接受某种确定的结论。我当然并不是说，我已经形成了学术话语的某种鲜明的个人风格，我充其量做了某些最初步的尝试，但我还愿意继续进行这样的写作实验。

三、文学批评、文学研究的当下与未来

陈开晟：文学自主、审美自律共识的确立，可以说是改革开放以来文艺学学科建设的一大实绩。这几乎也是60后、70后、80初的师生读者非常熟悉的共识，但到了95后、00后网生代的本科生对此已十分隔膜。面对新的接受主体，我们或许很难抛开文学内部特性、美学形式、文学作品直接进入文化研究、网络媒介、文化资本、社会文本、大众文化。您既是文学自主性建构的参与者，又是布迪厄研究专家，很大程度上也是网络媒介批评的拥趸，想请教下面对新的情况，在文学教学与理论探讨上如何应对这一变化？

朱国华：关于文学自主性或审美自律的讨论，确实构成了改革开放以来中国审美现代性进程的核心领域之一。从亲身经历了新时期思想解放运动的过来人角度来看，我们当时许多人反对文学仅仅沦为政治工具，也反对它变成市场价值，希望它成为自身，这样的愿望多半包含着一种强烈憧憬，即希望它能成为我们国族巨大的精神财富。这既满足了国人的集体期待，也为每一个具体的个体奋发向上的热情，提供了人生意义的选项——无论是渴望成为文学作品的作者还是读者。文学如果达

到了高度自主性，我们当时绝大部分文学从业人员肯定不会认为文学应该是王尔德喜欢并擅长的那种唯美主义操演；不认为文学的形式，尤其是那种带有装饰性的、美化生活的那种美学质数应该放在首位。我们期待的是文学向深度和广度进军，它要么是时代的镜子，要么表征真理性内容，要么让被生活的囚笼所羁绊的灵魂得以自由吟唱……这样的概括也许是无法穷尽的，不管怎么说，它应该以自身的方式回应我们的社会，并为我们提供思想或经验的启迪。但互联网技术这几十年的突飞猛进，极大地改变了文学的生存条件，因此也改变了文学存在的意义和理由。

当然，文学在中国的存在依然十分活跃，例如每届茅盾文学奖的评选都会产生一定的社会反响。但毋庸讳言，中国当代文学最近二三十年来所取得的进步是十分有限的：七十年代及以后出生的作家很难拥有他们的前辈在其相应年龄阶段所拥有的那种文学成就的认可，但他们也并不特别在意种种认可背后的符号资本。海量网络文学的生产改变了中国当下文学的生态环境，特别是著名网络写手的巨额经济回报变成了雄心勃勃的文学新锐们志在猎取的金羊毛。换言之，对这些后辈而言，对文学自主性的坚守其实是那些文学遗老的不达时务，他们会毫不愧怍地追求市场上的成功。文学曾经具有多重功能，例如认识真理、人伦教化、提升审美趣味或提供感性愉悦，但现在最重要的只剩下消遣或娱乐，而诸多大型文学网站的爽文能够给广大的读者带来直接并且强烈的满足。

其实，大众媒介的技术手段借助于资本的力量，不停地对文学攻城略地，让文学的疆域变得日益蹙缩，这并不是今天才发生的事情。就世界范围的文学场的历史而言，文学自主性的诉求本身，部分乃是对外部侵扰力量的防卫过当。这些外部力量化身为种种诱人的形象，例如新闻叙事，电视节目或电影画面，竞相以刺激或取悦受众的方式来招徕并催眠他们，并在不知不觉之中将文学打入冷宫——文学作为文字形式出现的抽象感性存在，作为需要耗费精神才能间接把握的虚构文本，与那些新生的、外来入侵的文本相比，其弊端暴露无遗。文学自主性观念最初的提出，在某种程度上来说，是以回归到所想象的文学本源（很难说它曾经实然存在）这一名义，坚持着自己对外部因素的抵抗。当文学本源、本质或者内在的规定性被化约成审美形式的时候，这也意味着文学自主性的倡导者们放弃了文学与其他叙事文类在诸多方面尤其是感官快乐方面的竞争，这其实是把自身在表征领域中被芸芸大众所弃置的边缘地位进行了正当化论证。因而，文学在社会世界的符号秩序中的下沉没落，也被悲剧英雄般地翻转为完全无视受众的孤高自许。文学在中国当代历史的舞台中所扮演的角色虽然未必踵武他国剧本，也就是说至少新时期以来，对文学形式的推崇从来没有被视为至高无上，但是，它的命运走向与诸多文化大国并无太大差异。尽管尚且不能说文学气数已尽，但是今天，文学除了以博物馆化的课文形式在国民教育中仍然占据核心位置，在现实生活中，它已经不再构成一种至关重要的精神需要，对它的实践把握能力也不足以构成一种值得分外重视的文化资本。更有甚者，最近几十年来，随着互联网和人工智能技术的飞速发展，随着元宇宙时代的来临，随着短视频在诸多网络媒体的无孔不入，深度沉浸性经验变得唾手可得；而随时随地发生的瞬间快感冲击可以获得不假外求的当下满足。文学显然遭遇了新一轮剧烈贬值。

网络社会对文学带来的挑战是难以应对的。八十年代初以来，我们获得了可以不必接受行政命令而进行文学写作的自由，甚至可以说，我们已经获得了相对的文学自主性，但这样的自主性很快就被交换价值所取而代之：网络写手们自主地选择了为商业利益而写作。我们当然不能谴责他们滥用了写作自由，因为写作作为一种谋生手段甚至觅取富贵的手段是他们的权利，无可厚非，更何况满足商业利益的写作未必必然不具有精神价值。但一种伟大的表征形式以残花败柳的破碎面目正在无声无息地跟我们社会世界脱钩，这确实令人抚膺长叹。

今天，已经有许多教育界的有识之士为我们许多学生不能合乎语法和逻辑地进行最简单层次的叙事感到忧心忡忡，也有许多家长们痛斥电子游戏商们让自己的孩子沉迷游戏，对稍长一点的文字（更不必说像《安娜·卡列尼娜》那样的长篇巨制）难以耐受。具身化的网络虚拟经验带来的自足自满导致人们对日常的社会互动缺乏激情——因为社会互动很难找到游戏手柄进行暂停、重启，也难以找到满足自己的身份设置或环境选择；但是关闭在网络游戏的经验茧房中得到的强烈快感又令人情难自抑。文学从主要话语领域中的淡出或撤离，会给社会带来什么层次、什么程度、什么方式的创伤，也许只是在未来才能具有更大的可见性。举例来说，今天较为普遍的社会撕裂，未必与文学影响降低无关——因为优秀的文学总是教育我们读者，让我们包容他者，并开启对生活多元理解的可能性。文学教育该何去何从？是因势利导，在顺应这一现实中设法别开生面（本雅明也许会这样想）？或是寸土不让分毫必争，对大众进行批判性持续启蒙（阿多诺也许会采取这一路径）？坦白地说，我还需要进一步认真思考。

陈开晟：您对文学理论终结、文艺学危机问题曾做了非常有建设性的思考，如：还原了作茧自缚的学科建制起点，提出文学理论作为新型人文学科、人文素养基础的大文学理论的可能性，以及非常关键的一点，理论的批评化。您非常精彩地区分并阐释了文学性批评、学院派批评、业余批评（媒介批评）。想请您谈谈当前批评面临的问题和挑战，比如：我们如何在现实不断仿真化、虚拟化、幻象化语境下开展批评？还有，近年来您的毕业致辞在线上线下都很火爆，我们能否说批评作为一种新的、重要的文学文类在崛起？

朱国华：我先回答你最后一个问题，即作为一种文学文类的批评是否正在崛起，我认为情况可能并非如此。可能我的一些致辞勉强说有点文学色彩——就在最近，我甚至将这些致辞以《天花乱坠》为书名出版了一个小册子；但它们实质上据我看谈不上是什么文学作品，只是对致辞的受众说了点被允许说的真心话。当然，有不少学界朋友在毕业典礼或其它具有公共性的典礼仪式的致辞上显示了出众的文学才华，至于他们是不是隐含了某种社会批评，这不是我能判断或揣测的事。

关于文学批评或者文化批评甚至社会批评在当下语境的可能性，我想是一个难以回答的问题。这个问题的回答难度不在于理论是否可能、以及如何批评化——尽管有一些理论几乎是不及物的，例如有些形而上学的假设很难以黏缚于具体事实的方式得到疏证（海德格尔的追随者们不会因为凡·高画的鞋实际上并不是农妇的鞋而感到遭受挫败，不会因此转而支持夏皮罗），正如维特根斯坦所说，"上帝不在世界之内显露自身"（当然我这里是做一个理论上的类比）；但大体上来说，我们所学习、讨论的大多数理论，其意义往往在于它们与经验现实的联系，而这也必然蕴含着将理论予以批评化的内在要求。重要的是构成批评可能性的社会条件，这些条件会制约批评的深度和广度。我这里姑且不展开讨论从文学批评转变成社会批评，以及批评的对象从文学文本转变成社会文本，在此过程中丧失的是什么——至少可以简单一提的是，这样的转变有可能导致失去了对文学技术层面的关注，而对审美因素或形式维度的轻忽，无疑会导致感性经验的粗鄙化——我想要指出的是理想的批评在今天变得举步维艰。是的，接近二十年前，我曾经根据观念的构想勾画了三种想象的批评域，即：立足于文联或作协系统的文学性批评，立足于高校的学院批评，以及立足于网络的媒介批评。这里，文学性批评以惊人的速度式微，这些批评往往自说自话，对中国社会不再发生重大影响；学院批评坦白说也不能让我满意，当代作家的批评据我这个外行的意见，从大的方面来看，要么是并不吝惜最美好形容词的那种无保留的赞扬，这些赞扬有时还存在着某些利益关系；要么是攻其一点不及其余的酷评，其余较多的往往是不痛不痒地进行经院哲学那种博学但无趣的研究；至于媒介批评，则带来了草根阶层的狂欢，成为无坚不摧令人生畏的话语力量。我当初想象的网络所带来的话语民主的潜能，以如此想象不到的方式变成了如今沉重的现实。我此前没有认真提及的官方批评，在今天则发挥了越来越具显性的惊人作用。实际上，在当代社会，文学批评本身已经变得无足轻重，今天得到认可度最大的批评者，完全不是脱下文学批评家马甲更换上社会批评家新装的那些行动者。文字支配表征的时代可能已经一去不复返了，声音、视图或者兼具二者的视频又尤其是短视频，冲上了话语场的前台，话语的时代宠儿们依靠自己的声音、形象以及具有媒体效应或吸粉功能的刺激性话语方式使自己成为这个时代的批评家代表。那么，在这个时代该如何开展批评？我认为这里存在着至少两个想象的极端：要么就顺应时代要求，把自己打造成粉丝所需要的那种媒介明星，这样自己的话语可以被更多的人听到；要么就还是躲进小楼成一统，以文化自主性的原则规范自己，不在意"知音少，弦断有谁听"，坚持自己的批评实践——无论这种批评是文学批评、文化批评还是社会批评。

陈开晟：最后请您谈谈对《局外人》《伤逝》《道连·格雷的画像》、刘海粟"模特儿事件"等的解读情况。这些对象之间似乎没有关联，问题也难以主题化。初看的话，像是文本细读、案例分析，但其实不然，您对这些个案的研读做了长足准备，写作时间跨度大，几乎调动了您所有的学术积淀，也施展出您最内在的学术个性。这是一种什么情况？决非一类案例与一套理论体系的契合那么简单吧？还有，您所做的分析，若化约冒进地说像是用反思社会学对一些文本或事件进行阐释；而实际决非如此，也无法用一词一范畴加以概括，其中有形式美学、质料剖析、文学解读、社会学阐释、哲学维度、政治经济学视角、文献考证、数据调查、学人访谈、文本内外的缝合、经验话语的穿插、场域结构透视等等，请您谈谈这其中出于怎样考量？同您近年来的学术思考或问题脉络有什么关联？

朱国华：谢谢你对我最近这些个案研究的关注。其实这些文字的出现，并不是预先精心策划的结果。例如，对《沉沦》与《道连·格雷的画像》所引发的文学事件的研究，是响应许多年前参加的一个国际会议的征稿，这个会议的主题是比较中英审美现代性；又由于《沉沦》的研究，让我对在差不多同时期发生的刘海粟"裸体模特儿"事件发生兴趣，这些个案可以算是事件研究；关于《局外人》的文章，本来是回应我们创意写作研究院的教学任务，我要讲解一篇小说；关于《从课程、教研室到学科：文艺学的中国生产》与《另类的思想实验：重读〈伤逝〉》，其实都是应不同的外文学术刊物之约，初衷是让我谈一下西方文论对中国的影响，以及鲁迅对于中国当代社会的意义。这些文章的出现，其实都完全是偶然的。但是，可以说，它们都落实了我对于学术理念的一个期待，就是将经验研究与理论研究结合在一起应该是中国人文学科的一个未来方向。

说得具体一点，我对文学事件（例如围绕着《沉沦》《道连·格雷的画像》所产生的事件）或艺术事件（例如围绕"裸体模特儿"展开的事件）的分析，是立足于这样一个观念，即：如果发生了某些我们称之为"事件"的若干事情的连续展开、群集，它们构成了对某种符号秩序、精神结构或具有某种统一性的想象共同体的攻击，并且正因为这种攻击的发生才使得不言而喻的这些秩序或者统一体得以变得可见、可思,那么这就为我的上述期待(即从具体的个案研究中上升到理论意义)提供了特别有利的机会。这就好比我们年轻时平时可能意识不到牙齿的意义,只是当我们长智齿且开始疼痛的时候,我们才会意识到牙齿的存在,并且通过对牙齿的处理例如对智齿的拔除,在此治疗过程中,我们会逐渐了解到牙齿的功能。《〈局外人〉的几种读法》其实主要是在采撷英语世界对《局外人》的丰富研究材料基础上做出的学术综述。此文虽然也用一万余字的篇幅讨论了《局外人》的形式维度,但我的兴趣中心在于讨论小说中荒谬的三种方程式,自由意志与交换价值等理论甚至哲学问题。而《另类的思想实验:重读〈伤逝〉》一文,主要是从思想实验的视角,对鲁迅这一著名小说进行重新理解,试图激活它对于个人主义可能性这一深邃思考的当代意义。至于《从课程、教研室到学科:文艺学的中国生产》讨论的其实是一个学科史的个案,我也试图通过某种知识考古学的勾勒,认识一些学科在中国高等学校发展轨迹的某些共同特性。

这些写作多多少少偏离了我们想象中的文艺学学科的主旋律。实际上,这也不像是认认真真在做学问——做学问应该步步为营,稳扎稳打,一步一个脚印,在一个地方完成了某种程度知识学的占领,也就是说获得了某块学术根据地之后(例如,大家都公认我是研究某某理论或某某人的权威学者),并不鸣金收兵,而是持续厉兵秣马,将觊觎的目光投入另一个疆土。我的做派有点像是打一枪换一个地方并不进行长期占领的流寇,所发动的是没有具体长效目标的游击战。我承认自己在学术上多少抱着一种游戏态度或者娱乐精神，就是被某些事实所催生的解释期待所吸引，而好奇心带来的满足感抵消了我殚精竭虑进行论证所必须忍受的艰辛和烦躁。但是，如果这样的作业多少还是有一点意义的话，我觉得自己在践履理论的批评化，或者对具体经验的理论化方面，还是做出了一点努力，这也是我刚才提到的一点。当然，对理论研究与经验研究结合的强调，并不是什么新鲜的观点，程千帆早年就提出，文学研究应该重视考证与批评的结合，后来这个说法又改成了文献学与文艺学的结合。但我还是想强调理论化话语实践在今天被赋予的独特意义：第一，它是反常识的，这并不是反对比如水是软的石头是硬的这样的常识，而是反对我们视为当然的一些观念、信条或原则，例如《西厢记》这部戏曲，它可能颠覆了"父母之命媒妁之言"这个当时的常识；例如在我有关《沉沦》的讨论中，我反对的常识是《沉沦》遭到了守旧派攻击这个文学史中被普遍接受的说法。

第二，我这里提到的理论，通常说来需要有一个论证纵深，因为许多事情不可能一眼就能洞穿的，它需要借助或递进、或并置或相互缠绕的不同层次的阐释、辨析，才能较为清晰地得到认识，因而这常常不可避免地产生某种结构复杂性。对我来说，如果没有理论的赋值，单纯的经验研究也许是有益的、基本的、值得尊重的，但正如没有得到建筑师赋形的一堆建筑材料那样，它是没有深度的，其价值是有限的——很遗憾，长期以来我们中国的文学研究在相当大的范围和程度上，还笼罩在乾嘉学派的余韵流风之中。许多人正确地反对理论的空转，但走向的另一个极端是只承认考据的成就，而不愿意承认，考据的真理只是最简单、最基础层次上的真理。作为艺术品的文学如果能得到认真对待的只是事实考据，那这样的研究和史学考据有何差异？另一方面，我们民族的文化习性似乎更喜欢那种所谓"明心见性、直指人心"的东西，说白了，就是能得到自然理解的东西。我们许多人，包括知识人，都有这样一种质朴但显然经不起推敲的信念：认为一切最高深的道理都在原则上可以化约为一些最简单的话语（当然，他们不会责备相对论不能采用清浅的话语加以说明）。我们拒绝结构纵深、拒绝复杂性思考、拒绝看上去层次繁复杂多、思路回环往复、语言晦涩难解的长篇大论。我们中国佛教走过的历程就是一个例证：现存最大的教派净土宗和禅宗都摆脱了印度佛教的繁琐教义，其论述都非常清通平易，其实对理论都是反感、排斥的。所以，不难推论，我撰写的一些文字并不是很令许多老派学者认可。但多少可以聊以自慰的是，从微信公号推送的阅读量、知网的下载量、若干文摘类刊物的转载频次，以及与一些师生的交流情况来看，这些文字似乎还是得到了一些积极的反响。在这些认可者中，青年学人占据着较大的比例。无疑，我对当代中国年轻学者抱有强烈的信心，认为他们必将远远超过我们这一代学者的认知水平，他们的学术起点高，阅读面广，外语水平高，训练扎实，而且他们处在全球化时代和网络社会，可以随时获得最新的学术资讯，并跟世界范围内的学者进行实时交流和平等对话。假以时日，中国人文社会科学领域的天才们必将成群而来。

陈开晟：很高兴能围绕文学、文学理论与研究的当下、未来这一前沿问题开展一次个人兴趣与公共关注交叠的访谈，非常感谢您接受采访！

朱国华：谢谢你诸多非常独到的提问，这给我带来了意想不到的机会，让我得以对许多新的和老的问题重新展开思考。

2024 年

后　记

　　写后记照例应该是一件挺惬意的事情，因为收工的心情，毕竟总是愉快的，它标志这一个工期的结束，虽然这个工期的活儿干得好坏另说。坦白地说，检视我这十年来的学术劳动，我的惶恐惭愧，远远大于兴奋快乐。这次结集出版的内容谈不上丰富，这反映了我对自己懒惰性情的放纵。如果撇开访谈录，其实平均下来，我每年还不到一篇文章，真可谓辜负了生产力本该最强的大好学术中年时光。产量这么低，还能容忍我煞有介事继续做着教授，真要感谢华东师范大学"不杀之恩"！

　　而且收入这本论文集中的诸篇其实基本上都不是原初学术计划的一部分。我一直想好好把《跨语境的审美现代性：批判美学的中国接受》打磨好书稿交付出版，以及把《权力的文化逻辑：布迪厄的社会学诗学》认真修缮好出个修订版，然后完成了这些基本任务之后，再有个认真的长远规划。但我的意志品质比较薄弱，经常会屈服于学术友情所附带的撰稿要求，或者玩心太重，受制于自己一时心血来潮的知识好奇心。当然，我有一个其实对自己不太有利的优点是，我一旦动了念头要写点什么，总还不想敷衍了事虚应故事，总觉得随时随地有个声音在尾随着我、在质疑着我：你这么浅薄无聊的货色就好意思拿得出来，配得上华东师范大学中文系教授这样的荣誉么？最近十年来，我经常游离出自己所从属的学术专属经济区范围外进行作业，这固然让我满足了一点点智识猎奇的刺激感，但付出的代价是我要花更多的时间去了解不熟悉的知识领域。这是我出货太慢的另一个原因。

说来也巧，虽然我这些年来一直在从事没有确定目标的学术游击战，但本书的三组文章所赖以组织的分类图标倒也并不勉强，这其实从三个不同层面表达了我对当代中国文学研究的理论困惑及其尝试性的应对思考。第一部分"文艺学反思"，反思的对象既包括文艺学教材重建的方法论，也包括作为一种知识体系的文学理论性质的演变，还包括文艺学的本土化建设与未来展望，乃至于作为一个学科它百年来的发展历史。这些篇什里，我明火执仗地表达了对中国当下文学研究尤其是文艺学研究的不满，这背后是我对我们的人文学科尚未跻身世界一流所产生的强烈焦虑。当然，这种焦虑对许多学人来说，也许是可笑的。有无数我也还真心敬重的学界大佬在不少场合以各种方式宣称，我们的中国语言文学已经是天下独步了。我很羡慕他们拥有如此良好的学术感觉，一如我羡慕有神论者信仰他们心目中的神。不知道是不是可以说，我现如今已经到了花甲之年了，天干地支搭配组合着都完整走了一轮了，好像就可以无所顾忌地释放一些狂瞽之言了？我的所谓反思，其实更多地是沉痛地将炮火对准了自己心爱的学科就是文艺学。我承认，这些自我批判读起来难免让人感觉有点高谈阔论的空对空导弹意味，但我想得更多的其实还是落地的事。这当然一方面是说，我在讨论了反本质主义文艺学教材可能性之后，也进行了教材的编撰实践。我与王嘉军教授合作，基于文学理论的十八个重要维度，邀请了十八位各有专攻的专家撰写相关文学观念关键词条目，我们想改变以全知全能视角来告诉人们什么是文学理论那种传统做法。本教材《文艺理论简明教程》预计在2025年由华中科技大学出版社推出。但另一方面，落地的是我进行了一些具有较强理论色彩的经验研究，以实际行动呼应我认为理论不应空转的批评性意见。这就构成了第二部分。

文学研究的特殊性在于：它的对象即文学，是极为具体而独特的存在，但给我们带来挑战的是，我们该如何操作，才能在我们的研究中见出其普遍意义或价值呢？我们该如何连接特殊性与普遍性呢？第二部分主要是一些个案研究，其实归为第一部分的《从课程、教研室到学科：文艺学的中国生产》也属于同样性质的探讨。这篇文章当然也可以归类为对于文艺学的反思，但更多地侧重于从学科史探源的视角，来分析这一知识活动，如何从一门概论或入门性质的课程，渐而经过教研室这一高校最小学术单元的锻造赋形，终而发展成为中国语言文学学科序号位居第一的重要二级学科的。我想借助于阔气点说知识考古学的路径，来理解这门学科所遭遇的困境，更重要地，是理解中国的社会条件或物质因素如何造就我们的大学教育的。举例来说，其实教育学在我国的发展，其性质在某些方面与文艺学也不无相似之处——它当初也是一门教育学概论。《两种审美现代性：以郁达夫与王尔德的两个文学事件为例》与《身体表征的现代中国发明：以刘海粟"模特儿事件"为核心》这两篇文章，则是围绕着对于文学或艺术的事件的阐释展开的。我认为，事件——特别是那种标志着变化得以发生的事件，是那种能够将特殊见诸普遍的一个特权契机。这是因为，我认为围绕着事件所发生的各种符号斗争，才使得某种作为现存秩序之基础的不可见的某种组织原则或者结构体得以呈现，事件是普遍性元素借以集中释放的观察通孔；另一方面，审美现代性这样的貌似抽象的观念不在别处，就在这一类事件的发生发展中吐绽和闪现。事只有在理中才具有其清晰性，也就是说获得了它的形式；理只有在事中才具有其鲜活性，也就是说，获得了它的生命。在《另类的思想实验：重读〈伤逝〉》一文中，我采用了思想实验这一视角，我的目标是遵循康德所说的反思性判断的那种思考方向（当然并非那么忠实于康德的原意）——也就是从个别的具体的情感经验入手，去探索和找寻它所呈现出来的普遍意义。我启用了阿多诺等人的思想资源，希冀激活《伤逝》别一释读的可能性。

这些论文达到了它们所企望的目标了么？如果说达到了，那未免自视过高，太把自己当回事了；如果说没有达到，那未免心有不甘，感觉白忙一场。但我可以采取接受访谈的语式，假装客观地对自己有所评估。这就是几篇访谈，但其中一篇《文学与文学研究的未来》，其实是我跟周宪老师的对谈，感谢他的慷慨，允许我将它放在本书中，因而也光大了这本小书。访谈无非是那种絮絮叨叨的车轱辘话，少不了我憎恶的自我重复，因而我几乎没有勇气重读一遍。当然，这并不是说我回答问题的时候漫不经心。虽然我深知其实也许只有二三个素心人会认真阅读我这些文字，我也会假设有二三千闲人用余光瞄上一眼，并因而使出十二万分的解数。古人云："人生得一知己足矣，斯世当以同怀视之。"知音不在多，但凡有，哪怕是自欺真有，终究是吾侪写作的动力。

感谢哲学才子张亮兄，他在帮衬《学海》杂志的时候，也帮衬了我。他对《反本质主义文艺学教材的可能性》一文，竟然没有因为缺乏哲学高度而表达任何鄙夷，甚至还表达了对我积极投稿的嘉许。感谢慈眉善目的时世平主编，《漫长的革命：西学的中国化与中国学术原创的未来》发表之后，陈汉萍女史主持下《新华文摘》随即予以转载，我因而也额外得到了《天津社会科学》的一笔丰厚的赏金。顺便要承认一句，"漫长的革命"这一文章标题我当然是抄袭自威廉斯的，我特别喜欢这个表达，竟至于明目张胆拿来做全书的书名。是的，我确实缺乏学术想象力，我会接受任何人这个方面对我的批评。纵横文学江湖的批评家大侠洪治纲教授不拘一格，每每召开现当代文学的会议，总要提携我这个文艺学从业人员，让我去杭州学习，且命我给《浙江社会科学》供稿。说来也怪，这些评论性小论文反响还不算小，《本土化文论体系何以可能》与《渐行渐远？论文学理论与文学实践的离合》这两篇文章在微信朋友圈都获得了数千的阅读量，后者甚至连续拿到了上海市和教育部两个奖项。感谢经常在一起并肩协作的曾军兄，他身上自带的文艺学光芒不仅照亮了上海大学，照亮了上海，当然也照亮了我。《从课程、教研室到学科：文艺学的中国生产》归功于他的约稿，而本文对于新的写作技术的尝试也得到了他郑重的鼓励。《两种审美现代性：以郁达夫与王尔德的两个文学事件为例》是我迄今最自鸣得意的文章。我很感谢我的乡贤柳宏教授允许我在《扬州大学学报》发表了这篇超长的文章，且未做任何删减。言说的恣心所欲与思考的自由自在让我产生了只有学术写作能给我带来的至乐。但很遗憾这篇文章得到的认可颇为有限，有些同情心不那么泛滥的高端朋友甚至认为它应该被析为两篇，不认为应该整体视之。所以写作的真实快乐可能有时是某种自得于心的一俯一仰之间的事。想到《身体表征的现代中国发明：以刘海粟"模特儿事件"为核心》在《文艺争鸣》的发表，就想到很久很久之前，王双龙主编深入"闵大荒"组织了一个饭局，每位食客收到了一个信封，其实是约稿费。这一招比较稳准狠，因为它将组稿者的压力转换成了写稿者的压力。此后但凡遇到《文艺争鸣》编辑部人员，没有交稿之前，心里必定发虚。这篇文章其实是议论郁达夫《沉沦》文学事件之后的余绪，因为讨论的其实还是身体表征，只是换了个媒介，从文学场变成了绘画领域。《另类的思想实验：重读〈伤逝〉》源于顾明栋教授的英文刊物的约稿。我戏称之为赤脚大仙的张跣教授确实向我约稿了，我也就随手给了他这一篇，但我没有认为它最终能够在《中国社会科学》这一豪门有露脸的机会。突出的原因之一是，《中国社会科学》偏爱宏观层面立论，而我从单一作品细读入手。我没想到2023年国庆节这一天才交稿，它在同年最后一期就刊发出来了，成就了我个人发表文章的最快速度。感谢孙婧、张成华二博士，我人生第一次的访谈，《艺术生产与中国语境》，是从他们跟我的交谈开始的。感谢多年好友何卫华教授，他委派张洁婷与吴萌萌两位同学通过电邮跟我进行了远程互动，并将《学术趣味与理论的"介入"》刊登在他任副主编的《外国语文研究》上。感谢孙良好教授的邀请，让我陪侍周宪老师进行了对谈，阴志科副教授也对我们作出了精彩的回应，我没想到我们的话语最后得到精心整理，并刊发在《名作欣赏》上。最令我难以忘怀的是，在我们对谈的长达两个多小时的过程中，有十几位同学未找到空位，就一直坚持站在门口倾听，未曾离去。这比任何赞语更能激励我认真地潜心于学术。陈开晟教授可能是迄今最完整阅读过我的论述的学者之一，应付他的问题是时常令人感到智穷才尽的一个巨大挑战，因为他的问题既涉及我曾经讨论过的命题，又涉及我其实并未思考过的论域，这让我经常沉浸在心智的历险过程中不能自拔，既经受着精神考验的痛苦，也时常体会到又下一城的短暂欢愉。

感谢我的光头兄弟阚宁辉总裁英明领导下的上海文艺出版社领导李伟长和编辑余凯先生对小书的亲切关怀。出版社现在正经历着一个多世纪以来最寒冷的冬天，但他们给我带来了最令人舒适的温暖。感谢张辉兄费心作的序。上个世纪八十年代跟辉哥、黄老邪一帮人订交的时候，他还是江苏省卫生厅的小官员，现如今辉哥已经是名满天下的北大教授、中国比较文学学会会长，他的文笔一如初识他时那样璀璨动人，只是增加了几许老辣。感谢老母丁正芳女士，没有人比她更不加掩饰表达对我取得的微小成就的自豪，虽然她完全不理解我做的工作本身，但这已足以让我的努力获得了明确的方向感。祝愿老人家保持健康和快乐！感谢老妻殷慧女士生活上无微不至的照料。我们的婚姻已经经历了三十二年的风风雨雨，据说这叫紫铜婚。紫铜的强度高，可以承受更大的压力，它的伸展性较好，可以适合更多的形态变化，它抗腐蚀性强，不被环境所牵制，它还有导电性和导热性——这也很好地诠释了我们的日常生活：有应对外部世界的刚性，韧性，弹性，也还保持着彼此经验的对流。写到此处，我已经忘记了俄乌战场的刀光剑影，巴以冲突的血雨腥风，忘记了远方无数孤苦无告的人和可歌可泣的事，我逐渐远离了阿多诺关于"奥斯维辛之后写诗是野蛮"的教导，我已经忘却了后记开头的羞惭和自责，竟然开始毫无心肝地快乐了起来。毕竟，作为一介文人，为文既是我们的极限，也是我们的极致，舍此之外，我们还能别有作为么？

图书在版编目（CIP）数据

漫长的革命：中国学术原创的未来 / 朱国华著. --
上海：上海文艺出版社，2025
ISBN 978-7-5321-8691-4

Ⅰ.①漫… Ⅱ.①朱… Ⅲ.①文艺理论－中国－当代
－文集 Ⅳ.①I206.7-53

中国国家版本馆CIP数据核字(2024)第011589号

责任编辑：余　凯
特约编辑：史志航
封面设计：观止堂_未氓

书　　名：漫长的革命：中国学术原创的未来
作　　者：朱国华
出　　版：上海世纪出版集团　上海文艺出版社
地　　址：上海市闵行区号景路159弄A座2楼 201101
发　　行：上海文艺出版社发行中心
　　　　　上海市闵行区号景路159弄A座2楼206室 201101 www.ewen.co
印　　刷：启东市人民印刷有限公司
开　　本：1240×890　1/32
印　　张：10.75
插　　页：2
字　　数：232,000
印　　次：2025年4月第1版 2025年4月第1次印刷
ＩＳＢＮ：978-7-5321-8691-4/I.6842
定　　价：59.00元
告　读　者：如发现本书有质量问题请与印刷厂质量科联系　T:0513-83349365